Felicity Green

EFEURANKEN

Das Geheimnis von Connemara
Buch 2

2. Auflage, 2018
© Felicity Green
www.felicitygreen.com
Felicity Green, Jestetten
Felicitygreenauthor@hotmail.com

Umschlaggestaltung: CirceCorp design – Carolina Fiandri, circecorpdesign.com
Coverbild: Depositphotos © heckmannoleck, FlexDreams, DanFLCreativo
Korrektorat: Wolma Krefting, bueropia.de
Satz: Corinna Rindlisbacher, ebokks.de

www.felicitygreen.com

Herstellung und Verlag: BoD - Books on Demand, Norderstedt

ISBN: 9783746050232

Come away, O human child!
To the waters and the wild
With a faery, hand in hand.
For the world's more full of weeping than you can understand.

William Butler Yeats, The Stolen Child

kapitel eins
alice

Mein Gefängnis vermittelte die Illusion, dass die Freiheit zum Greifen nahe war. Es wirkte nicht besonders stabil und war licht- und luftdurchlässig. Das Material, aus dem der Käfig bestand, sah aus wie Bast, scheinbar zu lockeren Maschen geflochten. Mein erster Impuls, als man mich hier hineingestoßen hatte, war es gewesen, mich vom Boden aufzurappeln und mich umzudrehen, um an der Tür zu rütteln.

Doch es gab keine Tür.

Ich hatte eindeutig gesehen, wie einer der Männer in grauen Kutten diese Seite des Käfigs geöffnet hatte. Doch nun war plötzlich keine Tür mehr erkennbar, kein Schloss aufzubrechen, kein Spalt zu sehen. Die Wand bestand aus denselben gleichförmigen Maschen wie der Rest des Käfigs. Mein Blick suchte hektisch die Wände, die Decke, den Boden ab. Nirgends ein Spalt, nicht mal eine Naht. Als ob alles in einem Stück gestrickt worden wäre.

Mein Atem ging schneller. Panisch zerrte ich an den Maschen, versuchte sie auseinanderzupulen. Vergeblich. Das Material war härter und störrischer, als es aussah. Als meine Fingerkuppen blutig waren, ließ ich frustriert die Hände sinken. Ich wischte mir die Finger an der Jeans ab und trat einen Schritt zurück. Um mich zu beruhigen, holte ich tief Luft und atmete langsam aus. Panik brachte mir in dieser Situation nichts. Mit schierer Kraft würde ich den Käfig wohl nicht auseinanderbrechen können. Denk nach, befahl ich mir. Wenn ich alles um mich herum einschätzen konnte, würde sich mir vielleicht eine Möglichkeit zur Flucht eröffnen.

Wahrscheinlich handelte es sich bei diesem Konstrukt um eine weitere Erfindung der Sidhe, die nach dem Prinzip der Biomimetik entwickelt worden war. Technik nach dem Vorbild der Strukturen und Prozesse, die sich in der Natur im Laufe der Zeit als vorteilhaft erwiesen hatten, hatte mir Maggie stolz erklärt. Damit waren uns die Feen – auf Irisch Sidhe – weit voraus. Wir Menschen wussten natürlich aus Mythen und Legenden, dass Feen auf eine besondere Weise mit der Natur verbunden waren. Aber bislang hatte noch keiner, der angeblich in die Anderswelt gereist war, von diesen wundersamen Bauten hier berichtet. Zumindest war mir keine Volkssage bekannt, in der Wände vorkamen, die durch Poren atmeten, oder kuppelförmige Häuser, die aussahen wie Bienenwaben. Bevor mich Maggie in die Anderswelt entführt hatte, war meine Vorstellung von der Welt der Feen vage gewesen – wie ein Irland ohne Zivilisation vielleicht, ein bisschen wie bei *Herr der Ringe*. Ich befürchtete, die einzige Parallele war, dass ich bestimmt auf die Hilfe eines Magiers angewiesen war, um jemals aus diesem High-Tech-Käfig ausbrechen zu können.

Mein Mangel an Vorstellungskraft war eventuell damit zu erklären, dass mir der Gedanke, es gäbe eine Parallelwelt zu unserer, in der die Nachfahren der aus Irland vertriebenen Túatha Dé Danann lebten, nach wie vor sehr surreal vorkam. Selbst nach alledem, was ich in den letzten Monaten an sonderbaren Dingen erlebt hatte. Es war ja immer noch eine Sache, aus einem Koma aufzuwachen und plötzlich Irisch zu sprechen, die Erinnerungen eines Mädchens namens Ciara zu haben und von einem unglaublich gut aussehenden jungen Mann mit grünen Augen zu träumen, in den dieses Mädchen aus einer anderen Zeit verliebt gewesen war. Aber gerade erst hatte ich mich damit auseinandergesetzt, dass Ciaras große Liebe ein Sidhe war, und gerade erst hatte ich meine eigenen Gefühle für ihn entdeckt.

Mir zog sich das Herz zusammen, als ich an Dylan dachte. Einerseits wünschte ich mir, dass er von meiner Entführung erfahren hatte und dass er jetzt nach mir suchte. Andererseits wusste ich nicht, was Dylan hier blühte. Sollte er es überhaupt schaffen, in die Anderswelt zu gelangen, brachte er sich damit bestimmt in große Gefahr. Ich wusste ja noch nicht einmal, was man mit mir machen würde, wurde mir mit Schrecken bewusst. Mein Puls ging wieder schneller, als ich daran dachte, was Dylan immer über Menschen gesagt hatte, die von den Sidhe als Gefahr eingestuft wurden. Man ließ diese Menschen »verschwinden«. Heutzutage wurde das angeblich nicht mehr so häufig gemacht, weil es zu viel Aufmerksamkeit auf sich zog. Früher hatte man das wohl öfter getan – die Geschichten und Legenden waren voll davon. Was genau das bedeutete, wusste ich nicht. Vielleicht hieß es einfach, dass man mich in diesem Käfig verrotten lassen würde.

Ich sah mich in meinem Gefängnis um. Außer ein paar Decken, einem Krug Wasser, Brot und Äpfeln fand ich nichts. Ich hatte auch keine Gegenstände an mir, die mir irgendwie dabei helfen würden, durch die scheinbar dünnen Wände durchzubrechen. Vielleicht könnte ich mir Hilfe von außen holen. Ich hatte auf meinem Weg hierher gesehen, dass noch andere Käfige um meinen herumstanden. Ich presste ein Auge gegen eine Maschenöffnung und schaute hinaus.

Die Abstände zu den anderen Käfigen waren so groß, dass nicht viel zu erkennen war. Lediglich farbige Formen hinter dem Bastmaterial konnte ich ausmachen, die sich ab und zu bewegten. Mein Gefühl sagte mir, dass es Menschen und nicht Feen waren, die in den Käfigen saßen. Wie angestrengt ich auch versuchte, durch die Maschen zu spähen, außer den Käfigen, den grünen Hügeln Connemaras, dem grau bewölkten Himmel über mir und dem Meer in der Ferne konnte ich nichts erkennen. Das Essen, das man mir bereitgestellt hatte, verriet mir, dass man mich längere Zeit am Leben halten wollte. Es konnte also sehr gut sein, dass sich die anderen

Käfiginsassen hier schon eine Weile aufhielten und etwas wussten, was mir weiterhelfen könnte.

»Hallo!«, rief ich, so laut ich konnte, und lauschte gespannt. Keine Antwort. Immer wieder schrie ich den anderen etwas zu und versuchte, sie auf mich aufmerksam zu machen. Aber ich bekam keine Reaktion. Sie mussten mich doch hören – wieso antworteten sie nicht? Das Gefühl der Machtlosigkeit breitete sich immer mehr in mir aus. Ich tigerte in meinem Käfig hin und her und schaute ab und zu durch die Maschen, in der Erwartung, dass sich um mich herum etwas tun würde. Das tat es aber nicht.

Der Blick aufs Meer in der Ferne war ein Geniestreich der Foltermethodik, fiel mir auf. Wahrscheinlich trieb es einen irgendwann in den Wahnsinn, den endlosen Ozean und die freie Natur um einen herum zu sehen. In Gedanken sah ich mich schon selber stundenlang auf das Meer starren, in der Hoffnung, am Horizont würde mein Retter auftauchen – nur um diese Hoffnung immer wieder begraben zu müssen. Unweigerlich musste ich an die Geschichten aus Brian Flanahans *Mündlich überlieferte Sagen und Mythen – Westirland* denken, in der auch »meine« Geschichte über die verzauberte Insel vor der Küste Roundstones stand.

Es gab die Theorie, dass die Anderswelt unter Wasser lag, weil diese Insel manchmal erschien und wieder verschwand, wenn Seeleute versuchten, sie zu betreten. Außerdem wurde häufig davon berichtet, wie Kühe und Pferde aus dem Meer kamen und an den Strand liefen. Ich konnte Dylan schon auf einem Connemara-Schimmel aus den Wellen auftauchen und auf mich zureiten sehen. Je näher er kam, desto verschwommener wurde das Bild, bis es sich schließlich ganz in Luft auflöste. Ich schüttelte diese Fantasie ab und setzte noch einmal alles daran, mit den anderen Käfiginsassen zu kommunizieren. Es war das Einzige, was ich momentan tun konnte.

»Hallo! Ich bin hier, in diesem Käfig ganz links von euch.«

Niemand reagierte.

»Hallo! Hört ihr mich nicht?«, schrie ich mich immer wieder heiser, ohne eine Antwort zu erhalten. Als nur noch ein Krächzen aus meiner Kehle kam, fielen ein paar Tropfen durch die Maschen auf mein Haupt. Ich schaute auf. Die Wolken öffneten sich und Regen prasselte auf meinen Käfig herunter. Sogleich verengten sich die Maschen und die Wände um mich herum zogen sich zusammen. Ich blieb trocken, aber jetzt war es stockduster in meinem Käfig. Frustriert lehnte ich mich gegen eine der nun festen Wände und glitt daran hinab zu Boden. Ich fröstelte und wickelte mich in die Decken ein. Jetzt konnte ich nichts mehr tun. Mir blieb nichts anderes übrig, als zu warten. Jetzt lenkte mich nichts mehr davon ab, mich wohl oder übel mit der Begegnung auseinanderzusetzen, die mich vor einigen Stunden völlig aus der Bahn geworfen hatte. Sobald ich daran dachte, wie sie plötzlich vor mir gestanden hatte, lief mir ein kalter Schauer den Rücken hinunter und ich zitterte noch mehr. *Ciara.*

Ich hatte viele Fragen zu den sonderbaren Begebenheiten, die sich in den letzten Monaten ereignet hatten. Es gab einiges, das ich wusste, aber noch nicht verarbeitet hatte. Doch wer Ciara war und was mit ihr passiert war – dieses Rätsel hatte ich doch längst gelöst.

Nachdem ich im Krankenhaus in meiner Heimatstadt in Deutschland aufgewacht war, hatte ich das Gefühl gehabt, nicht mehr Alice zu sein. Die zuerst wahnwitzig erscheinende Theorie, dass ich in einem früherem Leben eine andere gewesen war, deren Erinnerungen, Träume, Sprache und Liebe sich jetzt an die Ober-fläche meines Bewusstseins drängten, hatte sich als wahr heraus-gestellt. Schließlich fand ich heraus, dass die zweite Seele, die in meiner Brust schlummerte, Ciara war, eine wunderschöne Künst-lerin, die in den 1950er-Jahren in Roundstone gelebt hatte. Die verbotene Liebe zu Dylan trieb sie in den Selbstmord. Zumindest hatten alle, einschließlich Dylan und mir, geglaubt, dass sie frei-willig ins Meer gegangen war. Erst später kam mir die Erinnerung daran, wie Maggie mich dazu gedrängt hatte, zur verzauberten Insel zu schwimmen, wo ich in die Anderswelt und so zu Dylan gelangen konnte. Ein perfider Trick, denn ich erreichte die Insel nie und ertrank.

Ich hatte lange dafür gekämpft, zu erfahren, wer Ciara war, und dann hatte ich hart dagegen angekämpft, dass Ciara mich ganz einnehmen würde. Ich hatte lernen müssen, dass ich auch immer noch Alice war und wie ich diese beiden Persönlichkeiten in mir trennen konnte. Ich hatte Ciara akzeptiert. Ich hatte gelernt, sie Teil von mir sein zu lassen.

Jetzt stellte sich heraus, dass das, was ich zu wissen glaubte, eine Illusion gewesen war. Ciara war nicht die, für die ich sie gehalten hatte. Sie war nicht das Mädchen, in das sich Dylan damals verliebt hatte.

Ciara war nicht tot. Sie war hier, in der Anderswelt. Sie lebte in einem Palast, der aus grünen Waben bestand. In der Mitte ihres Zimmers stand eine riesige Eiche.

»Das ist die Eiche, von der ich zehre«, hatte sie mir gesagt, als man mich vor einigen Stunden zu ihr brachte, unmittelbar bevor ich in diesen Käfig eingesperrt worden war. »Die Ur-Eiche. Die Quelle all meines Wissens, der Ursprung der Weisheit der Druiden.« Fast wie verliebt streichelte sie die raue Rinde des massiven, breiten Baumstamms.

Längst wusste ich, dass Eichen für Druiden heilig waren. Die Bezeichnung *druid* bedeutet grob übersetzt Eichenweise. Eichen galten auch als Portale in die Anderswelt und Druiden als Wächter dieser Grenzen zur Welt der Feen, als Wächter der Eichen. Ciaras Andeutungen bestätigten eine Theorie, von der ich schon länger ahnte, dass sie wahr war: Die ersten Druiden waren Sidhe gewesen, die ihr Wissen an Menschen weitergegeben hatten. Allerdings interessierten mich alte Bäume momentan herzlich wenig. Ich konnte nicht fassen, dass ich vor mir stand. Wie war das nur möglich?

»Die Wurzeln der Eiche«, fuhr Ciara fort, »sind in deiner Welt, der Stamm und die Krone hier in meiner. Andersherum siehst du in deiner Welt Krone und Stamm, und verwurzelt ist diese Eiche in der Anderswelt. Als ob die Barriere zwischen den Welten ein zweiseitiger Spiegel wäre. Verstehst du?«

Verwirrt schüttelte ich den Kopf. Ich verstand gar nichts. Was faselte sie von der Eiche? Ciara lebte und meine Erinnerungen ... waren sie falsch?

»Ich, ich habe dich sterben sehen«, stotterte ich. »Ich meine, ich habe gespürt, wie du gestorben bist. Ich war dabei. Ich *bin* gestorben. Deine Essenz ist in mir. Ich *bin* du. Wie kannst du noch am Leben sein?«

Ciara lachte glockenhell. »Aber Kleines, das versuche ich dir doch gerade zu erklären. Weißt du, was dein Problem ist? Du stellst zu viele Fragen. Du bist zu ungeduldig. Manchmal muss man der Wahrheit Zeit und Raum geben, sich zu entfalten.«

Ich verschränkte die Arme vor der Brust. »Ich dachte, die Wahrheit kenne ich schon. Schließlich hat Maggie versucht, mich mit einem Schadzauber zu belegen, damit meine Erinnerungen an die *Wahrheit* über Ciaras Tod unterdrückt blieben.« Ich schaute zu der großen Frau mit den langen roten Haaren hinüber, die neben mir stand und süffisant lächelte. »Ich konnte dem Schadzauber mit einem Schutzamulett entgegenwirken und habe mich schließlich doch an das erinnert, was wirklich passiert war.« Als beide Frauen sich meinen Worten gegenüber gleichgültig zeigten, fügte ich trotzig hinzu: »Oder willst du abstreiten, dass du das versucht hast, Maggie?«

Maggie zuckte mit den Schultern. »Anscheinend kannst du deinen eigenen Erinnerungen nicht trauen. Das ist ja nicht meine Schuld. Vielleicht wirst du tatsächlich verrückt, wie die meisten, in denen jemand wiedergeboren wird. Hast du schon mal daran gedacht?«

Ciara lachte wieder. »Ach bitte, Schwesterchen. Solche abschreckenden Taktiken hast du doch schon versucht, und wir wissen, dass das nichts bringt. Die Kleine lässt einfach nicht locker. Sie ist wie ein Hund. Wenn es irgendwo einen Knochen auszubuddeln gibt, dann findet sie ihn. Du hast dich lange genug für sie eingesetzt. Jetzt bin ich dran.«

Eingesetzt? Maggie? Ich glaubte, mich verhört zu haben. Schließlich hatte die Frau mich gejagt, mich mit einem Schadzauber belegt, mich gekidnappt und dann mit einem Flugzeug in die Anderswelt entführt. Dabei war sie nie besonders zimperlich mit mir umgegangen. Wenn Ciara andeutete, dass Maggie nachsichtig mit mir gewesen sei, dann verhieß das nichts Gutes im Bezug darauf, wie sie selber mit mir verfahren würde.

Ich schüttelte unwirsch den Kopf. Damit wollte ich mich gar nicht beschäftigen. Ich wollte endlich wissen, wie zum Teufel es sein konnte, dass Ciara am Leben war.

»Dylan und Coimeádaí haben dich tot am Strand gefunden. Sie haben deine Essenz genommen«, versuchte ich es noch einmal. So hatte es mir Dylan erzählt und es gab für mich keinen Grund, seine Geschichte anzuzweifeln. Dylans Aufgabe war es, »lebensmüden« Sidhe ein letztes Leben auf Erden zu geben. Nur so konnten Feen sterben – indem sie als Mensch wiedergeboren wurden. In den Mythen und Legenden wurden diese Menschen als Wechselkinder bezeichnet. Coimeádaí, der Hüter der Seelen, band die Essenz an einen Edelstein und Realta bestimmte mithilfe der Sternenkonstellationen einen geeigneten Menschen, der bald geboren werden würde. Dann war es Dylans Aufgabe, die Energie eines Blitzes in eine Eiche zu lenken, in der der Edelstein lag. So transferierte er die Feenseele in das neugeborene Kind. Als Dylan seine große Liebe Ciara tot am Strand liegen sah, bat er seinen Freund, ihre Essenz an einen Opal zu binden, sodass Ciara wieder auferstehen könnte. In mir. Sie müssen also eine tote Ciara vorgefunden haben, sonst hätte die Wiedergeburt schließlich nicht stattfinden können.

»Sie haben meine Essenz genommen und dann bin ich aufgestanden, wieder ins Meer gegangen, zur Insel geschwommen und nach Hause zurückgekehrt.« Ciara sagte das in so leichtem Ton, als würde sie gerade einem Kind eine Gute-Nacht-Geschichte vorlesen. Sie tänzelte in ihrem weißen, fließenden Gewand um die Eiche herum. Ich fragte mich ernsthaft, wer von uns beiden hier nicht ganz richtig im Kopf war.

Der Schock, plötzlich Ciara gegenüber zu stehen, saß tief. Es war ein bisschen so, als sei mein Spiegelbild zum Leben erweckt worden. Und es ergab keinen Sinn. Waren alle meine Erinnerungen nur meiner Fantasie entsprungen? Nein, ich *wusste* von manchen, hundertprozentig, dass sie der Realität entsprachen. Warum sollte Ciaras schrecklicher Tod eine Ausnahme sein? Mein anfänglicher

Horror wich langsam, aber sicher Verärgerung. Ciaras sonderbares Verhalten fing mich an zu nerven.

Denn wenn ich eins wusste, dann, wer Ciara gewesen war. Ich hatte sie gelebt. Sie war ein guter, liebender Mensch gewesen. Naiv vielleicht und gutgläubig, aber sie hatte nichts gemein mit dieser gehässigen, spöttischen und überheblichen Person. Das war nicht die Ciara, die ich kannte. Ihre kindischen Tänzeleien veranlassten mich dazu, mit den Augen zu rollen. »Ciara, sag mir einfach, was du mit mir vorhast, damit ...«, begann ich ungeduldig, doch sie fiel mir abrupt ins Wort.

»Du kannst aufhören, mich Ciara zu nennen.« Sie drehte sich zu mir um. Auf einmal wurde es ganz still. Selbst die Blätter der Eiche raschelten nicht mehr. Sie tat einen Schritt auf mich zu. Ihre langen schwarzen Locken umrahmten ihr liebliches Gesicht, aber der Ausdruck in ihren grauen Augen ließ sie alles andere als lieblich wirken. »Ich bin Morrigan, die große Phantomkönigin der Sidhe. Und jetzt wird es auch Zeit, dass du mir den Respekt erweist, der einer Königin gebührt.« Ihr Ton war plötzlich eisig. »Wir hatten lange genug unseren Spaß.«

kapitel zwei
dylan

Dylan stand auf der Ha'penny-Brücke und starrte auf den Fluss hinunter, der träge unter ihm in Richtung Dublins höchstem Gebäude, Liberty Hall, floss. Sein Atem kondensierte in der kalten Novembernacht und die weißen Wölkchen schienen mit dem Fluss reisen zu wollen, bis sie sich nach kurzer Zeit im Dunkel der Nacht auflösten. Auf dem Aston Quay auf der einen, und dem Bacherlor's Walk auf der anderen Seite des Flusses brannten die Straßenlampen, die tanzende Lichtpunkte auf das schwarze Wasser zauberten.

In seiner Welt, der Anderswelt, nannte man den Fluss *An Ruirthech*, was auf Gälisch »schneller Läufer« hieß. Dylan glaubte gehört zu haben, dass er in dieser Welt, der Welt der Menschen, auch mal so geheißen hatte. Aber das war vor seiner Zeit gewesen. Auch bei seiner Geburt vor zweihundertfünfzig Jahren hatte man diesen Fluss hier schon Liffey genannt. In beiden Welten, die sich topografisch nicht voneinander unterschieden, floss dieser Fluss im gemächlichen Tempo, und »schneller Läufer« war in jedem Fall eine unzutreffende Bezeichnung.

Dylan versuchte sich mit diesen Überlegungen von der beunruhigenden Tatsache abzulenken, dass Alice noch nicht aufgetaucht war. Zwar hatten sie sich nicht für heute Nacht hier verabredet, aber in den letzten Wochen war dieser Ort immer ihr Treffpunkt gewesen und es hatte sich so eingebürgert, dass sie sich jede zweite Nacht auf der Brücke einfanden. Nur zwischen zwölf und ein Uhr und nur hier konnten sie dank dem Brückenzauber ungestört miteinander reden. Es war mittlerweile halb eins und von Alice keine Spur. Dylan war noch nicht bereit, wieder zu gehen, denn es war ihm viel zu wichtig, dass sie miteinander sprachen.

Schließlich hatten sie sich vorgestern genau hier, unter dieser Laterne in der Mitte der Brücke geküsst. Träumerisch schaute Dylan zum gelben Licht der Laterne hoch. Es hieß, dass denjenigen, die sich hier, an diesem Ort küssten, ewiges Liebesglück beschert war. Er wollte so gerne glauben, dass diese Volksweisheit der Wahrheit entsprach. Aber das konnte er nicht. Der Grund dafür war nicht, dass er sie für abergläubisch hielt. Er war das lebende Beispiel dafür, dass solche sogenannten übernatürlichen Dinge existierten. Als Sidhe hatte er eigentlich selber Magie. Nur momentan nicht, fiel ihm zerknirscht ein, weil er jegliche magischen Kräfte, die er als Fee besessen hatte, aufgegeben hatte, um an Alices Seite zu sein.

Dylan seufzte, als er an seinen ursprünglichen Plan dachte. Vier Jahre lang hätte er als Alices Kommilitone am Trinity College studieren sollen. Der Ältestenrat hatte dem zugestimmt, um herauszufinden, ob seine Anwesenheit bei Alice gewisse Erinnerungen hervorrufen würde. Auf diese Weise sollte bestimmt werden, ob Alice aufgrund ihres Wissens über die Feen eine Gefahr für die Sidhe darstellte oder nicht. Aber er hatte es nie als seine Aufgabe angesehen, sein Volk vor Alice zu schützen. Nein, im Gegenteil, er hatte immer vorgehabt, Alice vor den Sidhe zu beschützen. Das war er ihr schuldig, dachte er jetzt mit einem traurigen Lächeln, *das und noch viel mehr*. Hier, auf dieser Brücke, hatte er ihr im Geheimen alles erzählt. Und hier hatte er sich in sie verliebt.

Nein, der Grund, warum er nicht an ein Happy End mit Alice glauben konnte, war, dass ihre Liebe verboten war. Feen durften nicht mit Menschen zusammen sein. Und was für ein tragisches Ende eine solche Verbindung nehmen konnte, hatte er vor etwas über sechzig Jahren schon einmal erfahren müssen.

Sein Herz verkrampfte sich, als er an Ciara dachte. Sofort verbot er sich jeden weiteren Gedanken an sie. Er schloss die Augen. *Alice, Alice, Alice*, dachte er. Gleich darauf hörte er Schritte. Erleichtert machte er die Augen auf, um das Mädchen die Brücke betreten zu sehen. Sie ging im Eilschritt und die Haare wehten hinter ihr her. Er kniff die Augen zusammen. Die Haare waren lang und lockig. Das hier war nicht Alice.

»Dylan«, keuchte das Mädchen außer Atem, »ich bin so froh, dass du hier bist.«

Sie trat unter den Schein der Laterne. »Bridget«, rief er. »Wo ist Alice?«

Bridget schaute ihn mit sorgenvoller Miene an. »Alice ist verschwunden.«

Dylan kam auf sie zu und packte sie an den Schultern. »Verschwunden? Was meinst du damit? Was ist passiert?« Er konnte nicht glauben, dass genau das geschehen war, was er immer befürchtet hatte. Vorgestern, nach dem Kuss, da hatten sie sich unverwundbar gefühlt, als ob niemand ihnen etwas antun konnte. Sie waren zum ersten Mal zusammen von der Brücke spaziert, Arm in Arm, und er hatte sie nach Hause gebracht. Der Gedanke an den Abschiedskuss vor der Haustür brachte ihn jetzt schier um. Hatte sie doch jemand beobachtet? Hatte Maggie …

»Sie wollte nach Hause zu ihren Eltern fliegen«, unterbrach Bridget seine Gedanken.

»Was?«, fragte er verwirrt und ließ Bridget los. »Du musst dich irren, davon hat sie mir vorgestern gar nichts erzählt.«

»Nein, das war eine spontane Entscheidung. Du weißt doch vielleicht, dass Alice kaum mehr Kontakt mit ihren Eltern hatte – gestern hat sie zum ersten Mal seit Langem wieder mit ihrem Vater telefoniert, und es stellte sich heraus, dass sich ihre Eltern getrennt haben.«

Dylan nickte nur stumm. Alices Eltern hatten Schwierigkeiten damit gehabt, wie sich ihre Tochter veränderte, nachdem sie vor ein paar Monaten im Krankenhaus aus einem Koma aufgewacht war. Ihre Tochter war einfach nicht mehr ihre Tochter. Alice fühlte sich daheim nicht mehr zugehörig und nachdem sie Professor O'Tool, seine Frau Vera und Tochter Bridget kennengelernt hatte, war sie nach Dublin gekommen, um am Trinity College zu studieren. Dylan hatte ehrlich verdrängt, dass Alice kaum mehr mit ihren Eltern sprach, oder dass das, was ihr passiert war, ihre Familie zerbrochen hatte. Das ihm mittlerweile so bekannte lähmende Gefühl breitete sich in seinem Brustkorb aus. Auch das hier war seine Schuld. Jedes Mal, wenn er versuchte, etwas wieder gutzumachen, schien er nur noch mehr Menschen mit sich ins Verderben zu ziehen.

»Alice hat ihrem Vater gestern versprochen, dass sie nach Deutschland kommt, damit sie alles besprechen und die Beziehung wieder kitten können«, sagte Bridget nun. »Genaueres weiß ich auch nicht, aber es hörte sich so an, als wäre es wirklich wichtig gewesen, dass sie nach Hause fährt, so eine Art letzte Chance, weißt du? Und da jetzt Wochenende ist und wir nächste Woche *Study Week* haben … naja, also ich habe sie heute Morgen zum Flughafen gefahren.« Bridget holte tief Luft. Ihre Stimme bebte: »Seitdem hat keiner mehr was von ihr gehört.«

Dylan krallte sich am Brückengeländer fest. Das weiße Eisen fühlte sich erst kühl an, doch je länger seine Finger sich darum schlossen, desto heißer wurden sie. Sidhe vertrugen Eisen nicht besonders gut. Deshalb hatte er die Brücke ausgesucht. Sie war durch einen Zauber geschützt, der auch das Eisen für ihn erträglich machte, aber es längere Zeit anzufassen, war keine gute Idee. Doch gerade in diesem Moment begrüßte er die Schmerzen. Sie waren ihm lieber als die Pein, die er in seinem Inneren fühlte. Widerwillig ließ er dennoch das Geländer los – er würde Alice keine große Hilfe sein, wenn er sich selbst außer Gefecht setzte.

»Bist du hundertprozentig sicher, dass sie nicht in Deutschland angekommen ist?«, fragte er und drehte sich wieder zu Bridget um. »Vielleicht ist sie bei ihrer Mutter, oder …«

»Ich bin mir sicher«, unterbrach Bridget ihn. »Ihr Vater stand am Flughafen in der Ankunftshalle und hat auf sie gewartet. Als sie nicht aus dem Flugzeug stieg, hat er uns angerufen. Daraufhin haben wir und er heute überall herumtelefoniert. Sie ist verschwunden, Dylan!«

Verschwunden. Das taten Sidhe Menschen an, die ihnen zur Gefahr wurden. Sie ließen sie verschwinden. Genau das hatte Dylan versucht zu verhindern. Dass sein Volk Alice als Gefahr einstufte und verschwinden ließ. Und wieder einmal hatte er kolossal versagt.

»Glaubst du, es war diese Maggie, Dylan?« Bridget flossen die Tränen. »Glaubst du, sie haben sie geschnappt und ihr etwas angetan?«

Erschrocken schaute Dylan Bridget an. »Du weißt alles, oder? Alice hat dir alles erzählt?«

Bridget hörte auf zu schniefen und schluckte. »Ja, ich habe doch bei Padraig gespitzelt. Hab etwas mit ihm am Laufen gehabt, um gleichzeitig herauszufinden, was er über euch beide weiß.«

Professor Padraig O'Cadhla war Alices und Dylans Seminarleiter an der Uni. Offiziell. Eigentlich war er Fee und ein sogenannter *Garda*, ein Wächter. Das war seine Berufung und er nahm sie ernst. Das war nichts Ungewöhnliches, denn er hatte auch keine große Wahl. Jeder und jede Sidhe hatte eine Berufung, in die Feenkinder schon im jungen Alter eingeweiht wurden. Jeder ging dieser persönlichen Aufgabe gewissenhaft nach. Da Dylan seine Magie abgetreten hatte, konnte er auch seine Berufung nicht mehr ausleben. Das hinterließ manchmal ein Vakuum in seinem Kopf, dort, wo er früher den Blitz gespürt hatte, den er in eine Eiche lenkte, jedes Mal, wenn er mit seiner Kraft als *Dealan* einem Wesen zur Wiedergeburt verhalf. Hätte er seinen Job so getreu ausgeführt wie O'Cadhla und nicht versucht, eine Menschenseele zu reinkarnieren, dann wäre das alles hier nicht passiert.

Er schüttelte den Gedanken an seine Berufung ab. Jetzt war es seine Aufgabe, Alice zu retten, auch wenn er sich diese Bestimmung selber zugeschrieben hatte. So etwas lag gar nicht in der Natur der Feen. Aber er hatte Fehler begangen und musste jetzt mit den Konsequenzen umgehen. Obwohl seine Loyalität und sein Gehorsam bei seinem Volk liegen sollten, fühlte er sich verantwortlich für die Menschen, deren Leben er in Gefahr gebracht hatte. Und das zog immer größere Kreise. Auch Bridget konnte jetzt dazugehören.

»Bridget, es kann sein, dass du dich jetzt auch in Gefahr befindest. Tu auf jeden Fall weiterhin mit O'Cadhla so, als ob nichts passiert wäre und als ob du von nichts weißt. Dein Leben könnte davon abhängen.«

Bridget starrte ihn verängstigt an. Das Mädchen mit den lustigen blonden Locken hatte sonst immer einen frechen Spruch auf den Lippen, aber heute war davon nichts mehr zu spüren. Sie war ganz offensichtlich sehr beunruhigt – zu Recht.

»Aber ich habe vorgestern mit ihm Schluss gemacht. Glaubst du, das hat etwas damit zu tun? O Gott, er hat zu mir gesagt, dass ich das unheimlich bereuen werde. Ist es meine Schuld, dass Alice verschwunden ist?«

»Nein, Bridget, nein«, beschwichtigte Dylan sie. »Es ist allein meine Schuld. Mach dir keine Sorgen darüber, sag einfach niemandem etwas, dann passiert dir bestimmt nichts.«

»Ich mache mir hauptsächlich Sorgen, wie wir Alice wieder zurückkriegen.«

»Ich auch. Aber ich habe schon ein paar Ideen, wo ich anfangen kann. Wie seid ihr mit Alices Vater verblieben?«

»Er will die Polizei anrufen. Aber wir konnten ihn überreden, bis morgen zu warten. Er kommt nämlich morgen früh hier her.«

»Wir müssen versuchen, ihn davon abzuhalten, die Polizei zu verständigen«, sagte Dylan in dringendem Tonfall. »Je mehr Aufmerksamkeit ihr Verschwinden erregt, desto schlechter stehen die Chancen, dass Alice je zurückkehren darf.«

»Aber wie wollen wir das anstellen?«, fragte Bridget verzweifelt. »Seine Tochter ist spurlos verschwunden. Ist doch klar, dass er alle Hebel in Bewegung setzt und die Polizei kontaktiert.«

Dylan seufzte. »Uns fällt schon etwas ein.«

Für eine Weile sagten sie nichts. Wie gelähmt stand Dylan auf der Brücke und schaute dem fließenden Wasser hinterher, das in dieselbe Richtung floss, immer und immer wieder in seinen seit Tausenden von Jahren festgelegten Bahnen.

»Dylan?« Bridgets Stimme klang brüchig. »Wo ist Alice? Kannst du sie zurückholen?«

»Ich glaube, sie ist in der Anderswelt. Aber ich kann sie nicht holen.« Seine Kehle schnürte sich zu. »Ich komme dort nicht mehr hin.«

***

Kurz vor acht Uhr am nächsten Morgen eilte Dylan über die nasse Rasenfläche zum Arts Building auf dem Trinity College Gelände. Um die Uhrzeit war auf dem sonst so betriebsamen Campus noch wenig los. Dylan hatte den Kragen seines Mantels hochgestellt und den Kopf eingezogen, um zu vermeiden, dass ihm der prasselnde Regen den Nacken runterlief. Aber er war sowieso schon platschnass. Gegen halb zwei Uhr nachts, als er vor Padraig O'Cadhlas verschlossener Tür stand, hatte es angefangen zu nieseln. Trotz wiederholtem Klingeln und Klopfen machte keiner auf und in der Wohnung ging auch kein Licht an. Da er daraus schloss, dass O'Cadhla wirklich nicht zu Hause war, wartete er vor dessen Wohnung, um ihn abzupassen. Aber sein Seminarleiter und »Bewacher« war nicht aufgetaucht.

O'Cadhla hatte zwar auch ein Büro im Arts Building, aber Dylan bezweifelte sehr, dass er ihn dort antreffen würde. Trotzdem wollte er dort als Erstes vorbeischauen. Als er zum Arts Building kam, schloss der Hausmeister gerade die Tür auf. Das hieß, es konnte eigentlich noch keiner da sein, es sei denn, jemand hatte beim Hausmeister geklingelt. Dennoch hielt er an seinem ursprünglichen Vorhaben fest und ging in den fünften Stock zu O'Cadhlas Büro. Die Tür war verschlossen.

Als Nächstes versuchte er es bei Dr. Brennans Büro. Es war Sonntag und Study Week, aber die junge Doktorin war momentan seine einzige Hoffnung. Alice hatte sich der Expertin für keltische Ikonografie anvertraut und lag Dylan jetzt schon seit Tagen in den Ohren, sich von Claire Brennan helfen zu lassen. Alice war der Meinung, dass moderne Druidinnen, zu denen Dr. Brennan Kontakt hatte, Dylan dabei helfen könnten, in die Anderswelt zu gelangen. Ihr Plan war es gewesen, dem Ältestenrat zu erzählen, dass Maggie für Ciaras Tod verantwortlich gewesen war. Da es Feen heutzutage nicht mehr erlaubt war, Menschen einfach so umzubringen, war das eigentlich eine Straftat, die geahndet werden müsste.

Die Wut kochte in ihm hoch, als er daran dachte, wie Maggie Ciara in den vermeintlichen Freitod manipuliert hatte. Er beruhigte sich schnell wieder, bevor er seinen Emotionen freien Lauf ließ – mit Hilfe einer Atemtechnik, die er in den letzten Jahren gelernt hatte anzuwenden. Wenn er die Schmerzen in seiner Brust zuließ, konnte er nicht klar denken. Er musste unbedingt Ruhe bewahren. Dennoch gab er zu, dass er liebend gerne erleben würde, wie Maggie für Alices Tod bezahlen musste. Aber er hatte eine Ahnung, dass das nicht passieren würde. Deswegen war er Alices Plan gegenüber immer skeptisch gewesen. Ja, wenn sie handeln wollten, dann war es die einzige Möglichkeit. Aber in Anbetracht der Tatsache, dass Maggie Morrigans Schwester war, der Königin der Sidhe, wagte er zu bezweifeln, dass man sie hart ins Gericht nehmen würde.

Im zweiten Stock suchte er nach der Zimmernummer, die Alice ihm schon mitgeteilt hatte. Als er Dr. Brennans Büro fand, musste er zu seiner Überraschung feststellen, dass die Tür einen Spalt breit offen stand.

»Dr. Brennan?«, sagte er vorsichtig.

Als niemand antwortete, machte er die Tür langsam auf. Sie knarzte. Dr. Brennans Büro lag im Halbdunkel des regnerischen Morgens. Alice hatte ihm erzählt, dass die junge Doktorin unzählige Bücher in ihren Regalen stehen hatte – unter anderem auch über Druiden. Doch jetzt waren die Regale alle leer. Überhaupt war das Zimmer komplett ausgeräumt worden. Sogar im Papierkorb neben der Tür lag nichts. Neben den vielen leeren Regalen befanden sich noch ein gelber Plüschsessel und ein Stuhl im Büro. Vor dem Schreibtisch stand ein Bürostuhl. Dylan stutzte.

Da, auf dem Schreibtisch, da lag noch etwas. Im Dämmerlicht war es schwer zu erkennen.

Dylan ging darauf zu. Er nahm den Gegenstand in die Hand. Er passte genau in seine Handfläche und war angenehm glatt. Man hätte ihn vielleicht für einen Handschmeichler halten können.

Aber Dylan wusste sofort, was es war. Ein Druidenei.

Das Ei war ein Talisman für Druiden, ein mystisches Objekt, das auch für Meditation und Magie benutzt wurde. Es symbolisierte Erneuerung und Wiedergeburt.

Dylan ließ es von einer Hand in die andere gleiten und starrte nachdenklich aus dem Fenster. Wenn das hier Dr. Brennans Druidenei war, dann würde das mit größter Wahrscheinlichkeit bedeuten, dass auch sie eine moderne Druidin war. Das hatte Dr. Brennan Alice aber nie so dargestellt. Sie hatte immer von »Bekannten« gesprochen, von Kontakten in einem Zirkel moderner Hexen, die sie zu Rate zog.

Dass ihr Büro jetzt ausgeräumt war, verhieß nichts Gutes. Wahrscheinlich würde sie hier nicht noch einmal auftauchen. Doch warum das Ei zurücklassen? Als clevere Nachricht, mit der sie sich als Druidin outete, die Alice in ihr Vertrauen gezogen und schließlich verraten hatte?

Solch hämische, heimtückische Art mochte so gar nicht zu dem Bild passen, dass er sich von Claire Brennan gemacht hatte. Aber die Möglichkeit lag nahe, dass sie Alice bei den Sidhe verraten hatte. Jemand musste es schließlich getan haben.

***

»Nein, das kann ich mir beim besten Willen nicht vorstellen«, schüttelte Professor O'Tool vehement den Kopf. »Ich hätte für Claire meine Hand ins Feuer gelegt. Ich kenne sie schon lange. Dass sie Alice und im weitesten Sinne mich so hintergehen würde, kann ich mir einfach nicht vorstellen.«

Dylan saß bei der Familie O'Tool in der Küche. Vera war auch da und kochte gerade eine Kanne Kaffee. Sie warteten darauf, dass Bridget wiederkam, die Alices Vater, Frank Lohmann, vom Flughafen abholte. Es war das erste Mal, dass Dylan Bridgets Eltern traf und fand beide auf Anhieb sympathisch. Ob sich das umgekehrt auch so verhielt, bezweifelte er allerdings. Natürlich wusste er, wie vorbehaltlos ihre Gastfamilie Alice unterstützt hatte und ein Grund dafür war, dass Alice sich in Irland so zu Hause fühlte. Vera und Seamus O'Tool wussten über Ciara Bescheid und hatten vor Beginn des Semesters Alice dabei geholfen, in Roundstone, Connemara, mehr über Ciara herauszufinden. Doch über Dylan hatte Alice ihnen gegenüber kein Wort verloren. Bridget hatte ihren Eltern erst alles erzählt, nachdem Alice verschwunden war. Natürlich machten sich die O'Tools große Sorgen und waren Dylan verständlicherweise zuerst sehr verhalten begegnet. Schließlich war es auch seine Schuld, dass Alice verschwunden war, erinnerte er sich bitter.

»Ich bin nicht glücklich darüber, dass Alice hinter unserem Rücken nachts aus dem Haus ist, um sich mit dir zu treffen«, hatte Vera als Erstes gesagt, nachdem Bridget sich verabschiedet und auf den Weg zum Flughafen gemacht hatte. Ernst fuhr sie fort: »Als sie in Connemara nachts im Gewitter und Regen draußen herumgelaufen war – dir hinterhergelaufen war, wie wir kürzlich erfahren haben – da hat sie uns versprochen, dass so etwas nicht noch einmal vorkommt. Wir haben ihre Eltern nicht angerufen, weil wir ihr vertrauen wollten. Ich fühle mich ehrlich gesagt hintergangen. Es ist ihre Privatsache, warum sie sich mit dir trifft, aber nachts in Dublin herumzuirren, ohne dass wir davon wissen, ist nicht in Ordnung. Wir sind hier verantwortlich für sie.«

Daraufhin hatte Dylan von dem Brückenzauber und von der Notwendigkeit berichtet, dass ihre Treffen geheim blieben. Er entschuldigte sich immer wieder, wohl wissend, dass das nichts an der Situation änderte. Die O'Tools würden sich trotzdem Alices Eltern gegenüber schuldig fühlen, dass deren Tochter in ihrer Obhut etwas zugestoßen war. Nach einem längeren ernsten Gespräch schienen sich Vera und der Prof davon überzeugt zu haben, dass Dylan wirklich um Alices Wohl besorgt war und alles daran setzen würde, sie zu retten.

Schließlich war Dylan in seiner Berichterstattung bei seinem Besuch in Dr. Brennans Büro angekommen. Er musste es dreimal genau erklären, was es mit dem Druidenei auf sich hatte, und trotzdem blieb Professor O'Tool standhaft bei seiner Meinung.

»Ich hatte keine Ahnung, dass Claire Druidin ist, aber möglich ist es natürlich, besonders wenn man ihr Forschungsgebiet in Betracht zieht. Es fällt in ihren Interessenbereich. Aber ich weigere mich, zu glauben, dass sie Alice mutwillig und mit bösen Absichten etwas angetan hat. Ihr Vater war selber Linguistik-Professor am Trinity College und eine Art Mentor für mich. Er war mein Doktorvater und ich war öfter bei den Brennans zu Hause eingeladen. Ich kenne Claire schon lange. Leider ist ihr Vater nicht mehr am Leben. Ihre Mutter wohnt in Frankreich. Sie ist leider nicht allzu guter Gesundheit und ich möchte sie nicht beunruhigen. Sonst hätte ich sie nämlich schon längst kontaktiert. Und wie in Alices Fall sollten wir eigentlich die Polizei verständigen, wenn Claire Brennan tatsächlich verschwunden ist.«

Wiederholt hatte der Prof während des Gesprächs versucht, Dr. Brennan telefonisch zu erreichen – ohne Erfolg. Die O'Tools und Dylan einigten sich darauf, dass Vera und der Professor bei Claire zu Haus vorbeischauen würden, während sich Dylan mit Alices Vater unterhielt.

»Dieses Ei alleine verrät schließlich gar nichts«, gab Seamus O'Tool zu bedenken. »Nur weil es in ihrem Büro gelegen hat …«

»Ein Ei im Büro?«, unterbrach ihn Bridget, die gerade in die Küche kam. Ihr folgte Alices Vater, der sehr müde aussah. »Wie bei Padraig?«

Dylan schaute sie entgeistert an. Unterdessen gaben sich die O'Tools und Frank Lohmann die Hand. Dylan wusste von Alice, dass Alices Vater bei ihrer letzten Begegnung im Sommer einen einigermaßen vergnüglichen Urlaub mit seiner Familie hier in Dublin verlebt hatte. Er war hoffnungsvoll gewesen, dass sich mit Alice doch noch alles zum Guten wenden würde. Seitdem hatte sich vieles geändert und Frank Lohmann hatte seine Hoffnungen wohl begraben müssen. Vielleicht gab er den O'Tools ein wenig die Schuld daran, wie sich das Verhältnis zu seiner Tochter entwickelt hatte. Zumindest fiel die Begrüßung kühl aus.

Eigentlich hatte sich Dylan fest vorgenommen, einen guten Eindruck auf Herrn Lohmann zu machen. Er musste ihm schließlich gestehen, dass er in seine Tochter verliebt war. Außerdem musste er ihn davon überzeugen, dass es in Alices bestem Interesse war, wenn die Behörden nicht eingeschaltet wurden, sondern Alices Rettung allein in seiner Verantwortung blieb. Doch jetzt konnte er Alices Vater nur zerstreut die Hand schütteln, weil Bridgets Kommentar ihn aus dem Gleichgewicht gebracht hatte. Frank Lohmann zog die Augenbrauen hoch, als Dylan sich sofort an Bridget wandte. »Was hast du gesagt? Padraig O'Cadhla hat ein Druidenei im Büro gehabt?«

Bridget sah verwirrt aus. »Von einem Druidenei weiß ich nichts. Aber er hatte einen Gegenstand, der aussah wie ein Ei, aber aus Gips oder Stein … auf dem Schreibtisch.«

Auf Dylans Stirn bildete sich eine Furche und er sagte erst einmal gar nichts. Die O'Tools und Herr Lohmann schauten sich ratlos an. »Was hat das zu bedeuten«, fragte Bridget schließlich ungeduldig.

»Bei O'Cadhla hat ein Druidenei eigentlich nichts verloren. Er ist ein *Garda*, ein Bewacher. Das ist in der Welt der Feen so etwas wie eine Art Schutzmann. Er hat mehr Kraft als andere und seine magischen Fähigkeiten beschränken sich auf eine erhöhte Beobachtungsgabe und einen ausgezeichneten Jagdinstinkt. Wenn er den Duft von jemandem aufnimmt, kann er ihn bis ans Ende der Welt verfolgen. Aber das hat nichts mit Mystik und Meditation zu tun, mit druidischer Magie, für die das Druidenei verwendet wird. Ich kann mir keinen Reim drauf machen.«

Alices Vater räusperte sich. »Kann mir endlich mal jemand sagen, was hier vor sich geht? Habe ich das richtig verstanden – Feen und Druiden?« Seine Stimme wurde lauter. »Und wo zum Teufel ist meine Tochter?«

Alle schauten sich betreten an. »Bitte setzen Sie sich doch, Herr Lohmann«, bat Vera ihn und schenkte ihm eine Tasse Kaffee ein. »Es ist wohl besser, wenn wir erst mal hierbleiben, um zu bezeugen, dass Dylan die Wahrheit sagt, auch wenn sich seine Geschichte unglaublich anhört.«

Dylan erzählte Alices Vater von Ciaras Wiedergeburt und wie es dazu gekommen war. Er sprach langsam und deutlich, weil er nicht wusste, wie gut der deutsche Mann Englisch verstand.

Herr Lohmann saß mit offenem Mund da, während sein Kaffee kalt wurde. Alice hatte Dylan erzählt, wie sich besonders ihr Vater dagegen sperrte, dass »esoterischer Humbug« die Ursache für Alices »Krankheit« sein konnte, wie er sich ausdrückte. Er hatte nach einer rationalen, wissenschaftlichen Erklärung dafür gesucht, dass seine Tochter auf einmal Irisch sprach und sich wie eine Fremde aufführte. Schon gegen die Wiedergeburtstheorie hatte er sich gesperrt. Die Nachricht, dass das alles mit Feen zu tun haben sollte, die in einer Parallelwelt zu seiner lebten, schien er nicht gut aufzunehmen. Er rieb sich mit der Hand über das Gesicht.

»Was willst du mir erzählen? Dass du so ein Sidhe bist? Und das soll ich dir glauben?« Sein Blick wanderte von einem Gesicht zum anderen. »Habt ihr alle was eingeworfen, oder was? Seid ihr plemplem?« Frank Lohmann schrie jetzt fast. »Ich werde jetzt sofort die Polizei verständigen!«

»Herr Lohmann, jetzt warten Sie doch mal«, versuchte Dylan ihn zu beruhigen. Doch Alices Vater war schon aufgesprungen und hatte sein Handy gezückt. Abwehrend hielt er die Hand hoch. »Ich will nichts mehr hören!«

»Ich kann es Ihnen beweisen, Herr Lohmann, denken Sie doch mal nach«, rief Dylan verzweifelt. »Wir haben uns schon mal gesehen.«

Frank Lohmann hielt in seiner Bewegung inne und schaute ihn mit schmalen Augen an. »Wie bitte?«

»Denken Sie nach … es ist schon einige Jahre her. Achtzehn Jahre, um genau zu sein. Bei Alices Geburt.«

Jetzt weiteten sich Herr Lohmanns Augen und er ließ sich langsam wieder auf den Stuhl sinken. »Was? … Aber das kann doch gar nicht sein! Du sahst … du sahst genauso … «

»Genauso aus wie heute?«, beendete Dylan den Satz erleichtert. »Ja. Denn ich bin keine achtzehn Jahre gealtert wie ein Mensch. Weil ich eben Sidhe bin.«

Alices Vater sagte erst mal gar nichts. Dafür schaltete sich Bridget ein. »Wie, ihr habt euch bei Alices Geburt getroffen?«

»Als Alice geboren ist, habe ich einen Blitz in die Eiche geleitet, die vor dem Krankenhaus stand«, erklärte Dylan. »So ist Ciara in ihr wiedergeboren. Herr Lohmann ist später nach draußen gekommen, um sich die zerstörte Eiche anzuschauen, wie viele andere auch.«

Herr Lohmann schluckte. »Und da haben wir uns unterhalten«, sagte er tonlos. »Über den Namen meiner gerade eben geborenen Tochter. Dylan hat mir den Namen Alice vorgeschlagen und er hat sich mir in den Kopf gesetzt. So ist Alice zu ihrem Namen gekommen.«

»Moment mal«, schüttelte Vera verwirrt den Kopf. »Wieso war es dir so wichtig, dass sie Alice heißen soll, Dylan?«

»Ich weiß es«, rief der Professor aufgeregt. »Es hat mit der Baummagie zu tun, nicht wahr? Wie beim Ogham?« Dylan nickte.

»Ogham … das waren doch die komischen Zeichen auf dem Hexenbeutel, den wir in unserem Cottage in Roundstone gefunden haben? Mit dem Maggie Alice mit einem Schadzauber belegen wollte?«, fragte Bridget stirnrunzelnd.

Der Professor nickte. »Ich habe doch Claire Brennan den Beutel gegeben, damit sie uns sagen kann, was es damit auf sich hat. Bei dem ersten Gespräch zwischen Alice und Dr. Brennan war ich dabei. Claire hat erklärt, was die Ogham-Zeichen auf dem Beutel bedeuten. Sie buchstabieren das Wort CIAR, wovon der Name Ciara abgeleitet ist. Das ist Irisch und heißt schwarz oder dunkel. Im Ogham korrespondieren die Buchstaben mit einem Baumalphabet. C steht für *coll*, das heißt Haselnuss, I für *idad*, die Eibe, A für *ailm*, Kiefer, und R für *ruis*, Holunder. Die Bäume haben alle eine bestimmte Bedeutung.«

Bridget zog die Augenbrauen hoch. »Und was hat das jetzt mit Alice zu tun?«

»Der Stamm des Namens hat ein paar der gleichen Buchstaben, wie der Stamm des Namens Alice«, erklärte Professor O'Tool. »Aber ein signifikanter Buchstabe ist anders.«

Dylan nickte. »L. Alices Name hat den Buchstaben L, für *luis*, die Eberesche mit den roten Vogelbeeren.«

»Warum?«, drängte Bridget ungeduldig.

»Es war als eine Art Schutz für sie gedacht.« Dylan war sich unsicher, wieviel er verraten sollte. Aber die Menschen in diesem Raum wussten sowieso schon zu viel. »Das Holz der Eberesche gilt als Schutz vor Feen. Hat man das Holz bei sich, zum Beispiel in Form eines Gehstocks, wenn man über einen Feenhügel oder ein anderes Portal in die Anderswelt spaziert, dann können Feen einen nicht in die andere Welt hinüberziehen.« Er zuckte mit den Schultern. »Ich nehme an, dass es etwas damit zu tun hat. Ich wollte Alice schützen und bin zu einem sehr alten, zauberkundigen Druiden namens Mog Ruith gegangen, der mir den Namen genannt hat.«

Frank Lohmann seufzte. »Okay. Druiden. Feen. Anderswelt. Okay.« Er holte tief Luft. »Und da soll meine Tochter jetzt sein? In dieser Anderswelt?« Er sah Dylan verzweifelt an.

Dylan nickte. »Wir gehen von der Annahme aus, dass man sie dorthin gebracht hat, weil sie zu viele Erinnerungen hatte und zu viel über die Sidhe weiß. Wahrscheinlich wurde sie zum Ältestenrat gebracht, der jetzt über ihr Schicksal entscheidet.«

Alices Vater rieb sich das Gesicht. Als er die Hand sinken ließ, hatte er Tränen in den Augen. Er schüttelte unwirsch den Kopf. »Ich hätte das alles nicht erlauben sollen. Meine Frau habe ich sowieso schon verloren. Anne hat mich doch verlassen. Ich hätte eine strenge Hand walten lassen sollen, darauf beharren, dass Alice mit dem ganzen Irischkram abschließt, nachdem sie wieder Deutsch konnte. Ich hätte darauf bestehen sollen, dass sie die Pläne verfolgt, die sie vor dem Koma hatte, und in Deutschland studiert. Dann wäre das alles nicht passiert.«

Dylan schaute hilflos zu den O'Tools rüber. »Alice ist ein achtzehnjähriges Mädchen, Frank«, sagte Vera nun vorsichtig. »Sie hat ihren eigenen Kopf und sie hätte wahrscheinlich früher oder später das gemacht, was sie für richtig hielt, mit oder ohne deinen Segen. Meinst du wirklich, mit mehr Strenge hättest du das hier aufhalten können?«

Die Tränen liefen nun über Frank Lohmanns Gesicht. »Ich weiß es nicht«, flüsterte er. »Ich weiß gar nichts mehr.«

Vera stupste den Professor an. »Wir werden uns jetzt auf die Suche nach Claire Brennan machen, der Doktorin für keltische Ikonografie, der sich Alice anvertraut hat. Sie ist ebenfalls verschwunden, soweit wir wissen. Dylan wird dir alles Weitere erklären.«

Vera stand auf und stellte ihre Tassen in die Spüle. Der Professor zögerte noch. »Ich weiß, dass du meinst, du hättest besser auf deine Tochter aufpassen können als wir und dass du glaubst, in deiner Obhut wäre das nicht passiert. Es tut uns leid und wir geben uns die Schuld dafür, dass Alice so etwas passieren konnte. Ich kann das wirklich sehr gut nachvollziehen, denn wenn Bridget an ihrer Stelle wäre, würde ich mich genauso fühlen. Aber ich glaube wirklich, dass Alice eine mutige, verantwortungsbewusste junge Frau ist, die den Weg gegangen ist, den sie für richtig hielt – und dass sie das sowieso gemacht hätte, egal in welcher Familie. Ich glaube, es ist falsch, sie wie ein Kind zu behandeln. Aber sie ist deine Tochter. Ich respektiere, dass du zusammen mit Dylan eine Entscheidung triffst, wie wir weiter vorgehen wollen.«

Alices Vater nickte stumm. Nachdem Vera, der Prof und Bridget gegangen waren, war es erst einmal ein paar Minuten still in der Küche. Dann fing Dylan vorsichtig an, mehr über Alices Situation und die Welt der Sidhe zu erzählen.

»Und was ist, wenn diese Maggie Alice das Gleiche angetan hat wie Ciara?«, stellte Frank Lohmann schließlich die Vermutung auf.

Dylan schüttelte den Kopf. »Nein, das glaube ich nicht. Alice ist anders als Ciara. Sie ist außergewöhnlich stark. Sie würde sich nicht von Maggie zu etwas überreden lassen, das den sicheren Tod für sie bedeutet.«

»So wie du die Frau beschrieben hast, traue ich der alles zu.«

Dylan überlegte, ob er Alices Vater verraten sollte, dass Feen Menschen nicht umbringen konnten. Er entschied sich dagegen. Denn es gab unzählige Möglichkeiten für Maggie, Alice indirekt umzubringen, wenn sie sich das trauen würde. Anscheinend waren ihr die Konsequenzen ihrer Taten egal. Aber er schüttelte den

Gedanken daran ab. Er war zu schmerzhaft, fühlte sich an wie tausend Dolche in seiner Brust. Dylan reckte das Kinn. »Alice lebt noch, das kann ich spüren, Herr Lohmann«, rief er.

Alices Vater stand auf und ging in der Küche auf und ab. »Ich weiß überhaupt nicht, was ich machen soll. Ich will nicht glauben, was ich hier höre, aber ich kann mich wohl nicht dagegen sperren. Mein erster Instinkt war es natürlich, dich und die O'Tools allesamt in die Klapsmühle einliefern zu lassen.« Er seufzte und starrte aus dem Küchenfenster. »Aber mittlerweile bin ich bereit, an alles zu glauben, solange mir das meine Familie wieder zurückbringt.«

»Dann rufen Sie nicht die Polizei. Bitte, Herr Lohmann, die Konsequenzen wären fatal. Ich würde ihr dann nicht mehr helfen können. Und ich bin bereit, alles zu tun, um Alice zu retten«, fügte er mit fester Stimme hinzu.

Herr Lohmann drehte sich um und schaute ihn prüfend an. »Warum? Und warum soll ich dir glauben, dass dir Alice so wichtig ist?«

Dylan schluckte. »Weil ich Ihre Tochter liebe, Herr Lohmann.«

Frank Lohmann lachte trocken. »Diese Ciara hast du doch angeblich auch geliebt. Und deshalb steckt meine Tochter in diesem Schlamassel. Das beruhigt mich nicht besonders, im Gegenteil. Du verschenkst dein Herz wohl recht schnell. Übermorgen bist du vielleicht in eine andere verliebt und Alice ist vergessen.«

»Es gab in meinem ganzen Leben – in zweihundertfünfzig Jahren, wohlgemerkt – nur zwei Frauen. Ciara und Alice. Und genau aus dem Grund, weil ich an Ciara leichtfertig mein Herz verschenkt habe, weiß ich, dass meine Liebe zu Alice etwas Besonderes ist. Auch Ciara habe ich geliebt, aber auf andere Weise. Sie war so schön, so wundervoll, so reinen Herzens, man konnte sie nicht nicht lieben. Es war, als stünde ich in ihrem Bann. Können Sie das nicht verstehen? Gab es in Ihrem Leben keine andere als Ihre Frau?«

Frank Lohmann rieb sich den Bart. »Ich weiß nicht, ob ich mich wohl dabei fühle, so etwas mit dem Freund meiner Tochter zu besprechen. Aber ja, es gab eine erste Jugendliebe. Ich war richtig verknallt. Später traf ich meine Frau. Das war anders. Ich wusste, ich wollte den Rest meines Lebens ein Partner für sie sein«, endete er traurig.

»Dann wissen Sie, wie ich für Alice fühle. Ich liebe sie, weil ich sie als willensstarke, mutige, eigenständig denkende und außergewöhnliche Person kennengelernt habe. Wenn sie mich anlächelt, dann geht in meinem Herzen die Sonne auf. Ich weiß, es ist bestimmt komisch für Sie, dass jemand so für Ihre Tochter empfindet, die vor Kurzem noch Ihr kleines Mädchen war. Der bei ihrer Geburt dabei war und ihr ihren Namen gegeben hat.« Frank Lohmann warf ihm tatsächlich einen skeptischen Blick zu, als er ihn daran erinnerte. »Aber ich erzähle Ihnen das, damit Sie wissen, wie ernst es mir ist. Meine Liebe für Alice hat nichts mit Ciara zu tun. Sie hat allein mit Alice zu tun. Ich werde sie wieder nach Hause holen und sichergehen, dass ihr nichts mehr zustößt. Egal, welchen Preis ich dafür bezahlen muss!«

Frank Lohmann schaute Dylan, der nun auch aufgestanden war, in die Augen. »Natürlich behalte ich mir vor, die Polizei jederzeit einzuschalten, wenn ich es für richtig halte. Außerdem muss ich jetzt erst einmal mit meiner Frau telefonieren. Ich hoffe, sie nimmt ein Gespräch von mir überhaupt an. Wenn sie der Meinung ist, wir sollen die Behörden kontaktieren, dann tun wir das auch. Aber wenn das stimmt, was du sagst, dann bist du wohl meine einzige Hoffnung.« Herr Lohmann schwieg einen Moment. Dann streckte er die Hand aus. »Ich will dir vertrauen, dass du meine Tochter findest. Bitte enttäusche mich nicht.«

Dylan nickte eifrig. »Ich verspreche es Ihnen«, sagte er inbrünstig. Die beiden Männer schüttelten sich die Hand.

kapitel drei
alice

Ich wusste nicht, wie viele Stunden oder Tage ich in meinem Käfig verbracht hatte, als sie kamen, um mich abzuholen. Die Maschen zogen sich bei schlechtem Wetter jedes Mal zusammen und ich verlor schnell jegliches Gefühl dafür, ob draußen Tag oder Nacht war. Im stockdunklen Käfig fielen mir immer wieder die Augen zu und dann wachte ich von einem unruhigen, von Albträumen geplagten Schlaf zitternd auf. Wie eng ich mich auch in die Decke einwickeln mochte, mir wurde nicht warm. Es war immer windig in Connemara und obwohl mein Gefängnis anscheinend wasserdicht war, zog der eisige Wind durch die Öffnungen. Mit den Lebensmitteln ging ich sehr sparsam um, da ich schließlich nicht wusste, wie lange der Vorrat halten musste.

Als sich die Maschen wieder auseinanderzogen und ich von dem plötzlichen hellen Tageslicht, das durch die Öffnungen drang, geblendet wurde, bohrte schon der Hunger in meinem Magen. Meine Augen hatten sich gerade an die Helligkeit gewöhnt, als ich Maggie und ein paar Männer auf meinen Käfig zukommen sah. Ich schaute mich um. Sonst war keiner in der Nähe und die Gefangenen in den anderen Käfigen regten sich nicht.

Mir war mulmig zumute, aber ich musste die Chance nutzen, endlich agieren zu können. Also rief ich Maggie schon von Weitem zu: »Was habt ihr mit mir vor?« Ich versuchte, mir meine Angst nicht anmerken zu lassen, drückte die Schultern durch und streckte das Kinn vor.

Maggie lächelte mich bloß mit ihrem typisch spöttischen Ausdruck an. »Das wirst du schon noch früh genug am eigenen Leibe erfahren.« Ihr Gesicht glättete sich und sie nickte einem der Männer ernst zu. Der machte sich am Käfig zu schaffen. Wie sehr ich mich auch anstrengte, konnte ich nicht erkennen, ob es irgendwo ein Schloss oder Ähnliches gab. Aber plötzlich öffnete sich eine Seite des Käfigs. Einer der Männer nahm mich am Arm. Ich wollte mich wehren, doch es gelang mir nicht. Mein Körper fühlte sich auf einmal schwach und wie betäubt an. Im Gesicht des Mannes regte sich nichts, als ich ihn mit flehenden Augen ansah. Wie die anderen allesamt dunkelhaarigen Männer um uns herum schien er völlig gleichgültig. Fast wie Roboter, dachte ich und schüttelte mich. Sie sahen sich sogar alle unheimlich ähnlich.

Die Männer führten mich weg. Maggie lief hinter uns, was mich beunruhigte. Niemand sagte etwas und wir gingen für eine gefühlte Ewigkeit. Wenn ich nicht solche Angst gehabt hätte, wäre es eine wunderschöne Wanderung gewesen. Wir gingen auf die Twelve Bens zu, was mich vermuten ließ, dass wir auf dem Weg zu Morrigans Eichenpalast waren. Viele der grasbewachsenen Hügel um uns herum hatten immer noch diese satte grüne Farbe, die man nur in Irland fand. Doch auch in der Anderswelt war anscheinend der Herbst eingezogen und an manchen Stellen war das Gras schon zu einem Ockerbraun verblichen. Die vielen Bäume – die es in unserer Welt an dieser Stelle gar nicht gab – verloren Blätter in jeglichen Rot- und Gelbschattierungen. Ich kannte mich nicht besonders gut mit Pflanzen und Bäumen aus, aber mir kam es vor, als ob die Vegetation ungewöhnlich vielfältig war. Immergrüne Kiefern und Fichten wechselten sich mit vielen Baumarten ab, von denen ich einige erkannte, wie Eichen an ihren Blättern und Erlen an ihren verholzten Zapfen. Je weiter wir uns von der

Küste entfernten, desto mehr Heidepflanzen sah ich, die sich mit den sonst für Connemara typischen hohen Gräsern und violetten Rhododendren abwechselten. Mir fiel auf, dass es im Irland der Anderswelt viel mehr Vogelgezwitscher zu hören gab, was wahrscheinlich mit der veränderten Flora zu tun hatte. Ab und zu sah ich grasende Schafe und Ziegen und in weiter Ferne sogar Ponys. Einmal lief uns ein Hirsch über den Weg. Er schien sich an uns nicht zu stören und die Männer um mich herum blieben ebenfalls ganz ruhig und unbeeindruckt.

Irgendwann kamen wir an kuppelförmigen Gebäuden vorbei, von der Art, die ich schon bei meiner Ankunft in der Anderswelt an der Küste vor Roundstone gesehen hatte. Sie erinnerten von Weitem an große Iglus, aus nächster Nähe sahen sie so aus wie weiße Bienenstöcke. Je näher wir zum Palast kamen, desto mehr von diesen Gebäuden sah ich. Personen gingen ein und aus. Das ließ darauf schließen, dass es sich tatsächlich um Häuser handelte. Ursprünglich kamen sie mir etwas klein dafür vor, aber vielleicht kamen Sidhe ja mit weniger Platz aus, als wir Menschen es gewohnt waren.

Die Feen schienen dem Trupp Männer mit mir in der Mitte und Maggie als Schlusslicht aus dem Weg zu gehen. Ich konnte nicht mit ihnen kommunizieren und je näher wir dem Palast kamen, desto mehr rückten die Männer um mich herum zusammen, sodass ich bald fast nichts mehr von meiner Umgebung sah. Als ich nach meiner Entführung hierhergebracht worden war, hatte man mich mit einem Gefährt transportiert und mir die Augen verbunden. Jetzt war man wohl nicht mehr darauf bedacht, zu verhindern, dass ich mich in der Anderswelt zurechtfand. Das konnte nichts Gutes verheißen.

Ich wurde immer panischer, als wir den Palast betraten. Schnurstracks ging es auf den Raum mit der Eiche zu. Als wir eingetreten waren, kniff ich die Augen zusammen, vor lauter Angst, dass man mich gleich packen und mir Gewalt antun würde.

Aber nichts geschah.

Als ich die Augen wieder aufmachte, hatten sich die Männer im großen Raum verteilt. Maggie konnte ich nirgends mehr entdecken. Wachen standen vor der Tür, also konnte ich nicht weglaufen, aber trotzdem atmete ich erst einmal tief durch. Jetzt, da mich die Männer nicht mehr anfassten, fühlte ich mich wieder quicklebendig. Die kräftige Eiche in der Mitte hatte einen bestärkenden Effekt auf mich.

Bei meinem letzten Besuch hier hatte meine ganze Aufmerksamkeit der Phantomkönigin gegolten. Doch Morrigan war jetzt abwesend und ich hatte die Gelegenheit, mich umzuschauen. Der Raum war riesig und kreisrund. Es gab ringsherum einen Bodenbelag aus einem Material, das aussah wie Holz, sich aber nachgiebiger unter meinen Füßen anfühlte. An den Wänden standen Kommoden, Schränke und sonstige Möbel, wie man sie in einem Zimmer erwartete. Auf der anderen Seite des Raumes sah ich sogar eine kleine Tribüne, wie für Zuschauer bei einer Sportveranstaltung. Einige der Männer, die mich hergebracht hatten, saßen dort, zusammen mit Frauen in bunten Gewändern. Nachdem man etwa fünf Meter in Richtung Baum gegangen war, hörte der Bodenbelag auf. Mitten im Raum, um den alten Baum herum, wuchsen Gras und Blumen. Ich schaute nach oben und musste die Augen zusammenkneifen, weil mich das Sonnenlicht blendete, das ungefiltert durch die Decke kam. Ich konnte es nicht richtig erkennen, glaubte aber, dass die Decke in der Mitte offen war.

Ich traute mich nicht, über den Rand des Bodens auf die Wiese zu treten und auf den Baum zuzugehen. Vor dem Baum stand ein großer kupferner Kessel. Er erinnerte mich an den Kessel des Dagda, über den ich mich mit Dr. Brennan unterhalten hatte. Das Symbol für diesen Kessel der Unerschöpflichkeit und der Wiedergeburt aus der Mythologie der Túatha Dé Danann war auch auf dem Hexenbeutel gewesen, mit dem Maggie meine Erinnerungen durch einen Schadzauber hatte unterdrücken wollen. Der Kessel hatte bei meinem letzten Besuch nicht dort gestanden und auch die hohe Leiter aus Holz, die gegen den Baumstamm lehnte, war nicht hier gewesen.

Eine weitere Änderung gab es im Raum: Nicht weit entfernt von mir lag ein grauer Felsblock, in etwa so lang wie ich groß war, mit einer schrägen, abgeflachten Oberfläche. Ich fragte mich, wie man den hier reingetragen hatte. Ich musste an Megalithen in Steinkreisen denken, aber dieser Fels stand allein.

Ich hatte mich gerade ein wenig entspannt und zerbrach mir den Kopf über den Megalithen, als mir auffiel, dass einige der Männer von vorhin unbemerkt an mich herangetreten waren. So sehr ich mich auch mit Händen und Füßen wehren wollte, als sie mich packten, gelang es mir einfach nicht, die Kraft dafür aufzubringen. Sie trugen mich zu dem Fels und legten mich darauf. Einzig meinen Kopf konnte ich panisch hin- und herwerfen. Den harten Stein unter meinem Schädel spürte ich kaum. Mein Atem ging immer schneller, als ich Ranken aus der Erde sprießen sah. Sie wuchsen in einem solch rasanten Tempo, als hätte jemand die Schnellvorlauftaste gedrückt. Ich dachte schon wieder, ich würde halluzinieren und schloss die Augen, in der Hoffnung, dass dieser Albtraum bald vorbei sein würde. Als ich spürte, wie die Ranken sich über mich legten, riss ich die Augen wieder auf. Bevor ich michs versah, hatten sie mich an den Fels gefesselt. Die Männer hatten mich jetzt losgelassen und Leben kehrte in meine Glieder zurück, aber je mehr ich mich bewegte, desto fester zogen sich die Ranken zusammen.

Ich befahl mir, mich zu beruhigen und lag ganz still. Ich war so an die schräge Oberfläche des Steins gebunden, dass ich beobachten konnte, was um mich herum vor sich ging. Trotzdem erinnerte mich der Stein an einen Altar aus Filmen, in denen Menschen dem Teufel geopfert wurden. Meine Fantasie fing an, verrückt zu spielen und ich lenkte mich ab, indem ich mich darauf konzentrierte, was um mich herum geschah.

Die Frauen in bunten Gewändern kamen von der Tribüne und stellten sich im Kreis um den Baum auf. Sie alle hatten einen hölzernen Stab in der Hand und gingen rund um den Baum herum, wobei sie im Chor Worte murmelten, die ich nicht verstand. Ab und zu blieben sie stehen und stießen rhythmisch mit den Stäben auf den Boden. Dies ging eine ganze Weile so und ich wurde immer unruhiger. Gleichzeitig hatte es eine hypnotisierende Wirkung auf mich. Ich lag stocksteif da und mit der Zeit drang die Kälte des Steins durch meine Kleidung und meine Haut, bis ich sie in den Knochen spüren konnte. Der Himmel hoch über dem Wipfel der

Eiche färbte sich erst rosa und dann orange. Immer lauter sangen die Frauen, bis mir die Ohren dröhnten. Das rhythmische Klopfen der Stäbe auf dem Boden wurde auf unerklärliche Weise auch immer lauter, so als ob die Stäbe auf Holz und nicht auf geräuschdämpfendes Gras trafen. Und die Frauen gingen immer schneller und schneller, bis ihre Bewegungen einem Tanz glichen. Die Gewänder zogen nun so schnell an mir vorbei, dass sich ihre bunten Farben wie in einem Kaleidoskop drehten. Mir wurde schwindlig und ich hätte mir gerne die Ohren zugehalten, doch das ging nicht. Ich kniff die Augen zusammen.

Plötzlich wurde es still. Langsam machte ich die Augen wieder auf. Abrupt hatten die Frauen aufgehört zu tanzen und zu singen. Sie standen wieder im gleichen Abstand zueinander im Kreis um den Baum herum, wie zu Anfang. Der ganze Raum war nun in das rote Licht der untergehenden Sonne getaucht. Die Männer in ihren grauen Mänteln, die neben mir gestanden hatten, gingen nun herum und zündeten Feuer in Schalen an, die in dem befestigten Teil des Raumes standen und die ich bisher nicht beachtet hatte. Als alle Feuer angezündet waren, war auch die Sonne ganz untergegangen. Über mir zeichnete sich die Form des abnehmenden Mondes am dunklen Nachthimmel ab.

Das Metall des Kessels funkelte im Schein der Feuer. Wie gebannt starrte ich ihn an, als Morrigan langsam aus dem Kessel auftauchte, bis sie in dem Gefäß stand, dessen Rand ihr bis zum Bauch reichte. Sie hatte die Augen geschlossen und war nackt. Der Kessel war anscheinend mit einer Flüssigkeit gefüllt, denn ihr schwarzes Haar hing nass über die Schultern und reichte ihr fast bis zur Taille. Tropfen perlten von ihrer alabasterweißen Haut ab, liefen über den Körper, auf den ich in meinen Träumen und Erinnerungen hinuntergeschaut hatte, den ich gelebt hatte. Mir ging kurz durch den Kopf, dass sie doch nicht die ganze Zeit in dem Kessel unter Wasser gewesen sein konnte, als Morrigan langsam die Lider öffnete und mich mit Ciaras Augen ansah.

Zwei der Männer kamen nach vorn und halfen ihr aus dem Kessel. Einer nahm einen Becher aus den Falten seines Gewandes und reichte ihn ihr. Sie schöpfte Flüssigkeit aus dem Kessel und murmelte etwas, das ich nicht verstand. Es hörte sich genauso an wie die Worte der Frauen. Es war bestimmt Irisch, aber ein so starker Dialekt, dass ich nicht ausmachen konnte, was sie sagten.

Morrigan stand jetzt direkt vor mir und beugte sich über mich, sodass es aus ihren Haaren nass auf mein Gesicht tropfte. Sie hielt den Becher an meine Lippen. Ich wollte nicht schlucken, aber die Männer hielten meinen Kopf so, dass ich keine andere Wahl hatte. Es schmeckte sehr bitter, wie ein starker, ungesüßter Kräutertee. Wollte Morrigan mich vergiften? Aber wieso dann das ganze Ritual? Sicher könnte sie mich auf einfachere Weise umbringen, wenn sie das vorhatte. Ich war ihr hilflos ausgeliefert.

Mir wurde immer wärmer, so als ob der Trunk ein Feuer in meinem Inneren entfacht hätte, das sich nun in meinem ganzen Körper ausbreitete. Die Frauen gingen wieder im Kreis; diesmal in Stille. Es waren dieselben Frauen mit ihren bunten Gewändern und sehr attraktiven menschlichen Gesichtszügen – so wie Feen eben aussahen –, aber nun wuchsen ihnen Hirschgeweihe aus den Köpfen. Ich musste halluzinieren. Wahrscheinlich hatte man mir etwas verabreicht, das mich in einen fieberartigen Zustand versetzte. Mein Atem ging schneller.

Wieder stand Morrigan vor mir und versperrte mir die Sicht auf die Frauen. Sie hob die Hand, in der sie ein sichelförmiges Messer hielt. Das goldene Metall blitzte im Schein des Feuers auf. *O Gott, gleich wird sie mir den Hals durchschneiden*, ging es mir durch den Kopf. Plötzlich wurde mir klar: Ich war ein Menschenopfer in einem Druidenritual. Ich wollte meinem Instinkt folgen und weglaufen, aber die Ranken zogen sich fester um mich zusammen, sobald ich mich bewegte. Morrigans Augen funkelten genauso wie das Messer. Sie genoss es, mich leiden zu sehen. Gut, dann würde ich ihr nicht die Genugtuung geben, sich an der Panik in meinen Augen weiden zu können. Ich kniff die Augen zusammen und hielt den Atem an, wartete darauf, das kalte Metall auf meiner Haut zu spüren.

Doch nichts geschah. Zögerlich öffnete ich die Lider. Morrigan stand nun nicht mehr vor mir, sondern kletterte die Leiter hinauf, die gegen die Eiche lehnte. Immer noch hatte sie das kleine, sichelförmige Messer in der Hand. Für kurze Zeit verschwand sie oben im dichten Geäst. Als sie wiederkam, trug sie eine Pflanze bei sich. Auf genauso elegante Weise, wie sie hochgeklettert war, kam sie auch wieder herunter.

Als sie auf mich zukam, erkannte ich die Pflanze in ihrer Hand an den gelben Beeren. Ich hatte erst vor Kurzem eine Abbildung in Dr. Brennans Büchern gesehen. Die heilige Eichenmistel der Druiden. Morrigan stand vor dem Kessel und machte immer wieder die gleiche Bewegung mit der Hand, in der sie die Mistel hielt. Dabei wiederholte sie einige Worte. Nach einer Weile erkannte ich das unsichtbare Muster der Triskele, das sie mit der Mistel in die Luft malte. Die drei verbundenen Spiralen symbolisierten in der keltischen Mythologie Land, Meer und Himmel.

Obwohl es sonst ganz still war im Raum, hörte ich wieder ein Dröhnen in meinen Ohren, das immer lauter wurde. Mir war jetzt so heiß, dass ich dachte, meine Haut würde verglühen. Ich hatte den Geruch des Kräutertranks in der Nase. Morrigan warf die Mistel in den Kessel, der jetzt anfing zu brodeln und überkochte. Zischend und dampfend quoll das Wasser über den Rand und versickerte im Boden. Ich fühlte mich, als steckte ich in dem Kessel. Die Luft um mich herum wurde immer dichter vom Dampf und dem Geruch der Kräuter.

Wieder halluzinierte ich. Diesmal wuchsen Morrigan Flügel und dann bildeten sich Federn an ihrem ganzen Körper, Federn, die so schwarz und glänzend waren wie Ciaras Haare. Gerade als ich Morrigans Flügel schlagen sah, sie vom Boden abhob und in Richtung der Baumkrone flog, schwand mir das Bewusstsein. Alles um mich herum wurde dunkel.

***

Als ich wieder aufwachte, befand ich mich in einem kleinen Raum. Ich lag in einem gewöhnlichen Bett, wie ich es aus unserer Welt kannte. Ich fühlte mich unheimlich matt und schlaff und konnte meine Glieder kaum bewegen. Verwirrt schaute ich mich um. Es stellte sich ein ähnliches Gefühl ein wie damals, als ich aus dem Koma aufwachte. Ich versuchte aufzustehen, was mir unheimlich schwer fiel. Ich hatte einen pelzigen Geschmack auf der Zunge. Neben dem Bett stand ein gefüllter Keramikbecher. Gierig trank ich das Wasser daraus, sodass es mir über das Kinn lief. Noch nie hatte es mir so gut geschmeckt.

Was hatte man mit mir angestellt? Ich schlug die Bettdecke zurück. Ich trug eine Art Nachthemd aus weißem Stoff, der sich leicht wie Baumwolle anfühlte, aber dicker aussah. Abgesehen davon, dass meine Muskeln schwach waren, schien körperlich alles in Ordnung mit mir. Mit größter Anstrengung versuchte ich, die Beine über die Bettkannte zu bugsieren. Gerade als ich mich am Nachttisch hochgestemmt hatte, kam Maggie ins Zimmer.

Sie schien überrascht, dass ich wach war, setzte aber sogleich wieder ihr Pokerface auf. Sie sagte nur: »Leg dich wieder hin, ich lasse dir etwas zu essen kommen«, und verschwand dann wieder.

Da meine Knie sowieso butterweich waren, ließ ich mich aufs Bett fallen. Wenn man mir etwas zu essen bringen wollte, konnte mein Leben wohl nicht in Gefahr sein. Trotzdem war mir ein Rätsel, was man hier mit mir vorhatte. Ich grübelte und grübelte, doch bevor mir etwas Gescheites einfiel, kam Maggie zurück. Ein Mann in Grau brachte ein Tablett mit einer Schüssel, deren Inhalt wie Haferbrei aussah. Hungrig machte ich mich über das Essen her, musste aber schnell feststellen, dass nicht viel in meinen Magen passte.

»Langsam«, riet mir Maggie. »Du hast mehrere Tage geschlafen. Wir haben dir Brühe und Wasser eingeflößt, aber dein Magen ist leer.«

Ich verschluckte mich fast am Haferbrei. Mehrere Tage? Kein Wunder, dass ich mich so schwach fühlte. Ich nahm einen Schluck Wasser und sah Maggie an. »Was habt ihr mit mir gemacht? Was sollte dieser Hokuspokus?«

Maggie schaute mich nur eine Weile lang schweigend und mit ungerührter Miene an. Die Frau brachte mich zur Weißglut! Gerade, als meine Geduld zu Ende war und ich losschimpfen wollte, sagte sie: »Fühlst du dich irgendwie anders?« Sie verzog die Lippen zu einem süffisanten Grinsen. »Fehlt dir vielleicht irgendwas? Oder besser gesagt, irgendwer?«

Meine Augen weiteten sich vor Schrecken, als ich verstand, was Morrigan mit ihrer Zeremonie hatte bezwecken wollen. Ich konzentrierte mich und schaute in mich hinein. Ciaras Erinnerungen an Dylan am Strand von Roundstone, die schmerzhafte Erinnerung an Ciaras Tod im Meer – all das hatte ich noch im Gedächtnis. Mir wollte der Stein schon vom Herzen fallen – es war ihnen nicht gelungen, mir die Erinnerungen an Ciara zu nehmen – als mir ein schrecklicher Gedanke kam. Erinnerte ich mich an diese Episoden, weil ich, Alice, sie mittlerweile in meinem Hirn gespeichert hatte? Waren das jetzt sozusagen *meine* Erinnerungen, die ich mir wieder ins Gedächtnis rufen konnte, und nicht Ciaras?

Ich schloss die Augen, atmete tief ein und versuchte, mich ganz auf Ciaras Essenz in mir zu besinnen. Erst hatte ich Schwierigkeiten auszublenden, dass Maggie in meinem Zimmer stand und mich anschaute, doch nach einer Weile war ich ganz bei Ciara. Und als ob sie mir ein Zeichen geben wollte, schenkte sie mir eine Erinnerung aus der Zeit, die mir bislang ein völliges Mysterium geblieben war: Ciaras Kindheit.

Ich saß in der Küche in einem irischen Cottage. Eine Frau mit einem Kopftuch über kurzen schwarzen Locken rollte auf dem Küchentisch Teig aus. Vor mir hatte ich ein Blatt Papier, auf das ich mit einem Stück Kohle die Katze zeichnete. Das kleine Fellknäuel saß auf einem Stuhl und schaute der Frau aufmerksam zu. Wahrscheinlich galt sein Interesse der Hühnerpie-Füllung, die dampfend auf dem Tisch stand. Die Frau – meine Mutter – arbeitete schnell und effizient. Bevor dem Kätzchen einfallen konnte, dreist auf den Tisch zu springen, war der Teig auch schon über die Pie-Form drapiert. »Ciara!«, sagte meine Mutter in rügendem Ton, während sie sich die bemehlten Hände an der Schürze abwischte. »Geh mir doch bitte zur Hand.«

Ungern löste ich den Blick von meiner Zeichnung. Ich hätte sie gerne fertig gemacht. »Bitte Mama, lass mich doch kurz …«

»Keine Widerrede«, polterte mein Vater, der gerade mit Onkel Bryan zur Tür hereinkam. »Hör auf deine Mutter.«

»Ja, Vater«, sagte ich zerknirscht. Interessiert nahm Onkel Bryan meine Zeichnung in die Hand. »Das Mädchen hat Talent«, sagte er anerkennend.

»Es würde ihr mehr nützen, wenn sie Talent dafür hätte, den Haushalt zu machen«, murmelte meine Mutter und schob den Pie in den Ofen. »Ciara, trag das Geschirr nach draußen und wasche es ab.«

Ich tat, wie mir befohlen.

»Und nimm das verlauste Vieh mit«, rief mein Vater mir hinterher. Dann, leiser: »Die Katze folgt ihr sowieso auf Schritt und Tritt. Schon immer war das so. Ich weiß gar nicht, wo die alle herkommen. Dauernd scharwenzelt eine schwarze Katze um das Mädchen herum. Wenn ich es nicht besser wüsste, dann …«

Ich ließ die Tür hinter mir zufallen. Schnell wusch ich das Nudelholz und den Topf in dem Trog vor dem Haus. Ich hatte schon die Tür aufgestoßen und wollte wieder hineingehen, als mir einfiel, dass ich die Schuhe abtreten sollte, weil die Erde um den Waschtrog herum ziemlich matschig war. Mutter würde mich sonst nur wieder schelten.

»Ich sag's dir, Bryan, mit dem Mädchen stimmt etwas nicht.«

Als ich verstand, dass immer noch über mich geredet wurde, hielt ich die Tür einen Spalt breit auf und lauschte still.

»Ach woher denn, das Talent zum Zeichnen hat sie von mir geerbt. Sie ist nur ein bisschen weltfremd, hat den Kopf in den Wolken, eine Künstlerseele eben«, winkte Onkel Bryan ab.

»Aber das ist ja nicht alles. Im Dorf redet man auch schon seit Jahren hinter vorgehaltener Hand über sie – und ich kann es den Leuten nicht verdenken.«

»Margaret, jetzt fang doch nicht schon wieder mit der alten
Leier an«, warf Onkel Bryan ein. »Ich kenne die Geschichte
von ihrer Geburt. Das Gewitter, die Hebamme konnte nicht
kommen, wegen dem umgestürzten Baum auf der Straße, der
vom Blitz getroffen worden war, Michael wollte bei Nachbarn Hilfe holen, du bist bewusstlos geworden vor Schmerzen.
Und als Michael mit der Nachbarin ins Cottage gestürmt
kam, da war das Baby schon da, in deinen Armen. Es schrie
nicht einmal und du kannst dich nicht erinnern, wie es da
hingekommen war. Neben dem Bett saß eine schwarze Katze.
Aber Margaret, in solchen Situationen ist man manchmal zu
Sachen fähig, von denen man hinterher gar nicht mehr weiß,
wie man das geschafft haben soll. Ciara ist ein gesundes,
hübsches, aufgewecktes und talentiertes Mädchen. Sie ist ein
bisschen anders als andere Kinder, aber sie deshalb als Wechselbalg zu bezeichnen … «
Ich erstarrte. Vor lauter Schreck rutschte mir das Nudelholz
aus der Hand. Polternd fiel es auf den Holzboden …*

Das Geräusch riss mich aus meinen Erinnerungen. Maggie war
nicht mehr im Zimmer. Stattdessen schaute ich in Ciaras große
graue Augen. In Morrigans Augen, verbesserte ich mich gedanklich.

»Du bist in Ciara wiedergeboren worden«, sagte ich leise zu Morrigan. Sie wandte den Blick nicht ab, schwieg jedoch.

»Aber Dylan hat mir erzählt, Feen verbringen ihren Lebens-
abend in unserer Welt«, dachte ich laut nach. »Ein letztes Leben
als Mensch. So sterbt ihr. Aber du bist nicht gestorben. Hättest
du nicht sterben müssen, als Ciara ertrank? Wieso bist du noch
hier – als Ciara? Was ist passiert?«

»Gewöhnliche Sidhe sterben als Menschen. Aber ich bin die
Phantomkönigin. Ich bin nicht gewöhnlich. Ich kenne das Geheimnis von Leben und Tod. Das ist meine Gabe, meine Bürde,
meine Magie.« Sie lächelte matt. In dem Augenblick sah sie fast
traurig aus, aber ich hütete mich davor, Mitleid mit ihr zu empfinden. »Ich sterbe nicht. Der Weg vom Leben in den Tod ist für

andere eine Einbahnstraße. Haben sie die Schwelle einmal überquert, gibt es normalerweise kein Zurück mehr. Für mich gilt diese Regel nicht.«

Ich schaute sie eine Weile schweigend an. Mir gingen tausend Fragen im Kopf umher. Aber ich konnte mich nicht mit dem unerhörten Gedanken befassen, dass jemand die Gabe besaß, den Tod immer wieder zu überlisten, und das Wissen hatte, wie es auf der anderen Seite aussah. Ich wollte von alledem nichts wissen. Mit einem Mal fühlte ich mich einfach nur müde. Ich wollte nur noch nach Hause. Die Feen konnten mir alle gestohlen bleiben. Warum waren sie mein Problem? Nur deshalb, weil sie was von mir wollten. Ich sollte schnellstens herausfinden, was das war. Was musste ich tun, damit sie mich in Ruhe lassen würden? Also fragte ich Morrigan: »Was wolltest du mit deiner Druidenzeremonie bezwecken?«

Morrigans Blick verdunkelte sich. »Ich habe schon gemerkt, dass mir nicht gelungen ist, was ich vorhatte. Du weißt es auch, nicht wahr? Du spürst sie immer noch in dir?«

Ich nickte nur. Es konnte sein, dass zur Abwechslung mal ein triumphierendes Lächeln auf *meinen* Lippen spielte.

Doch das Gefühl des Triumphs währte nicht lange. Das Blut gefror mir in den Adern, als Morrigan mit undurchdringlichem Blick sagte: »Ciara gehört mir, Alice. Ich brauche Ciaras menschliche Essenz, sonst sind wir alle verloren. Egal wie hoch der Preis, wie groß die Schmerzen, egal, wie viel es dich oder mich kosten wird.« Sie beugte sich zu mir runter, sodass mir der Duft ihrer Haare in die Nase stieg. Wie eine Brise Meeresluft. Ihre perfekt geschwungenen Lippen bewegten sich kaum, aber ich hörte sie unmissverständlich sagen: »Und du *wirst* sie mir geben.«

kapitel vier
dylan

Dylan stand halb versteckt hinter einem Kaffeekiosk auf der Fluss-promenade gegenüber dem Winding Stair Bookshop & Restaurant. Er hatte sich die schwarze Mütze tief ins Gesicht gezogen und trat nervös von einem Bein aufs andere. O'Cadhla hätte schon vor zehn Minuten hier sein sollen. Ob er Lunte gerochen hatte, dass es sich bei der Verabredung mit Bridget um eine Falle handelte?

Bridget war zuerst skeptisch gewesen, als Dylan ihr seinen Plan unterbreitet hatte.

»Ich habe Angst vor ihm. Ich will mich nicht mehr mit ihm treffen. Was, wenn er mir auch etwas antut?«

»Du musst dich ja nicht mit ihm treffen, sondern sollst ihn nur dort hinlocken«, beruhigte Dylan sie. »Es ist noch nicht einmal nötig, dass du mit ihm redest. Am besten schreibst du ihm eine SMS.«

Bridget zögerte. »Ich weiß nicht …«

»Wir müssen O'Cadhla irgendwie aufspüren. Dr. Brennan ist immer noch nicht aufzufinden. Dass auch er ein Druidenei hat, kommt mir sehr verdächtig vor. Er ist momentan unsere einzige Spur und weder gestern noch heute konnte ich ihn in seiner Wohnung antreffen. An der Uni ist er auch nicht – da er diese Woche keinen Unterricht geben muss, fällt das wohl bislang niemandem sonst auf.« In flehendem Ton fügte er hinzu: »Ich weiß nicht, wie ich sonst an ihn herankommen kann. Bitte, Bridget, tue es Alice zuliebe.«

Bridget seufzte tief. »Na gut. Was soll ich ihm schreiben?«

Dylan hatte Bridget gebeten, diesen Treffpunkt zu wählen. Der kultige Dubliner Buchladen unweit der Ha'penny-Brücke war vor ein paar Jahren umgemodelt worden. Nun befand sich über dem Bookshop ein gemütliches Restaurant. Nicht viele gingen hier an einem kalten Novemberabend auf dieser Seite des Flusses spazieren, aber ab und zu kam doch jemand vorbei. Auf der Straße, die das Winding Stair und die Flusspromenade voneinander trennte, herrschte steter Verkehr. O'Cadhla konnte hier also auflauern, ohne besonders aufzufallen. Was Dylan genau unternehmen würde, wenn der *Garda* auftauchte, wusste er nicht. Er war sich unsicher, ob er hier auf der Straße die Konfrontation mit ihm suchen sollte. Bislang wusste O'Cadhla nicht, dass Dylan ihn verdächtigte, eine größere Rolle bei Alices Verschwinden zu spielen. Wenn er ihn darauf ansprach, standen die Chancen gut, dass O'Cadhla einfach abhaute – und wer wusste schon, wohin? Wahrscheinlich war es am besten, wenn er ihm folgen würde.

Gerade als Dylan sich den Kopf darüber zerbrach, wie es ihm gelingen sollte, dem *Garda* unbemerkt zu folgen, tauchte O'Cadhla endlich auf. Er schaute sich um. Schnell presste sich Dylan noch enger an die Wand des Kiosks. Er hielt die Luft an, aus Angst, dass ihn eine Atemwolke verraten würde. Doch als er wieder um die Ecke lugte, verschwand Padraig gerade in der Eingangstür zum Restaurant. Jetzt hieß es warten. Immerhin gab der Sidhe Bridget eine halbe Stunde Zeit, zu erscheinen, bevor er aufgab und das Winding Stair wieder verließ.

Es kam Dylan wie eine Ewigkeit vor, in der er angespannt die Tür zum Restaurant beobachtete, und als O'Cadhla herauskam, folgte Dylan ihm unauffällig. Er war sich bewusst, dass O'Cadhla Fähigkeiten hatte, die es für Dylan schwierig machen würden, ihn unbemerkt zu beschatten. Deshalb war er besonders vorsichtig.

Dennoch hatte er Angst, sein lautes Herzklopfen könne man meilenweit hören. Der *Garda* ging an der Ha'penny Bridge vorbei und blieb auf dieser Seite des Flusses. Entlang der Promenade konnte Dylan ohne Schwierigkeiten so weit hinter ihm bleiben, dass er nicht auffiel. Doch schließlich bog O'Cadhla links ab und umrundete das Customs House. Auf der Amiens Street ging es Richtung Norden und auf Höhe der Geschäfte waren noch genug Menschen auf der Straße, sodass Dylan sich unter die Menge mischen konnte. Aber nachdem sie die Eisenbahnunterführung passiert hatten, gab es mehr Wohnhäuser und es war weniger los. Dylan musste sich immer weiter zurückfallen lassen. Als O'Cadhla schließlich in Richtung Croak Park Stadium abbog und sie sich nun in einer Wohngegend mit engen Straßen und Gässchen befanden, sah Dylan schwarz.

Als er vorsichtig um die Ecke spähte, war die Straße, auf die der *Garda* gerade abgebogen war, menschenleer. Wo war O'Cadhla? Er konnte ihn doch unmöglich so schnell abgehängt haben? War er in eins der Häuser gegangen? Unsicher schaute sich Dylan um. Er ging ein paar Schritte weiter und war kaum überrascht, als O'Cadhla aus einem Hauseingang sprang.

»Dylan – welch ein Zufall, dass wir uns hier begegnen«, bemerkte der andere Sidhe sarkastisch.

Dylan versuchte gar nicht erst, sich herauszureden und O'Cadhlas Spielchen mitzuspielen. Stattdessen fragte er ihn direkt: »Was hat man mit Alice gemacht?«

»Das weißt du doch ganz genau. Dachtest du, du kannst mich an der Nase herumführen? Das Mädchen hat sich erinnert. Dementsprechend ist mit ihr umgegangen worden.«

»Dann hat also der Ältestenrat angeordnet, dass sie in die Anderswelt gebracht wird?«, fragte Dylan mit gefurchter Stirn. Er bezweifelte, dass O'Cadhla ihm erzählen würde, wie genau er erfahren hatte, dass Alice Erinnerungen an Ciara hatte, aber das war jetzt sowieso gleichgültig. Er musste erfahren, was genau mit Alice passiert war und wo sie sich aufhielt.

O'Cadhla lächelte nur matt. »Du bist einen Deal eingegangen. Du musst dir doch dessen bewusst gewesen sein, wie schnell dein Plan nach hinten losgehen kann. Jetzt hat sie sich erinnert und du musst trotzdem noch vier Jahre hier ohne deine magischen Fähigkeiten verbringen. Du bist praktisch ein Mensch«, meinte O'Cadhla verächtlich. »Viel Spaß dabei, du Trottel.« Er drehte sich weg.

»Woher weiß der Ältestenrat denn, was für Erinnerungen Alice hat«, rief Dylan ihm hinterher. O'Cadhla lachte nur. »Du musst für mich Kontakt mit ihnen herstellen, bitte!« Dylan war verzweifelt.

Daraufhin drehte sich der ältere Sidhe um, kam auf ihn zu und sah ihm direkt in die Augen, sein Gesicht keine zehn Zentimeter von Dylans entfernt. »Ich muss gar nichts. Mach nicht den Fehler zu glauben, wir seien Freunde oder hätten sonst etwas gemein. Du hast alle deine Chancen verspielt. Seine Feenmagie aufgeben, für irgendein Menschenmädchen? Wie kann man auch nur so bescheuert sein? Weder der Ältestenrat noch sonst wer kann dir noch helfen. Du glaubst wohl nicht, dass du auch nach den vier Jahren wieder unbehelligt in die Anderswelt kommen kannst – bleib am besten gleich hier, bei deinen geliebten Menschen. Ich werde dir also ganz bestimmt keinen Gefallen tun. Du bist keiner mehr von uns, du *Abtrünniger*«, zischte er und verschwand in die Nacht.

Dylan stand wie versteinert da. O'Cadhla hatte recht. Er war so gut wie kein Sidhe mehr. Er hatte geglaubt, dass er Alice damit helfen und sie beschützen konnte, wenn er den Handel einging. Jetzt war genau das Gegenteil von dem eingetreten, was er bezwecken wollte. Er konnte Alice nicht helfen. Er war völlig machtlos.

Wie betäubt irrte er in den Straßen im Norden von Dublin umher. Schließlich fand er sich auf der Ha'penny Bridge wieder, wo ihm der kalte Wind ins Gesicht fuhr. Es schlug zwölf. Der Brückenzauber nützte ihm jetzt auch nichts mehr. Eine Träne lief ihm über das Gesicht, als er an seine letzte Begegnung mit Alice hier dachte.

Das Klingeln seines Handys riss ihn aus den wehmütigen Erinnerungen. Ein Blick auf das Display verriet ihm, dass es Bridget war.

»Bridget. Es tut mir so leid, ich …«

»Ich weiß, wo Padraig ist«, unterbrach ihn Bridget leise.

»Häh?« Dylan war verwirrt.

»Ich bin ihm gefolgt – besser gesagt, ich bin dir gefolgt, als du Padraig beschattet hast. Nachdem er dich erwischt hatte, war er natürlich nicht mehr so wachsam, weil er dachte, er wäre seinen Verfolger längst losgeworden. Also konnte ich ihm zu dem Haus folgen, in dem er sich jetzt aufhält.«

Dylan schaute sich unschlüssig auf der Brücke um. Es war alles ruhig. Keiner konnte ihn belauschen. »Aber ich dachte, du hättest Angst vor ihm? Zu Recht, Bridget, was dir alles hätte passieren können …«

»Ja, ich habe Angst«, unterbrach ihn Bridget wieder. »Natürlich habe ich Angst. Aber wie du vorhin gesagt hast: Es geht um Alice. Ich hab mir gesagt, *reiß dich zusammen, Bridget*, und bin über meinen Schatten gesprungen. Dass ich ihn verfolge, damit hat er bestimmt nicht gerechnet.«

Sogar Bridget war anscheinend besser in der Lage, Alice zu retten als er, dachte Dylan frustriert. Er hatte so einen Schlamassel aus der Sache gemacht, dass er sich mittlerweile für einen Totalversager hielt. Egal, er würde Alice ganz sicher nicht damit helfen, wenn er sich im Selbstmitleid suhlte. »Wo bist du, Bridget, ich komme zu dir.«

****

Eine Stunde später standen Bridget und Dylan im Schutze einer hohen Hecke gegenüber einem Haus im Dubliner Stadtteil Fairview. Durch das große, hell beleuchtete Wohnzimmerfenster konnten sie O'Cadhla und einer Frau mit langen dunkelblonden Haaren dabei zuschauen, wie sie sich stritten. Zumindest ließen wildes Gestikulieren und Mimik darauf schließen. Sie hatten schon versucht, sich an das Haus heranzuschleichen, aber Dornen und Gestrüpp im Garten machten es unmöglich.

»Wahrscheinlich ist das Haus geschützt«, meinte Dylan, der sich gerade noch mal allein umgesehen hatte. »Ich glaube, die Frau ist Druidin. In vier Ecken um das Haus herum habe ich Asche gefunden, wo vermutlich Feuer in einem Schutzritual angezündet wurden. Und schau dir das mal an.« Dylan zeigte Bridget ein Hühnerei, das er in der Hand hielt. Jemand hatte es entleert und Kraut hineingestopft. »Fingerkraut«, erklärte er, als Bridget ihn fragend ansah. »Ein Schutzzauber.«

»Das erinnert mich an das Ei in Padraigs Büro«, sagte Bridget nachdenklich. »Er ist also wirklich Druide?«

»Nein, die Frau muss Druidin sein. O'Cadhla ist ein *Garda*. Genau wie ich wird er einiges über Druidenmagie wissen, schließlich kommt sie aus unserer Welt. Aber er hat eine spezielle Berufung, und so etwas fällt überhaupt nicht in seinen Aufgabenbereich. Die Frau ist ein Mensch und ihr muss dieses Haus gehören. Bestimmt gehörte das Ei in O'Cadhlas Büro ihr.«

Bridget kräuselte die Stirn.

»Woran erkennst du so schnell, dass sie nicht Fee ist? Ich sehe keinen Unterschied.«

Dylan lächelte. »Wir sehen auch aus wie ihr. Doch es gibt ein paar kleine, aber feine Unterschiede, die ihr Menschen nicht wahrnehmen könnt. Früher liefen Feen auch mal ohne den Zauber in eurer Welt herum, der unser Äußeres subtil verändert. Aber mittlerweile ist das nicht mehr so. Er funktioniert wie eine Art Maske. Seit Jahren wendet man den schon bei neugeborenen Feen an. Aber ich sehe O'Cadhla so, wie er wirklich aussieht.«

Bridget machte große Augen. »O Gott, wie seht ihr denn in Wirklichkeit aus?«

Dylan musste trotz der angespannten Situation über ihre Reaktion schmunzeln. »Keine Angst, nicht so viel anders. Einige unserer Gesichtszüge sind eben anders proportioniert.« Er fasste sich an die Ohren.

Bridget schüttelte sich. »Ich will lieber gar nicht darüber nachdenken. Also, das Haus ist geschützt. Wie kommen wir jetzt näher heran? Es wäre vielleicht schon hilfreich, wenn wir belauschen könnten, worüber die beiden streiten.«

Dylan überlegte. »Ich habe zwar keine Magie mehr. Aber, wie gesagt, ein bisschen kenne ich mich auch aus. Und mit unserer Kräuterkunde wahrscheinlich noch besser als die menschliche Druidin.

Meinst du, du hältst es hier noch ein bisschen länger aus, während ich ein paar Dinge besorge? Nur um ein Auge auf die beiden zu haben?«

Bridget rieb sich die Hände. »Alles für meine beste Freundin. Aber bringe mir eine Thermosflasche mit heißem Tee mit, sonst werde ich hier noch erfrieren.«

Es kam Bridget wie ein halbe Ewigkeit vor, bis Dylan endlich wieder zurückkam, und das ließ sie ihn auch lautstark wissen.

»Pssst«, warnte Dylan sie. Aber sie hatte nicht unrecht damit, dass er sie die ganze Nacht hatte warten lassen: Der Himmel färbte sich im Osten schon rosa. Wohlig schlürfte sie den Earl-Grey-Tee, den Dylan mitgebracht hatte. Schnell war sie wieder friedlich gestimmt.

»Tut mir echt leid, dass du hier so lange alleine in der Kälte stehen musstest. Einige der Dinge, die ich brauchte, waren mitten in der Nacht nicht so einfach aufzutreiben«, erklärte er. »Was machen unsere beiden Verdächtigen?«

»Das, was ich jetzt auch gerne tun würde: schlafen«, meinte Bridget und gähnte. Im Haus war in der Tat alles dunkel.

Dylan zog eine Kräutermischung aus der Tasche und machte sich um das Haus herum zu schaffen. Als er wieder zurückkam, trug er einen grimmigen Gesichtsausdruck zur Schau.

»Die Frau hat Ahnung. Ihre Schutzzauber sind stark.«

»Heißt das, dass ich mir umsonst die ganze Nacht die Beine in den Bauch gestanden habe?«, grummelte Bridget.

Dylan dachte nach. »Ich glaube, wir können es schaffen, die Zauber zu durchbrechen. Es wird einen Grund dafür geben, dass das Haus so gut geschützt ist, und ich will wissen, was es ist.«

Bridgets Augen funkelten nun. »Werden wir einbrechen?«

»Auch wenn wir bis ins Haus kommen, wird es uns sicher nicht gelingen, lautlos und unbemerkt einzubrechen. Das können wir vergessen. Dafür ist die Druidin zu mächtig. Uns bleibt nichts anderes übrig, als zu warten, bis sie aus dem Haus gegangen sind.«

Bridget zog eine Schnute. »Das kann ja dauern.«

»Ich kann das auch allein machen«, versicherte ihr Dylan. »Du hast schon genug getan.«

Bridget winkte ab. »Natürlich helfe ich dir. Ich haue doch nicht jetzt ab, wo es spannend wird.«

Die Frau verließ das Haus gegen sieben Uhr; Bridget und Dylan nahmen an, um zur Arbeit zu gehen. O'Cadhla ließ sich allerdings nicht blicken. Als sich eine Stunde später immer noch nichts rührte, riss Bridget der Geduldsfaden. Ohne groß darüber nachzudenken, zog sie ihr Handy aus der Tasche und wählte eine Nummer.

»Was hast du vor?«, wollte Dylan wissen.

Doch Bridgets Gesprächspartner hatte wohl schon abgenommen und Bridget hob den Zeigefinger, um Dylan zu bedeuten, still zu sein.

»Hallo Padraig, hier spricht Bridget.«

Dylan fuchtelte mit den Händen vor ihrer Nase herum, während O'Cadhla am anderen Ende eine Tirade von Worten losließ.

»Ich weiß, es tut mir wirklich leid, Padraig. Ich wollte dich wirklich sehen, aber bei uns geht es momentan drunter und drüber. Alice ist verschwunden und ihr Vater stand gestern bei uns vor der Tür und …«

Wieder wurde sie unterbrochen. Bridget verdrehte die Augen.

»Bitte, kann ich zu dir kommen? Ich brauche unbedingt jemanden zum Reden.« Sie schaffte es problemlos, dass sich ihre Stimme zittrig anhörte. Dylan konnte sich vorstellen, wie da die gehörige Portion Angst vor dem Sidhe mit hineinspielte.

»Ich weiß, ich habe gesagt, wir sollten uns nicht mehr sehen. Du hast gemeint, ich werde es bereuen. Und das tue ich, Padraig … Bitte, wenn ich dir noch irgendwas bedeute …«

Erleichterung spiegelte sich in ihren Augen als O'Cadhla antwortete. Kurz darauf legte sie auf.

Sofort fuhr Dylan sie an. »Bridget, bist du verrückt geworden? Du bringst dich doch selber mit in Gefahr, wenn du dich mit ihm triffst.«

Bridget starrte ihn an. »Aber ich hatte vor, ihn wieder zu versetzen. Du weißt schon, wie unser Plan gestern …«

Dylan schüttelte den Kopf. »Das ist noch schlimmer. Denk doch mal nach. Das eine Mal nimmt er dir vielleicht ab, dass dir etwas dazwischen gekommen ist. Auch wenn er es für eine Ausrede hält, kann er es damit abtun, dass ich dich angestiftet habe. Aber ein zweites Mal … Er wird wissen, dass du ihn angelogen hast und richtig mit in der Sache drinsteckst. Besonders wenn ich einbreche und er es hinterher bemerkt. Vielleicht finde ich auch gar nichts. In jedem Fall hast du wirklich Grund, dich vor ihm zu fürchten, wenn du ihn ein zweites Mal versetzt.«

Bridget starrte Dylan mit offenem Mund an. »Mist. Du hast recht. Das heißt, ich muss mich jetzt gleich mit ihm treffen, oder?«

Dylan nickte langsam. »Wie gut kannst du schauspielern? Als *Garda* hat O'Cadhla eine Art Lügendetektor-Sinn.«

Bridget drückte den Rücken durch und blinzelte die Tränen weg, die ihr jetzt in den Augen standen.

»Ich habe ihm schon längere Zeit etwas vorgemacht. Als ich bei ihm für euch gespitzelt habe. Meinst du, das hat er gemerkt? Glaubst du, es ist meine Schuld, dass Alice weg ist?«

»Gedanken lesen kann er nicht«, beruhigte Dylan sie. »Er merkt bloß, wenn jemand lügt. Wenn du ihm die letzten Wochen über tatsächlich etwas vorgemacht hast, würde es mich überraschen, dass er es nicht gemerkt hat. Allerdings scheint sein Urteilsvermögen ein bisschen eingeschränkt zu sein, was dich betrifft. Ich glaube er hat eine echte Schwäche für dich.«

»Na toll«, seufzte Bridget. »Es hilft wohl alles nichts, dann will ich mal los.«

Dylan klopfte ihr auf die Schulter. »Du bist wirklich eine echt gute Freundin, Bridget.«

Kurz nachdem eine zittrige Bridget sich auf den Weg gemacht hatte, verließ Padraig O'Cadhla das Haus. Dylan wartete etwa zehn Minuten, nur um sicherzugehen, und machte sich dann mit seinen Kräutern am Haus zu schaffen. Er hoffte sehr, dass neugierige Nachbarn ihn nicht bemerken und die Polizei rufen würden, aber bislang war auch noch keinem aufgefallen, dass Bridget und er die ganze Nacht in der Nachbarschaft herumgelungert hatten.

Anschließend ging er noch einmal ums Haus herum. Er nahm an, dass er am besten durch die Hintertür hineinkam. Er streute

Disteln auf die Veranda hinter dem Haus und schritt dann auf den Disteln zur Tür, die wie erwartet abgeschlossen war.

Er nahm einen Stein und schlug die Scheibe ein, griff durchs Loch und drehte den Schlüssel, der innen steckte. Bevor er ins Haus ging, zündete er ein Weihrauch-Räucherstäbchen an und schwenkte es vor sich her, als er eintrat. Er ging durch das Wohnzimmer nach vorne in den Eingangsbereich, wo ein paar offene Rechnungen auf der Anrichte lagen. Sie waren an eine Philomena Few adressiert. Einige Gegenstände und Bücher im Wohnzimmer, die er im Vorbeigehen gesehen hatte, bestätigten für ihn, dass Philomena eine Druidin war. Was sie mit Alice zu tun hatte, war ihm allerdings ein Rätsel. Dylan wollte gerne alles gründlich durchsuchen, wusste aber nicht, wie viel Zeit ihm blieb. Deshalb beschloss er erst einmal alle Zimmer abzugehen, sich einen ersten Eindruck zu verschaffen, und dann im zweiten Durchgang Schubladen und so weiter zu durchwühlen.

Nachdem er auch im Schlafzimmer und im Bad auf den ersten Blick nichts Verdächtiges gesehen hatte, drückte er die Klinke einer weiteren Tür im Erdgeschoss hinunter. Die Tür öffnete sich quietschend und dahinter befand sich eine Treppe, die wohl in den Keller führte.

Dylan hatte gerade einen Fuß auf die erste Stufe gesetzt, als er glaubte, ein Geräusch gehört zu haben. Erschrocken hielt er inne und lauschte.

Stille.

Schnell ging er die Kellertreppe hinunter. Unten waren mehrere Räume. Im ersten befand sich Putzkram, der zweite war augenscheinlich eine Rumpelkammer. Als er vor der dritten und letzten Tür stand, vernahm er wieder ein Geräusch. Es schien aus dem Zimmer vor ihm zu kommen. Angespannt presste er ein Ohr gegen die Tür. Ja, da drin war etwas oder jemand.

Dylan musste schlucken, als er ganz langsam am Türknauf drehte. Das leise Klicken, als die Tür aufging, ließ ihn zusammenfahren. Er atmete tief ein und schob langsam die Tür einen kleinen Spalt auf. Er konnte nichts sehen, denn dahinter war es stockduster.

Da war es wieder, dieses sonderbare Geräusch. Dylan tastete nach dem Lichtschalter, knipste ihn an und sprang in den Raum. Blitzschnell nahm er auf, was sich darin befand.

In einem Hundekäfig lag eine Frau, gefesselt und geknebelt. Sie versuchte trotz des Knebels zu schreien und sah unheimlich erschöpft aus. Schnell rannte Dylan auf den Käfig zu und rüttelte daran. Fieberhaft schaute er sich im Raum um. An der Tür hing ein Schlüssel an einem langen Band. Er hatte gerade den Käfig aufgemacht und den Knebel gelöst, als sein Handy vibrierte. Es war Bridget.

»Padraig hat nur kurz mit mir gesprochen und ist dann wieder abgehauen. Ich erzähl dir später wieso. Wo bist du?«

»Im Haus!«, rief Dylan. »Bestimmt ist Padraig auf dem Weg hierher. Ich haue so schnell wie möglich ab und treffe dich dann später bei dir zu Hause wieder.«

Schnell legte er auf und steckte das Handy in die Tasche. Er half der Frau auf. »Sind Sie Dr. Brennan?«, fragte er sie. Claire Brennan nickte nur matt. »Ich bin Dylan. Wir müssen uns beeilen, hier rauszukommen.«

Die völlig entkräftete Frau folgte Dylan die Treppe hoch. Er zog sie aus dem Haus. Beide ließen sich gerade erschöpft hinter die Buchsbaumhecke des Nachbarn fallen, als ein Taxi um die Ecke gefahren kam. Es hielt vor dem Haus.

Dylan fluchte leise. Das konnte nur O'Cadhla sein. Er schaute sich schnell um. Ein Trampelpfad führte zwischen den Häusern zur Parallelstraße. Schnell zog er Claire Brennan mit sich. Innerhalb von wenigen Minuten würde der *Garda* bemerkt haben, dass jemand durch die Hintertür eingebrochen war. Und als Nächstes würde er natürlich im Keller nachschauen. Sie hatten keine Zeit zu verlieren. O'Cadhla würde sicher sofort zwei und zwei zusammenzählen und alle Hebel in Bewegung setzen, um ihn und Dr. Brennan wieder einzufangen.

»Wo wollen wir hin?«, keuchte Claire hinter ihm.

Eine gute Frage. Panisch überlegte er. Das Haus der O'Tools schien der sicherste Ort, aber dort würde man natürlich als Erstes nach ihnen suchen. Dann kam ihm ein Gedanke. O'Cadhla würde ihn bestimmt nicht an dem Ort vermuten, an den er ihn selbst hingebeten hatte …

Zwanzig Minuten später saßen Dylan und Dr. Brennan im Restaurant über dem Winding Stair Bookshop. Die junge Doktorin hatte einen Becher dampfenden Tee in den Händen. Farbe war wieder in ihre Wangen gekehrt.

Prüfend schaute Dylan sie an. »Also Dr. Brennan. Ich glaube, Sie müssen mir einiges erklären …«

kapitel fünf
alice

In dem kleinen Zimmer eingesperrt zu sein, war auch nicht viel besser als der Käfig. Ich hatte hier allen Komfort, den man sich wünschen konnte, aber der Raum war eng und ein Ausblick war mir nicht vergönnt. Die Wände waren kahl und außer Bett, Nachttisch und Kommode gab es nichts. Mein Zimmer hatte lediglich zwei klitzekleine Fensterluken nahe der Decke, aus denen ich noch nicht mal rausschauen konnte, wenn ich mich aufs Bett stellte.

Etwas anderes trug im großen Maße dazu bei, dass ich mein neues Gefängnis erträglicher fand – ich hatte Gesellschaft. Gott sei Dank blieben mir weitere Begegnungen mit Morrigan erst mal erspart – sie war bestimmt damit beschäftigt, sich einen neuen Weg zu überlegen, wie sie Ciara aus mir heraus bekommen konnte – und auch Maggie schaute nur ab und zu vorbei. Wahrscheinlich hatte sie Besseres zu tun, als sich dauernd um mich zu kümmern und übertrug deshalb diese Aufgabe an andere.

So kam mehrmals am Tag ein junges Mädchen, begleitet von einer Gruppe der in graue Kutten gekleideten Männer, die niemals sprachen. Diese stellten sich draußen vor der Tür auf und das Mädchen kam herein. Sie brachte Essen und wartete, bis ich fertig war, bevor sie das Tablett mit Besteck und Geschirr wieder mitnahm. Außerdem schloss sie mir die Tür zum angrenzenden Bad auf, damit ich auf die Toilette gehen konnte. Ab und zu ließ sie mir dort ein Bad ein und saß geduldig auf dem Hocker neben der Badewanne, bis ich fertig war. Sie legte mir auch Kleider raus und kümmerte sich wohl um die Wäsche. Zuerst hatte ich darauf bestanden, Jeans und Pullover anzuziehen, in denen ich in die Anderswelt gereist war, aber bald musste ich zugeben, dass die Kleider und Strumpfhosen aus weichen Stoffen, die man hier trug, viel bequemer waren.

Das Mädchen redete nicht viel, was mich natürlich nicht davon abhielt, ihr andauernd Fragen zu stellen. Meistens antwortete sie dann so knapp wie möglich, wurde rot und schaute auf den Boden. Als ich fragte, warum die Tür zum Bad nicht einfach offen bleiben konnte, murmelte sie nur etwas von »mir selber etwas antun«. Ich stellte die Vermutung auf, dass Morrigan befürchtete, ich könnte mir etwas antun, bevor ihr Plan von Erfolg gekrönt war, aber das Mädchen sagte nichts dazu. Ich hatte mir angewöhnt, mir einen Reim auf ihre vagen Antworten zu machen und einfach alle Möglichkeiten durchzuspielen und abzufragen, bis ich eine positive Reaktion bekam. In einem Fall erwähnte ich später wie beiläufig: »Wenn ich mir das Leben nehmen wollte, dann könnte ich mir doch einfach den Kopf am Bettpfosten einschlagen«. Prompt lief sie mit vor Schreck geweiteten Augen aus dem Zimmer. Bevor ich mich versah, kamen fünf Männer herein, sodass ich in eine Ecke gedrängt wurde. In Nullkommanichts waren die Bettpfosten abgesägt und die Ecken abgerundet. Natürlich hätte ich noch zahlreiche andere Möglichkeiten gehabt, aber ich sagte nichts mehr dazu. Schließlich hatte ich ganz sicher nicht vor, mich umzubringen. Ich hatte vor, zu entkommen.

Und dafür musste ich an das Mädchen irgendwie herankommen, damit sie mir möglichst viele Informationen gab. Ich wollte sie gerne zu meiner Verbündeten machen. Ihren Namen hatte ich schon herausgefunden: Sie sprach ihn Colleen aus und ich nahm an, dass es sich um das irische Wort für Dienstmädchen handelte: *Cailín*. Denn ich hatte schließlich schon gelernt, dass die Sidhe danach benannt waren, was sie für Aufgaben hatten. Ich beschloss, sie einfach Colleen zu rufen.

Natürlich stellte sich ziemlich bald heraus, dass sie keine Ahnung hatte, was Morrigan als Nächstes vorhatte. Kein Wunder, schließlich waren Morrigan und Maggie nicht so blöd, mich dauernd in Kontakt mit jemandem zu bringen, der mir irgendwie helfen konnte. Mein Eindruck war, dass sie es nicht gewohnt war, dass sich diejenigen, die sie bediente, sich mit ihr unterhalten wollten. Deshalb hatte sie auch immer den Kopf geneigt, sodass ihre feinen hellblonden Haare wie ein Vorhang vor ihrem Gesicht hingen. Aber es dauerte gar nicht lange und sie hatte sich daran gewöhnt, dass ich sie ansprach. Immer öfter sah sie mich nun mit ihren leuchtenden bernsteinfarbenen Augen an, wenn ich mit ihr redete.

Eines Tages – es mochte wohl knapp eine Woche vergangen sein, seit ich in diesem Raum aufgewacht war – beschwerte ich mich bei ihr, dass mir in diesem Zimmer die Decke auf den Kopf fiel. Ich nervte sie so lange mit der Bitte, einen Spaziergang machen zu dürfen – meinetwegen mit einer ganzen Armee der grauen Männer im Gefolge – bis sie mir endlich eine Antwort gab, die aus mehr als ein paar Wörtern bestand: »Du musst nicht mehr lange warten – hab etwas Geduld.« Es schien, als brannte sie darauf, noch etwas anderes zu sagen. Schließlich überwand sie sich: »Und dann, und dann wirst du an so etwas Besonderem teilhaben, dass du wochenlang von diesem Erlebnis zehren kannst.«

Das verhieß für mich erst einmal nichts Gutes: Ich wollte nicht weitere Wochen in diesem Zimmer eingesperrt sein und von einem Erlebnis zehren müssen. Ich wollte hier weg! Doch ich hakte natürlich sofort nach. »Was denn, was werde ich erleben?«

Colleen war hochrot angelaufen, stand stocksteif da und starrte auf den Boden. »Tut mir leid, ich hätte nicht so viel sagen dürfen.«

»Bitte Colleen – sag es mir! Ich werde hier sonst noch verrückt.« Und in leiserem, verschwörerischem Ton fügte ich an: »Es wird doch keiner erfahren, dass du es mir verraten hast. Es redet doch sonst niemand hier mit mir.«

Colleens Nasenflügel bebten und sie presste die Lippen aufeinander, so als ob sie Angst hatte, die Neuigkeit würde er ihr sonst entweichen. Schließlich platzte es aus ihr heraus: »Es heißt, Mog Ruith soll kommen! Hier zum Palast, um für dich zu orakeln. Stell dir das vor!«

Ich hatte das zierliche junge Mädchen noch nie so lebhaft gesehen. Trotzdem blieb mir nichts anderes übrig, als ihre Begeisterung mit der Frage zu dämpfen: »Wer ist Mog Ruith?«

Colleen starrte mich ungläubig an. »Na, der zauberkundigste Druide aller Zeiten!« Als ich ihr zu verstehen gab, dass ich immer noch nicht wusste, von wem sie redete, fuhr sie fort: »Er ist blind, kann aber mehr sehen als sonst irgendjemand. Er hat eine Flugmaschine – eine Art Schlitten mit einem riesigen sich drehenden Rad, auf dem er durch die Lüfte reist. Er nennt sie Roth Ramach.«

»Ein Rad?«, fragte ich nach. »So etwas wie ein Propeller? Wie bei einem Helikopter?« Ein Blick in ihre geweiteten Augen verriet mir, dass sie nicht wusste, wovon ich sprach. »Das ist etwas aus der Menschenwelt«, erklärte ich. »Warst du noch nie da?«

Colleen schüttelte schnell den Kopf und schaute wieder auf den Boden. Ich dachte schon, ich hätte sie mit meinem Kommentar eingeschüchtert, als sie plötzlich den Kopf hob und mit geröteten Wangen sagte: »Oh, aber vielleicht ist es so etwas. Denn das Roth Ramach ist in deiner Welt entstanden. Mog Ruith hat es damals mit einem menschlichen Magier namens Simon Magus gebaut.« Ihr Blick verdunkelte sich. »Der Mensch hat ihn böse hintergangen. Er verleitete Mog Ruith dazu, Johannes dem Täufer den Kopf abzuschlagen. Und dann stiftete er seine drei Söhne dazu an, Mog Ruiths Tochter zu … « Colleen wurde jetzt hochrot. »Zu … na, du weißt schon. Ihr etwas anzutun. Sodass sie von allen dreien schwanger wurde«, endete sie schnell. »Hier kennt jedes Kind die Geschichte, weil Mog Ruith seitdem den Menschen abgeschworen hat und sich ausschließlich in der Anderswelt aufhält. Er lebt zurückgezogen auf einer Insel im Süden und zaubert nur noch selten. Aber wenn die Königin ihn herbittet, dann kommt er. Und in wenigen Tagen wird er für dich kommen«, strahlte sie.

Was sie von dem mächtigen Druiden erzählte, kam mir vage bekannt vor, hörte sich aber so schauerlich an, dass ich auf die Bekanntschaft mit Mog Ruith lieber verzichten wollte. Und wenn er so mächtig war, dann würde er Morrigan vielleicht sogar helfen können. Ich wusste zwar nicht, was genau passieren würde, wenn Morrigan Ciara gänzlich »einverleibt« hatte, doch so wie ich die Phantomkönigin bislang kennengelernt hatte, nahm ich an, sie führte nichts Gutes mit Ciara im Schilde. Und eins war mir klar: Nachdem ich, Alice, keinen Nutzen mehr für Morrigan darstellte, wäre ich für sie wertlos und es gab keinen Grund, mich dann noch am Leben zu erhalten. Ich würde also gut daran tun, vor der Ankunft dieses Mog Ruith aus meinem Gefängnis auszubrechen. Wie ich das anstellen sollte, war mir noch ein Rätsel. Aber Colleen war meine einzige Chance.

Bei meinem nächsten Bad am darauffolgenden Tag nutzte ich die Gelegenheit, mich länger mit ihr zu unterhalten. Mittlerweile war sie mir gegenüber aufgetaut und nicht mehr so zurückhaltend.

»Dieser Palast ist so groß«, fing ich an. »Ich bin doch noch im Palast, oder? Ich habe zwar nur den Saal mit der Eiche gesehen, aber der ist ja nur ein kleiner Teil davon. Wie findest du dich bloß hier zurecht?«

»Du warst im Eichensaal?«, staunte Colleen. »Da war ich noch nie. Aber in den Wohnquartieren kenne ich mich gut aus. Ich lebe schon in diesem Palast, seit ich ein kleines Mädchen bin.« Meine Hoffnung wuchs: Dann kannte Colleen wahrscheinlich alle Schleichwege und geheimen Ausgänge.

»Hat deine Mutter hier auch gearbeitet? Ist Berufung erblich?«, fragte ich neugierig.

Colleen lachte zum ersten Mal – wahrscheinlich weil sie sich nicht vorstellen konnte, dass ich so unwissend war. »Nein, es ist nicht erblich. Nur wenn die Eltern zum Adel gehören, dann hat man natürlich keine Berufung. Aber das Schicksal aller anderen Feen wird nach der Geburt orakelt und dann werden magische Fähigkeiten dazu entwickelt. Man wird früh von den Eltern getrennt und zu seinem Beruf herangezogen. Meine Eltern sind beide Schafhüter. Wenn das Schicksal es gewollt hätte, dass ich auch Schafhüterin werde, dann wären wir zusammengeblieben.« Jetzt sah sie traurig aus. Wenn sie immer hier in diesem Palast war, dann sah sie ihre Eltern sicher selten. Bestimmt vermisste sie ihre Familie.

»Also könnte es auch passieren, dass die Eltern Schafhüter sind und ein Kind bekommen, das eine sehr angesehene Aufgabe hat, wie zum Beispiel eine Realta?« Dylan hatte mir davon erzählt, wie wichtig Sidhe mit der Berufung Sterndeuterin waren.

»Ja, könnte schon sein. Aber das passiert eher selten«, meinte Colleen nachdenklich. »Ich habe mir noch keine Gedanken darüber gemacht.« Sie rutschte unruhig auf dem Holzhocker hin und her. Er schien nicht besonders bequem zu sein, aber sie beschwerte sich nie. Und heute zog ich mein Bad natürlich in die Länge, um so viele Informationen wie möglich zu bekommen. »Man ist, was man ist«, fügte sie schließlich mit einem Schulterzucken hinzu.

»Weißt du, bei uns in der Welt kann jeder selber entscheiden, was er für einen Beruf ausüben will.« Das war zwar nur bedingt so und traf eigentlich nur wirklich auf die westliche Welt zu, aber ich musste die Sache für Colleen ja nicht verkomplizieren.

»Jaaaa?«, fragte sie verwundert. »Ich weiß nicht viel über deine Welt, aber ich würde so gerne mal dorthin«, seufzte sie. »Nur ist das für jemanden meines Standes leider nicht möglich.« Sie sprang auf und fing geschäftig an, den Badezimmerspiegel zu putzen. Anscheinend hatte ich einen wunden Punkt getroffen.

»Aber theoretisch könntest du schon meine Welt besuchen?«, hakte ich nach. Ich drehte mich umständlich in der Wanne, um ihre Reaktion zu sehen.

Sie nickte. »Ich wüsste nur nicht, wie und wo. Man hat es mir natürlich nie beigebracht. Ich habe nur gelernt, wie man bedient.«

»Ist das nicht ganz schön unfair? Ihr Sidhe könnt so viel, was wir Menschen nicht können, aber je mehr ich über euch lerne, desto unfreier kommt ihr mir vor. Was helfen euch dann die ganzen magischen Fähigkeiten? Hast du als *Cailín* überhaupt welche?«

Sie rieb noch heftiger mit dem Tuch an der Oberfläche des Spiegels. »Doch, ich habe auch magische Fähigkeiten. Sie beeindrucken dich vielleicht nicht so sehr wie andere, aber für mich sind es die wichtigsten Fähigkeiten, weil ich durch sie meine Berufung am besten ausüben kann. Ich kann mich fast lautlos bewegen und schnell und effizient arbeiten. Außerdem bin ich in der Lage, zu fühlen, was andere brauchen. Das ist eine Fähigkeit, die wir *Cailíns* über Jahre trainieren. Auch in meiner Berufung kann man zu einer angesehenen Position aufsteigen.« Jetzt reckte sie fast stolz das Kinn vor. »Ältere *Cailíns* sind bei den Adligen als Zofen sehr begehrt, weil sie in der Lage sind, Bedürfnisse zu erahnen und Wünsche praktisch von den Augen abzulesen. Sie richten eine Mahlzeit an, bevor man selber Hunger verspürt, legen Decken bereit, bevor man friert.«

Als sie von Frieren redete, fiel mir auf, dass mein Badewasser fast kalt war, also stieg ich aus der Wanne und wickelte mich in ein Handtuch ein, das sie mir reichte. Mit einem kleineren Handtuch rieb ich mir die Haare trocken und wickelte es um den Kopf wie ein Turban. Dann schaute ich Colleen ernst an.

»Colleen, kannst du fühlen, was ich mir wünsche?«

Das Mädchen schaute erst unsicher weg, aber dann erwiderte sie meinen Blick. »Ja. Du willst frei sein. Du musst von hier fliehen«, sagte sie leise.

»Kannst du mir helfen?« Ich sah sie inständig an.

Wild schüttelte sie den Kopf. »Nein, nein, nein. Das könnte ich nicht wagen. Die Königin hat befohlen, dass du bewacht wirst und dich keiner aus dem Zimmer lassen darf.«

»Und du hörst auf deine Königin? Deshalb kannst du mir nicht helfen, obwohl du sozusagen in meinem Dienste stehst?«

Sie nickte eifrig.

»Dann habe ich dich falsch verstanden. Du hast gesagt, du glaubst daran, dass die Berufung eines jeden Sidhe in den Sternen steht. Ich fand, das macht dich unfrei, aber du hast mir mehr oder weniger gesagt, dass es dich frei macht, die Person zu sein, die du sein sollst. Und du so deine Aufgabe mit Stolz und Integrität ausführen kannst.«

Verwirrt nickte sie. »Ähm. Ja, so was in der Richtung stimmt ja auch.«

»Dann machst du doch nicht nur wahllos das, was andere dir auftragen und befehlen, sondern das, was du gemäß deiner Berufung tun musst. Und du, als meine Zofe, spürst, was ich brauche. Solltest du mir dann nicht helfen?«

Colleen starrte mich einen Augenblick lang an. Dann ging sie zur Wanne hinüber. Mir den Rücken zugewandt, sagte sie leise: »Ich habe frische Kleider auf dein Bett gelegt. Warum ziehst du dich nicht an? Derweil lasse ich das Wasser ab und mache die Wanne sauber. Die Wachen wundern sich bestimmt schon, dass es heute so lange dauert. Ich möchte keinen Ärger bekommen.«

Ohne Widerrede ging ich ins Schlafzimmer. Ich durfte Colleen nicht zu sehr drängen, damit sie sich nicht wieder vor mir verschloss. Außerdem mochte ich die kleine blonde Fee und wollte sie nicht quälen. Ich konnte nur hoffen, dass sie sich tatsächlich entschied, mir zu helfen. Bevor Mog Ruith Morrigan zu Hilfe kam und es für mich zu spät war.

kapitel sechs
dylan

Dylan hatte die Arme vor der Brust verschränkt und beobachtete Dr. Brennan, die hungrig Eier und Speck in sich hineinschaufelte. Er war sich noch nicht ganz schlüssig, was er von der Dozentin halten sollte. Alice war sich so sicher gewesen, dass man ihr vertrauen konnte. Auch Professor O'Tool legte anscheinend für seine Kollegin die Hand ins Feuer. Aber sie musste mehr in die ganze Sache involviert sein, als sie Alice gegenüber vorgegeben hatte, sonst wäre sie wohl kaum von O'Cadhla gefangen gehalten worden.

Andererseits war für ihn offensichtlich, dass die junge Frau gerade ein traumatisches Erlebnis gehabt hatte. Er wollte ihr zumindest die Chance geben, erst mal wieder zu Kräften zu kommen, bevor er sie ins Kreuzverhör nahm.

Nachdem sie mit dem Essen fertig war, setzte Dylan noch einmal an: »Dr. Brennan …«

»Ach, nenn mich doch Claire«, unterbrach sie ihn. Sie versuchte, einen leichteren Ton anzuschlagen und verzog das Gesicht zu einem schiefen Lächeln. »Diese formelle Anrede von dir kommt mir sonderbar vor, wo du immerhin über zweihundert Jahre älter bist als ich.«

»Also gut. Claire. Du kannst damit anfangen, mir zu erklären, was du mit Alices Verschwinden zu tun hast und warum du im Keller von dieser Philomena Few eingesperrt warst.«

Claire Brennan wurde ernst. »Erst einmal möchte ich dir danken, dass du mich gerettet hast. Nach dem, was mit Alice passiert ist, hätte ich verstanden, wenn du mich dort gelassen hättest. Ich habe einen großen Fehler begangen und den falschen Leuten vertraut. Und wer weiß, was sie jetzt mit Alice gemacht haben. Wenn ihr etwas zugestoßen ist, dann wird das immer auf meinem Gewissen lasten.«

»Woher kennst du diese Philomena? Und was hat sie mit der Sache zu tun?«, drängte Dylan.

Claire schaute auf ihren Teller. »Manchmal kann man sich in einem Menschen fundamental täuschen. Ich hatte keinen Grund gehabt, Philomena zu misstrauen. Im Gegenteil, ich dachte, ich schulde ihr Loyalität und Verschwiegenheit.« Sie schüttelte bekümmert den Kopf. »Seit Generationen pflegen unsere Familien druidische Traditionen. Wir sind auf diese Weise verbunden. Meine Mutter hat mich in die Geheimnisse der Druiden eingeweiht und davor meine Großmutter sie. Auch bei Philomena war es so. Schon unsere Mütter waren im selben Zirkel. Wir sind wie Schwestern.« Dr. Brennan starrte aus dem Fenster des Restaurants auf den Fluss hinunter. »Ja, wie eine kleine Schwester habe ich zu ihr aufgesehen.«

Als sie daraufhin nur weiter aus dem Fenster sah und längere Zeit schwieg, räusperte sich Dylan. »Ich war vorgestern im Arts Building auf dem Campus. Dein Büro ist komplett ausgeräumt worden. Nur ein Druidenei habe ich gefunden. Das war also tatsächlich deins?«

»Ja. Ich bin durch meine Mutter eingeweiht, ich praktiziere und nehme an Riten teil. Ich bin Druidin, aber in den letzten Jahren war ich immer weniger in unserem Zirkel aktiv. Ich sehe mich als Wissenschaftlerin. Und die beiden Rollen passen nicht immer zusammen. Hauptsächlich war ich in letzter Zeit an den Ritualen für die Jahresfeste wie Beltane und Samhain dabei. Philomena hat sich so darüber gefreut, dass ich dank Alice wieder mehr an Druidenmagie interessiert war. Ich dachte wirklich, dass wir wieder solche Freundinnen wie früher werden …«

Dylan war langsam am Ende mit seiner Geduld. »Claire, nimm es mir nicht übel, aber deine Konflikte als Druidin und Wissenschaftlerin und deine Freundschaft mit Philomena interessieren mich im Moment herzlich wenig. Was mich allerdings brennend interessiert ist, warum du Alice nichts davon gesagt hast, dass du Druidin bist. Das sieht für mich ganz danach aus, als ob du es absichtlich verheimlicht hast … «

»Aber genau deshalb erkläre ich es ja«, rief Dr. Brennan frustriert. Im Restaurant waren jetzt, zur späten Frühstückszeit, nicht mehr viele Leute, aber sie zog einige Blicke auf sich. »Für Alice und für Seamus O'Tool bin ich Wissenschaftlerin«, fuhr sie leiser fort. »Dozentin am renommierten Trinity College. Diese andere Seite von mir dort zu zeigen, halte ich für unseriös. Ich will, dass man mich ernst nimmt.« Dylan zog skeptisch die Augenbrauen hoch. »Außerdem habe ich nicht gelogen, Dylan. Ich habe tatsächlich meine Bekannte zu Rate gezogen. Alle meine Informationen stammen von ihr. Ich kenne von meiner Mutter die Riten und die Magie der Pflanzen und Bäume. Ich hatte keine Ahnung davon, dass das Druidenwissen von den Sidhe stammt oder dass es die Anderswelt wirklich gibt.«

»Und so hast du Philomena immer schön brühwarm alles erzählt, was du von Alice erfahren hast. Und die hat wiederum O'Cadhla davon berichtet.« Dylan runzelte die Stirn. »Woher kennen sich die beiden, weißt du das?«

»Das weiß ich nicht, aber sie kennen sich schon lange. Ich habe ihn einige Male bei Gartenfesten und dergleichen getroffen. Unterhalten habe ich mich allerdings nie länger mit ihm. So wusste ich zum Beispiel nicht, dass er Irische Literatur lehrt. Als er am Trinity College angefangen hat, war ich überrascht. Doch zu dem Zeitpunkt hatten Philomena und ich schon etwas länger keinen Kontakt mehr gehabt und ich habe mit ihr nie darüber gesprochen.«

Dylan sah sie mit schmalen Augen an. »O'Cadhla und du seid nicht näher bekannt?«

Dr. Brennan schüttelte den Kopf. »Als ich in letzter Zeit wieder vermehrt mit Philomena zu tun hatte, waren wir so in unsere Gespräche über Alice vertieft, dass ich O'Cadhla ganz vergessen hatte. Ich habe ihn zu dem Zeitpunkt auch nie bei ihr getroffen. Philomena war sofort Feuer und Flamme, als ich meinte, ich hätte aus ziemlich guter Quelle, dass die ersten Druiden Sidhe waren. Wir haben das gemeinsam weiter recherchiert. Und sie hat das Schutzamulett für Alice gemacht.«

Zwischen Dylans Brauen bildete sich eine tiefe Furche. »Aber das Amulett hat geholfen. Die Erinnerung an Ciaras Tod kam zurück. Das ergibt keinen Sinn. Wenn sie die ganze Zeit im Auftrag von O'Cadhla und im weiteren Sinne vom Ältestenrat gehandelt hat, wieso erst dafür sorgen, dass sich Alice erinnert? Und wieso haben die beiden Alice nicht sofort zum Ältestenrat gebracht, warum haben sie so lange gewartet?«

Claire nickte und schaute sich nervös um. Die wenigen Gäste schienen an ihnen nicht interessiert. Trotzdem senkte sie die Stimme: »Ich hatte in den letzten Tagen im Keller etwas Zeit, darüber nachzudenken. Und ich konnte Streitgespräche zwischen Philomena und Padraig belauschen. Da habe ich mir einiges zusammenreimen können.«

Dylan beugte sich interessiert vor. »Erzähl mir alles, in allen Einzelheiten. Wer weiß, was mir vielleicht dabei helfen kann, Alice zu finden.«

»Ich glaube, dass Philomena zuerst gar keine bösen Absichten hatte. Deshalb hat sie auch alle Informationen mit mir geteilt und mit dem Amulett geholfen. Vielleicht liege ich falsch, aber ich nehme an, dass sie irgendwann in letzter Zeit Maggie davon erzählt hat und von ihr dann entsprechende Anweisungen bekommen hat.«

»Maggie?« Dylan hätte sich beinahe an seinem Tee verschluckt, den er gerade trank. »Philomena und Maggie stecken *auch* unter einer Decke? Bist du sicher?«

Dr. Brennan nickte. »Bei einem Streit ist öfter ihr Name gefallen. Die beiden waren sich nämlich uneins, wie sie mit mir verfahren wollten. Philomena wollte auf Maggies Instruktionen warten. O'Cadhla war dagegen, auf Maggies Wort zu warten. Eine der ersten Sachen, die ich mitangehört hatte, war, dass Alice in die Anderswelt verschleppt wurde. Es sollte so aussehen, dass ich schuld bin. Dass ich Alice verraten habe und dann geflüchtet bin. Damit du nicht weiter suchst und nicht auf Padraig und Philomena kommst. O'Cadhla wollte mich wohl auch direkt mit in die Anderswelt nehmen, damit mit dem Plan hier nichts mehr schiefgehen konnte. Und Philomena hat immer gesagt: ›Jetzt warte doch wenigstens, bis sich Maggie wieder meldet.‹«

Dylan biss sich auf die Unterlippe. »Maggie. Maggie hat Alice entführt? O'Cadhla arbeitet im Auftrag des Ältestenrates. Deshalb bin ich die ganze Zeit davon ausgegangen, dass Alice bei den Ältesten ist. Dass die all das veranlasst haben. Aber jetzt, wo wir wissen, dass Maggie an Ciaras Tod schuld ist, ist klar, dass Maggie Alice nicht zu den Ältesten bringen wird …« Er sprang auf. »Sie wird Alice einfach verschwinden lassen!« Jetzt zog er die Aufmerksamkeit der anderen Gäste auf sich. Schnell setzte er sich wieder.

Claire sah ihn verzweifelt an. »O'Cadhla hat auch immer gesagt, dass er mich verschwinden lassen will. An diesen Ausdruck habe ich mich erinnert. Alice hat ihn öfter verwendet und erzählt, dass es Sidhe verboten ist, Menschen in dieser Welt umzubringen, weil es Aufmerksamkeit auf sich zieht. Was meinte er damit, Dylan? Dass sie mich und Alice in der Anderswelt bringen und dort umbringen wollten?«

Wie betäubt schüttelte er den Kopf. »Viel schlimmer. Ich habe Alice nie davon erzählt. Ich wollte sie nicht beunruhigen. Die Menschen, die in die Anderswelt verschwinden, werden nicht umgebracht. Sie leben dort als Gefangene und später, wenn ihnen jeglicher Wille genommen wurde, dann werden sie versklavt. Bei uns sind die Menschen Sklaven der adligen Sidhe, Claire.«

Dr. Brennan starrte ihn nur an. »Wenn es nicht heller Vormittag wäre, würde ich mir jetzt einen doppelten Whiskey bestellen.« Trotzdem winkte sie den Kellner heran und bestellte einen Espresso. »Der muss es jetzt auch tun.«

Während Dylan angestrengt darüber nachdachte, was Maggie mit Alice vorhatte, und versuchte, alle Informationen zu einem großen Ganzen zusammenzufügen, hörte er nur halb zu, als Dr. Brennan davon erzählte, wie Philomena sie vor ein paar Tagen abends zu Haus auf ein Glas Wein eingeladen hatte und wie sie sich dann gefesselt und geknebelt im Keller wiedergefunden hatte. Wenn Philomena ihr Speisen und Getränke gebracht und ihr auf die Toilette geholfen hatte, war sie auf ihr Flehen, sie zu befreien, wohl nie eingegangen, sondern hatte immer nur gesagt, dass sie, Claire, sich nun für die Erleuchtung ihres Druidenzirkels opfern müsse.

»Ich hab Philomena angeschrien, was das denn bitte schön für eine Erleuchtung sein soll. Da hat sie nur ganz geheimnisvoll getan und etwas von der ersten Druidin erzählt, von der, die einst die Menschen das Wissen der Sidhe gelehrt hatte. Als sie die Menschen als unwürdig empfand, gab sie kein Wissen mehr weiter. Aber jetzt könnte sich unser Zirkel würdig zeigen und das Wissen der heiligen Druidin empfangen. Sie nannte sie Macha, glaube ich, zumindest hörte sich es so an, wie die Macha aus der Mythologie … «

»Macha ist Maggie«, unterbrach Dylan sie. Claire schaute ihn verwirrt an. »Sie nennt sich seit einiger Zeit Maggie. Sie verbringt viel Zeit hier auf Erden, wer weiß, vielleicht wollte sie deshalb einen Menschennamen haben.«

»Ich dachte, Maggie ist eine Art Polizistin hier auf Erden. So hatte es Alice mir erklärt. Ich hatte sie mit O'Cadhla in einen Topf geworfen.«

Dylan schüttelte den Kopf. »O'Cadhla ist ein *Garda*, das ist seine Berufung und er untersteht dem Ältestenrat. Maggie arbeitet natürlich im weitesten Sinne auch im Auftrag von denen. Aber sie hat keine Berufung, sie ist eine Adlige. Ich nehme an, man könnte es so ausdrücken, dass sie ihre Arbeit hier ehrenamtlich macht.«

Dr. Brennan legte den Kopf schräg. »Hmm. Aus der Güte ihres Herzens, was?«

»Ich habe genau genommen vorher nie darüber nachgedacht. Macha ist sehr alt. Ich gehöre einem niedrigeren Stand an. Ich bin ihr hier auf Erden öfter begegnet und hatte nichts als Ehrfurcht, Respekt und … ehrlich gesagt … Angst vor ihr. Erst nachdem sich Alice erinnert hat, dass Maggie schuld an Ciaras Tod ist, habe ich angefangen an Maggies Motiven zu zweifeln. Ich habe Alice nicht verraten, wer sie wirklich ist, aber ich habe sie immer gewarnt, wie mächtig Maggie ist. Sie ist die Schwester der Königin. Deshalb hatte ich meine Zweifel, ob es was bringen würde, dem Ältestenrat davon zu erzählen. Die Gegner der Monarchie sind zwar eine Randgruppe, aber trotzdem … Wie auch immer der Ältestenrat über Maggies Regelbruch urteilen würde, es würde das politische Gleichgewicht im Land durcheinanderbringen.«

»Wie muss ich mir das vorstellen?«, fragte Claire. »So wie in England, wo es eine Monarchie und ein Parlament gibt?«

»So ungefähr.«

»Ich wage es gar nicht auszusprechen. Aber wenn die Situation so ist, wie du sie beschreibst, dann hört sich das so an, als ob Maggie Alice entführt hat, um genau so etwas zu vermeiden. Und das heißt, sie hätte ein Interesse daran, Alice für immer zum Schweigen zu bringen.« Prüfend schaute sie Dylan an. Der schüttelte vehement den Kopf.

»Ich weigere mich zu glauben, dass ich nichts mehr für Alice tun kann.«

»Dann ergibt es auch Sinn, dass Maggie versucht hat, Alices Erinnerungen zu unterdrücken«, dachte Claire weiter laut nach. »Philomena muss zu dem Zeitpunkt, als sie das Amulett für mich angefertigt hat, noch nicht involviert gewesen sein. Oder zumindest wusste Maggie da noch nicht Bescheid. Ich gehe davon aus, dass Philomena ihr danach von Alice erzählt hat. Und dann machte Maggie ihr das Versprechen, sie zu erleuchten, wenn sie und O'Cadhla ihr helfen. Seine Rolle ist zwar noch etwas undurchsichtig, aber nur so kann ich mir erklären, wie Philomena da reingeraten ist.«

Dylan hatte seine Zweifel, ob diese Philomena so unschuldig war, wie Claire es gerne glauben wollte, aber er sagte nichts. Etwas anderes beschäftigte ihn mehr: »Trotzdem wissen wir immer noch nicht, warum Maggie all das auf sich genommen hat und Ciara überhaupt in den Selbstmord getrieben hat. Ich dachte anfänglich, sie hätte eigenmächtig ihre Rolle etwas zu eifrig ausgeführt – weil früher die Adligen sowieso auf eigene Faust gemacht haben, was sie wollten. Ein Sidhe hat sich in einen Menschen verliebt, was verboten ist. Das Mädchen wollte nicht loslassen und den Sidhe vergessen. Damit wurde sie zur Gefahr und deshalb musste sie sterben. Aber so langsam habe ich die Vermutung, dass da noch andere Motive dahinter stecken, die nicht so uneigennützig und schwarz-weiß sind.«

»Hilf mir auf die Sprünge, Dylan. Macha … es gibt verschiedene und in sich widersprüchliche Mythen über sie. Sie ist eine der Töchter Ernmas … ein Teil der Trinität Morrigan, oder?«

»Morrigan ist ihre Schwester«, klärte Dylan sie auf. »Es gibt die drei Anand-Schwestern, Macha, Morrigan und Badb. Morrigan ist die Königin und …«

»Die Phantomkönigin?«, unterbrach Claire ihn aufgeregt. »Klar, die kenne ich. Die gibt es wirklich?«

»Ja, aber sie ist auch wirklich Königin. Die Königin der Sidhe.«

Claires Augen weiteten sich. Mit offenem Mund starrte sie Dylan an.

»Was?«, fragte er verstört. »Was, was habe ich gesagt?«

»Jetzt wird mir alles klar«, hatte Dr. Brennan sich wieder gefangen. »Man wollte mich zum Sündenbock für Alices Verschwinden machen, aber es gab noch einen anderen Grund, warum mich O'Cadhla sofort loswerden wollte. Weil ich etwas weiß. Er hat sich verraten. Ich kenne Informationen, die ich nicht kennen sollte. Nur habe ich bislang nicht verstanden, dass ich im Besitz dieses gewissermaßen entscheidenden Puzzlestücks bin.« Dylan schaute Claire mit großer Erwartung an. »Ich weiß, was Maggies wahre Motive sind. Und ich weiß auch, wo Alice ist.«

kapitel sieben
alice

Alle unsere Zeichnungen waren im Atelier auf den Staffe-
leien aufgereiht. Jeder von uns würde die Skizzen anders
umsetzen. Jack O'Malley bevorzugte Ölfarben. Niall Mac
Carthaigh malte am liebsten mit Aquarellkreiden. Der Fla-
herty-Junge war ganz neu und ich war gespannt darauf, was
er mit seiner Zeichnung anstellen würde. Das Ziel unserer
Exkursion war es gewesen, eine Bleistiftzeichnung vom Na-
turmotiv anzufertigen, um es später im Atelier zu malen.
Aber jetzt ging es erst einmal um unsere Skizzen. Jedes Bild
zeigte in etwa das gleiche Motiv. Es war aus unterschied-
lichen Perspektiven gezeichnet und manchmal sah man nur
einen Ausschnitt, aber es war eindeutig in jedem Bild dieselbe
Eiche, die den Künstlern als Modell gedient hatte. In allen
Bildern, außer in einem: meinem.
»Ciara«, sagte mein Onkel jetzt. »Wir machen eine Exkur-
sion an einen Ort, an dem ringsherum die gleichen grünen
Hügel zu sehen sind wie überall in der Gegend. Das Besonde-
re an diesem Ort ist eine riesige alte Eiche. Diese sich in alle
Richtungen ausbreitenden Äste. Die weite, lichte Krone. Die
typischen ledrigen Blätter. Die Trauben von Eicheln an den

Stielen. Der breite Stamm mit der rissigen, rauen, grauen Borke und den kuriosen Unebenheiten und Astlöchern, die dem Baum einen solchen Charakter verleihen. Das Künstlerauge weiß gar nicht, woran es sich zuerst weiden soll. Und du? Du zeichnest den Hügel daneben. Kannst du mir dafür eine Erklärung geben?«

Ich hatte einen Kloß im Hals. Vorhin war ich selbstbewusster gewesen. Fast trotzig hatte ich dem alten Baum den Rücken zugekehrt und den Hügel vor mir gezeichnet. Mein innerer Widerstand war so groß gewesen, dass ich mir keine weiteren Gedanken gemacht hatte, wie ich vor den anderen dastehen würde. Aber der Baum war … zu viel. Er strahlte eine solche Vitalität aus, dass es mir tatsächlich den Atem nahm. Ich bekam keine Luft in meine Lungen, wenn ich ihn ansah. Sobald ich den Bleistift auf dem Papier ansetzte, fehlte mir jegliche Kraft zu zeichnen. Es war fast so, als ob seine Energie mich buchstäblich außer Kraft setzte. Der Baum wollte nicht gezeichnet werden.

Aber das konnte ich jetzt natürlich nicht sagen; man würde mich für verrückt halten. Meine Eltern hatten immer sehr empfindlich darauf reagiert, wenn ich verlauten ließ, dass ich etwas auf diese komische Art und Weise »spürte«. Fast so, als ob sie Angst vor mir hatten. Deshalb hatte ich schon in jungen Jahren gelernt, so etwas für mich zu behalten. Und obwohl Onkel Bryan immer die Reaktionen meiner Eltern als abergläubische Hysterie abgetan und er für alles eine rationale Antwort hatte, wollte ich trotzdem kein Öl ins Feuer gießen, was das anging. Ich stammelte daher etwas von »Schönheit auch in den kleinen Dingen sehen« und dass ein Grashalm genauso majestätisch wie eine Eiche sein konnte. »Ich finde, es ist die Aufgabe eines Künstlers das ›andere‹ zu sehen«, hatte ich mich jetzt wieder gefangen. »Wenn alle auf den Baum schauen, dann sollte der Künstler sich dem Grashalm widmen.«

Die anderen zeigten sich von meiner komplett an den Haa-

ren herbeigezogenen Antwort beeindruckt, aber Onkel Bryan
schmunzelte nur. Während wir noch über die Motive der
anderen redeten, wuchs in mir der feste Entschluss, mir bei
der Umsetzung der Skizze besonders viel Mühe zu geben. Ich
wollte nicht mehr über den Baum nachdenken. Er machte
mir Angst. Auf aufregende Weise Angst. Stattdessen würde
ich die schönste Tuschezeichnung eines Grashügels anfertigen,
die die Welt je gesehen hatte!
Als alle anderen gingen, blieb ich im Atelier und arbeitete
weiter. Onkel Bryan kannte das schon und wusste, dass jeder Versuch, mir Vernunft beizubringen, kläglich scheitern
würde. Essen, Trinken, Schlaf und Ruhe waren nebensächlich, wenn ich an einem Bild arbeitete. Er hatte Verständnis
dafür; schließlich war er selbst ein Künstler. Also brachte er
mir einfach Brot, Käse und einen Apfel, alles in mundgerech-
te Häppchen geschnitten, und eine Karaffe Milch. Dankbar
lächelte ich ihn an, als er das Tablett neben mir abstellte.
Stunden später trat ich einen Schritt zurück und betrachtete
zufrieden mein Werk. Ich wusste, dass ich morgen sofort alle
Fehler und Mangel sehen würde. Vielleicht würde ich an dem
Bild noch tagelang arbeiten, vielleicht würde ich es auch in
die Ecke werfen. Aber jetzt, in diesem Moment, erfüllte mich
meine Arbeit mit größter Freude und Euphorie.
Hinter mir räusperte sich jemand. Erschrocken drehte ich
mich um. Mrs O'Malley, Jacks Mutter, stand in der Tür.
»Miss Ciara, ich störe Sie ungern. Es ist mir etwas peinlich,
aber würde es Ihnen etwas ausmachen, mit zu mir nach
Hause zu kommen?«
»Ist mit Jack alles in Ordnung, Mrs O'Malley?«
»Mit Jack? O ja.« Sie trat nervös von einem Bein aufs andere.
»Es ist meine Mutter. Sie fragt nach Ihnen und will keine
Ruhe geben. Ich dachte, wenn Sie kurz vorbeischauen, viel-
leicht ist sie dann zufrieden.«
Die alte Mrs Mahoney war im ganzen Dorf berühmt und
berüchtigt, aber ich hatte persönlich noch keine Bekannt-

schaft mit ihr geschlossen. Man sagte, dass sie eine Hexe sei, aber hier in der Gegend sagte man das so gut wie über alle Frauen, die ihren achtzigsten Geburtstag schon lange hinter sich hatten.

»Mit mir? Sind Sie sicher?« Ich legte die Stirn in Falten. Mrs O'Malley nickte nur verlegen. Ich seufzte, legte meine Arbeitsutensilien weg und folgte Jacks Mutter nach Hause. Als wir das warme, gemütliche Cottage betraten, saß die alte Mrs Mahoney mit dem Rücken zu uns vor dem Kamin. Sie hatte wirre graue Haare und einen Buckel. Kein Wunder, dass man sie für eine Hexe hielt.

Mrs O'Malley bot mir eine Tasse Tee an, die ich dankend annahm. Während sie den Tee zubereitete, erzählte sie mir: »Wissen Sie, der Jack kam mit der Zeichnung nach Hause, die mit dem Baum. Meine Mutter, nun, sie sitzt tagein, tagaus vor dem Kamin. Da scheint es ihr gut zu gehen. Sie sagt nicht mehr viel, aber sie beschwert sich wenigstens nicht. An guten Tagen, da erzählt sie … von ihrer Jugend oder irgendwelche Märchen. Dann hört sie manchmal gar nicht auf zu reden. Aber dass sie sich in ein Gespräch einmischt, in dem es um etwas geht, das gerade heute passiert ist, das habe ich schon lange nicht mehr erlebt. Sie hat die Zeichnung gesehen und wurde ganz aufgeregt. Wo Jack sie her hätte, hat sie gefragt. ›Na, gezeichnet habe ich sie, Oma‹, hat der Junge geantwortet. Da fragte sie ihn, ob er sie selber gesehen hätte, die Eiche. ›Ja, eine ganze Gruppe von uns hat sie gesehen, Oma‹, meinte der Junge. ›Die Zeichenklasse mit Bryan Buchanan. Wir haben einen Ausflug gemacht und haben sie alle gezeichnet.‹ Mutter hat den Jungen nur so komisch angeschaut. Jack wusste wohl auch nicht, wie er reagieren sollte. Da hat er einfach weitergeredet. ›Außer Ciara. Die hat sich geweigert, den Baum anzuschauen. Den Hügel daneben hat sie stattdessen gezeichnet.‹ Da wollte meine Mutter wissen, wer Ciara sei. ›Die schöne Buchanan-Nichte‹, war Jacks Antwort. Tja, und seitdem hat sie keine Ruhe mehr gegeben. Wo diese

Ciara sei. Die solle herkommen. Sie müsse mit ihr reden.
Die ganze Zeit. Nun, dann bin ich los und habe Sie geholt.«
Mrs O'Malley drückte mir eine Tasse mit heißem Tee in die
Hand.
»Na, dann will ich mal zu ihr rübergehen«, sagte ich zö-
gernd. Mir war unbehaglich zumute. Jetzt sagte die alte Frau
gar nichts. Vielleicht hatte sie sich mittlerweile beruhigt. Ich
zog einen Stuhl an den Kamin heran und setzte mich. »Mrs
Mahoney? Ich bin Ciara Buchanan.«
Die alte Frau wandte mir ihr Gesicht zu. Es war von tiefen
Falten durchzogen. Ihre knöchrigen Finger umklammerten
Jacks Zeichnung. Das Papier war schon ganz zerknittert. Mir
tat Jack leid, der sie schließlich noch als Vorlage benutzen
wollte. Nur die blassblauen Augen der Frau verrieten ihr
Alter nicht. Interessiert sah sie mich von der Seite an. »Hast
die Eiche nicht zeichnen wollen, was?«, sagte sie plötzlich.
»Ähm, ich … ich habe den Hügel daneben als Motiv ge-
wählt«, stotterte ich.
»Hast die heilige Eiche nicht zeichnen wollen. Es soll keine Bil-
der geben von der heiligen Eiche. Hast es gespürt, nicht wahr?
Hast stattdessen den Feenhügel gemalt?« Sie beugte sich dichter
zu mir rüber, sodass ich ihren säuerlichen Atem riechen konnte,
als sie flüsterte: »Bist eine von denen, nicht wahr?«
Erschrocken zuckte ich zurück. Fast amüsiert betrachtete sie
mich.
»Brauchst keine Angst haben, Kind. Bin auch ein Wechsel-
balg«, kicherte sie schließlich.
Unruhig schaute ich zu Mrs O'Malley rüber, die in der Kü-
che beschäftigt war.
»Ich weiß nicht, wovon Sie reden, Mrs Mahoney, ich …«
»Du musst sie zerstören«, zischte die alte Frau nun und beug-
te sich noch weiter zu mir rüber. »Zerstöre die Bilder. Es soll
kein Bild von der heiligen Eiche geben.« Sie zerknüddelte das
Blatt Papier und warf es in den Kamin. Jacks Zeichnung
ging in Flammen auf. Entsetzt schaute ich die alte Frau an.

Sie war anscheinend nicht ganz richtig im Kopf. Ich wusste gar nicht, was ich sagen sollte. Mrs Mahoney musterte mich für eine Weile. »Du, du …« Die Flammen spiegelten sich in ihren weit aufgerissenen Augen. »Du weißt es. Du bist …« Sie röchelte und fasste sich an den Hals. »Du bist …« Die alte Frau wurde ganz rot im Gesicht.

Ich sprang auf und ließ die Tasse fallen. Der Tee breitete sich auf den Holzdielen aus. »Mrs O'Malley, ich glaube, Ihrer Mutter geht es nicht gut!«

Mrs O'Malley kam herübergelaufen. »Mutter!«, rief sie und klopfte ihr auf den Rücken. Doch die Frau schien keine Luft mehr zu bekommen. Sie fiel aus dem Stuhl und mir entgegen. Schnell bückte ich mich, um sie aufzufangen. Wir sanken zu Boden, in die Pfütze Tee.

»Ich hole schnell den Doktor, der wohnt nur ein paar Häuser weiter«, rief Mrs O'Malley panisch.

Ich hielt den Kopf der alten Frau und zählte die Sekunden, bis Jacks Mutter mit dem Arzt wieder zurückkam. So eine Situation hatte ich noch nie erlebt und ich war wie gelähmt vor Angst. Mrs Mahoney war schon ganz blau im Gesicht. Selbst das Röcheln verstummte nun. Dennoch versuchte sie, etwas zu sagen. »Du«, stieß sie mit letzter Kraft hervor. Ich wusste nicht, ob es Angst war oder Ehrfurcht, was ich in ihren Augen sehen konnte, als sie mit ihrem letzten Atemzug sagte: »Du bist sie!«

»Alice! Alice!« Panisch riss ich die Augen auf. Colleen stand neben meinem Bett und rüttelte mich wach. Mit einem Ruck setzte ich mich auf und schaute mich um. Ich war in dem kleinen Zimmer im Palast. Ich war Alice.

»Hattest du einen Albtraum? Du hast dich wie wild hin- und hergeworfen. Doch du wolltest nicht aufwachen«, meinte Colleen.

»Ja«, antwortete ich und holte tief Luft. »Ein Albtraum.«

Colleen schlug die Bettdecke zurück. »Beeil dich, du musst aufstehen. Mog Ruith kommt!«

Erschrocken starrte ich das junge Mädchen an. »Was? Schon? Du hast gesagt, er kommt in ein paar Tagen.« Erst vorgestern hatte ich Colleen angefleht, mir zur Flucht zu verhelfen. Sie ließ sich bislang noch nicht davon überzeugen, aber ich setzte alle meine Hoffnung in meine neue Freundin. Ich dachte, ich hätte noch Zeit, doch nun war Mog Ruith schon da? Jegliche Zuversicht, mich aus dieser Situation hier zu befreien und wieder nach Hause zu gelangen, verließ mich.

»Ja, er wird bald da sein und wir müssen dich vorbereiten.« Aufgeregt nahm Colleen meine Hand und führte mich ins Bad. Es roch streng. Sie hatte Wasser in die Wanne eingelassen, in der einige Kräuter schwammen. Wie eine Puppe ließ ich mich von ihr waschen und ankleiden. Sie legte mir eine Robe an, die den bunten Gewändern der Frauen in Morrigans Zeremonie nicht unähnlich war. Dann flocht sie meine Haare und steckte Blumen hinein. Als Letztes legte sie mir eine Kette um – ich erkannte den Stein als einen grauen Mondstein.

Ich hätte gerne noch etwas zu Colleen gesagt, mich bei ihr bedankt oder von ihr verabschiedet – vielleicht würde ich sie nicht wiedersehen –, aber da klopfte es auch schon an der Tür.

»Du musst jetzt gehen«, flüsterte Colleen. Plötzlich war auch sie nur noch halb so vergnügt.

»Colleen …« Wieder ein Klopfen, diesmal dringender. Das junge Feenmädchen lächelte mir ermutigend zu. Ich nahm sie einfach kurzerhand in den Arm, was sie spürbar überraschte. Als ich sie wieder losließ, wich sie meinem Blick aus und ging sie schnell zur Tür. Ich konnte trotzdem Tränen in ihren Augen aufblitzen sehen.

Die Männer nahmen mich in ihre Mitte und marschierten mit mir durch den Palast. Gerne hätte ich mich umgeschaut, aber alle um mich herum waren größer als ich, und ich konnte nichts sehen. Stattdessen musste ich mich auf meine Füße konzentrieren, damit ich nicht über das bodenlange Kleid stolperte. Wir gingen Treppen hinunter. Dann wieder einen langen Gang entlang und als Nächstes nahmen wir ein paar Stufen, die nach draußen führten. Wenn ich mich nicht täuschte, befanden wir uns auf einer Wiese hinter dem Palast.

Viele standen hier herum. Sie waren wohl alle wegen Mog Ruith da, den Colleen ja wie eine Berühmtheit beschrieben hatte. Aber Morrigan oder Maggie konnte ich nicht entdecken. Ich reckte den Hals, um möglichst viel zu sehen, was immer noch schwierig war, mit den großen Männern um mich herum. Die Ankunft des berühmten Druiden verpasste ich aber trotzdem nicht, denn dafür musste ich nur nach oben schauen.

Dunkle Wolken zogen blitzschnell über den Himmel, bis es fast so dunkel war wie die Nacht. Gerade, als sich meine Augen etwas an die Dunkelheit gewöhnt hatten, wurde ich geblendet, sodass ich den Blick abwenden musste. Mog Ruiths Luftgefährt zog einen Feuerschweif hinter sich her. Zuerst sah ich nur die roten und gelben Flammen, doch je näher das Gefährt kam, desto mehr konnte ich mit zusammengekniffenen Augen ausmachen. Ein riesengroßes, hölzernes Wagenrad drehte sich wie der Propeller eines Helikopters. Es war hinten am Gefährt angebracht, das ansonsten einem Schlitten glich. Das musste also das Roth Ramach sein, von dem Colleen schon erzählt hatte. Direkt über uns blieb das Gefährt in der Luft stehen. Das Feuer ging aus und das Rad drehte sich immer langsamer, bis das Roth Ramach schaukelnd zu Boden sank wie eine Feder. Die Wolken verzogen sich und es wurde wieder taghell.

Was für ein dramatischer Auftritt. Wenn ich nicht eine solche Angst gehabt hätte, wäre ich in die Versuchung gekommen, mit den Augen zu rollen. Der alte Mann mit weißem langen Haar und Rauschebart stand allein in dem Schlitten wie eine Galionsfigur, in derselben Position, in der er verharrte, während das Gefährt noch in der Luft war, und rührte sich nicht. Unsicher schaute ich mich um. Was nun? Bald konnte ich hinter den Männern, die um mich herum standen, Maggies rote Haare im Wind flattern sehen, als sie auf den Mog Ruith zulief. Wieder verrenkte ich mir fast den Hals, bis ich auch Morrigan entdeckte, die Maggie in gemächlicherem Tempo folgte. Die beiden schienen mit dem alten Mann zu reden. Endlich teilte sich die Gruppe der Männer vor mir und ließ mich durch. Maggie winkte mir zu und deutete an, dass ich zu ihnen kommen sollte.

Ich schluckte. Meine Füße schienen schwer wie Blei, als ich langsam auf sie zuging. Ich war mir sehr bewusst darüber, dass mich alle anstarrten. Wer waren diese Leute überhaupt? Verstohlen blickte ich in ihre Gesichter. Ich erkannte niemanden, aber sie waren nicht gekleidet wie Colleen oder die Diener und hatten auch nicht diese grauen oder bunten Gewänder an wie die Wächter und die Frauen, die um die Eiche herum getanzt hatten. Sie trugen alle unterschiedliche, und soweit ich von meinem Standpunkt aus beurteilen konnte, recht edle Kleider und Anzüge. Vielleicht waren sie Adlige.

Bevor ich mich weiter mit den Zuschauern ablenken konnte, stand ich auch schon neben Maggie und Morrigan. Aus der Nähe sah der Druide in seinem Schlitten noch älter aus. Ich hatte noch nie so tiefe Furchen im Gesicht einer Person gesehen. Seine Augen waren von trübem Hellgrau. Und zwar der gesamte Augapfel. Pupille oder Iris konnte man nicht erkennen. Trotzdem hatte er mir das Gesicht zugewandt, so als ob er mich anschauen würde. Schnell sah ich weg. Es lief mir kalt den Rücken herunter.

Maggie nickte Morrigan zu und half ihr in das Roth Ramach. Dann nahm Morrigan meine Hand und zog mich auch hinein. Ich war so überrascht, dass ich gar nicht auf die Idee kam, mich zu wehren. Bevor ich michs versah, hatten wir auch schon abgehoben. Panisch griff ich nach dem Nächstbesten, um mich festzuhalten. Es war ein Köcher mit Pfeilen, den Morrigan auf dem Rücken trug. Erst jetzt sah ich, dass sie einen Bogen über die Schulter gehängt hatte. Ich versuchte mich von dem schnell drehenden Rad und den Flammen fernzuhalten, während wir durch die Lüfte glitten. Nachdem ich mich etwas gefangen hatte, musste ich feststellen, dass das Gefährt gar nicht ruckelte, sondern tatsächlich sanft zu gleiten schienen. Ich traute mich nicht, direkt nach unten zu schauen, aber vor uns breitete sich der Wald aus. Häuser oder diese komischen Iglubauten sah ich nicht. Der alte Druide schien das Roth Ramach mit einem hölzernen Steuer zu lenken. Sofort verdrängte ich den beunruhigenden Gedanken, dass er blind war. Wer wusste schon, wie er es machte, aber er war schließlich auch sicher vor dem Palast gelandet.

Nach einer Weile war ich eiskalt vom schneidenden Fahrtwind. Colleen hätte sich die Mühe mit meinen Haaren sparen können. Die Haarnadeln hatten sich gelöst und mein braunes Haar flatterte im Wind. Morrigan schüttelte meinen Griff am Köcher ab, zog einen Pfeil heraus, nahm den Bogen von der Schulter und positionierte sich mit einem Ausfallschritt am Rande des Schlittens. Sie schien keinerlei Angst zu haben, herunterzufallen. Ich hielt mich schön in der Mitte des Roth Ramachs, besonders jetzt, da ich nichts mehr zum Festhalten hatte. An dem weißen Gewand des Mog Ruith hätte ich mich festklammern können, aber ich scheute mich davor, den unheimlichen Druiden anzufassen, der immer noch wie eine Statue am Ruder stand.

Wir sanken tiefer und glitten jetzt direkt über die Baumspitzen. Morrigan spannte den Bogen.

Unser Gefährt hatte einige Tiere aufgescheucht. Vor uns lief eine Hirschkuh. Immer wieder sah ich das braune Fell mit den weißen Tupfern zwischen den Bäumen aufblitzen. Plötzlich zuckte das Tier, brach zusammen und blieb auf einer Lichtung liegen.

Unser Gefährt hielt an und wir schwebten in der Luft. Zu spät hatte ich begriffen, dass Morrigan die Hirschkuh mit dem Pfeil erlegt hatte. Entsetzt schaute ich zu ihr hinüber. Ihre grauen Augen waren auf das sich windende Tier geheftet, aber sie wirkten völlig ausdruckslos.

Wir sanken schaukelnd zu Boden, direkt neben der Hirschkuh, die aus nächster Nähe so klein und zerbrechlich aussah. Morrigans Pfeil steckte im Hals. Vielleicht war sie noch ein Junges. Mir zog sich das Herz zusammen, als ich den Schmerz in den braunen Augen des Tiers sah, das nicht wusste, wie ihm geschah. Bestürzt schaute ich zwischen dem Druiden und Morrigan hin und her. Beide schienen völlig ungerührt.

»Warum hast du das getan?«, flüsterte ich, doch Morrigan beachtete mich nicht. Sie ging auf das Tier zu und zog ein Messer aus den Falten ihres grünen Kleides. Wenigstens würde sie die Hirschkuh jetzt von ihrem Leid erlösen. Der Mog Ruith schob mich sanft aus dem Gefährt. Ich sperrte mich etwas dagegen, näher an das Tier heranzutreten und wandte den Kopf ab. Ich musste nicht dabei zuschauen, wie Morrigan der Kuh den Hals durchschnitt. Es gab einen Grund dafür, dass ich Vegetarierin war. Ja, ich wusste, dass es nicht ganz konsequent war, trotzdem Fisch und Meeresfrüchte zu essen, aber ich hörte auf mein Herz und nicht auf meinen Verstand, was das anging. Tiere mit einem Gesicht mochte ich einfach nicht essen.

Als ich klein war, hatte mein Großvater einen Hasenstall. Ich durfte die Tiere immer füttern, wenn ich dort zu Besuch war. Es machte mir viel Spaß, dabei zuzuschauen, wie sie die Salatblätter mümmelten, die ich ihnen durch den Maschendraht steckte. Ein großer brauner Hase mit weißen Flecken war immer mein Liebling gewesen. Sonst wäre mir gar nicht aufgefallen, dass die Hasen verschwanden und neue dazukamen. Ich zog auch keine Verbindung zwischen den süßen Mümmelmännern und den Hasenrouladen, die jedes Jahr an Heiligabend auf den Tisch kamen. Bis Flecki eines Tages nicht mehr da war. Und mir bewusst wurde, wen ich da auf dem Teller hatte. Seitdem aß ich kein Fleisch mehr.

Dieser Hirschkuh beim Sterben zuzuschauen, war der reinste Horror für mich. Ich betete im Stillen, dass Morrigan sich beeilen würde, das Tier von seinen Schmerzen zu erlösen, und kniff die Augen zusammen. Der Druide nahm meine Hände und streckte sie aus, die Handflächen nach oben gerichtet. Als ich etwas Warmes in meinen Händen spürte, wollte ich instinktiv zurückzucken, doch für einen alten Mann war Mog Ruith überraschend stark. Er hielt meine Handgelenke fest, sodass ich das pulsierende Etwas in meinen Händen nicht fallen ließ. Ich machte die Augen auf. Morrigan stand direkt vor mir und hielt ihre Hände unter meine. Fassungslos starrte ich sie an, als ich begriff, was geschehen war.

Sie hatte der Kuh nicht den Hals durchtrennt.

Stattdessen hatte sie dem noch lebenden Tier das Herz aus der Brust geschnitten. Und in meine Hände gelegt. Das Blut lief zwischen meinen Fingern hindurch auf ihre Hände. Ich musste einen starken Brechreiz unterdrücken. Mir kamen die Tränen und ich zitterte am ganzen Körper. Ich wollte das Herz loswerden, aber die beiden Sidhe ließen es nicht zu.

Mog Ruith sprach zum ersten Mal und wiederholte dieselben Worte wieder und wieder. Es dauerte nicht lange und Morrigan begann zu schwanken. Ihre Augen drehten sich, bis man nur noch das Weiße sah. Sie schien in einer Art Trance. Mog Ruith ließ meine Handgelenke los und auch Morrigans Hände sanken nach unten. Sofort ließ ich das Herz fallen. Es pulsierte nicht mehr. Ich wollte einen Schritt zurücktreten, aber der alte Druide hielt mich fest, nahm Morrigans Hand und führte einen blutigen Finger an meine Stirn. Mit dem Blut zeichnete er etwas. Es rann mir das Gesicht herunter, tropfte von meinen Wimpern und lief über meine Wangen.

Jetzt musste ich mich tatsächlich übergeben. Ich beugte mich zur Seite und würgte. Da ich heute noch nichts gegessen hatte, war nicht viel in meinem Magen. Als ich fertig war, stemmte ich die Hände in die Hüften und atmete schwer. Mog Ruith wiederholte seine Zauberformel, oder was auch immer es war, und Morrigan schien immer noch in ihrem Trancezustand. Die Hirschkuh war tot.

Auf einmal konnte ich ganz klar denken. Ich war mitten im Wald, nur in Begleitung eines blinden alten Mannes und Morrigan, die geistig nicht anwesend zu sein schien. Wer weiß, was sie als Nächstes mit mir vorhatten, nachdem Morrigan aus ihrem Zustand wieder aufgewacht war. Vielleicht war das meine einzige Chance.

Also machte ich kehrt und rannte einfach drauf los, so schnell ich konnte. Ich war barfuß, spürte aber die Steine und Zweige nicht, die sich in meine Fußsohlen bohrten. Auch die Äste und Dornen, die mir ins Gesicht schlugen, waren mir egal. Pures Adrenalin trieb mich voran. Ich wusste nur eins: Ich musste fliehen.

Mit keuchendem Atem lief ich einfach immer weiter, bis meine Lungen brannten. Das Blut dröhnte so laut in meinen Ohren, dass ich keine anderen Geräusche wahrnahm. Doch dort, wo sich die Bäume lichteten, schaute ich mich jedes Mal panisch um. Weiter, weiter, immer weiter rannte ich, ohne zu wissen wohin. Vielleicht würde sich irgendwo ein Versteck auftun, wo ich mich eine Weile unbemerkt ausruhen konnte, dachte ich vage.

Bei der nächsten Lichtung schaute ich nach oben. Über mir sah ich den Feuerschweif des Roth Ramach. Kopflos lief ich weiter. Ich wurde gejagt. Gejagt wie die Hirschkuh, ging es mir durch den Kopf, bevor mich ein stechender Schmerz am Bein traf. Meine Knie knickten ein und ich ging zu Boden.

Bevor ich das Bewusstsein verlor, war mein letzter Gedanke: Wird Morrigan mir jetzt auch das Herz rausschneiden?

kapitel acht
dylan

»Vor Jahren hatte ich ein Gespräch mit O'Cadhla«, begann Dr. Brennan und schaute dabei aus dem Fenster hinunter auf das mittlerweile geschäftige Treiben auf der Straße und der Flusspromenade. »Es war mal wieder bei einem der Grillfeste, die Philomena gerne in ihrem Garten veranstaltete. Ich hatte vorher schon das eine oder andere Mal ein paar Sätze mit ihm ausgetauscht und fand ihn natürlich sehr attraktiv.« Claires Wangen färbten sich rot und sie wich weiterhin Dylans Blick aus. »Als er anfing mit mir zu flirten, fühlte ich mich zuerst geschmeichelt. Aber dann wurde er so furchtbar albern. Ich wusste nicht, was ich von ihm halten sollte.«

»Albern?«, fragte Dylan skeptisch. Das hörte sich für ihn nicht nach O'Cadhla an.

»Naja, ich hielt es für albern. Du weißt schon, wenn jemand auf so kryptische Weise redet und man nicht weiß, ob es ein Scherz ist oder ob derjenige auf etwas anspielt und sich über einen lustig macht. Als ich ihn fragte, was er beruflich macht, lächelte er nur süßlich und meinte, er sei ein Mann in geheimer Mission. Erst ging ich auf das Wortgeplänkel ein und scherzte: ›Wie im Auftrag Ihrer Majestät, oder was?‹ Daraufhin beugte er sich verschwörerisch zu mir rüber und flüsterte in mein Ohr: ›Nicht die Königin, die Sie meinen. Nein, ich stehe im Dienst der Königin der heiligen Eiche.‹ Wie gesagt, ich wusste nicht, was ich dazu sagen sollte, also lächelte ich ihn nur unsicher an. Aber er hörte nicht auf, sondern sagte weiter: ›Die wahre Königin, die im Geheimen regiert.‹ Ich entschuldigte mich, weil ich unsicher war, wie ich darauf reagieren sollte. War das nur ein alberner Scherz, mit dem ich nichts anfangen konnte? Sehr sonderbar. Andererseits machte mich die Anspielung zu der heiligen Eiche stutzig. Vielleicht war es eine Anspielung auf unseren Druidenzirkel? Sicherlich waren bei der Gartenparty einige von uns Hexen anwesend, aber auch andere Leute waren eingeladen und es wurde nicht darüber geredet. Außerdem war er nicht eingeweiht und das war mir nicht ganz geheuer. Ich habe danach vermieden, mit ihm ins Gespräch zu kommen. Und dann irgendwann vergessen, wieso genau ich ihn nicht sonderlich sympathisch fand.«

»Er spielte damit auf Morrigan an«, schlussfolgerte Dylan. »Das heißt, er handelt in ihrem Auftrag. Seine Loyalität gilt nicht dem Ältestenrat. Das überrascht mich jetzt nicht mehr, wo wir wissen, dass Maggie Alice entführt hat und O'Cadhla mit ihr unter einer Decke steckt. Aber wir können nicht genau wissen, wo sie Alice hingebracht hat. Zur Morrigan? Ich weiß ungefähr, wo ihr Palast ist. Im Connemara der Anderswelt. Doch das hilft mir herzlich wenig, denn da komme ich nicht hin!« Frustriert knallte er seine Teetasse auf die Untertasse, sodass es schepperte.

»Es gibt noch was. Der Grund, wieso ich mich überhaupt jetzt an das Gespräch erinnert habe. Als sich Padraig und Philomena gestritten haben, fiel eine ähnliche Anspielung. Philomena wollte ja immer auf Maggies Anweisungen warten. Sie hält sie schließlich für die Bringerin des Wissens, das unseren Druidenzirkel über alle anderen in dieser Welt stellen würde. So wie sie über Maggie geredet hat, verehrt sie sie wie eine Göttin. Kein Wunder, wenn Macha die erste Druidin auf Erden war. Für O'Cadhla hat Maggie diesen Stellenwert nicht. Er war sauer, dass sie sich nicht gemeldet hat und hat immer gesagt, er hätte es nicht nötig, sich mit Maggie abzugeben. Er wolle das Wissen direkt von der heiligen Eiche. Er hätte nicht umsonst Jahrhunderte so hart gearbeitet. Alice sei sein Ticket in den Palast und er würde sich von niemandem aufhalten lassen, bis er seine Audienz im Eichensaal bekäme. Ich hab nicht verstanden, von welchem Palast er geredet hat, aber jetzt sehe ich die Verbindung: Königin der Eichen, Palast, Eichensaal und Morrigan ist die Königin der Sidhe … Dylan, vielleicht ist Alice im Palast, vielleicht auch nicht, aber ich wette, es ist Morrigan, die hinter Alice her ist. Findest du Morrigan, dann findest du bestimmt auch Alice.«

Dylan rieb sich das Gesicht. »Aber wie soll ich sie denn finden«, brachte er nur mit Mühe zwischen zusammengebissenen Zähnen hervor, »wenn ich nicht in die Anderswelt kann!« Frustriert stieß er den Atem aus. »Von einem Eichensaal und einer heiligen Eiche weiß ich auch überhaupt nichts.«

Dr. Brennan sah ihn besorgt an. »Jetzt überlegen wir mal in Ruhe. In den Mythen und Sagen ist öfter von einer heiligen Eiche die Rede. Da die Eiche einfach ein heiliger Baum für Druiden ist, habe ich immer gedacht, der Baum ist nur eine Darstellung, ein Symbol. Aber kann es sein, dass es die heilige Eiche tatsächlich gibt? Und dass sie bei dem Palast steht?«

»Vielleicht. Ich weiß nichts davon.« Er seufzte. »Als Dealan dachte ich, meine magischen Kräfte wären wer weiß wie mächtig. Welch bedeutende Rolle ich in der Gesellschaft der Sidhe spiele. Ich hielt mich für wichtig.« Einen Augenblick lang schwieg er und schaute aus dem Fenster. Schließlich fuhr er mit melancholischer Stimme fort: »Schlimm genug, dass ich diese Kräfte nicht mehr habe und mittlerweile so gut wie ein Abtrünniger bin. Aber jetzt muss ich auch noch feststellen, dass ich gar keine Ahnung hatte, was in der Anderswelt wirklich vor sich geht. Ich hatte vollstes Vertrauen, dass alles so richtig war, wie es war. Unsere Ältesten trafen Entscheidungen, die ich nicht infrage stellte. Dann gab es noch die Adligen, um die sich Mythen und Legenden rankten. Sie schienen mir unmodern, aber harmlos. Ich habe mir nie Gedanken darüber gemacht, was die Königin in ihrem Palast macht – außer schön leben, vielleicht. Wie die meisten Sidhe habe ich die Aufständischen, die entweder die Monarchie oder den Ältestenrat abschaffen wollten, mit einem Schulterzucken abgetan.«

Traurig starrte Dylan in seine leere Tasse. »Selbst als das mit Ciara passiert ist, habe ich nicht über so etwas nachgedacht. Es war für mich einzig eine private Angelegenheit. Ich hatte mich eben in einen Menschen verliebt und das hätte nicht sein sollen.«

»Aber du hast das Gesetz gebrochen und Ciara die Chance auf ein zweites Leben gegeben. Das könnte man doch durchaus als Auflehnung bezeichnen«, gab Claire zu bedenken.

Dylan war einen Moment lang ganz still. Dann antwortete er: »Der Impuls wurde aus den Schmerzen geboren, die in meiner Brust wüteten, als ich Ciara tot am Strand fand. Ich habe nicht eine einzige Sekunde darüber nachgedacht, ob es richtig oder falsch war. Schon gar nicht, ob ich mich damit gegen das Gesetz stellte und inwiefern das gerechtfertigt war. Ich musste es tun. Als ich wieder bei Besinnung war, gab es keinen Zweifel daran, dass ich die Konsequenzen für mein Tun, die mir auferlegt wurden, tragen musste. Trotzdem konnte ich nicht ruhen, bis Ciara wiedergeboren war. Es war wie ein Zwang. Eine Sucht, für die man sich schämen muss.« Er starrte auf seine Hände. »Aber gleichzeitig fühlte ich mich auf mehreren Ebenen schuldig. Schuldig, dass Ciara sich wegen mir das Leben genommen hatte. Schuldig, dass ich gegen die Gesetze meines Volkes verstoßen habe. Schuldig, dass ich einem weiteren Menschen vielleicht das Leben nehmen würde, damit Ciaras Seele eine zweite Chance hatte. Und später stiegen diese Schuldgefühle ins Unermessliche, mit jedem weiteren Menschen, den mein Tun mit ins Unglück gerissen hat. Doch ich dachte, ich müsse meine Bürde ertragen, das Schlimmste aushalten – und Alice dabei helfen, die Klippen zu umschiffen, die ihr meinetwegen im Weg standen.« Er sah auf und seine Stimme hörte sich etwas fester an, als er sagte: »Erst Alice hat mich gelehrt, dass es nichts bringt, mich in dieser Schuld zu suhlen. Ja, ich muss Verantwortung tragen. Aber passiv zu akzeptieren, dass es der Weg mit den Klippen ist, den man nehmen muss, nur weil einem dieser eingeimpft wurde;

damit ist es nun vorbei. Alice hat mir beigebracht, dass man sich seinen eigenen Weg suchen kann. Aber das ist immer noch etwas Persönliches. Mit Politik und Auflehnung und so weiter hat das nicht viel zu tun – auch wenn ich jetzt als Resultat begreife, dass die Regierung der Sidhe nicht so unanzweifelbar ist, wie sie mir immer erschien.«

Claire nickte nachdenklich. »Das kann ich nachvollziehen. Aber ich nehme an, am Anfang jeder Revolution steht die persönliche Auseinandersetzung mit politischen Gegebenheiten eines jeden Einzelnen. Ich glaube, wenn man sein Leben einer solchen Sache widmet, dann hat das immer seine Anfänge in etwas ganz Persönlichem.«

Beide schwiegen für eine lange Zeit. Dylan fragte sich, wie es dazu gekommen war, dass er sich einer Frau, von der noch nicht mal wusste, ob er ihr hundertprozentig vertrauen konnte, so geöffnet hatte. Er musste zugeben, dass dieses Gespräch in eine unerwartete Richtung gegangen war – und dass er die Diskussion genossen hatte. Ihm war das gar nicht so recht. Er sollte sich darauf konzentrieren, reine Fakten zu sammeln, die ihm helfen würden, Alice zu retten. Und das war wohl auch die Krux – er hatte gemeinsam mit Dr. Brennan etwas Wichtiges aufgedeckt. Jetzt musste er damit etwas anfangen. Und dafür mussten sie das Winding Stair Restaurant verlassen und einen nächsten Schritt tun. Gemeinsam oder allein einen Plan machen. Er war sich unschlüssig, wie es weitergehen sollte. Mit oder ohne Claire Brennan? Dylan schaute sich im Restaurant um. Die ersten Mittagsgäste kamen schon herein. Es war definitiv an der Zeit zu gehen. Claire dachte anscheinend das Gleiche.

»Wir können nicht ewig hier sitzen bleiben. Die Idee war gut, hierherzukommen, aber O'Cadhla wird irgendwann jeden Ort absuchen, den er auch nur im Entferntesten mit dir oder mir in Verbindung bringt.« Sie fuhr sich nervös durch die kurzen braunen Locken. »Ich muss irgendwohin und mich verstecken. Ich weiß nicht, was ich anderes machen soll. O'Cadhla wird auf jeden Fall alles unternehmen, mich verschwinden zu lassen. Wenn ich recht habe und er sich erinnert, dass er in meiner Gegenwart mal zu viel verraten hat, dann stelle ich eine Gefahr für ihn dar. Aber selbst wenn nicht: Es gibt einen Grund, warum die Atmosphäre in Philomenas Haus so angespannt war und die beiden sich immer gestritten haben. Padraig ist verzweifelt. Er will Morrigan unbedingt seine Loyalität beweisen und kommt nicht an sie heran. Und jetzt bin ich auch noch entkommen. O Gott, hoffentlich lässt er seine Wut nicht an Philomena aus.« Claires Blick verdunkelte sich.

Dylan schüttelte unwirsch den Kopf. »Die hat sich selber dort reingeritten und sicher ihre eigenen Motive. Die sollte dir nicht leid tun.« Als sich Dr. Brennans Gesichtsausdruck nicht änderte, fügte er mit Nachdruck zu: »Komm bloß nicht auf die Idee, sie zu kontaktieren. Sie wird dir nicht helfen, sondern dich verraten. Glaub mir, Claire, der Frau ist nicht zu trauen.«

Dr. Brennan senkte traurig den Kopf. »Ich weiß, das Risiko ist zu groß. Aber das denkst du doch insgeheim von mir auch, oder? Dass du mir nicht vertrauen kannst?«

Überrascht sah Dylan sie an. Er hätte nicht gedacht, dass sie selbst sich dessen bewusst war. Er beschloss, ebenso ehrlich mit ihr zu sein.

»Ich möchte dir gerne mein vollstes Vertrauen schenken. Alice war davon überzeugt, dass du ihr hilfst. Professor O'Tool schwört ebenso, dass du Alice und ihn nicht hintergehen würdest. Aber das hättest du doch in Philomenas Fall auch beschwören können, nicht wahr? Du bist indirekt schuld daran, dass Alice in Maggies Fänge geraten ist, weil du der falschen Frau vertraut hast. Kannst du mir verdenken, dass ich verhindern will, dass mir dasselbe passiert?«

»Nein. Aber so ungern ich das sage, Dylan, dir wird nichts anderes übrig bleiben.« Der Ausdruck in ihren Augen sah alles andere als triumphierend aus.

Zähneknirschend musste Dylan ihr zustimmen. »Okay. Ich muss mit den O'Tools und Alices Vater reden und da kannst du nicht mit hin. Das heißt, wir müssen uns wohl oder übel trennen. Wo wirst du hingehen?«

Claire überlegte. »Ich weiß es nicht. Aber mir fällt schon etwas ein. In der Liffey Street um die Ecke gibt es einen Charity Shop. Da werde ich mir als erstes Klamotten kaufen. Dann hebe ich so viel Bargeld ab wie möglich und verschwinde irgendwohin, wo ich mich ein bisschen ausruhen und mir überlegen kann, wo ein sicheres Versteck ist. Dann muss ich auch noch irgendwie den Dekan kontaktieren, um einen Grund für meine Abwesenheit anzugeben. Und eine Erklärung dafür liefern, warum mein Büro ausgeräumt ist. Wenn das offen steht, ist es bestimmt auch schon anderen aufgefallen. Ich werde wohl sagen müssen, ich sei zu meiner Mutter nach Südfrankreich geeilt, weil sie schwer krank ist«, seufzte Claire. »Natürlich kann ich dort nicht tatsächlich hin. O'Cadhla wird alle meine Verwandten und Bekannten abklappern.«

»Wirst du mir Bescheid geben, wo du bist?« Dylan winkte den Kellner heran, um zu bezahlen. Claire nickte. Als der Kellner wieder gegangen war, sagte sie: »Ich besorg mir ein Prepaid-Handy und versuche, dir auf sichere Weise eine Nachricht zu übermitteln. Vielleicht über Vera. Padraig kann ja nicht von jedem das Handy abhören lassen.«

Dylan und Dr. Brennan gingen die Treppe hinunter.

»Claire«, rief Dylan ihr nach, als sie um die Ecke in die Liffey Street ging. Dr. Brennan drehte sich noch einmal um. »Sei vorsichtig!«

**

Bei den O'Tools war die Stimmung gedrückt, als Dylan durch die Tür in die Küche kam. Frank Lohmann und Vera saßen am Küchentisch, während der Prof Sandwiches belegte. Keiner sagte etwas.

»Wo ist Bridget?«, fragte Dylan.

»In ihrem Bett. Sie war fix und fertig nach eurer Aktion heute Nacht.« Vera legte die Stirn in Falten. »Sie kam vor ein paar Stunden heulend hier an und meinte, sie hätte alles vermasselt und wenn Alice stirbt, dann ist es ihre Schuld. Was meinte sie damit, Dylan?«

Dylan winkte ab. »Das soll sie dir selber erklären. Aber natürlich ist es nicht ihre Schuld. Sie war außerordentlich mutig und ihretwegen ist es mir überhaupt gelungen, Dr. Brennan zu finden.«

Professor O'Tool ließ das Messer fallen, mit dem er gerade Mayonnaise aufs Brot strich. »Du hast Claire gefunden? Geht es ihr gut?«

Dylan zog eine Grimasse. »Den Umständen entsprechend. Man hatte sie in einen Keller eingesperrt. Ich konnte sie befreien.«

Der Professor starrte ihn ungläubig an. Schnell redete Dylan weiter. Er wollte den O'Tools die Einzelheiten ersparen, um sie so weit wie möglich aus der Sache herauszuhalten. Je mehr sie wussten, desto gefährlicher würde es für sie werden. »Es geht ihr gut, wir waren frühstücken und wir haben lange geredet. Sie weiß etwas, das mir eventuell dabei weiterhilft, Alice zu finden. Wir glauben zu wissen, wo sie ist. Mehr möchte ich euch dazu nicht sagen. Wie ihr an Claires Beispiel seht, bringe ich euch damit sonst nur in Gefahr.« Dylan zögerte. Er wusste nicht, wie er sich am besten ausdrücken sollte, weil er Alices netten Gastvater nicht vor den Kopf stoßen wollte. Aber er konnte es sich momentan nicht erlauben, darauf Rücksicht zu nehmen, irgendjemandes Gefühle nicht zu verletzen.

»Professor, ich weiß, Sie haben gesagt, Claire ist vertrauenswürdig. Aber ich habe meine Gründe, anzunehmen, dass das vielleicht nicht der Fall ist. Wenn ihre Informationen richtig sind, dann bin ich ein ganzes Stück weiter. Aber was, wenn sie mich anlügt und ich in eine Falle tappe? Nehmen Sie es mir nicht übel, aber wie sicher sind Sie, dass Sie sich in Claire Brennan nicht täuschen?«

Der Professor setzte sich. »Ich nehme es dir nicht übel. So langsam bin ich mir über gar nichts mehr sicher.« Vera nahm seine Hand und streichelte sie sanft. Der Prof schaute seine Frau liebevoll an. »Aber ich weigere mich aufzugeben, an die Menschen zu glauben, die nach meinem Empfinden ein gutes Herz haben und die ich liebe und achte. Claire Brennan gehört, wie ihr verstorbener Vater einst, im weitesten Sinne zu meiner Familie. Und meiner Familie vertraue ich, komme, was wolle.«

Dylan nickte. Alices Vater räusperte sich. »Dylan, du hast mir gestern verraten, dass du meine Tochter liebst und hast mir versprochen, alles dafür zu tun, dass sie wieder nach Hause kommt. Ich kenne dich nicht. Ich verlasse mich auf deine Worte, weil mir alle hier versichern, dass du die Wahrheit sagst. Wenn dem so ist, dann bleibt mir nichts anderes übrig, als dir zu vertrauen. Weißt du, wie schwer es mir und meiner Frau fällt, das zu tun, anstatt die Behörden zu kontaktieren? Und wenn ich das hier jetzt richtig verstanden habe, ist diese Claire deine einzige Spur. Dir bleibt auch nichts anderes, als dich auf sie zu verlassen. Meinst du es ernst, dass du Alice um jeden Preis retten willst?« Dylan nickte heftig. »Dann musst du wohl über deinen Schatten springen und ihrem Hinweis nachgehen. Stellt sich dann heraus, dass es Fehlinformationen waren, bleibt dir nichts anderes übrig, als den Kurs zu ändern.« Frank Lohmann sah ihn verzweifelt an. »Aber ich bitte dich, Junge, tu etwas!«

Einen Moment lang herrschte Totenstille in der Küche. Die O'Tools und Frank Lohmann schauten Dylan erwartungsvoll an.

»Okay«, antwortete Dylan, obwohl er sich immer noch unsicher war, ob er vielleicht in eine Falle tappte. Aber Alices Vater hatte recht. Sie konnten die Sachlage noch zehn Mal diskutieren, das würde ihm Alice nicht näherbringen. Entschlossen ballte er die Fäuste. »Okay.«

kapitel neun
alice

Das Erste, was ich merkte, als ich aufwachte, war ein unerträgliches Pochen in meinem rechten Bein. Meine Lider öffneten sich langsam und ich schaute in eine hohe, lichte Baumkrone. Ich bewegte meine Gliedmaßen. Meine Hand tastete nach Verletzungen über der linken Brust. Ich war unversehrt. Mein Herz schlug.

Ich lebte noch.

Langsam schaute ich mich um. Ich war im Eichensaal und lag auf einer Liege. Ich versuchte mich aufzurichten und schob einige Kissen in den Rücken, sodass ich halb saß. Mein rechtes Bein war bandagiert.

Ich sah Maggie und Morrigan bei dem Stamm stehen. Als Maggie bemerkte, dass ich wach war, kam sie herüber. »Bleib bloß liegen. Du darfst dein Bein nicht bewegen, wir haben gerade die Wunde verarztet.«

Ich verzog das Gesicht, doch Maggie hatte kein Mitleid mit mir. »Sei bloß froh, dass das deine einzige Verletzung ist. Selber schuld. Ich hole jetzt Mog Ruith.« Dann verschwand sie.

Morrigan schaute in meine Richtung, kam aber nicht näher. Sie sah mich einfach abschätzend an, bis der alte Druide in gemächlichem Tempo den Saal betrat. Ohne Maggie.

Morrigan nahm einen der Stühle, die an der Wand standen, und stellte ihn neben meiner Liege ab, sodass sich der alte Mann setzen konnte.

»Setz dich auch zu uns, Königin«, sagte Mog Ruith zu Morrigan. Meine Augenbrauen gingen in die Höhe. Das war der erste normale Satz, den ich aus seinem Mund hörte. Seine Stimme war sanft, sein Dialekt sehr melodisch. Als Morrigan auf der anderen Seite meiner Liege auf einem Stuhl Platz genommen hatte, sprach er weiter.

»In deiner Brust schlagen zwei Seelen, Menschenkind. Eine ist deine, die andere gehört dir nicht. Es ist diejenige, welche Morrigan braucht, damit sie ihre Metamorphose beenden kann.«

Stille. Erwartete er, dass ich etwas sagte? Ich schluckte und antwortete mit heiserer Stimme: »Ciara.«

Der alte Druide nickte. »Ciara wurde für die Wiedergeburt der Morrigan auserkoren. Du musst Morrigan geben, was rechtens Morrigan gehört.«

»Ciara gehört mir nicht, das stimmt.« Meine Stimme wurde nun fester. »Aber sie gehört Morrigan auch nicht. Ciara hätte ein Mensch sein sollen, allein ein Mensch. Kein Gefäß für eine Sidhe – wieso nehmt ihr euch das Recht heraus, Menschenleben zu zerstören, indem ihr einfach ihre Körper und ihre Seelen für eure Zwecke übernehmt?«, platzte es aus mir heraus. Herausfordernd sah ich Morrigan an, die keine Miene verzog.

»Du verstehst vieles nicht, mein Kind«, antwortete Mog Ruith. »Du musst darauf vertrauen, dass alles seinen richtigen Lauf nimmt. Du kannst dich nicht gegen das Schicksal stellen.«

»Das Schicksal?«, schnaubte ich. »Ihr spielt doch das Schicksal. Euren Untertanen mögt ihr vielleicht weismachen, dass sie nicht aufmucken dürfen, weil ihre Berufung in ihren Sternen steht, aber ich bin ein Mensch, schon vergessen? Ich kann mein Schicksal selber bestimmen. Und selbst wenn es so etwas wie einen vorherbestimmten Weg gibt, dann glaube ich nicht, dass ausgerechnet ihr Sidhe ihn für uns festlegt.« Ich hatte mich in Rage geredet. »Wieso bleibt ihr nicht einfach schön in eurer Welt und lasst uns in Ruhe.

Ihr mögt uns vielleicht brauchen, um zu sterben, aber wir brauchen euch ganz sicher nicht!«

Der Druide lachte. Es hörte sich so trocken an wie Sandpapier. »Das glaubst du.«

Morrigan rutschte unruhig auf ihrem Stuhl hin und her. Bislang hatte sie vor dem weisen Magier die Contenance bewahrt, aber auch ihre Geduld schien langsam zu Ende zu sein.

Abrupt hörte Mog Ruith auf zu lachen. »Wie ich sehe, werde ich dich nicht mit schönen Worten davon überzeugen können, das Richtige zu tun«, sagte er ernst.

»Ja, genug der Worte«, zischte Morrigan nun. »Ich habe doch gesagt, bei ihr wird nur der stärkste Zauber helfen. Was hast du gesehen? Wie komme ich an Ciaras Seele?«

Mog Ruith seufzte übertrieben laut. »Wenn Worte nicht helfen, dann hilft auch der stärkste Zauber nicht, meine Königin.«

Morrigan zog die Brauen zusammen. Mit geballten Fäusten stand sie vom Stuhl auf. »Was …«

Der Druide ließ sich davon nicht beeindrucken. Mit seinen nicht-sehenden Augen schaute er mich an. Ich bildete mir ein, dass das Grau ein bisschen weißer, ein bisschen klarer wurde. Er hob die Arme in einer dramatischen Geste. »Es gibt nur einen Weg, an Ciaras Seele zu kommen. Alice muss sie *freiwillig* aufgeben.«

Morrigan ließ die Fäuste sinken. Alle Anspannung wich aus ihrem Körper. »Natürlich«, rief sie mit leuchtenden Augen. Für einen Moment stand sie lächelnd da. »Ich hole meine Schwester«, sagte sie dann und verließ den Saal im Eilschritt.

Zweifelnd schaute ich den alten Mann an. Das desillusionierende Gefühl, das sich gerade in mir ausbreitete, kannte ich schon.

Während eines Schüleraustausches in England war ich mit mehreren Mädchen kichernd zu einer Wahrsagerin gegangen, die ein Zelt auf dem Brighton Pier aufgestellt hatte. Natürlich hatte ich behauptet, dass ich nicht wirklich an Wahrsager glaubte. Aber als die alte Frau die Tarotkarten für mich legte, da hoffte ein Teil von mir insgeheim, mir würde nun Wunder weiß was offenbart. Stattdessen stellte sie mir einige Fragen über mein Leben und passte ihre schwammigen Aussagen an meine Antworten an. Ihr Ratschlag am Ende war: Ich solle auf mein Bauchgefühl hören. Angeblich wäre ich ein intuitiver Mensch, der seinem Herzen folgen sollte. Na toll. Diese vage Deutung hätte wohl auch zu jedem gepasst. Mit so etwas könnte sich jeder Wahrsager herausreden. Danach hatte ich bei jedem Magier, Hellseher oder jedem sogenannten Mentalisten, beim Karneval oder im Fernsehen, dasselbe Gefühl. Dass sie etwas sagten, das irgendwie auf jeden passte und am Ende mit einer unverfänglichen Deutung alles offen ließen.

So ähnlich ging es mir bei Mog Ruith. Wer wusste schon, ob er in Wirklichkeit blind war? Er hatte zumindest eine beeindruckende Show abgezogen. War alles nur Humbug? Ich widerstand der Versuchung, mit der Hand vor seinem Gesicht herumzuwedeln, um seine Reaktion zu testen, und versuchte stattdessen, seine »Prophezeiung« mit Logik zu widerlegen.

»Wenn es wirklich so einfach wäre, dann hätte ich mich doch von Ciara schon längst verabschiedet«, sagte ich. »Ich weiß erst seit einigen Monaten, dass sie in mir wiedergeboren wurde. Ich bin aus einem Koma aufgewacht. Plötzlich hatte ich die Träume und Erinnerungen einer anderen Person, von der ich nicht wusste, wer sie war. Für mich ist im wahrsten Sinne des Wortes eine Welt zusammengebrochen. Wenn ich wirklich die Fähigkeit habe, Ciara mit reiner Willenskraft wieder loszulassen, dann wäre es zu dem Zeitpunkt schon längst passiert. Ich habe sie schließlich nie willkommen geheißen.«

Herausfordernd schaute ich den Mog Ruith an.

»Etwas in dir hat sie willkommen geheißen. Etwas in dir hat an ihr festgehalten«, antwortete er.

»So ein Blödsinn«, flüsterte ich – auf Deutsch.

Mog Ruith verzog keine Miene. Ich hätte den angeblich so weisen und zauberkundigen Druiden sehr gerne noch weiter in die Zange genommen, aber Morrigan und Maggie kamen gerade in den Saal.

Anscheinend hatte die Nachricht, dass ich Ciara praktisch nur an sie abgeben brauchte, Morrigan vergnügt gestimmt. Ich hätte schwören können, dass das ein echtes Lächeln war, das um ihre Lippen spielte. Maggie sah allerdings weitaus skeptischer aus.

»Ich habe einiges an Übung darin, den Willen von Menschen zu brechen«, sagte Morrigan nun. »Es kann auch bei einem so störrischen Mädchen wie dir nicht so schwer sein.«

Mog Ruith lachte glucksend. Ich drehte den Kopf, um mich zu vergewissern, dass dieser Laut tatsächlich aus seinem Mund kam. Er passte so gar nicht zu ihm. »Wer zugrunde gehen soll, der wird zuvor stolz, und Hochmut kommt vor dem Fall«, sagte er. »Das ist doch ein Sprichwort aus deiner modernen Welt, nicht wahr, Kind?«

Na ja, modern nicht mehr; denn wenn ich mich recht erinnerte, stammte das aus der Bibel. Aber ich nickte nur, fasziniert, dass der Druide Morrigan die Stirn bot. Und ihrem Gesichtsausdruck nach zu urteilen, schien ihr das gar nicht zu gefallen.

»Nun, es ist wahr, oder nicht?«, meinte sie unwirsch. »Unzählige Männer habe ich dazu bewogen, ihr Leben im Kampf für ihr Volk zu geben. Ich kann ziemlich überzeugend sein, wenn ich will. Und wie schwach diese Menschen sind, erleben wir dauernd, wenn wir ihren Willen brechen und sie zu Sklaven machen. Ich stecke sie einfach in einen Käfig und warte ab – dafür brauche ich meine Überredungskünste noch nicht einmal anzuwenden. Sie wird sich fügen und Ciara wird mein sein.«

Jetzt breitete sich langsam, aber sicher wieder die Panik in mir aus. Ich hatte also recht gehabt, dass in den anderen Käfigen Menschen waren. Und diese Menschen machte Morrigan zu Sklaven? Damit gab sie mal wieder etwas von sich preis, das mich daran erinnerte, wie gefährlich sie war. Ich überlegte gerade, was ich sagen konnte, um sie zu besänftigen. Wieder in diesem Käfig zu landen, wollte ich auf jeden Fall vermeiden. Unerwartet kam mir Maggie zu Hilfe.

»Glaub mir, bei der wird es Monate, wenn nicht Jahre dauern, bis sie sich aufgibt. Kannst du es dir leisten, so lange zu warten?«

Morrigan ging auf und ab. »Nun, dann fallen mir sicherlich ein paar gute Foltermethoden ein, mit denen ich sie kleinkriegen werde.«

Hilfesuchend schaute ich zum Mog Ruith rüber, der aber nur

erneut seine Position als lebende Statue eingenommen hatte. Mit seiner Gesprächigkeit war es wohl schon wieder vorbei. Wieder überraschte mich Maggie.

»Schwesterchen, ich weiß, wie kreativ du sein kannst, wenn es um das Ausdenken von Foltermethoden geht, aber was Alice betrifft, musst du, glaube ich, einfach *noch* kreativer werden.« Morrigan blieb stehen und schaute Maggie fragend an. »Handel«, fuhr diese fort. »Gib ihr etwas, das sie mehr will als Ciara.«

Morrigan sagte einen Moment lang nichts. Der alte Druide saß immer noch unbeweglich da. Maggie nahm nun auf dem anderen Stuhl Platz. Sie wusste wohl aus Erfahrung, dass Morrigan einen solchen Vorschlag gut durchdenken würde, bis sie irgendwie darauf reagierte. Aber für mich war das Warten die reinste Tortur.

Die Phantomkönigin ging zur Eiche in der Mitte des Raumes, legte ihre Hand auf den Stamm und senkte den Kopf. In dieser Position verharrte sie einen Moment. Dann drückte sie abrupt den Rücken durch, kam schnellen Schrittes zu uns und sagte: »Ich werde mich auf den Handel einlassen.« Sie setzte sich zu mir auf die Liege. »Du kannst alles haben: Liebe, Geld, Freiheit. Für dich und deine Familie. Ein glückliches Leben ohne Sorgen. Ich kann alles für dich möglich machen. Im Gegenzug gibst du mir Ciara und ich belege dich mit einem Zauber, der dich das hier alles vergessen macht.« Sie beugte sich vor, sodass ihre langen schwarzen Locken über ihre Schultern fielen und meinen Arm berührten. Mit zuckersüßer Stimme fragte sie: »Was willst du, Alice?«

Es war, als ob in meinem Leben plötzlich die Sonne aufgegangen wäre. Unendliche Möglichkeiten boten sich mir dar. Ich könnte nach Hause und dort ein normales Leben führen, wie vor meinem Unfall. Nein, ich würde immer noch am Trinity College studieren. Es gefiel mir dort. Aber meine Eltern würde ich natürlich zusammenbringen. Wir würden wieder eine richtige Familie werden. Und all das Wissen um die Sidhe würde mich nicht mehr belasten. Frei und sorgenlos könnte ich durchs Leben gehen … die Versuchung war groß. Doch dann zogen die ersten dunklen Wolken auf. Wenn man mich die Sidhe vergessen machen würde, dann …

»Was ist mit Dylan?«, sprach ich meine Befürchtung laut aus.

»Der ist leider auch einer von uns. Deshalb kannst du ihn nicht haben. Aber du würdest dich nicht an ihn erinnern«, säuselte Morrigan. »Du wüsstest gar nicht, dass es ihn gibt. Ich könnte dich einen anderen Jungen lieben lassen. Einen besseren. Was immer du willst.«

Maggie beobachtete mich interessiert. Die quälende Unentschlossenheit war mir wohl am Gesicht abzulesen. Morrigans Angebot war wirklich verführerisch. Dennoch hatte ich Vorbehalte, und die hatten nicht nur etwas damit zu tun, dass ich Dylan nie wiedersehen würde.

»Ich kann dir Ciaras Seele nicht überlassen, ohne zu wissen, wofür du sie so dringend brauchst«, begann ich zaghaft. Überrascht zuckte Morrigan zurück. »Du kannst mir wohl nicht verdenken, dass ich annehmen muss, du führst etwas Böses im Schilde«, meldete ich meine Bedenken an.

»Was kümmert es dich?«, meinte Maggie in sarkastischem Ton.

»Ich habe euch schon mal gesagt, was es mich kümmert«, sagte ich nun bestimmter. »Seit ihrer Geburt hatte Ciara Morrigan in sich. Ich weiß, wie es sich anfühlt, nie nur man selbst sein zu können. Dann habt ihr sie auch noch dazu gebracht, in jungen Jahren zu sterben. Ihr habt ihr das Leben gestohlen, sie ihrer Identität beraubt und ihren Körper einfach genommen. Jetzt wollt ihr auch noch ihre Seele haben? Ich habe nicht darum gebeten, dass Ciara in mir wiedergeboren wird, aber egal wie und weshalb das passiert ist, jetzt ist sie Teil von mir.« Meine Stimme wurde immer lauter. »Wenn ich es möglich machen kann, dass dieser Funken Menschlichkeit, das Einzige, was ihr geblieben ist, irgendwie bewahrt wird, dann werde ich das tun. Ich werde sie nicht in die Hände von jemandem geben, dem ich nicht trauen kann.«

Keinen der drei Sidhe schien mein Ausbruch zu kümmern. Frustriert lehnte ich mich zurück in die Kissen und schloss die Augen. Ich atmete ein paar Mal tief durch. Mein Entschluss wurde immer stärker. »Ich werde dir Ciaras Essenz nicht geben, ohne zu wissen, was du mit ihr vorhast.« Ich schaute Morrigan fest in die Augen.

Sie starrte unbeeindruckt zurück. »Du kannst mich foltern, mich weichkochen oder mir Versprechungen machen, bis du schwarz wirst, glaub mir, Ciara bekommst du von mir nicht.«

Ich verschränkte die Arme vor der Brust. Morrigan brach als Erste den Blickkontakt ab. Das verbuchte ich als Sieg. Sie wandte sich dem Druiden zu. »Mog Ruith?«

»Oh ja«, antwortete er. »Ihr Wille wird sich nicht biegen und nicht brechen lassen.«

Jetzt fühlte ich mich noch mehr in meinem Entschluss bestätigt. »Du hast mich gefragt, was ich will. Ich will Antworten von dir, Morrigan. Konkrete Antworten. Ich will die Wahrheit. Dann kann ich eine Entscheidung treffen, ob ich auf diesen Handel eingehe.«

Mog Ruith kicherte, so als ob ihn das alles herzlich amüsieren würde. Maggie warf ihm einen bösen Blick zu. »*Die* Wahrheit«, sagte er. »Das ist das Einzige, was sie dir nicht geben kann. Das Wissen der Eiche ist nur der Königin vorbehalten.«

»Selbst wenn sie es dir sagen könnte, woher würdest du denn wissen, ob es die Wahrheit ist, Alice?«, meinte Maggie abfällig. »Das ist das Dümmste, was du dir für diesen Handel wünschen kannst.«

»Das bringt mich zum anderen Problem«, gab ich Maggie recht. »Ich kann Morrigan nicht vertrauen. Ich kann euch nicht vertrauen. Egal, was ich als Tausch in diesem Handel angeboten bekomme, ob es die Wahrheit ist oder Freiheit oder Geld oder sonst was. Ich habe überhaupt keine Garantie, dass ihr mich nicht übers Ohr haut. Ihr könnt wer weiß was mit mir machen, wenn ich euch Ciara gegeben habe.«

Der Druide nickte selbstgefällig, so als ob er die Situation vorausgesagt hätte. »Die schwarze Königin und der weiße Turm. Eine Pattsituation.«

»Keineswegs«, meinte Morrigan und klatschte vergnügt in die Hände. »Du hast mir des Rätsels Lösung präsentiert, Alice. Es kann keine Pattsituation geben, wenn wir aufhören, gegeneinander zu spielen. Ich werde dir zeigen, dass du mir vertrauen kannst. Du und ich, wir werden beste Freundinnen sein, bevor du dichs versiehst.«

Gott bewahre, bloß nicht, dachte ich sofort. Und überhaupt, was verstand sie denn schon davon? Beste Freundinnen schossen einander nicht mit Pfeil und Bogen ab, so viel war schon mal sicher. Mein skeptischer Gesichtsausdruck sprach wohl Bände.

»Na gut«, fuhr Morrigan im selben beschwingten Tonfall fort. »Mal sehen, als Erstes werde ich dir das Leben hier im Palast etwas angenehmer machen. Ein größeres Zimmer, besseres Essen, mehr Möglichkeiten, dir die Zeit zu vertreiben. Was hältst du davon?«

Ich zuckte mit den Schultern. Mehr Freiheiten würden mir zumindest vielleicht eine Gelegenheit geben, von hier zu flüchten, also nickte ich schließlich zögerlich.

»Ich darf das Wissen der Eiche nicht mit dir teilen, Alice. Ich kann dir nicht sagen, wofür genau ich Ciaras Seele brauche. Du scheinst nicht zu glauben, dass sie für mich bestimmt ist. Doch ich kläre gerne ein paar andere Dinge für dich auf. Vielleicht kann ich dich dann überzeugen.« Sie breitete die Hände aus und ihre Handflächen zeigten nach oben.

Abwartend schaute ich sie an. Ich wollte sie nicht ermutigen, aber neugierig war ich schon.

»Schau dir diesen Körper an, Alice.« Morrigan drehte sich verzückt im Kreis. »Dieses Gesicht. Bin ich nicht wunderschön?«

»Äh. Ja …«, antwortete ich verwirrt.

»Wie kann es mir nicht vorherbestimmt gewesen sein, in ihr wiedergeboren zu werden? Ich hätte es doch nicht dem Zufall überlassen, in was für einer Gestalt ich die nächsten hundert Jahre herumlaufe. Was dachtest du? Dass ich auf gut Glück schöne Eltern auswähle, in der Hoffnung, dass das Kind auch schön wird? Nein, so funktioniert das nicht. Ich wusste, dass Ciara so aussehen würde. Es war mir vorherbestimmt. Es ist immer die Schönste, die mit den schwarzen Haaren. Das ist meine Gestalt, die ich seit Jahrhunderten verkörpere.«

Ich war nicht überzeugt. »Na gut, du suchst dir durch irgendeine Hellseherei das schönste Mädchen aus. Was beweist das? Das ist doch einfach nur pure Eitelkeit, oder nicht?«

Morrigan lachte. »Wenn es mir nur um die Schönheit ginge,

dann würde ich mich mit einem Gestaltenzauber verjüngen und verschönern. Nein, es geht darum, dass es ein Mädchen ist. Das schönste Menschenmädchen.«

»Gestaltenzauber?«, hakte ich skeptisch nach. »Du kannst dich schön zaubern?«

»Ich kann viele Gestalten annehmen«, meinte sie mit einer abfälligen Handbewegung. »Maggie ist ja auch nicht mehr die Jüngste und man sieht es ihr kaum an. Komm, zeig doch Alice mal, wie du wirklich aussiehst, Schwester.«

Maggies Augen funkelten wütend. »Kann ich dich mal bitte unter vier Augen sprechen«, sagte sie durch zusammengebissene Zähne.

Morrigan zuckte mit den Schultern, folgte Maggie aber aus dem Saal.

»Die schwarze Königin glaubt, ihr könnt eine gemeinsame Partie spielen. Aber sie irrt sich.«

Ich zuckte zusammen, da ich Mog Ruith schon wieder ganz vergessen hatte. Er hatte so lange nichts gesagt, und ich war gerade dabei, meine neue Situation im Palast zu verdauen.

»Wie bitte?« Ich wünschte, der Druide würde seine blöde Schachmetapher sein lassen und Klartext reden.

»Sie kann nur die schwarzen und weißen Figuren sehen. Aber du wirst eine neue Figur sein, eine Farbe, die sie noch nicht kennt. Du wirst die rote Königin sein, Menschenkind. So wurde es prophezeit.«

Ich starrte ihn mit offenem Mund an. »Die rote Königin?«

»Du wirst die Revolution anführen und das Wissen der Eberesche wird dein sein.«

Tausend Fragen schwirrten in meinem Kopf herum, aber ich kam nicht dazu, eine einzige zu stellen, denn in dem Moment kehrten Maggie und Morrigan zurück.

Der alte Druide stand auf. »Meine Aufgabe hier ist erledigt. Ich habe das Orakel gesprochen. Alles wird seinen rechten Lauf nehmen.«

Morrigan lächelte selbstzufrieden. Sie dachte natürlich, dass sie alles richtig machte. Wenn sie wüsste, was für sonderbare Andeutungen in ihrer Abwesenheit gemacht worden waren, dann würde sie sicher ganz anders aus der Wäsche schauen. Ich war mir immer noch nicht sicher, ob der Druide wirklich hellsehen konnte, deshalb behielt ich das erst mal alles für mich.

Maggie geleitete Mog Ruith nach draußen.

»Ich habe ein schönes Zimmer für dich herrichten lassen«, rief Morrigan. »Meine Männer werden dich hochtragen.« Wie aus dem Nichts erschienen einige Männer in Grau, die meine Liege mitsamt mir darauf hochhoben, als ob es sich dabei um eine Kiste Watte handeln würde. »Ich lasse dir etwas Leckeres zum Essen aufs Zimmer bringen. Dann ruhe dich erst mal aus. Die Wunde am Bein wird bestimmt bald verheilt sein, und dann kannst du mit mir gemeinsam Mahlzeiten in meinem Speisessaal einnehmen.«

Ich war nicht besonders scharf darauf, viel Zeit mit Morrigan zu verbringen, obwohl ich ihre wahren Beweggründe erfahren wollte. Denn ich hatte in ihrer Gegenwart immer das Gefühl, auf der Hut sein zu müssen. Auch jetzt, als ich in meinem neuen Zimmer war und die grauen Männer die Tür hinter sich geschlossen hatten, merkte ich, dass ich viel befreiter durchatmen konnte. Ich versuchte, das Positive an den neuen Entwicklungen zu sehen. Ich hatte die gefürchtete Begegnung mit dem Druiden überstanden und hatte jetzt mehr Freiheiten, die eventuell eine Flucht möglich machen würden. Ich hatte noch mein Herz. Ich hatte noch Ciaras Seele. Und wenn der Mog Ruith recht behielt, hatte ich die Kontrolle darüber, was damit passierte. Es war zumindest eine Sache, in der ich Morrigan überlegen war. Aber wenn der Druide damit recht hatte, würden sich dann auch seine anderen ominösen Prophezeiungen bewahrheiten?

Schnell schüttelte ich den Gedanken daran ab. Es gab nur eins, auf das ich mich im Moment konzentrieren wollte: mit Ciara von hier zu entkommen.

kapitel zehn
dylan

Dylan war müde. Er wechselte seine schwere Tasche mit den Büchern von einer schmerzenden Schulter auf die andere. Wie Vera angewiesen hatte, stand sein Mietauto auf einem Parkplatz im nächsten Ort und er war den Rest des Weges zu Fuß gegangen. Laut den GPS-Koordinaten, an denen er sich orientierte, sollte sein Ziel nicht mehr weit weg sein. Aber der Nebel war so dicht, dass er von der schönen Landschaft im Norden Connemaras kaum etwas sah – geschweige denn das Cottage entdecken konnte, nach dem er Ausschau hielt.

In den letzten Tagen war er durch das ganze Land gereist, um mit Experten zu sprechen, die ihm mehr über Morrigan und die heilige Eiche sagen konnten. Er suchte verzweifelt nach einer Möglichkeit, Morrigan zu rufen oder sie in die Menschenwelt zu locken. Wenn er selber nicht in die Anderswelt gehen konnte, dann musste Morrigan eben zu ihm kommen. Gleichzeitig suchte er nach anderen Sidhe. Telepathisch konnte er niemanden kontaktieren, aber die eine oder andere Fee hatte er trotzdem auftreiben können. Aber er hatte niemanden gefunden, dem er hätte vertrauen können, an seiner statt in die Anderswelt zu gehen und dort zumindest Freunde aufzusuchen. Sobald sie hörten, wer er war und was mit ihm passiert war, schauten sie ihn mit derselben Abscheu an, die sie sonst für Abtrünnige übrig hatten. Schnell hatte er sich dann immer gleich aus dem Staub gemacht.

Die Gefahr, dass O'Cadhla etwas von seinen Nachforschungen mitbekam, war ständig vorhanden. Dylan hielt sich nie irgendwo länger auf, schaute immer über seine Schulter. Aber der Garda hatte sich bislang nirgends blicken lassen, was Dylan sehr misstrauisch machte. Er ging davon aus, dass Padraig seine Kontakte hatte und wäre überrascht gewesen, wenn einige der Experten und mehrere der Sidhe, mit denen er geredet hatte, nicht solche Kontakte gewesen wären. Ganz zu schweigen davon, dass auch Philomenas Druidenzirkel vernetzt war und es auch hier sicher Überschneidungen mit den Leuten gab, die ihm bereitwillig Informationen über Morrigan und die heilige Eiche gegeben hatten. Es war ihm alles nicht ganz geheuer und seine Suche kam ihm zu einfach vor.

Jetzt tauchten in der Ferne die Umrisse einer Behausung auf. Dylan ging darauf zu. Es war ein kleines, typisch irisches Cottage mit weißgetünchten Wänden und Strohdach. Aus dem Schornstein stieg eine Rauchsäule auf. Als er vor der Tür stand, klopfte er an. Dylan schaute sich nervös um und rieb sich die kalten Hände. Er wollte gerade noch einmal klopfen, als sich die Tür öffnete.

»Claire!«, rief er überrascht, als er in Dr. Brennans blaue Augen blickte. Erschrocken wich er ein paar Schritte zurück. Er sollte hier einen pensionierten Professor für Keltologie treffen – Seamus O'Tool hatte den Termin für ihn vereinbart.

»Komm rein!«, sagte Claire leise und sah sich besorgt um, ob sonst noch jemand in der Nähe wäre. Aber um das Cottage herum war nichts als dichter Nebel.

Blitzschnell überlegte Dylan, was er machen sollte, aber bevor er zu einem Entschluss gekommen war, unterbrach Claire seine Gedanken: »Nachdem Vera mir erzählt hat, dass du im Lande unterwegs bist, habe ich ihr geraten, sich irgendeine Ausrede einfallen lassen zu lassen, wieso du hier herkommen sollst. Falls dein Telefon abgehört wird.«

Dylan atmete langsam aus. Das war eine Erklärung. Vielleicht doch keine Falle? Er dachte an die verzweifelte Bitte von Alices Vater und tat einen Schritt nach vorne. »Na, dann lass mich mal eintreten.«

Er folgte Claire in das kleine, gemütliche Cottage. Unten gab es nur einen Raum, der gleichzeitig Wohnzimmer und Küche war. Eine Treppe führte in den Dachboden, wo er den Schlafbereich vermutete. Ein Bad schien es nicht zu geben. Er hatte draußen, unweit des Cottages, ein Häuschen gesehen, dass wohl ein Plumpsklo sein musste. Anscheinend hatte es Claire tatsächlich geschafft, sich so zurückgezogen zu verstecken wie möglich. Andererseits: Wenn O'Cadhla sie hier finden würde, war sie ihm schutzlos ausgeliefert und niemand würde davon etwas mitbekommen. Schnell schob er den Gedanken daran ganz weit weg.

Dylan setzte sich an den Holztisch, während Claire Tee zubereitete. Als er die dampfende Tasse vor sich stehen hatte, ging sein Puls wieder normal. Er war gespannt, warum Claire ihn hier herbestellt hatte und wollte gerade zu der Frage ansetzen, als die Treppe rechts von ihm knarzte. Er zuckte zusammen und sprang dann erschrocken auf, als er jemanden die Stufen herunterkommen sah. Eine Frau mit dunkelblonden, langen Haaren – doch es war nicht Philomena, wie er in der ersten Schrecksekunde vermutet hatte. Als die Frau unten angekommen war, ging sie direkt auf Dylan zu und streckte die Hand aus.

»Hallo Dylan, ich bin Avalynn Wannaugh. Ich bin gestern aus den Staaten angereist, um euch zu helfen. Ich habe eine Idee, wie du erfahren kannst, was Morrigan mit Alice vorhat.«

Dylan schüttelte der Frau schweigend die Hand. Er fühlte sich ein wenig von ihrer direkten Art überrumpelt. Avalynn Wannaugh – warum kam ihm dieser Name bekannt vor? Claire musste ihm seine Verwirrung vom Gesicht abgelesen haben, denn sie erklärte:

»Avalynn Wannaugh hat das Buch geschrieben, das ich Alice bei einem unserer Treffen gezeigt habe. Als Alice gemeint hat, die ersten Druiden seien Sidhe gewesen, wollte ich ihr zunächst nicht glauben. Ich dachte, weil ich mit der Druidentradition aufgewachsen war, hätte ich so etwas wissen müssen. Doch wie die meisten Druiden war meine Familie wohl auch nicht in dieses Geheimnis eingeweiht. Mir fielen allerdings Avalynn Wannaughs Theorien ein und ich habe Alice das Buch gezeigt.«

»Klar, die amerikanische Druidin«, erinnerte sich Dylan jetzt wieder.

Avalynn bereitete sich auch eine Tasse Tee zu. »Von meinen Kolleginnen aus der alten Welt werde ich als Amerikanerin nicht immer ernst genommen«, meinte sie augenzwinkernd.

Verlegen wandte sich Dr. Brennan ab und fütterte den altmodischen Ofen mit Holzscheiten. »Ich wusste, dass du eine renommierte Wissenschaftlerin bist, deshalb kannte ich deine Bücher.«

»Ich dachte Druidentum und Wissenschaft passen nicht zusammen«, meinte Dylan und musterte Dr. Brennan, die rot wurde.

»In den USA schließt das eine das andere wohl nicht aus«, murmelte Claire. »Vielleicht ein Grund, warum meine Kolleginnen manchen amerikanischen Druiden und Druidinnen gegenüber eher skeptisch eingestellt sind. Bei uns ist es eine geheime Tradition. Dort wird es in Universitäten gelehrt.« Ihre Stimme wurde nun fester, da sie sich anscheinend wieder auf einem für sie sicherem Gebiet befand. »Ich respektiere Avalynn als Wissenschaftlerin. Vor etwa zwanzig Jahren hat sie das keltologische Institut an der Universität von New Mexico mitbegründet. Sie ist als Kelten-Expertin bekannt. Aber in den letzten Jahren hat sie dort nicht nur keltische Mythologie, sondern auch Druidentum gelehrt.«

»Ich bin nicht der Meinung, dass Druidentum ein Geheimnis sein muss«, meinte Avalynn unverblümt. »Ich glaube, dass wir in einer besseren Welt leben würden, wenn viele die Magie der Pflanzen und Bäume kennen und wertschätzen würden.« Sie gab einen Löffel Honig in ihren Tee. »Und ich bin nicht der Meinung, dass das Wissen, wie unsere Welten wirklich miteinander verbunden sind, nur einer kleinen Elite zur Verfügung stehen sollte.« Heftig rührte sie ihren Tee um. Anscheinend ein Thema, dass ihr Blut in Wallung brachte.

»Nun, allerdings musst du zugeben, Avalynn, dass das Tür und

Tor zu allen möglichen Menschen öffnet, die auf der Suche nach schneller spiritueller Erleuchtung sind und statt sich mit dem Thema auseinanderzusetzen und jahrelang zu lernen, sich das heraussuchen, was ihnen gefällt. Und so schießen die verschiedensten Druidenorden wie Pilze aus dem Boden, die aber mit dem wahren, traditionellen Wissen nicht mehr viel zu tun haben und sich von anderen neuheidnischen Gemeinschaften kaum mehr unterscheiden.«

Avalynn setzte zu einer Antwort an, doch sie wurde von Dylan unterbrochen. »Wie ich sehe, ist das nicht eure erste Diskussion zu dem Thema und meinetwegen könnt euch gerne so viel darüber unterhalten, wie ihr wollt, aber momentan gibt es vielleicht Wichtigeres, das wir besprechen sollten.«

Avalynn und Claire schwiegen zerknirscht. Dylan fuhr fort: »Anscheinend weißt du, Avalynn, einiges mehr über Druiden und Sidhe als die traditionellen Hexen in Dublin. Mich interessiert, woher du das weißt. Und natürlich, wie du mir helfen kannst.«

Die beiden Frauen setzten sich nun zu Dylan an den Holztisch, der beinahe ein Drittel des ganzen Raumes einnahm. Gegenüber der Küche befand sich ein Kamin, um den einige Sessel gruppiert waren; das war der ganze Komfort, den diese Hütte bot.

»Ich bin in den USA geboren und aufgewachsen«, begann Avalynn zu erklären. »Aber meine Großeltern mütterlicherseits sind aus Irland eingewandert. Auch mein Wissen wurde über Generationen weitergereicht. Die Theorie, dass das Wissen der Druiden von den Sidhe stammt, die es an Menschen weitergegeben haben, habe ich allerdings selber entwickelt. Ich hatte schon verschiedenste, teilweise sehr alte Berichte gesammelt, in denen von Druidinnen im Zirkel erzählt wird, die nicht von dieser Welt sind. Aber das lief bei mir ferner unter Sagen und Märchen, denn es gab keinerlei Anhaltspunkte, dass diese zauberkundigen Druidinnen wirklich Feen waren. Doch Jahre später schrieb ich eine Abhandlung über die ›Eichenweisen‹, in der ich mich mit der Wortherkunft befasste. Vieles, was ich dabei herausfand, erinnerte mich an die alten Geschichten über Sidhe-Druidinnen. Alles führte zurück zu dieser heiligen Eiche.«

Dylan horchte auf. »*Die* heilige Eiche? Also gibt es wirklich diesen einen Baum?« Avalynn nahm einen Schluck Tee. »Genau. Auch ich war davon ausgegangen, dass Eichen stellvertretend als wichtigste und heilige Bäume gelten. Nicht, dass es tatsächlich eine Eiche gibt, von der das Druidenwissen sozusagen stammt.«

»Hat Claire dir erzählt, was O'Cadhla, ein Sidhe, über die heilige Eiche gesagt hat?«, fragte Dylan aufgeregt.

Avalynn nickte. »Das hat sie. Und deshalb bin ich gekommen. Es ist das erste Mal, dass ich davon gehört habe, dass Morrigan mit der heiligen Eiche in Verbindung gebracht wird. Natürlich muss ich dazu sagen, dass ich auch nicht wusste, wer oder was die Sidhe genau sind. Dass ihr die Túatha Dé Danann seid und von ihnen abstammt, ist ja nur eine Theorie. Ich war ganz schön baff, als Claire mir das alles erzählt hat. Nichtsdestotrotz können wir mein Wissen über die heilige Eiche nutzen, um die Anderswelt zu infiltrieren.«

Dylan zog die Augenbrauen zusammen. »Infiltrieren? Wenn die heilige Eiche eine Art Portal ist, dann muss ich dich da leider enttäuschen, Avalynn. Vielleicht hat Claire das nicht deutlich genug gemacht, aber ich kann die Anderswelt nicht betreten.«

»Doch, ich glaube, das kannst du«, widersprach ihm Avalynn. »Obwohl betreten vielleicht nicht das richtige Wort ist. Ich habe eine Idee, wie du praktisch in die Anderswelt blicken kannst, wie dein Bewusstsein auf die andere Seite gelangen kann, ohne dass du physisch dort bist.«

Jetzt war Dylan vollends verwirrt. »Häh?«

»Vielleicht erzählst du Dylan erst mal das, was du mir von der heiligen Eiche berichtet hast, Avalynn«, schlug Dr. Brennan sanft vor. »Und Dylan, ich nehme an, du hast Hunger. Ich koche uns in der Zwischenzeit was.«

Dylan nickte nur abwesend. Essen stand momentan nicht besonders hoch auf seiner Prioritätenliste, aber eine ordentliche Mahlzeit konnte er gebrauchen.

»Das Interessante an der heiligen Eiche ist eigentlich nicht das, was an der Erdoberfläche zu sehen ist, sondern was darunter ist.

Deshalb wird die keltische Eiche auch immer so abgebildet, dass die Wurzeln genauso viel Raum einnehmen wie Stamm und Krone.«

Dylan zog ein Buch aus seiner Tasche, die er über die Stuhllehne gehängt hatte. »Moment, jemand hat mir ein Buch mit Abbildungen von keltischen Bäumen gegeben. Ich glaube, ich weiß, was du meinst.« Er blätterte das Buch durch und zeigte auf einige Abbildungen. »Hier, der Stamm in der Mitte, die Krone oben, das Wurzelwerk unten. Oft wird ein Kreis angedeutet, indem Krone und Wurzelwerk abgerundet sind und sich die herunterhängenden Blätter an den untersten Ästen jeweils rechts und links ganz außen mit den obersten Wurzeln berühren. Manchmal wird dieser Kreis tatsächlich mit keltischen Knotenmustern gezeichnet und auch Wurzeln und Äste verschlingen sich zu keltischen Mustern.«

Avalynn nickte. »Das sind natürlich moderne Interpretationen, auch bekannt als der keltische Lebensbaum. Er soll Leben und Wiedergeburt symbolisieren. Aber im keltischen Weltbild steht er eigentlich für die Verbindung zwischen Himmel und Erde. Das Wurzelwerk ist die Erde und die Krone der Himmel. Ich habe aber die These aufgestellt, dass der Baum in Wirklichkeit die Verbindung zwischen dieser Welt und der Anderswelt symbolisiert.«

Dylan zog die Brauen zusammen. »Die Krone ist diese Welt und die Wurzeln die Anderswelt? Oder andersherum?«

»Nicht ganz. Oder besser gesagt, eigentlich beides. Zeig mal her.« Avalynn zog das Buch zu sich herüber und blätterte darin. »Aha, genau, hier.« Sie zeigte auf eine Abbildung. »Was siehst du?«

Dylan zuckte mit den Schultern. »Wie gerade schon gesagt. Krone, Stamm, Wurzeln und drum herum könnte man einen Kreis ziehen.« Avalynn drehte das Buch um 180 Grad, sodass das Bild auf dem Kopf stand. »Und jetzt?«

In dieser Zeichnung waren Äste und Wurzeln nur abstrakt angedeutet. Sie sahen praktisch gleich aus. »Auch Krone, Stamm und Wurzeln.«

Avalynn nickte. »Die Wurzeln sind die Krone und umgekehrt, je nachdem, von welcher Perspektive aus man das Bild betrachtet. Je nachdem, in welcher Welt man ist.«

Dylan nickte langsam. »Heißt das, die Eiche, die wir suchen, hat Stamm, Äste, Blätter und so weiter in dieser Welt? Die Wurzeln sind unter der Erde. Und genauso in der Anderswelt? Aber das würde ja bedeuten …«

Avalynn nickte. »Genau. Dass wir die Eiche hier in unserer Welt sehen können. Und zwar an der gleichen Stelle, an der sie in der Anderswelt steht.«

»In Morrigans Palast im Connemara der Anderswelt«, beendete Dylan ihren Gedanken. Er stand auf und schritt in dem kleinen Raum auf und ab, was gar nicht so einfach war. »Ich weiß ungefähr, wo Morrigans Palast ist, obwohl ich noch nie dort war. Aber trotzdem, es wäre immer noch eine recht große Gegend, die wir nach der Eiche absuchen müssten. Und woran erkennen wir sie?«

»Die Suche kann ich euch, glaube ich, ersparen«, meinte Claire, die gerade den Tisch deckte. Dylan blieb stehen und schaute sie fragend an. »Ich hatte in den letzten Tagen viel Zeit nachzudenken und das Wort Eiche spukte unaufhörlich in meinem Kopf herum. Und dann fiel es mir wie Schuppen von den Augen. Alice war selber schon mal dort. Ciara auch. Es waren doch die beiden Zeichnungen im Buch *Westirische Mythen*, die Alice überhaupt erst auf die Spur nach Roundstone gebracht hatte. Eine Zeichnung zeigte den Hafen von Roundstone und die Twelve Bens im Hintergrund. Die andere Zeichnung schien nebensächlich. Ein einfacher Grashügel. Alice und die O'Tools haben nach ihm gesucht, als sie in Roundstone waren. Alice hat mir davon erzählt. Einheimische erkannten ihn als Feenhügel wieder. Ein Hügel neben einer großen alten Eiche. Alice ist den Hügel abgeschritten, doch es hat sie nicht weitergebracht. Von der Eiche war nur als Markierung die Rede. Als Orientierungshilfe, wo sich der Hügel befindet. Sie schien unwichtig, schließlich hatte Ciara den Hügel gezeichnet und nicht die Eiche. Aber es ging mir nicht mehr aus dem Kopf. Je mehr wir darüber reden, desto mehr bin ich davon überzeugt: Das muss die Eiche sein.«

Dylan nickte bedächtig. »Wir sollten die O'Tools kontaktieren, um sie zu fragen, wo genau diese Eiche ist. Am besten rufen wir auf Veras Prepaid-Handy an, aber wir müssen weiterhin vorsichtig sein. Es wundert mich sehr, dass O'Cadhla uns noch nicht auf die Schliche gekommen ist. Es macht mich, ehrlich gesagt, sehr misstrauisch. Aber vielleicht sollten wir uns einfach glücklich schätzen.« Er schüttelte den Kopf. »Egal, die Eiche ist jetzt unser bester Anhaltspunkt. Aber wenn wir sie gefunden haben und wissen, Morrigans Palast und ihr Eichensaal, wie O'Cadhla den heiligsten Raum genannt hat, sind sozusagen auf der anderen Seite, was nützt uns das? Wie komme ich zu Morrigan, zur anderen Seite der Eiche?«

Claire stellte den Topf mit dem aufgewärmtem Irish Stew auf den Tisch und Avalynn schöpfte sich eine große Kelle voll. Ihre Augen glänzten. »Mit einem Efeuranken-Ritual.«

***

»Es wird nicht einfach. Bist du sicher, dass du das aushältst? Für einen Menschen ist das hier sehr gefährlich. Ich nehme einfach an, weil du Sidhe und unsterblich bist, begibst du dich hiermit nicht in Lebensgefahr. Aber trotzdem …«

Dylan nickte heftig. Er musste Avalynn ja nicht auf die Nase binden, dass er mittlerweile praktisch ein Mensch war. Aber er würde es aushalten. Er würde die schlimmste Folter auf sich nehmen, wenn er damit Alice retten würde. Sich mit Efeuranken an einen Baum fesseln zu lassen, schien harmlos. Aber in diesen Efeu hineinzuwachsen, sich von den Ranken aufnehmen zu lassen, bis sein Körper sich praktisch über einen längeren Zeitraum desintegrierte, das konnte man sicher schon als Folter bezeichnen. Der Efeu wuchs in dieser Welt und damit auch in der Anderswelt. Dylan würde als Teil des Efeus hier und dort sein. Wenn die Eiche in Morrigans heiligen Gemächern stand, dann würde er auch dort sein. Wenn sie sich dort mit Beratern unterhielt, dann würde er herausfinden, was mit Alice passiert war. Wenn er wusste, wo sich Alice aufhielt und was mit ihr geschehen war, könnte er sie vielleicht irgendwie nach Hause bringen. Viele *Wenns*, dachte Dylan düster. Aber es war die einzige Möglichkeit für ihn, mehr über Alices Verschwinden herauszufinden.

»Okay«, meinte Avalynn mit einem Seufzer. »Dann werde ich alles vorbereiten und wir kommen heute Nacht wieder. Wenn wir es tun, dann heute, weil Neumond ist. Gehen wir.«

Dylan konnte sich kaum von dem Baum losreißen. Sie waren hergekommen, um sich den Baum und die Gegend ein letztes Mal vor dem Ritual anzuschauen. Die Eiche konnte man vom Feldweg aus sehen, aber der Stamm war breit genug, dass etwaige Vorbeifahrende Dylan nicht bemerken würden, wenn er sich auf der anderen Seite des Baums befand. Glücklicherweise waren Eiche und Hügel abseits des Ballynahinch-Castle-Gebietes und dem Ballynahinch Lake, dem Touristen gerne einen Besuch abstatteten. Trotzdem konnte es natürlich sehr gut sein, dass jemand hier spazieren und sich den alten Baum näher ansehen würde. Das Risiko mussten sie eingehen. Avalynn würde sich sowieso um ihn kümmern und auf ihn aufpassen müssen. Sie hatte vor, für einige Tage dort zu campen, denn so lange würde der Integrationsprozess dauern. Wenigstens würden sie damit wohl keine Schwierigkeiten bekommen. Das meiste Land in Connemara war mittlerweile Privateigentum. Doch Avalynn hatte bei einem Besuch im Katasteramt herausgefunden, dass diese Eiche und der Hügel sich zwischen zwei Grundstücken befanden, die nicht direkt aneinander angrenzten. Dieser Umstand war sicherlich kein Zufall.

Dylan legte eine Hand auf die raue Borke und konnte die Energie, die von dem Baum ausging, spüren. Plötzlich stieg das Gefühl von Heimweh in ihm auf.

»Kommst du, es gibt noch viel zu erledigen bis heute Abend«, rief Avalynn ihm zu, die schon am Auto war.

»Ich komme bald wieder«, flüsterte Dylan und ging zum Auto.

Einige Stunden später standen Avalynn, Dylan und Claire auf dem Hügel und besprachen, wie sie vorgehen würden. Claire erklärte sich bereit, Avalynns Zelt aufzubauen.

»Am besten hinter dem Hügel, damit es vom Weg aus nicht gleich gesehen wird«, schlug Claire vor.

Derweil wollte Avalynn das Ritual vorbereiten. Skeptisch blickte sie gen Himmel. »Es sieht nach Regen aus. Beeilen wir uns lieber.«

Dylan half der amerikanischen Druidin, die schweren Feuerschalen aus dem Auto zu holen und um den Baum herum aufzustellen. Dann bauten sie eine Leiter auf, auf der Dylan den Baum hinaufkletterte. Sie hatten besprochen, dass er sich in eine Astgabel setzen und mit dem Rücken gegen einen Ast lehnen sollte. Auch Efeu in der Krone würde Morrigan irgendwann sicher auffallen – sie hofften, ihre Reaktion würde nicht sein, den Efeu entfernen zu lassen. Aber Dylan direkt an den Stamm zu fesseln, sodass sich Efeu ganz offensichtlich um den Stamm der Eiche ranken würde: das fanden sie zu auffällig. Also positionierte sich Dylan wie besprochen in der Baumkrone. Dann zog er alle seine Kleider aus und warf sie zu Avalynn hinunter. Sofort fing er an zu frieren, aber da musste er jetzt durch. Sich mit warmen Klamotten gegen Wind und Wetter zu schützen, war ihm leider nicht vergönnt, da diese die Assimilation verhinderten. Er musste direkten Hautkontakt mit den Efeuranken haben.

»Ist das einigermaßen bequem?«, rief Avalynn von unten hinauf.

»Frag mich das in einer Woche nochmal«, antwortete Dylan mit zusammengebissenen Zähnen. Er fragte sich, wie Menschen früher dieses Ritual überlebt hatten. Auch wenn sie sich wieder aus dem Efeu lösen konnten, waren die meisten wahrscheinlich hinterher an einer Lungenentzündung gestorben. Wahrscheinlich auch ein Grund, warum dieses Ritual heutzutage nicht mehr angewandt wurde.

Vor einigen Tagen hatte Avalynn irischen großblättrigen Efeu gekauft, die Triebe im Wasser Wurzeln bilden lassen und in kleine Töpfe gepflanzt. Natürlich handelte es sich nicht um gewöhnliches Wasser und gewöhnliche Blumenerde, sondern alles war entsprechend präpariert worden, sodass sich der Efeu für das spezielle Ritual eignen würde. Mit anderen Worten, dass er sich für Dylan als Wirt bereitstellte, wie auch andere Bäume bereitwillig ein Wirt für den Efeu waren. Jetzt kam Avalynn die Leiter hoch und stellte die Töpfchen auf die Astgabelungen um Dylan herum und legte die Ranken vorsichtig um die Äste. Dann kletterte sie wieder hinunter, um sich für die Zeremonie ihr Druidengewand anzulegen.

Claire hatte in der Zwischenzeit das Zelt aufgebaut und einen Kräutertrunk zubereitet. Nun kam sie zu Dylan hoch und reichte ihm das Gebräu. Avalynn würde ihm in den nächsten Tagen, in denen er noch in menschlicher Form existierte, Tee und Brühe einflößen. Mehr würde er nicht zu sich nehmen können. Zitternd hielt er nun den heißen Becher in den Händen. Auf Avalynns Ruf hin begann er zu trinken. Die Feuer waren nun angezündet und beleuchteten die beiden Druidinnen, die um den Baum herum standen. Aber Dylan konnte nicht nach unten schauen, ohne sich zu verrenken. Er heftete seinen Blick auf den Mond, den er durch das Geäst hindurchblitzen sah, und konzentrierte sich auf die heiße Flüssigkeit, die Wärme in seinem Körper ausbreitete. Ein sonderbarer, scharfer Geruch stieg ihm in die Nase. Avalynn musste etwas in die Feuer gegeben haben.

Jetzt fingen die Frauen an zu singen und rhythmisch mit ihren Holzstäben auf den Boden zu stampfen. Er ließ sich davon einlullen und merkte gar nicht, wie ihm der Becher aus der Hand glitt. Wie in Trance beobachtete er die Efeuranken, die schnell wuchsen und sich um die Äste und schließlich auch um seinen Körper wanden.

»Efeu ist immergrün und steht für Unvergänglichkeit«, hatte Avalynn erklärt. »Schatten und Winter kann er ohne Probleme überstehen. Er bleibt sich selber treu und dem Wirt, den er ausgesucht hat. Das Efeuranken-Ritual wurde früher vollzogen, um Selbsterkenntnis zu erlangen. Wie der Efeu muss man das Dunkel suchen und dort ausharren. Nur dann gelingt der innere Wandel. Hoffen wir, dass das Ritual auch dir Erkenntnis bringt. Der Efeu haftet sich mit seinen Wurzeln an den Baum und wird Teil von ihm. Aber er ist kein Schmarotzer und schadet dem Baum nicht – obwohl es manchmal sein kann, dass Efeuranken einen Baum buchstäblich erwürgen. Doch in diesem Fall werden wir es natürlich nicht dazu kommen lassen. Ich bin also größter Hoffnung, dass die heilige Eiche den Efeu akzeptiert und sich nicht gegen ihn wehren wird.«

Dylan bewegte sich nicht, aber er konnte spüren, wie die Ranken ihn am Baum festzurrten. Die kleinen Heftwurzeln saugten sich an seiner Haut fest, was sich wie winzige Nadelstiche anfühlte. Nach einer Weile breitete sich sein in seinem Körper eine angenehme Taubheit aus. Er schloss die Augen und fiel in einen tiefen Schlaf.

Als er wieder aufwachte, stand die Sonne hoch am Himmel. Sein ganzer Körper tat ihm weh. Er wollte sich unbedingt strecken, doch das ging nicht. Seine Haut juckte und schien wundgescheuert. Panik stieg in ihm auf. Was, wenn er zu schwach war, um das Ritual auszuhalten? Er war sich so sicher gewesen, dass er alles für Alice tun würde. Aber seine bisherigen Bemühungen für Ciara und Alice konnte man wohl kaum als Erfolgsgeschichten bezeichnen. Er hatte in allem versagt. Wieso hatte er sich bloß eingebildet, dass er in diesem Unterfangen erfolgreich sein würde? Er versuchte, um Hilfe zu rufen, doch mehr als ein erbärmliches Krächzen konnte er nicht hervorbringen. Tränen quollen aus seinen Augen hervor, die er nicht von den Wangen wischen konnte. Es kam ihm wie eine Ewigkeit vor, bis Avalynns rundes Gesicht über ihm auftauchte. Besorgt sah sie ihn an.

»Ich hatte schon Angst, dass du nicht wieder aufwachst.«

Er wollte sie schon anflehen, ihn aus den Ranken zu schneiden, aber bevor er etwas sagen konnte, hatte sie einen Becher an seine spröden Lippen gesetzt. Die heiße Flüssigkeit war das Köstlichste, was er jemals zu sich genommen hatte. Sofort betäubte es jegliches Empfinden. Er merkte das Jucken und Brennen auf seiner Haut nicht mehr. Dankbar lächelte er Avalynn an. Vielleicht konnte er es doch schaffen. Er musste es versuchen.

Avalynns Gebräu verminderte in den ersten Tagen die körperlichen Schmerzen erheblich. Er konnte seinen Körper kaum spüren. Aber eine Nebenwirkung war, dass er nicht einschlief. Und er wäre so gern in süßen Schlaf versunken. So war er mit seinen Gedanken tagein, tagaus allein und nichts konnte ihn ablenken. Durch das Geäst konnte er die Sonne und den Mond am Himmel ihre Kreise drehen sehen. Und sie zogen so quälend langsam vorbei. Sekunden fühlten sich an wie Stunden. Unzählige Stunden, in denen er sich damit auseinandersetzen musste, was er Ciara und Alice angetan hatte. Lange hatte er daran festgehalten, dass er selbstlos gewesen war, als er Ciara die Chance auf ein zweites Leben gegeben hatte. Schließlich hatte er dafür die Regeln seines Volkes gebrochen, ja, sich damit fast zum Abtrünnigen gemacht. Sich für Ciaras Seelenheil gegen alles gestellt, was er für richtig und gut hielt. Aber jetzt musste er sich eingestehen, dass er selbstsüchtig gewesen war. Es war keine Heldentat gewesen, nein, er hatte ein Opfer bringen wollen, um seine Schuld zu sühnen.

Dylan war auch gezwungen, seine Liebe für Alice infrage zu stellen. Denn was sie anging, war sein Schuldgefühl noch viel größer. Ciaras Leben hatte er nicht selber genommen. Aber Alices schon. Und Alice, die Alice ohne Ciara, war etwas ganz Besonderes, keine Frage. Er respektierte, bewunderte, verehrte sie. Aber war seine Liebe nur eine Wiedergutmachung? Die Liebe für Ciara, die er nicht mehr empfinden durfte, konnte, wollte? Diese Gedanken waren für Dylan fast schlimmere Folter als die körperlichen Schmerzen.

Zumindest dachte er das, bis der Trunk nicht mehr zu wirken schien. Avalynn verzog das Gesicht zu einer Grimasse, als sie merkte, dass die Taubheit sich nicht mehr einstellen wollte. »Es tut mir so leid, Dylan. Jetzt geht es los. Von nun an kann ich nichts mehr für dich tun.«

Jetzt dröhnte Dylans Herzschlag in seinen Ohren. Er war laut, wurde aber immer langsamer. Was als Nächstes passierte, ließ die Steifheit in seinen Gelenken und die wunde Haut wie ein leichtes körperliches Missbehagen wirken. Er wusste theoretisch, was passierte. Die Efeuranken nahmen ihn auf. Seine Zellen wurden assimiliert. Die Gefäße verengten sich zu den Adern der Blätter. Seine Epidermis zog sich zusammen und wurde zur ledernen Haut der Blätter. Die Gliedmaßen schrumpften und bildeten sich zu winzigen Wurzeln aus, die sich an den Baum krallten. Es fühlte sich so an, als ob jeder einzelne Teil seine Körpers mit einem Skalpell seziert wurde, bis jede Zelle in seine Bestandteile zerlegt wurde und nichts mehr von ihm übrig blieb. Die Schmerzen waren unerträglich, aber ihm schwand nicht das Bewusstsein. Er musste es aushalten. Irgendwann fühlte er sich nicht mehr nur körperlos, sondern substanzlos. Der Wirkstoff im Efeu zerstört die roten Blutkörperchen, hatte Avalynn ihm erzählt. Vielleicht geschah das mit ihm: Der rote Lebenssaft wurde ihm genommen und das, was an ihm noch Dylan war, wurde praktisch durchsichtig und unsichtbar.

Aber sehen konnte er noch. Alles, was *rings um ihn herum* geschah. Es war, als ob er Sinnesorgane in allen Blättern hätte, die sich um den Baum herum rankten. Als er das bemerkte, hörten die Schmerzen schlagartig auf. Es kam einer spirituellen Erleuchtung gleich. Die Seelenqualen und Selbstzweifel verschwanden nicht, aber ihre Existenz war nun irgendwie in Ordnung. Sie waren Teil von ihm und machten keinen Unterschied zu dem, was sein innerster Kern war. Dieser innerste Kern, der immer existieren würde, egal was passierte.

Und dann sah er nicht mehr nur die Landschaft um die Eiche herum. Gleichzeitig, als ob zwei Blaupausen übereinandergelegt worden wären, sah er auch den Eichensaal in Morrigans Palast. Zumindest nahm er an, dass das der Raum war, in dem er sich nun befand. Ein großer, runder Raum, der an den Wänden wie ein gewöhnliches Zimmer möbliert war, in dessen Mitte allerdings eine grüne Wiese blühte, rings um seine Eiche herum.

Nachdem er so lange keine neuen Sinneseindrücke hatte sammeln dürfen, sog er jedes einzelne Detail förmlich in sich auf. Er zog die Schlussfolgerung, dass es sich nicht um Morrigans Privatgemächer handelte, sondern um eine Art Zeremonienraum. Eine kleine Tribüne bot Platz für Zuschauer. Überall entdeckte er Utensilien, die in Druidenritualen Anwendung fanden. Bislang hatte noch keiner den Raum betreten. Doch ihm war auch jegliches Zeitgefühl abhandengekommen. Es konnte sein, dass er schon seit Tagen Teil des Efeus war, aber vielleicht waren es auch nur Minuten. Doch es fühlte sich für ihn so an, als ob er alle Zeit der Welt auf seiner Seite hätte. Gespannt wartete er auf Morrigan. Er wusste nicht, wie sie aussah, nahm aber an, er würde sie an ihrer Kleidung und ihrem Auftreten erkennen. Vielleicht war auch Maggie hier im Palast und würde irgendwann den Eichensaal betreten.

Seine Geduld wurde nicht lange auf die Probe gestellt. Die Tür öffnete sich und eine Frau mit schwarzem Haar kam herein. Das innere Gleichgewicht und die Gleichmütigkeit, die Dylan als Efeu so genossen hatte, waren auf einmal wie weggeblasen. Er wusste nicht, wo sein Herz war, aber trotzdem fühlte es sich so an, als ob sich plötzlich etwas in ihm zusammenzog, als die Frau auf die Eiche zukam. In ihren grauen Augen hatte er sich stundenlang verloren. Ihre süßen, vollen Lippen hatte er leidenschaftlich geküsst. Und ihren perfekten, leblosen Körper hatte er in seinen Armen gehalten. Die Frau, die er über alles liebte, und die er mit seiner Liebe ins Unglück gestürzt hatte, war nicht tot.

Sie war hier. Seine Ciara.

kapitel elf
alice

Fast jeden Tag ging ich dieselbe Strecke am Strand spazieren. Die Eindrücke, die ich dabei sammelte, waren nie langweilig. Das Meer war ein faszinierendes Naturschauspiel, das immer anders aussah. Allein die vielen unterschiedlichen Farbnuancen waren unheimlich faszinierend. Onkel Bryan hatte mich dazu ermutigt, Spaziergänge zu unternehmen und die Natur mit offenen Augen ganz bewusst zu sehen. »Sehen ist nicht gleich sehen«, sagte er immer. »Ein Künstler muss seinen Blick trainieren, Schönheit wirklich wahrzunehmen und nicht blind an ihr vorbeizulaufen. Nur so können wir diese Ästhetik auch als Kunst reproduzieren.«
Ich hing immer an Onkel Bryans Lippen, wenn er Ästhetiklehre unterrichtete. Es war mir ein Rätsel, wie manche Menschen Schönheit gar nicht bemerkten. Manchmal kam es mir vor, als sähen alle um mich herum nur in Grautönen und ich sei die Einzige, der die Farben auffielen. Die Natur war für mich der Inbegriff von Schönheit und deshalb auch mein Lieblingsmotiv. Diese Schönheit zu betrachten, stimmte mich beinahe euphorisch. So ein Hochgefühl kannte ich nicht im Zusammenhang mit anderen Menschen, zum Beispiel. Der

Tod meiner Eltern war besonders schwer für mich gewesen, weil ich in ihrer Gegenwart niemals das Gefühl des Glücks und der Vollkommenheit gehabt hatte, so wie in der Natur oder beim Versuch, diese Naturmotive aufs Blatt zu bannen. Das war nicht der einzige Grund, warum ich mich schuldig fühlte, wenn ich an ihren Tod dachte. Ihr Ableben hatte es mir ermöglicht, ein ideales Leben zu führen, hier in Roundstone bei Onkel Bryan. Ich hatte mich der Ästhetik voll und ganz verschrieben – daheim waren andere Anforderungen an mich gestellt worden. Meine Eltern hatten oft darüber geredet, mich in den sicheren Hafen der Ehe zu bringen. Gott sei Dank hatte ich mich dagegen erfolgreich wehren können.

Ich schüttelte die Erinnerung an den Tod meiner Eltern ab und konzentrierte mich wieder aufs Sehen. Der feine Sandstrand hob sich weiß gegen das Grün der grasbewachsenen Dünen ab. In den sanften Wellen entdeckte ich Ultramarin und Azurblau – in Gedanken mischte ich diese Farben schon auf meiner Farbpalette.

Plötzlich hatte ich es eilig, nach Hause zu kommen und den Pinsel in die Hand zu nehmen. Schnellen Schrittes ging ich den halbmondförmigen Küstenstreifen entlang, um die grüne Landzunge zu überqueren, die vor mir lag. Hinter einem der dunklen Felsen erschien ein junger Mann. Gemächlich schlenderte er mir entgegen den Strand entlang. Er hatte den Kopf dem Meer zugewandt. Sofort zog er meinen Blick auf sich. Menschen passten entweder harmonisch ins Natursujet oder sie störten einfach. Meistens war Letzteres der Fall. Aber bei diesem jungen Mann traf irgendwie beides zu. Als er noch weiter von mir entfernt war, sah er so aus, als gehörte er hierhin. Die sandblonden Haare wurden vom Wind in jegliche Richtungen zerzaust, doch es schien ihn nicht zu stören. Er hielt das Gesicht in den Wind, so als ob er ihm erlaubte, mit seinem Haar zu spielen.

Doch je näher ich ihm kam, desto mehr Details konnte ich ausmachen. Die Wangenknochen. Die gerade Nase. Die

breiten Schultern. Er war zu gut aussehend. Seine Ästhetik war so vollkommen, dass er der Schönheit der Natur um sich herum Konkurrenz machte. Als ich nur noch wenige Schritte von ihm entfernt war, konnte ich den Strand, die Dünen, das Meer, den Himmel gar nicht mehr beachten. Ich merkte die warme Sonne, schmeckte die salzige Luft nicht mehr. All meine Sinne waren fokussiert auf seine moosgrünen Augen, die langen schwarzen Wimpern und dann: sein Lächeln. Als er mich bemerkte und mich ansah, verzogen sich seine sinnlich geschwungenen Lippen zu einem Lächeln, das leicht schief wirkte, weil sich auf der rechten Seite tiefe Grübchen in seine Wange gruben. Diese kleine Unvollkommenheit machte ihn nur noch perfekter. Wie hypnotisiert ging ich auf ihn zu, bis ich direkt vor ihm stand. Für einen langen Augenblick sahen wir uns nur an. Es war … euphorisierend! Ja, dasselbe Hochgefühl, das sonst nur Natur und Kunst in mir auslösten. Zum ersten Mal in meinem Leben konnte ich einen Menschen wirklich sehen. Meine anderen Sinne schrien danach, ihn auch erleben zu dürfen. Ich streckte meine Hand aus. Er nahm sie in seine und hielt sie für einen Moment lang fest.
»Ich bin Dylan«, sagte er mit leuchtenden Augen.
Alles, was ich herausbringen konnte, war mein Name:
»Ciara.«

Ein Vogelschrei weckte mich. Verwirrt richtete ich mich auf und schaute aus dem Fenster. Ich hatte mich nach dem Mittagessen hingelegt, aber jetzt kam es mir vor, als ob ich den ganzen Tag verschlafen hätte. Colleen hatte versprochen, am Nachmittag vorbeizukommen.

Mein neues Zimmer hatte zwei große Fenster. Zwar ließen sie sich nicht öffnen, aber immerhin hatte ich einen schönen Ausblick auf den Wald. Die Sonne stand noch hoch am blauen Himmel. Gut, dann konnte es noch nicht Abend sein. Ich ging ins Bad, um mir die Zähne zu putzen und das Gesicht zu waschen. Ich hatte einen faulen Geschmack im Mund.

Ich machte mir große Sorgen. Seit dem Ritual im Eichensaal, von dem sich Morrigan so viel versprochen hatte, kamen vermehrt Erinnerungen an Ciaras Leben an die Oberfläche meines Bewusstseins. In den letzten Tagen hatte ich häufig wieder von Dylan und Ciara geträumt, so wie direkt nach meinem Koma. Aber auch Episoden aus Ciaras Kindheit, die ich vorher gar nicht gekannt hatte, kamen gehäuft in Form von Rückblicken oder Träumen zu mir zurück.

Es hatte mich viel Kraft, Wille und Anstrengung gekostet, Ciara einen Teil von mir sein zu lassen, aber trotzdem noch das zu bewahren, was mich zu Alice machte. Kurz vor meiner Entführung, als ich meine eigenen Gefühle für Dylan entdeckte, war es mir vorgekommen, als hätte ich diesen Balanceakt im Griff. Wie klar und einfach mir meine Liebe für Dylan erschienen war, als ich gemerkt hatte, dass ich ihn nicht mehr wie Ciara idealisierte! Plötzlich hatte ich eigene Gefühle für ihn entwickelt. Gefühle, die nur mir gehörten.

Jetzt hatte sich Ciara irgendwie wieder in den Vordergrund gedrängt. Was einige Aspekte meiner Persönlichkeit anging, fiel es mir leicht, mich von Ciara zu unterscheiden. Aber mit Dylan war es komplizierter. Ich hatte wieder alle diese Erinnerungen an Ciaras Liebe für ihn. Doch er war nicht hier und was ich für ihn empfand, ließ sich schlecht abgrenzen. Mit jedem Traum, mit jeder Erinnerung wurde es verwirrender für mich.

Aber ich wollte Ciara in mir nicht in die Schranken weisen. Ich hatte Angst, dass ich sie damit unbewusst irgendwie ablehnen würde. Zählte das schon zu diesem »freiwillig aufgeben« dazu, von dem der Mog Ruith geredet hatte? Ich musste konstant auf der Hut sein, wenn ich mich in Morrigans Gesellschaft befand. Bislang hatte sie keinen Grund dafür gehabt, besonders charmant zu mir zu sein, aber seitdem sie beschlossen hatte, meine Freundin zu werden, wandte sie all ihre Einwicklungskünste an. Zweifelsohne hatte sie tausende Jahre Übung darin und ich musste mich unheimlich vorsehen. Es erforderte höchste Konzentration. Wenn ich dann mal allein in meinem Zimmer war, fiel ich oft todmüde ins Bett. Ich kam kaum dazu, die vielen Bücher aus der Menschenwelt zu lesen, die Morrigan in mein Zimmer hatte bringen lassen. Im Badezimmerspiegel starrten mich meine blaugrünen Augen müde an.

Ein Klopfen an der Tür riss mich aus meinen Gedanken. Erleichtert machte ich Colleen auf. Es war uns erlaubt, einmal am Tag den Palast zu verlassen und einen längeren Spaziergang zu machen. Natürlich nur in Begleitung von Wachen, aber immerhin. Ich schnappte mir einen warmen Umhang aus Fell, den mir Colleen in den Schrank gehängt hatte, schlüpfte in ein paar bequeme Lederstiefel und folgte Colleen und einem Trupp von etwa einem Dutzend graugekleideten Männern nach draußen.

Es war kalt und ich zog den Umhang enger um mich. Trotzdem atmete ich glücklich die frische Luft ein. Man könnte mir ein noch so großes Zimmer geben, irgendwann bekam ich einen Lagerkoller und musste nach draußen. Als wir die Wiese überquerten, fielen die Männer immer weiter hinter uns zurück und folgten uns schließlich in gebührendem Abstand. Ich wusste, dass trotzdem keine Chance bestand, wegzulaufen. Sie würden mich in Nullkommanichts eingeholt und wieder eingefangen haben. Aber es gab mir die Gelegenheit, mich in Ruhe mit Colleen zu unterhalten. Ich brauchte unbedingt mehr Insiderinformationen von ihr.

Zuerst unterhielten wir uns über die neuen Privilegien, die ich mit Morrigan erfolgreich hatte aushandeln können. Colleen schien auch sehr froh darüber zu sein. Sie wirkte hier draußen viel ausgelassener als im Palast. Vergnügt hüpfte sie über Steine, die auf dem Waldweg lagen.

»Colleen, ich habe über etwas nachgedacht«, sagte ich und duckte mich unter einem Ast, der tief über dem Pfad hing. »Morrigan hat mir erzählt, wie sie sozusagen an der Schwelle von Ciaras Tod umgekehrt ist. Weil sie das Geheimnis von Leben und Tod kennt, ist sie in der Lage, dafür zu sorgen, dass das hübsche Mädchen, als das sie sich alle paar Jahrhunderte oder so wiedergebären lässt, jung ums Leben kommt, aber dann nicht wirklich mit Körper und Seele in den Tod geht. Wie auch immer diese Wandlung auf der Schwelle dann vor sich geht, irgendwie behält Morrigan dann den

Körper des Mädchens und ihre Seele … ja, keine Ahnung, was sie dann mit der Seele macht, das ist ja das große Geheimnis. Ich dachte erst, Morrigan benutzt ihre Fähigkeit, um ihre Eitelkeit zu befriedigen. Sie will schön und jung sein … und ich habe mir den Kopf darüber zerbrochen, warum sie dann Ciaras Seele unbedingt braucht. Jetzt hat Morrigan mir letztens erzählt, dass Maggie sich mit einem Zauber jünger und schöner macht und dass sie das auch könnte. Warum also macht Morrigan dann diese langwierige und komplizierte Prozedur mit der Wiedergeburt durch, wenn sie es viel einfacher haben könnte? Und Morrigan behauptet, Ciara sei ihr vorherbestimmt gewesen. Und dass das *immer* so sei. Es sei immer wieder das schönste Mädchen mit schwarzen Haaren. Ciara ist kein Einzelfall. Es geht doch hier eindeutig um mehr als Morrigans Eitelkeit. Ich muss mich fragen, was für Dimensionen dieses Geheimnis von Leben und Tod hat und wie lange dieser … dieser Kreislauf sich schon wiederholt. Wie alt sind Morrigan und Maggie denn eigentlich?«

Colleen, die auf dem schmalen Pfad vor mir ging, drehte sich noch nicht einmal um. Unbekümmert meinte sie: »Uralt. Es gab sie schon, bevor es die Sidhe gab. Und damals waren sie Göttinnen.«

Ich blieb kurz stehen. »Göttinnen? Das musst du mir erklären.«

»Morrigan, Macha – das ist Maggie – und Badb sind Schwestern, die zusammen die Welten regieren sollten. Jetzt ist Morrigan Königin der Sidhe, aber früher waren die drei Schwestern eine dreifaltige Göttin.«

Das erinnerte mich doch sehr an *Lebor Gabála Érenn*, eine Sammlung irischer Geschichten aus dem 11. Jahrhundert, die wir in meinem *Irish-Studies*-Kurs durchgenommen hatten. Dann ist Morrigan tatsächlich *die* Morrigan aus der irischen Mythologie? »Was wir Menschen von Morrigan wissen, widerspricht sich häufig. Ihr werden viele verschiedene Namen gegeben. Sie taucht als verschiedene Personen in den Mythologien auf. Was stimmt denn jetzt davon und was nicht?«

»Ich kenne eure Sagen nicht, aber es kann sein, dass alles stimmt. Morrigan, Macha und Badb sind schon in den unterschiedlichsten Gestalten in eurer Welt erschienen. Wie Macha, die sich jetzt Maggie nennt.«

Ich dachte darüber nach, während wir über ein paar größere Steine kraxelten. Dieser Weg schien nicht besonders ausgetreten. Ich hoffte, Colleen wusste, wo wir langgingen und würde auch wieder zurückfinden. »Aber das sind bei uns uralte Sagen«, fuhr ich fort. »Und anscheinend kommen sie immer noch in unsere Welt. Wieso bekommt man davon nichts mehr mit?«

Colleen dachte nach. »Es heißt immer, das Christentum hat alles geändert. Vielleicht werden jetzt einfach andere Geschichten erzählt.«

Das leuchtete mir ein. Der Weg wurde nun breiter. Ich drehte mich um. Die grauen Männer kletterten auch gerade in Seelenruhe über die Felsen. Das sah ein wenig seltsam aus. Ich dachte darüber nach, was ich sonst noch über Morrigan aus den irischen Mythen und Sagen wusste.

»Bei uns wird Morrigan mit Krieg in Verbindung gebracht. Sie ist eine Art Kriegsgöttin«, fiel mir ein.

Colleen lachte und hakte sich bei mir ein. »Das gefällt ihr sicher. Damals bei den Túatha Dé Danann hat sie Einfluss auf den Ausgang von Schlachten genommen. Wie bei der Schlacht von Moytura, wo Morrigan und ihre Schwestern all ihre magischen Fähigkeiten eingesetzt haben, damit die Túatha Dé Danann die Fir Bolg in Tara besiegen. Sie haben einen schlimmen Sturm heraufbeschworen und es Blut regnen lassen, sodass die Fir Bolg für drei Tage und drei Nächte nichts sehen konnten.«

Colleen schaute sich um, um sich zu vergewissern, dass die grauen Männern genug Abstand hielten und uns nicht hören konnten. In leiserem Ton fuhr sie fort: »Die drei Schwestern sind Seher. Aber was sie sehen, ist der Tod. Deshalb waren sie oft dort anwesend, wo es Gemetzel gab. Blutbad. Schlachten. Aber es geht nicht um Krieg, sondern um den Tod.«

»Wieso weißt du so viel darüber?«, fragte ich die kleine Fee. »Dylan kennt sich mit den adligen Sidhe anscheinend nicht besonders aus.«

»Dylan arbeitet ja auch nicht in Morrigans Palast. Ich weiß einiges«, meinte Colleen mit einem spitzbübischen Lächeln. »Hast du schon vergessen, dass ich die Gabe besitze, praktisch lautlos und unsichtbar zu sein? Wir Dienstmädchen bekommen mehr Gespräche mit, als den Adligen bewusst ist.«

Ich musste schmunzeln. Hatte ich es mir doch gedacht, dass Colleen es faustdick hinter den Ohren hatte, wenn sie erst einmal ihre Schüchternheit ablegte.

»Aber das meiste von dem, was ich gerade erzählt habe, kennt jeder, denn es ist Teil unserer Geschichte. Außer vielleicht das mit den Todesprophezeiungen. Das habe ich im Palast gehört. Dafür kennt Dylan sich richtig in deiner modernen Welt aus«, sagte Colleen schwärmerisch. »Weil er ein *Dealan* ist, darf er da jederzeit hin. Ich kenne diese Welt nicht. Nur die alte, aus den Sagen der Túatha Dé Danann.«

»Dafür weißt du ganz viel über die Königin und ihre Schwestern«, versuchte ich sie aufzumuntern.

»Ja, unter den Dienstboten wird auch viel getuschelt. Über Badb zum Beispiel. Die Königin redet nicht über sie und sie ist schon ganz lange nicht mehr in der Anderswelt gewesen. Sie ist die älteste Schwester und es heißt, dass sie alt und furchtbar hässlich sei.«

Wir waren mittlerweile am Ufer eines Sees angelangt. Es war wunderschön. Wir blieben stehen, um den Anblick zu genießen. Die grünen Tannen spiegelten sich auf der glasklaren, stillen Oberfläche des Sees. Das vergilbte hohe Gras am anderen Ufer sah im Licht der Sonne fast orangerot aus. Im Hintergrund ragte einer der Twelve Bens hoch empor. Ein großer Schwarm Vögel zog über unsere Köpfe hinweg.

Claire Brennan hatte mir erzählt, dass Druiden anhand von Flugformationen die Zukunft vorhersagten. Ich hätte sehr gerne gewusst, was für eine Zukunft mir diese Vögel prophezeiten. Ob sie mit Mog Ruiths Prophezeiung übereinstimmte, die mir immer noch rätselhaft war? Ich fröstelte und zog den Umhang enger um mich. Die Anderswelt war so mit Magie und Mythos durchzogen, dass auch ich langsam anfing, an Schicksal zu glauben. Ich sollte mich nicht zu sehr davon einwickeln lassen. Ironischerweise schienen die Vögel mir zuzustimmen, denn einer von ihnen löste sich vom Schwarm, flog zu uns herunter und setzte sich auf einen Busch, nicht weit von uns entfernt. Es war eine Nebelkrähe; grau, mit schwarzen Flügeln und schwarzem Kopf. Das erinnerte mich an etwas anderes.

Ich wandte mich Colleen zu, die selber in Gedanken versunken den See betrachtete. »In der irischen Mythologie erscheint Badb auf Erden in der Gestalt einer Aaskrähe. Man findet sie besonders häufig auf Schlachtfeldern. Im Volksglauben kündigt die Krähe den Tod an.«

Colleen nickte. »Das habe ich auch schon gehört.« Sie sah sich um, als ob sie sich vergewissern wollte, dass uns niemand hörte. Dann flüsterte sie aufgeregt: »Man sagt, sie pflückt die Seelen der Menschen, die dort gestorben sind.« Dann lachte nervös. »Unheimlich, was?«

Ich zog die Augenbrauen zusammen. »So eine Art Sensenmann?« Colleen sah mich nur fragend an. Natürlich, das war ihr kein Begriff. »Egal, es hört sich auf jeden Fall eklig an. Erzähl weiter, was die Badb so macht.«

Colleen zuckte mit den Schultern. »Keine Ahnung. Es weiß keiner so genau, warum sie nie mehr in die Anderswelt kommt.«

Während wir am Ufer des Sees entlanggingen, erklärte mir Colleen, was seit den Geschehnissen passiert war, von denen auch in unseren Mythen berichtet wurde.

»Nachdem unsere Vorfahren, die Túatha Dé Danann, sich ganz in die Anderswelt zurückziehen mussten, wurden wir die Sidhe. In der Menschenwelt änderte sich vieles und Morrigan, Macha und Badb mussten sich auch hier mit neuen Rollen abfinden. Es heißt, das Orakel der Danu hat Morrigan zur Königin bestimmt. Dagda und mehrere weise Druiden sind zusammengekommen, um das Orakel zu befragen. Und die Menschenwelt wurde in Machas Obhut gegeben. Sie sorgt dort für Recht und Ordnung.«

Was auch immer das heißen soll, fragte ich mich im Stillen. Es hörte sich so an, als ob Colleen das auswendig gelernt hatte. Ich wusste mittlerweile, dass es nicht in der Natur der Sidhe lag, infrage zu stellen, was ihnen erklärt wurde. Deshalb fragte ich sie auch jetzt nicht, warum sich die Sidhe das Recht herausnahmen, überhaupt in unserer Welt die Ordnung zu schaffen, die sie für richtig hielten. Vielleicht würde es einmal eine Gelegenheit geben, so etwas mit Colleen zu diskutieren. Jetzt ließ ich sie einfach weiterreden, denn ich brannte natürlich darauf, so viel wie möglich zu erfahren.

»Hmm«, überlegte Colleen und kräuselte die Stirn. »Wenn Morrigan hier regiert und Macha auf Erden, vielleicht ist Badb dann im Tír na nÓg.«

»Ich dachte, Tír na nÓg wäre so etwas wie die Anderswelt. Zumindest wird das bei uns häufig so verstanden. Dass es ein anderer Name für die Anderswelt ist.«

Colleen schüttelte den Kopf. »Nein, Tír na nÓg ist die dritte Welt, in die Menschenseelen nach dem Tod kommen. Ins Tír na nÓg können auch wir Sidhe normalerweise nicht hin. Außer Morrigan natürlich. Badb doch vielleicht auch. Und dort halten sich auch unsere Ahnen auf. Die verstorbenen Túatha Dé Danann aus alten Zeiten.«

»Menschenseelen kommen dorthin?«, hakte ich nach. »Dann ist es so etwas wie der Himmel?«

Colleen schaute nach oben, wo der sich jetzt rosafarbene Himmel zwischen den Baumspitzen aufblitzte. »Ach so«, meinte sie und schüttelte den Kopf. »Ich habe gelernt, dass ihr Himmel sagt zu einem Jenseits, einem Leben nach dem Tod.« Ich nickte. »Dann, ja, wie der Himmel.«

Das brachte mich ins Grübeln. Wenn Menschen nach dem Tod ins Tír na nÓg kamen, sollte dann nicht auch Ciaras Seele dorthin? Ich hielt an Ciaras menschlicher Essenz schließlich fest, weil ich es nicht für richtig hielt, dass Morrigan sie bekam. Hätte man mir früher die Gelegenheit dazu gegeben, ihre Seele zuzusagen abzugeben und nur noch Alice zu sein, hätte ich das ohne zu zögern getan. Aber mittlerweile wollte ich das Richtige für Ciara tun. Zwar hatte ich es mir nicht ausgesucht, aber jetzt war sie Teil von mir und ich fühlte mich verantwortlich. Dylan hatte gedacht, er würde Ciara eine zweite Chance auf ein erfülltes Leben in mir geben. Jetzt glaubte ich zu verstehen, was diese Chance in Wirklichkeit war. Eine Chance für ihre Seele, nach Tír na nÓg zu kommen. Natürlich musste ich noch mehr über diese Badb herausfinden, aber es hörte sich so an, als ob sie mir dabei helfen könnte.

»Sollen wir zurückgehen?«, unterbrach Colleen meine Gedanken.

Ich hätte noch Stunden weiter hier spazieren gehen und mich mit Colleen unterhalten können, aber es war wohl an der Zeit. Ich wollte auf jeden Fall verhindern, dass mir Morrigan dieses wundervolle Privileg wieder entziehen würde.

Wir machten kehrt und gingen an den Männern in Grau vorbei, die Colleen fragend anschauten. Sie deutete ihnen an, dass wir uns auf den Weg zurück in den Palast machten und die Männer folgten uns. Als ich mich nach ein paar Schritten umdrehte, um mich zu vergewissern, dass sie wieder außer Hörweite waren, erinnerte mich der Schwarm Wachen an die Vögel, die über unsere Köpfe hinweggezogen waren. Sie alle hatten schwarzes Haar – wie die kapuzenartige Federfärbung der Vögel. Ich hätte wahrscheinlich schmunzeln müssen, wenn es nicht ein wenig unheimlich gewesen wäre.

»Sag mal, diese Wachen sind wirklich komisch. Als ob die keinen eigenen Willen haben. Sie reden nie, verziehen keine Miene und folgen einfach Anweisungen. Und sehen auch irgendwie alle gleich aus. Wie Roboter.«

Den Ausdruck kannte Colleen nicht und ich erklärte ihr, was bei uns künstliche Intelligenz war. Sie staunte. Dann erklärte sie:

»Sie gehören zu Morrigans Leibgarde. Wie ich sind sie von klein auf zu ihrer Berufung erzogen worden.« Colleen legte an Tempo zu, wohl, um sich noch etwas weiter von den grauen Männern zu entfernen. Dann hakte sie sich wieder bei mir ein und kam ganz nah, damit ich ihre geflüsterten Worte verstehen konnte. »Ich verrate dir ein Geheimnis. Sie haben ganz besondere magische Fähigkeiten. Wenn sie einen anfassen, dann ist man wie betäubt und kann sich nicht mehr wehren. Und sie können rennen wie der Blitz.«

Das eine hatte ich schon bei meinem Fußmarsch vom Käfig zum Palast erlebt. Das andere wusste ich noch nicht, aber ich hatte mir schon gedacht, dass sie mich sofort einholen würden, wenn ich weglaufe. Beim Waldspaziergang abzuhauen, schied also schon mal als Fluchtplan aus.

»Aber noch was«, fuhr Colleen in verschwörerischem Ton fort. »Sie können sich verdoppeln.«

Ich schaute Colleen skeptisch an. Sie nickte vehement. »Doch! Der Doppelgänger kann nichts machen, er ist wie ein Geist. Aber es macht mehr Eindruck, wenn ganz viele von denen auftauchen. In Wirklichkeit sind das nur ein halbes Dutzend Männer, die du hinter uns siehst.«

Ich drehte mich um. Definitiv eher unheimlich als komisch, dachte ich mir.

Als wir weitergingen, kam mir ein Bild in den Kopf, das die dreifaltige Göttin darstellte, die in unserer Welt oft auch einfach die Morrigan genannt wurde. Ich hatte es in einem Textbuch über Druiden gesehen. Die Zeichnung zeigte die drei Frauen auf einem Schlachtfeld, in den drei menschlichen Gestalten, in denen sie sich meist zeigten. Nun konnte ich sie den drei Schwestern zuordnen. Ich erzählte Colleen davon: »Morrigan ist das schöne junge Mädchen, Macha ist die Mutter und Badb eine hässliche Greisin«, endete ich.

»Das passt«, meinte Colleen.

»Hmm. Allerdings muss ich sagen, dass Maggie mit ihren eisblauen Augen und der kühlen Art überhaupt nichts Mütterliches an sich hat.«

»Wie stellst du dir denn sonst eine Mutter vor?«

Ich musste an meine eigene Mutter denken und mein Herz schmerzte. »Na ja, warm eben. Fürsorglich. Liebevoll.«

»Vielleicht sind bei euch Mütter so. Bei uns ist Mutter mit Fruchtbarkeit verbunden. Mütter geben neues Leben. Und das Leben müssen sie beschützen, bis es selber für sich sorgen kann. Dann haben sie ihre Aufgabe erfüllt.«

Auch das hörte sich wieder auswendig gelernt an. Aber vielleicht half es Colleen, es so nüchtern und sachlich zu betrachten. Ich musste daran denken, dass sie ihre eigene Mutter schon lange nicht mehr gesehen hatte. Familie hatte hier anscheinend einen anderen Stellenwert als bei uns. Wie alt sie wohl war, als ihre Mutter sie abgegeben hatte? Ich konnte mir einfach nicht vorstellen, dass sie ihre Mutter nicht vermisste und sich nicht nach ihr sehnte. Ich traute mich nicht zu fragen.

»Hier bei uns ist Fruchtbarkeit ganz wichtig. Wie du weißt, können wir ewig leben und auch wenn wir irgendwann freiwillig sterben, dann leben wir immer noch viel länger als Menschen. Aber es werden nicht so viele neuen Sidhe geboren.«

Colleen hob einen Ast an, der tief über dem Weg hing. Wir waren wieder bei der zugewachsenen Stelle des Pfades angekommen. Weit konnte es zum Palast nicht mehr sein.

»Hast du Brüder und Schwestern?«, wagte ich zu fragen.

»Ich habe einen älteren Bruder, soviel ich weiß«, antwortete Colleen unbekümmert. »Von jüngeren Geschwistern weiß ich nichts. Aber dieser Bruder ist viele Jahre älter als ich. Ich bin erst hundertsiebzig.«

»Wann hast du deine Eltern verlassen müssen?«, tastete ich mich weiter vor.

»Ich war ungefähr vierzig. Das ist bei jedem Sidhe-Kind so, das nicht die gleiche Berufung hat wie die Eltern. Man lebt mehrere Jahre in einer Schule, wo man lernt, seine magischen Kräfte zu entwickeln. Dann bekommt man einen Paten zugeteilt, der einen anlernt. Meine Patin arbeitet auch hier im Palast. Ich habe sie sehr gern«, lächelte Colleen. Ihre bernsteinfarbenen Augen glänzten.

»Und deine eigene Mutter? Erinnerst du dich an sie?«

»Ja. Sie war auch ganz lieb. Ich glaube, sie hat geweint, als ich weg musste.« Colleen richtete den Blick auf den Boden und schwieg einen Moment. Dann sagte sie wieder in dem Auswendiggelernt-Ton: »Der Name Macha bedeutet Ebene; sie ist der Boden, die fruchtbaren Felder. Als Göttin sorgte sie für das Leben in eurer Welt. Du hast gesagt, in euren Geschichten werden Morrigan und ihre Schwestern mit Krieg, mit Tod in Verbindung gebracht. Aber unsere Königin bewahrt das Geheimnis von *Leben* und Tod. Vielleicht hat *das* mit Macha zu tun: Fruchtbarkeit, Leben. Wie bei einer Mutter.«

Ich fand immer noch, dass dieses Bild überhaupt nicht zu Maggie passte, aber ich sagte nichts mehr dazu. Wir waren schon dabei, die Wiese hinter dem Palast zu überqueren. Es blieb mir nicht mehr genug Zeit, Colleen davon zu überzeugen, wie schrecklich Maggie war. Ich hatte ihr noch nicht davon erzählt, wie sie mich entführt hatte und auch nicht, wie sie Ciara in den Selbstmord getrieben hatte. Das musste ich unbedingt bei der nächsten Gelegenheit nachholen.

Wenn man vom Teufel sprach: Kaum hatten wir den Palast betreten, stellte sich uns Maggie in den Weg. Colleen zog sofort den Kopf ein und huschte davon, als Maggie ihr befahl, sich wieder an die Arbeit zu machen. Ich blieb unschlüssig stehen. Eigentlich hätte ich nichts lieber gemacht, als auf mein Zimmer zu gehen, um über all die neuen Informationen nachzudenken, die ich gerade bekommen hatte. Maggie winkte einen der grauen Männer herüber, der ihr etwas ins Ohr flüsterte. Anscheinend konnten die Wachen wohl doch reden.

Maggie nickte stumm und machte eine Handbewegung, woraufhin die Hälfte der grauen Männer verschwand. Und damit meine ich, dass sie wortwörtlich verschwanden. Sie lösten sich in Luft auf. Also hatte Colleen recht gehabt. Aber wenn es ein Geheimnis war, wieso vollführten sie diesen magischen Trick hier auf einmal direkt vor mir? Mir schwante nicht Gutes.

»Alice«, sagte Maggie jetzt in ihrem typischen, unterkühlten Ton. »Folge mir, ich habe mir dir zu reden.«

Ich musste schlucken. Mist. Hatten die Wachen unsere Unterhaltung mit angehört? Mit mulmigem Gefühl im Bauch folgte ich Maggie in den Eichensaal.

kapitel zwölf
dylan

Dylan wusste, dass es Zeit war, zurückzukehren. Er konnte es spüren, gleich einem Sog. Doch er kämpfte dagegen an. Er konnte sich nicht lösen. Noch nicht.

Aus irgendeinem Grund, den er noch nicht ganz verstanden hatte, war seine Ciara, sein zartes, unschuldiges Menschenmädchen, die Königin der Sidhe. So viel hatte er begriffen: Das schöne Mädchen mit den langen schwarzen Locken und den grauen Augen, dessen Anblick ihm jedes Mal das Herz brach, war Morrigan. Sie verhielt sich überhaupt nicht wie die Ciara, in die er sich verliebt hatte. Trotzdem schmerzte es ihn, wann immer sie den Eichensaal verließ, und Glück brach in Wellen über ihn herein, wenn sie wiederkam. Ja, jede einzelne Zelle seines Körpers war von anderen abgetrennt und zu Efeuranken transformiert worden, und er hatte keinerlei Körperempfinden mehr. Doch er könnte schwören, dass er einen süßen, quälenden Schmerz in der Brust fühlte, wenn er Morrigan sah. Dass es ihm kalt den Rücken herunterlief, wenn sie redete und so anders klang als Ciara. Dass ihre anmutigen Bewegungen bei ihm am ganzen Körper Gänsehaut verursachten, wenn er gleichzeitig daran dachte, wie Ciaras leblose Gestalt in seinen Armen gelegen hatte.

Zuerst hatte er angenommen, dass man Ciara irgendwie aus Alice herausgeholt hatte. Er wusste nicht, wie so etwas möglich war. Aber Morrigan musste eine sehr mächtige Druidin sein. Wenn er schon die Fähigkeit hatte, eine Seele in ein Menschenkind zu transferieren, dann konnte es sehr gut sein, dass die Phantomkönigin die Magie hatte, sie da wieder herauszuholen. Obwohl er keine logische Erklärung dafür hatte finden konnte, wie Ciaras Körper dadurch ebenfalls auferstanden war, hatte er lange an dieser Idee festgehalten.

Bis das Mädchen, das aussah wie Ciara, gesprochen hatte. Es war Ciaras Stimme, aber es waren nicht ihre Worte. Es war nicht Ciara, die aus ihr sprach. Die Enttäuschung hatte ihn wie eine Faust in die Magengrube getroffen. Und die Erkenntnis, wie sehr er sich gewünscht hatte, dass es wirklich seine Ciara war, schmerzte sogar noch mehr, weil er sich fühlte, als ob er Alice mit diesem Wunsch betrügen würde.

Auch wenn ihm seitdem die offenkundigste Erklärung einleuchtete – Morrigan musste einen Gestaltenzauber angewandt haben – hatte sich sein Herz bislang noch nicht von seinem Verstand überzeugen lassen. Es kostete ihn größte Mühe, überhaupt zuzuhören, wenn Morrigan sich mit Maggie oder anderen königlichen Beratern und Angestellten im Eichensaal unterhielt, so sehr war er hypnotisiert von ihrem Anblick. Denn es war ihm schließlich nicht möglich, seinen Blick abzuwenden, weil er unweigerlich *alles* sah, was um den Baum herum geschah.

Doch vor einigen Tagen – Stunden? Minuten? – hatte ihn eine Bemerkung wie wachgerüttelt. Während einer Unterhaltung zwischen Morrigan und Maggie war Alices Name gefallen. Alice! Sie hatten von ihr geredet, als ob sie noch am Leben wäre. Es hatte all seine Konzentration erfordert, aber er hatte zugehört:

»Ich glaube, es ist langsam an der Zeit, deine Strategie zu ändern, Schwesterchen«, sagte Maggie. »Du hast sie bislang in dem Glauben gelassen, du würdest ihr sagen, warum du Ciaras Seele brauchst. Aber wir wissen beide, dass du es ihr nie sagen wirst. Du darfst es ihr nicht sagen. Die Zermürbungstaktik scheint nicht zu funktionieren. Alice ist störrisch. Wenn sie sagt, sie gibt Ciara nur freiwillig auf, nachdem sie die Wahrheit erfahren hat, dann lässt sie sich auch nicht von dir von diesem Entschluss abbringen. Und ich habe langsam die Befürchtung, dass du dich verrennst und ihr zu viele kleine unbedeutende Details erzählst, die sie glauben machen sollen, du würdest ihr letztendlich das große Geheimnis verraten.«

»Du müsstest mich eigentlich nach all den vielen, vielen Jahren gut genug kennen, Macha«, antwortete Morrigan mit eisiger Stimme. »Ich glaube langsam, du hast zu viel Zeit in der Menschenwelt verbracht. Du bist sehr von ihnen überzeugt, traust ihnen zu viel zu.«

»Ich meine nur, dass du sie nicht unterschätzen sollst. Meine Kenntnisse von den Menschen können dir doch nur zugutekommen. Es ist ein Fehler, alle Menschen in den gleichen Topf zu werfen. Es gibt einen Grund dafür, dass sie es geschafft hat, sich mit zwei Seelen zu arrangieren und dabei nicht den Verstand verloren hat. Alice ist …«

»Genug!«, schnitt Morrigan ihr das Wort ab. »Du vergisst dich, Schwester. Ich weiß am besten, wie ich mit diesem Menschenkind umzugehen habe. Ich bin die Königin, schon vergessen?« Sie ging auf die Eiche zu und streichelte liebevoll mit den Fingern über den Stamm. Ihre Stimme nahm einen völlig anderen, zärtlichen Ton an: »Lass uns nicht streiten, Maggie. Lass uns auf das Wissen der Eiche vertrauen.«

Auch Maggie trat an die Eiche heran. »Die Eiche sagt dir, dass du diese Taktik anwenden sollst?«, fragte sie nun deutlich unsicherer.

Morrigan lachte Ciaras wundervolles, helles Lachen. Dylans Herz machte einen Sprung. »Nein, natürlich nicht. Aber die Eiche gibt mir unmissverständlich zu verstehen, dass ich die Menschenseele brauche. Ich muss sie bekommen, egal um welchen Preis. Sonst ist es vorbei, Maggie.« Er hätte schwören können, dass ein Hauch von Traurigkeit in ihrer Stimme mitschwang.

»Und wenn wir es noch einmal neu versuchen? Es gibt noch andere Mädchen, die demnächst geboren werden …«

Morrigan schüttelte den Kopf. »Ich kann keine zwanzig Jahre warten. Ich kann noch nicht einmal fünf Jahre, fünf Monate warten. Dann ist es zu spät. Nein, ich *muss* Alice dazu bringen, Ciaras Seele freiwillig aufzugeben. Ich muss es einfach schaffen.«

Maggie schaute am Baum hoch. »Wenn uns doch die Eiche bloß einen Weg aufzeigen …« Plötzlich hielt sie inne. »Was ist das, Morrigan?«

Morrigan blickte ebenfalls nach oben. »Was meinst du?«

»Das. Da oben. Das ist doch … Efeu. Morrigan, wieso wachsen Efeuranken an der heiligen Eiche?« Entsetzt schaute Maggie ihre Schwester an.

Morrigan zuckte mit den Schultern. »Ach so. Ja, die wachsen neuerdings dort. Die Eiche hat mir noch nicht verraten, wieso, aber sie lässt es zu.«

»Wie kannst du so ruhig sein? Warum hast du mir davon noch nichts gesagt?« Dylan hatte Maggie noch nie derart die Fassung verlieren sehen.

»Weil sich mir die Bedeutung noch nicht erschlossen hat. Das wird sie aber, wenn die Zeit dafür reif ist. Es gibt überhaupt keinen Grund, sich so aufzuregen«, beruhigte Morrigan sie.

Maggie ging unruhig um den Baum herum. »Ich habe es mir doch gedacht, dass irgendwas nicht stimmt. Alice kommt hier in den Palast, du lässt dich auf diesen nutzlosen Handel mit ihr ein, und dann rankt sich auf einmal Efeu an der Eiche? Das kann doch nur mit ihr zu tun haben. Wahrscheinlich ist sie dafür verantwortlich. Aber es ist noch nicht zu spät.« Sie blieb stehen. »Morrigan, du musst ihr etwas anderes anbieten. Es muss etwas anderes geben, das sie will, so sehr will, dass sie Ciara dafür aufgibt. Es gibt immer so etwas. Wir haben es nur noch nicht gefunden.« Ihre Verzweiflung wurde immer offensichtlicher, als sie merkte, dass Morrigan völlig unbeeindruckt blieb. »Lass uns nachdenken. Wie wäre es, wenn wir ihre Eltern herbringen, und drohen, sie vor ihren Augen umzubringen, wenn sie Ciara nicht freiwillig aufgibt. Oder Dylan?«

Morrigan musterte Maggie mit fast amüsiertem Blick. »Die Idee ist nicht schlecht. Wieso gehst du morgen nicht in die Menschenwelt und arrangierst so etwas? Es ist immer gut, einen Ersatzplan zu haben.«

Maggie schien erleichtert. »Ich bin froh, dass du einsiehst ...«

»Ich sehe gar nichts ein«, meinte Morrigan mit schneidender Stimme. »Ich bin auf dem richtigen Weg. Ciara kommt zu mir. Ich kann sie spüren. Wie ihre Seele in Alice mit Lebenskraft pulsiert. Jeden Tag ein bisschen mehr. Es wird nicht mehr lange dauern. Dann wird sie mein sein.«

Diese Unterhaltung hatte Dylan genau das gegeben, weswegen er diese Tortur auf sich nahm. Das Ritual der Efeuranken hatte Früchte getragen. Er kannte die Hintergründe nicht, wusste aber, dass Morrigan Ciaras menschliche Essenz wollte. Und dass Alice diese freiwillig aufgeben musste. Langsam reifte in ihm ein Plan. Er war sich vollends bewusst, was er tun musste, um Alice zu retten. Um ihre Eltern zu retten. Um zu verhindern, dass noch mehr Unschuldige ins Verderben gezogen würden. Es gab keinen Grund mehr, im Zustand der Efeuranken zu verharren.

Im Gegenteil, er merkte, wie Avalynn alle nötigen Anstrengungen unternahm, ihn zurückzuholen. Die Gefahr wurde immer größer, dass er niemals wieder seine körperliche Form zurückbekommen würde. Er musste loslassen. Aber er konnte nicht. Es schien, als ob seine Heftwurzeln sich noch verzweifelter an den Ast der Eiche krallten, wenn er Ciaras liebliches Gesicht sah. Perfekte Symmetrie umrahmt von den seidigsten Locken. Sie war ... *zu schön.*

In der Menschenwelt hatte Avalynn Claire Brennan zur Eiche geholt. Ihre besorgten Gesichter verrieten ihm, wie es um ihn stand. Avalynn hatte dunkle Schatten unter den Augen. Wer wusste, wie viele Tage und Nächte sie schon Zaubersprüche sprach, seine Blätter mit Kräutersud benetzte und von unten mit Feuern beräucherte. Eines Tages standen Dutzende Frauen um die Eiche herum, alle in weiße Gewänder gekleidet. Sie alle unterstützten Avalynn und Claire bei dem Ritual. Über ihm färbte sich der Himmel langsam rot und unter ihm züngelten die rotorangen Flammen der rituellen Feuer. Die Frauen tanzten und sangen um die Eiche herum. Es wäre ein beeindruckendes Spektakel gewesen, wenn er nicht auf das Geschehen in der Anderswelt konzentriert gewesen wäre.

Denn auf einmal war sie im Eichensaal. Alice. Morrigan in Ciaras Gestalt hatte ihn fast vergessen lassen, was er für Alice empfand. Die Versprechen, die er gegeben hatte. Die festen Absichten, die er gehabt hatte. Alles kam mit einem Mal zu ihm zurück, als er Alice sah. Es waren nicht Schönheit und Perfektion, die ihn ergriffen, sondern Entschlossenheit, Integrität und Gutherzigkeit, die er in ihren blaugrünen Augen wiedererkannte. Erstaunt schaute sie mit einem Fernglas zu ihm hoch und sah ihn in seiner Efeuform. Er wollte Alice retten und das würde er auch tun. Aber jetzt, in diesem Augenblick, da rettete Alice ihn.

Der Rauch wurde dichter, bis er ihn völlig einschloss. Die Stimmen der Frauen wurden immer lauter. Unerträgliche Schmerzen – schlimmer noch als bei der Verwandlung in die Efeuranken – ließen ihn aufschreien. Als die Frauen unter ihm verstummten, weil sie seine Schmerzensschreie vernahmen, hatte er seinen Körper wieder. Die Ranken lösten sich und er fiel vom Baum. Die Frauen fingen ihn mit einem weißen Laken auf. Dann schwand sein Bewusstsein.

**

Dylan schluckte das Stück Braten beinahe ohne zu kauen herunter. Schnell spießte er eine Kartoffel auf seine Gabel auf und schob sie in den Mund, ohne zwischendurch Luft zu holen.

Vera beobachtete ihn fasziniert. »Bist du sicher, dass du schon so viel auf einmal essen solltest? Kann dein Magen das überhaupt aushalten, nachdem du so lange nichts zu dir genommen hast?«

»Mir geht es gut«, murmelte Dylan mit vollem Mund.

»Du hättest sehen sollen, was der schon alles auf der Fahrt hierher in sich reingestopft hat«, meinte Claire ebenfalls ungläubig.

»Das ist ein gutes Zeichen«, beruhigte Avalynn die beiden. »Schaut euch ihn doch mal an. Er ist völlig abgemagert. Dass er so viel essen will, zeugt nur davon, dass es ihm gut geht. Wenn er es nicht vertragen würde, dann hätte er sich schon längst übergeben.«

Sie saßen in der Küche der O'Tools versammelt. Obwohl er sich kurz nach der Rückverwandlung kaum auf den Beinen hatte halten können, hatte Dylan darauf bestanden, dass sie sofort nach Dublin fuhren. Er ließ gerade noch zu, dass sie ihre Sachen aus dem Cottage holen und ihn dort waschen und ankleiden durften. Bislang hatte er auch noch nicht verraten, was dieser neue Plan war, der unverzüglich umgesetzt werden musste.

Mittlerweile war es nach Mitternacht. Der Professor war zu dem Hotel gefahren, in dem Frank Lohmann sich ein Zimmer genommen hatte. Dylan hatte darum gebeten, dass man ihn sofort zu den O'Tools brachte. Alle sollten anwesend sein, wenn er ihnen von seinem Vorhaben erzählte.

Bridget hatte Dylan verschlafen begrüßt, war aber wieder auf ihr Zimmer gegangen, mit der Begründung, dass sie sich anziehen wollte. Bislang war sie noch nicht in die Küche gekommen. Jetzt kamen der Professor und Alices Vater zurück. Frank Lohmann begrüßte Dylan angespannt. Als Dylan seinen Teller leer gegessen hatte, schaute er in die Runde.

»Was ist mit Bridget?«, fragte er mit gerunzelter Stirn. »Ich hätte gedacht, sie würde mich sofort löchern wollen.«

Vera und der Professor sahen sich besorgt an. »Es scheint ihr sehr schlecht zu gehen, seit der Nacht, in der ihr Claire aus O'Cadhlas und Philomenas Haus gerettet habt«, meinte Vera unglücklich. »Als sie von dem Treffen mit O'Cadhla zurückkam, hat sie nur noch geheult und war völlig durcheinander. Es war bestimmt eine sehr unangenehme Erfahrung, aber es ist ja dadurch nichts Schlimmes passiert. Dylan konnte Claire trotzdem aus dem Haus holen, den Spuren nachgehen und jetzt hoffentlich Alice retten.«

»Genau wie du gesagt hast, Dylan«, übernahm der Professor das Wort, »normalerweise würde Bridget hier jetzt ungeduldig in der Küche sitzen und dir an den Lippen hängen, um zu erfahren, was dein großer Plan ist, um ihre beste Freundin wieder nach Hause zu holen. Die Bridget, die wir kennen. Aber sie ist …« Der Prof brach ab.

»… wie ausgewechselt«, beendete Vera seinen Gedanken. »Wir wissen nicht, was mit ihr los ist. Vielleicht war das alles zu viel für sie. Sie ist nicht mehr so ein Wirbelwind wie früher. Sie ist regelrecht apathisch. Ich erkenne meine eigene Tochter nicht wieder.« Vera hatte Tränen in den Augen.

Frank Lohmann räusperte sich. »Vera, Seamus und ich haben uns schon viel darüber unterhalten und es erinnert mich sehr an Alices Verhalten nach dem Koma.«

»Aber …« Dylan schüttelte den Kopf. »Nein, ich kann mir beim besten Willen nicht vorstellen, dass wir es hier mit derselben Ursache zu tun haben. Es muss einen anderen Grund geben. Vielleicht wird sie sich besser fühlen, wenn ich ihr sage, dass ich Alice retten werde.«

»Wer wird sich besser fühlen?«

Bridget stand auf einmal in der Küche.

Einen Moment lang herrschte betretenes Schweigen.

»Na, du«, antwortete Dylan schließlich.

Bridget zog die Augenbrauen hoch. »Ich bin ganz Ohr.«

Dylan erzählte von dem Efeuranken-Ritual und was er mit angehört hatte. »Ihr werdet einiges davon nicht verstehen und ich werde es euch auch nicht erklären. Ihr müsst nur eins wissen: Es ist möglich, dass Alice wieder nach Hause kommen kann. Und zwar nur als Alice. Dafür muss sie Ciaras Seele nur freiwillig abgeben.«

Alices Vater legte die Stirn in Falten. »Aber wenn es so einfach ist, warum tut sie es dann nicht?«

Dylan schüttelte unwirsch den Kopf. »Aus verschiedenen Gründen. Aber das Wichtige ist: Maggie und Morrigan suchen verzweifelt nach einem Schlüssel. Wie können sie Alice dazu bewegen, Ciaras menschliche Essenz freiwillig abzugeben? Ich glaube, ich bin dieser Schlüssel. Ich kann sie davon überzeugen. Aber wir müssen uns beeilen, bevor sie andere Maßnahmen ergreifen. Wie die Menschen, die Alice liebt, vor ihren Augen abzuschlachten.« Dylan schaute Frank Lohmann an. Der nickte.

»Deshalb wolltest du auch, dass ich sofort hierherkomme.« Plötzlich sprang er erschrocken auf. »Was ist mit Anne? Ist meine Frau in Gefahr?«

»Maggie wollte morgen in die Menschenwelt kommen. Ich glaube, zu diesem Zweck. Und ich muss sie abfangen, bevor sie so etwas unternimmt. Wenn ich sie davon überzeugen kann, dass ich alles bin, was sie brauchen, dann wird sie euch alle hoffentlich in Ruhe lassen.«

Avalynn musterte Dylan. »Aber wie willst du das machen? Wie willst du sie rechtzeitig abfangen?«

»Ganz einfach. Ich muss mich denjenigen stellen, vor denen wir bislang weggelaufen sind. Diejenigen, die in Kontakt mit Maggie stehen und die auch ein persönliches Interesse daran haben, Maggie den Schlüssel zu präsentieren.«

Die Angst in Claire Brennans Augen war nicht zu übersehen. »O Gott. Bitte sag mir nicht …«

»Doch«, nickte Dylan. »Padraig O'Cadhla und Philomena Few.«

kapitel dreizehn
alice

»Es ist ein gefährliches Spiel, das ihr beide spielt«, sagte Maggie zu mir, als wir im Eichensaal standen. Weder Morrigan noch Dienstpersonal oder Wachen waren anwesend. Wir waren ganz allein. Mir wurde immer mulmiger. Ich beschloss, erst mal dumm zu tun.

»Colleen und ich haben doch nur geschwätzt, um uns die Zeit zu vertreiben. Ich bin neugierig und mich interessiert die Geschichte der Sidhe. Vielleicht verleite ich Colleen manchmal dazu, etwa viel zu verraten, aber das ist bestimmt nicht ihre Schuld. Sie ist nur ein junges Mädchen …«

»Colleen?«, unterbrach mich Maggie mit hochgezogenen Augenbrauen. »Meinst du die *Cailín*, die dir als Zofe zugeteilt ist? Ihr könnt euch unterhalten, über was ihr wollt«, meinte sie mit einer wegwerfenden Handbewegung. »Das Mädchen ist unbedeutend und ahnungslos.«

Nicht ganz so ahnungslos, wie ihr glaubt, dachte ich. Ich war aber natürlich erleichtert, dass Colleen als völlig gefahrlos eingestuft wurde. Selbstverständlich wollte ich nicht, dass sie meinetwegen in Schwierigkeiten geriet.

»Ich rede von Morrigan, du Dummerchen.«

Ich zuckte mit den Schultern. »Wie ich schon gesagt habe, ich kann Ciara nicht aufgeben, ohne zu wissen, was Morrigan mit ihr vorhat. Glaub mir, das ist für mich kein Spiel. Ich handle, wie ich handeln muss und Morrigan lässt mir keine große Wahl.«

Maggie drehte mir den Rücken zu und ging ein paar Schritte auf eine große Kommode zu. Sie kramte in einer Schublade herum, während sie weiterredete. »Es ist ein Spiel, weil ihr beide nur blufft. Keiner von euch wird das geben, was ihr euch versprochen habt. Morrigan bleibt nichts anderes übrig. Sie darf ihr Geheimnis nicht verraten. Und sie bewegt sich auf dünnem Eis mit den Informationen, die sie dir schon gegeben hat. Und du – mir kannst du so viel Sand in die Augen streuen, wie du willst, ich kann trotzdem noch klar sehen, was du tust.«

Was suchte sie bloß in der Schublade? Ich wurde immer nervöser und schaute mich um. Wenn sie nach einer Waffe kramte und mir etwas antun wollte, dann war ich ihr hier völlig ausgeliefert.

»Du wirst Ciara nicht freiwillig aufgeben«, fuhr sie fort. »Nicht für die trivialen Dinge, die Morrigan dir angeboten hat. Ich habe dich lange beobachtet und ich kenne dich zu gut. Ich weiß, du bist mit Geld und Glückseligkeit nicht zu bestechen. Du schindest hier nur Zeit. Aber Zeit für was, das möchte ich gerne wissen.«

Plötzlich drehte sie sich um. Ich zuckte zusammen. Aber in ihrer Hand hatte Maggie keine Waffe, sondern … ich kniff die Augen zusammen. Ein Fernglas. Es sah aus wie ein altmodisches Opernglas. »Es wird niemand für dich kommen. Du wirst niemals hier ausbrechen. Worauf wartest du, Alice. Was willst du mit dieser Hinhaltetaktik erreichen?«

»Ich … ich habe keine … äh«, stammelte ich. Maggie hatte mich mit ihrer Direktheit überrumpelt. Ich war mittlerweile die schmeichlerischen Worte von Morrigan gewohnt.

»Hier.« Maggie reichte mir das Fernglas. »Komm mit.«

Wir gingen näher an die Eiche heran. Als wir direkt vor dem Stamm standen, zeigte Maggie zur Krone hoch. »Was siehst du?«

Verwirrt schaute ich durch das Opernglas. Vergrößert sah ich die Borke, die Äste, die Blätter … Ich zuckte mit den Schultern und ließ das Glas wieder sinken. »Nichts Besonderes. Den Baum.«

»Ach ja? Schau mal genauer hin.«

Wieder schaute ich durchs Fernglas. Da waren noch andere Blätter, die sich von denen der Eiche unterschieden. Ich schraubte ein wenig am Glas, um etwas auszuzoomen. Es war Efeu. Jetzt sah ich einen ganzen Ast, um den Efeuranken gewickelt waren.

Fragend schaute ich Maggie an. »Efeu?«

Sie nickte grimmig. »Ganz genau. Efeu. Seit Tausenden von Jahren steht dieser Baum dort. Und noch nie sind Efeuranken daran gewachsen. Seit du im Palast bist, wächst wie von Zauberhand Efeu auf der heiligen Eiche.« Maggies Ton wurde immer eisiger. »Willst du mir erzählen, dass du damit nichts zu tun hast?«

Ich schluckte. »Ich habe wirklich nichts damit zu tun«, sagte ich leise.

Maggie starrte mich mit ihren hellblauen Augen an. »Weißt du, was ich glaube? Dass du irgendeinen Zauber gelernt hast. Ohne dass ich es mitbekommen habe, muss dir eine Druidin etwas beigebracht haben, das du jetzt gegen uns anwendest. Wer war es, diese Dr. Brennan? Ich dachte, sie wäre viel zu unwissend, um zu so etwas fähig zu sein.«

Ich merkte, dass Maggie hier nach dem letzten Strohhalm griff, denn Dr. Brennan war schließlich keine Druidin. Diese Unerschütterlichkeit, die sie sonst an den Tag legte, schien Maggie heute etwas abhandengekommen zu sein. Irgendwas war passiert, das sie so aus dem Gleichgewicht brachte. Aber diesmal hatte es ja mit mir überhaupt nichts zu tun.

»Was ist dein geheimes Vorhaben, Alice? Hast du mich die ganze Zeit hinters Licht geführt? Hast du es etwa drauf angelegt, dich von mir hier herbringen zu lassen, damit du Zugang zum Palast bekommst, um die Eiche zu zerstören?«

Mit weitaufgerissenen Augen starrte ich Maggie an. Wovon redete sie da?

»Meine Schwester scheint in letzter Zeit etwas paranoid zu sein«, hörte ich Morrigans glockenhelle Stimme hinter mir. »Mach dir nichts draus.«

»Ich bin nicht paranoid«, meinte Maggie durch zusammengebissene Zähne. »Du unterschätzt sie, Morrigan. Du glaubst, du bist ihr überlegen, aber das stimmt nicht. Selbst Mog Ruith hat so etwas in der Richtung gesagt. Irgendetwas stimmt nicht mit ihr. Ich sag es dir, das mit dem Efeu ist nicht normal.«

Morrigan beachtete Maggie gar nicht, sondern schritt nur langsam um die Eiche herum und sagte dann zu mir. »Ich glaube, meine Schwester ist ein bisschen eifersüchtig, dass wir so gute Freunde werden.«

Maggie ballte ihre Hände zu Fäusten. »Ich bin nicht …«

»Pssst«, unterbrach Morrigan sie und hielt die Wange gegen die raue Borke des Eichenstamms. Eine Weile herrschte Stille. Dann wandte Morrigan sich uns zu und lächelte.

»Der Eiche geschieht nichts Böses. Sie ist nicht besorgt um den Efeu. Ich würde es sonst spüren.«

Maggie seufzte. Sie schien zu überlegen, ob sie weiter diskutieren wollte, entschied aber dann dagegen. »Es gibt etwas für mich in der Menschenwelt zu tun. Ich weiß noch nicht, wann ich wieder zurück bin.«

Morrigan kräuselte die Stirn. »Aber du wolltest erst morgen …«

»Ja, ich habe mich umentschieden«, fiel ihr Maggie ins Wort.

»Das Abendessen ist angerichtet. Dein Platz ist gedeckt.« Morrigan sah Maggie herausfordernd an.

»Nun, dann müsst ihr ohne mich speisen«, antwortete Maggie und verließ den Saal.

Morrigan war offensichtlich nicht besonders erfreut, dass ihre Schwester sich nicht an ihre Anweisungen hielt und ihr Lächeln wirkte aufgesetzt, als sie zu mir sagte: »Komm, Alice, es gibt wieder die Nussbratlinge, die du so gerne magst.«

Ich folgte Morrigan durch den Palast in den Speisesaal. Die Phantomkönigin sagte nichts. Anscheinend war auch sie mit den Gedanken woanders – wahrscheinlich bei dem Streit mit ihrer Schwester. Der Zwist sollte mich eigentlich freuen, aber ich kam nicht darüber hinweg, was Maggie zu mir gesagt hatte. Je mehr ich darüber nachdachte, desto empörter wurde ich.

Ich war schließlich völlig unschuldig an dem, was mit mir passiert war. Ich hatte nicht darum gebeten, dass Ciara in mir wieder-geboren wird. Es war keine Absicht von mir gewesen, in ein Koma zu fallen und mit ihren Erinnerungen aufzuwachen. Liebend gerne hätte ich auf die Bekanntschaft mit Maggie und Morrigan ver-zichtet. Und ich hatte es mir ganz sicher nicht gewünscht, auf der Abschussliste der Sidhe zu stehen und in die Anderswelt entführt zu werden. Ich war nur eine Figur in dem Spiel der Sidhe und ich wusste noch nicht einmal, was das für ein Spiel war. Zu behaup-ten, *ich* hätte das alles hier in die Wege geleitet, war einfach nur … unerhört. Ja, es war unerhört, das alles praktisch umzudrehen, die Rollen zu vertauschen.

Auch nachdem wir im Speisesaal Platz genommen hatten, ging mir dieser Gedanke nicht mehr aus dem Kopf. Selbst die lecke-ren Nussbratlinge konnten mich nicht ablenken. Das Essen der Sidhe war wirklich vorzüglich. Zumindest das, was Morrigan auf-getischt bekam, obwohl ich mir vorstellen konnte, das Sidhe niede-reren Ranges auch so aßen. Denn es waren sehr einfach zubereitete Speisen aus wenigen Zutaten. Ich kannte mich natürlich nicht be-sonders damit aus, aber es schien mir, als ob alles, was wir aßen, hier aus der Gegend kam. Es gab Wintergemüse wie lila Brokkoli und Kohl, Muscheln und Krabben, Pilze, Äpfel, viele verschiedene Nüsse und Salate aus Nesseln, Löwenzahn und anderen Kräutern und Blumen, die ich gar nicht kannte. Brot gab es fast zu jeder Mahlzeit und ab und zu auch Fleisch, das ich natürlich nicht aß. Am liebsten hatte ich ein Getränk, das aus Holunderblüten ge-macht wurde. Aber wir tranken auch manchmal Bier oder Wein zum Abendessen. Zum Frühstück gab es gewöhnlich ein Glas Zie-genmilch. Kuhmilch oder jegliche Produkte, die daraus gewonnen wurden, wie Käse oder Quark, gab es hier überhaupt nicht.

Morrigan hatte es sich zur Angewohnheit gemacht, mich beim Essen mit amüsanten Geschichten über die Sidhe zu unterhal-ten – wahrscheinlich, damit ich keine Zeit hatte, Fragen zu wirk-lich wichtigen Dingen zu stellen –, und sie hatte mir erklärt, dass es in der Anderswelt keine Milchwirtschaft gab wie in unserer Welt. Daher stammt auch der irische Volkglaube, dass man Feen Sahne oder Butter hinstellen sollte, um sie gnädig zu stimmen. Das hatten sie tatsächlich am liebsten, weil es so etwas in ihrer Welt nicht gab. Natürlich existierten mittlerweile viele industriell verarbeitete Nahrungsmittel, an die sich Sidhe, die in unsere Welt kamen, im letzten Jahrhundert gewöhnt hatten. Aber ich musste Morrigan zustimmen, dass ihre Lebensmittel einfach besser schmeckten als jeder Geschmacksverstärker.

Heute gab es neben den Nussbratlingen gebackene rote Bete und eingemachte Brombeeren. Morrigan erzählte diesmal keine Geschichten. Dass sie so zerstreut war, konnte mir vielleicht zugutekommen. Vielleicht könnte ich sie mit meinen Fragen noch weiter aus der Bahn werfen. Denn Maggie hatte mich mit ihren Anschuldigungen auf eine Idee gebracht. Genauso, wie ich mich als unschuldig sah, hatte ich auch Ciara als unschuldig gesehen. Ich identifizierte mich mit ihr nicht nur, weil wir dieselbe Person waren, sondern, weil auch sie ein Mensch gewesen war, der von den Feen für ihre Zwecke benutzt wurde. So sah ich die Situation aller Menschen, die einen Sidhe beherbergen mussten, nur damit dieser sein letztes Leben in unserer Welt verbringen konnte. Bislang hatte ich mir nur Gedanken darüber gemacht, wie sich diese armen Menschen dabei fühlten. Das war schließlich auch das, worüber ich mit Dylan gesprochen hatte. Manche Menschen bemerkten den blinden Passagier erst, wenn sie senil wurden. Bei anderen führte das fremde, zweite Ich dazu, dass sie in die Irrenanstalt eingeliefert wurden.

Aber ich hatte die Rollen noch nie gedanklich umgetauscht. Wie erging es den Sidhe im Menschen?

Ich aß den letzten Löffel Brombeeren und schob die Schüssel beiseite. Morrigan hatte ihr Essen kaum angerührt und stocherte gedankenverloren im eingekochten Obst herum.

»Hast du alles miterlebt, was Ciara auch erlebt hat, Morrigan?«

Überrascht schaute sie mich an. »Was?«

»Als du in Ciara wiedergeboren wurdest. War das wie ein traumloser Schlaf? Oder *warst* du sozusagen Ciara und hast alles gefühlt, was sie auch gefühlt hat?«

Morrigan lächelte. »Es war wie ein Schlaf. Mit vielen intensiven Träumen. Es ist verschieden, wie viele Episoden man mitbekommt, wenn man in einem Menschen wiedergeboren wird. Bei Ciara war es ungewöhnlich viel, das ich miterlebt habe.«

»Als sie selbst oder sozusagen als Zuschauer?« Mir lief es kalt den Rücken hinunter, als ich daran dachte, dass sie vielleicht Ciaras Liebe für Dylan live und in Farbe mitbekommen hatte. Oder sogar dasselbe wie Ciara gespürt hatte, wenn sie und Dylan sich küssten.

Morrigan sah mich prüfend an. Wahrscheinlich standen mir meine Gedanken ins Gesicht geschrieben, denn sie antwortete mit samtener Stimme: »Ja, da verbindet uns wohl etwas, Alice. Auch ich habe die Erinnerungen an die wundervollen Stunden am Strand. Aber es sind nicht Ciaras Erinnerungen, die in mir hochkommen. Es sind meine.«

Ihre Antwort schockierte mich, denn sie machte alles noch viel schlimmer. Morrigan hatte Ciara mehr gestohlen als ihr Menschenleben und ihren Körper. Doch konnte die Wahrheit vielleicht noch viel fürchterlicher sein? Ich wagte kaum, es auszusprechen, aber Morrigan schien gerade offen zu sein für meine Fragen, und wer wusste schon, wann ich die Gelegenheit noch einmal bekommen würde.

»Aber ... du hattest keinen *Einfluss* auf das, was Ciara getan oder gefühlt hat, oder? Du hast sie nicht irgendwie ... gesteuert?«

Ich hielt den Atem an. *Bitte, lieber Gott*, betete ich im Stillen inständig. Mach, dass es nicht in Wirklichkeit Morrigan war, die sich von Dylan angezogen fühlte. Dass es nicht Morrigan war, in die sich Dylan verliebt hatte.

Morrigan lachte laut. Das Geräusch tat mir in den Ohren weh. »Keine Sorge«, meinte sie schließlich. »Wenn ein Sidhe in einem Menschen wiedergeboren wird, kann er nicht beeinflussen, was dieser tut oder fühlt. Alles, was Ciara getan hat, geschah aus ihrem eigenen Willen. Auf den hatte ich keinen Einfluss.« Erleichtert schloss ich die Augen und lehnte mich auf dem bequemen Stuhl zurück. »Deshalb ergibt für mich auch Sinn, was Mog Ruith gesagt hat. Es ist Ciaras freier Wille, der ihre Menschlichkeit ausmacht.

Und diese Menschlichkeit ist nicht in mir, sondern in dir. So sollte es nicht sein, aber so ist es passiert. Und nun muss sich Ciara freiwillig opfern.« Ihre Stimme war fast heiser, als sie fortfuhr: »Ich habe Erinnerungen an Ciaras Leben, doch diese Erinnerungen sind … leer. Ich kann spüren, dass etwas fehlt, denn schließlich habe ich alles miterlebt. Ciara hätte es so ausgedrückt: Meine Erinnerungen sind schwarz-weiß, aber ich habe alles in den prächtigsten Farben erlebt.« Mir stellten sich die Haare im Nacken auf. Ich wagte es nicht, meine Augen aufzumachen und Morrigan ins Gesicht zu sehen. Ciara ins Gesicht zu sehen, als sie wie in einem Echo aus meinem Traum sagte: »Die Erinnerungen verblassen immer mehr. Ich kann sie nicht mehr richtig sehen, Alice. Ich konnte sie *sehen*.«

Ich wagte es nun doch, die Augen aufzumachen. Eine einzige Träne löste sich von Morrigans Wimpern und lief ihre Wange hinunter. Doch ihre ausdruckslosen grauen Augen erinnerten mich einmal mehr an einen verhangenen Himmel. Ihre Lippen bewegten sich kaum, als sie tonlos sagte: »Ich kann dir nicht verraten, warum ich die Welt der Menschen *sehen* muss. Aber wenn diese Erinnerungen ganz verblasst sind, dann bin ich blind. Verstehst du nicht, wie schlimm das ist, blind zu sein?«

Es war nicht Morrigan, die mir Angst machte, sondern Ciara. Denn Ciara in mir konnte Morrigan verstehen.

***

Als ich wieder auf meinem Zimmer war, ließ ich Colleen unter dem Vorwand rufen, dass mir danach war, Backgammon zu spielen. So hatte ich mir schon öfter abends die Zeit vertrieben, also weckte das bei den grauen Männern kein Misstrauen.

Nervös ging ich im Zimmer auf und ab, bis Colleen an die Tür klopfte und eintrat. Die kleine Fee merkte natürlich sofort, dass mit mir etwas nicht stimmte und furchte die Stirn. »Was ist passiert, Alice?«

»Colleen, ich weiß, du würdest es normalerweise nicht wagen, dich gegen die Königin aufzulehnen und ihre Anweisungen infrage zu stellen.« Ich sah sie mit flehendem Blick an. »Aber du musst mir einfach glauben, dass nicht richtig ist, was sie mit mir vorhat. Du musst mir helfen, bitte.«

Colleen wich meinem Blick aus. »Alice, ich …«

»Ich weiß, ich weiß, du glaubst, es geht gegen deine Berufung. Du glaubst, dass du mir nicht helfen darfst, weil du damit deine Pflicht verletzt. Aber was ist denn deine Pflicht, Colleen, hast du darüber noch nie nachgedacht? Blind Anweisungen Folge zu leisten? Und das soll eine Berufung sein? Ein vorherbestimmter, richtiger Weg, den du damit gehst? Was soll daran richtig sein? Was ergibt das denn für einen Sinn?« Verzweifelt ließ ich mich aufs Bett fallen.

Colleen setzte sich neben mich und antwortete ruhig. »Es muss für mich keinen Sinn ergeben. Natürlich will ich nicht, dass man dir weh tut. Aber bislang ist das ja auch noch nicht geschehen. Dir geht es gut hier. Du meinst, die Königin sollte Ciara nicht bekommen. Ich weiß und ich spüre, dass du das wirklich in deinem Herzen glaubst. Aber es steht mir nicht zu, Morrigan zu hinterfragen, wenn sie sagt, dass sie diese menschliche Seele braucht. Ich muss darauf vertrauen, dass diejenigen, die es besser wissen als ich, richtige Entscheidungen treffen.«

»Aber wieso sollten sie es besser wissen als du?«

Colleen schaute mich verwirrt an. »Weil ich ein Dienstmädchen bin. Morrigan ist Königin. So haben es die Vorfahren und Götter bestimmt. Ich kann mich nicht der Königin in den Weg stellen. Bitte verlange das nicht von mir, Alice. Ich merke, dass du Freiheit brauchst. Aber die könntest du doch bekommen, wenn du auf Morrigans Handel eingehst.«

Ich seufzte. Liebend gerne hätte ich Colleen davon überzeugt, dass sie selber entscheiden konnte, was richtig und falsch ist. Dass es keinen Unterschied machte, ob man Dienstmädchen oder Königin war. Aber es würde mir nicht gelingen – zumindest nicht in der kurzen Zeit, die ich zur Verfügung hatte. Die Einstellungen der Sidhe waren in Colleen zu tief verwurzelt.

Doch dann hatte ich einen Geistesblitz.

»Was wäre, wenn ein Druide auch mir prophezeit hätte, dass ich Königin werde? Dann stünde meine Aussage, was richtig ist, im Konflikt zu Morrigans Aussage, was richtig ist. Dann müsstest du entscheiden, wessen Anweisungen du folgst, nicht wahr?«

Colleens Augen weiteten sich. »Was?«

Ich seufzte wieder. »Mog Ruith hat mir prophezeit, dass ich die rote Königin sein werde. So waren seine Worte.« Ich wusste nicht, was der alte Druide da geschwafelt hatte und ich fand die Vorstellung von mir als roter Königin auch völlig absurd. Aber für Colleen war so etwas nicht absurd. Sie glaubte an so etwas.

»Die *rote* Königin?«, fragte sie staunend.

Ich zuckte mit den Schultern. »Ich weiß auch nicht, wieso rot. Er hat Morrigan als schwarze Königin bezeichnet. Du weißt, ich glaube nicht wirklich an Schicksal und Bestimmung. Aber in deinen Augen zählt das was, oder nicht? Müsste ich dann nicht auch wissen, was ›richtig‹ ist?«

Colleen schaute mich prüfend an. Schließlich sagte sie: »Ich glaube dir, dass Mog Ruith das gesagt hat. Ich kenne dich mittlerweile gut genug. Aber ich habe noch nie etwas von einer roten Königin gehört.«

»Ich weiß es doch auch nicht, Colleen. Ich weiß nur eins. Ich muss hier weg. Ich muss Ciara vor Morrigan beschützen. Sie darf ihre Seele nicht bekommen. Und ich habe Angst, dass es ihr bald dennoch gelingen wird. Etwas anderes, das Mog Ruith gesagt hat, war, dass mein Wille stark ist. Weissagung hin oder her, das hat mir Zuversicht gegeben. Und es stimmt. Ob das nun eine gute Eigenschaft ist, oder nicht, sei dahin gestellt, aber, ich, Alice, kann unheimlich störrisch sein. Doch mir ist vorhin etwas klar geworden. Es ist nicht mein Wille, den Morrigan brechen muss, sondern Ciaras. Und ich befürchte, dass es ihr gelingen wird.«

Colleen stand auf und schaute aus dem Fenster. Eine ganze Weile sagte sie nichts. Ich hatte die Hoffnung schon aufgegeben, da flüsterte sie. »Okay. Ich glaube dir. Ich werde dir helfen, aus dem Palast zu fliehen. Aber wir dürfen nicht zu lange warten. Mach dich jederzeit in den nächsten Tagen darauf gefasst, dass wir losmüssen. Denn ich weiß auch schon, wo man dir Unterschlupf gewähren wird.« Ich hatte noch nie so viel Entschlossenheit in ihren Augen gesehen, wie in dem Moment, als sie sich zu mir umdrehte und sagte: »Ich stelle mich in den Dienst der roten Königin.«

kapitel vierzehn
dylan

»Hallo!«, rief Dylan mit lauter Stimme. »Ist jemand zu Hause?« Wieder klopfte er mehrmals mit den Fäusten gegen Philomenas Haustür.

»Vielleicht ist sie auf der Arbeit?«, meinte Avalynn.

»Nein, sie ist da drin. Ich habe gesehen, wie im oberen Stockwerk jemand die Vorhänge vor einem Fenster zugezogen hat. Lass es uns mal hinten versuchen.«

Die beiden gingen durch den Garten. Er wirkte plötzlich so verwildert, dass man ihn kaum betreten mochte. Es hatte in der Nacht geregnet und das hohe Gras war nass. Als sie sich bis zur Veranda durchgekämpft hatten, waren ihre Hosenbeine klitschnass. Dylan konnte sehen, dass die Hintertür repariert worden war. Die Glasfenster in der Tür waren mit Stahlplatten ersetzt worden. Doch sie schafften es noch nicht einmal, einen Fuß auf die Steinplatten der Terrasse zu setzen. Philomena hatte augenscheinlich all ihre magischen Fähigkeiten angewandt, um ihr Haus vor Eindringlingen zu schützen.

»Kannst du was gegen diese Schutzzauber machen?«, fragte Dylan die amerikanische Druidin.

»Ja, aber ich brauche dafür einige Zutaten. Die müsste ich erst besorgen.«

Dylan schüttelte den Kopf. »Wir dürfen nicht zu viel Zeit verlieren.«
Sie bahnten sich wieder einen Pfad nach vorne und versuchten abermals vergeblich, Philomena dazu zu bringen, ihnen die Tür aufzumachen.

»Das hat doch keinen Wert«, meinte Avalynn schließlich. »Sie wird uns nicht hineinbitten.«

»Ich wollte Claire das eigentlich ersparen«, seufzte Dylan. »Ich weiß, sie hat eine Todesangst davor, hierherzukommen. Aber …«

»Ich rede mit ihr.« Avalynn zog ihr Handy aus der Tasche und wählte Dr. Brennans Nummer. Claire war am Morgen bei den O'Tools geblieben. Obwohl O'Cadhla dort theoretisch nach ihr suchen könnte, fühlte sie sich sicherer, mit anderen Leuten zusammen zu sein, denen sie vertraute. Avalynn hielt sich das Telefon ans Ohr, ging auf dem Bürgersteig hin und her und redete längere Zeit in beruhigendem Ton auf Claire ein. Schließlich nickte sie Dylan zu und beendete das Gespräch. »Sie kommt.«

Erleichtert stieß Dylan den Atem aus, den er angehalten hatte. Er hatte das Gefühl, einen Wettlauf gegen die Zeit zu bestreiten. Maggie wollte heute in die Menschenwelt kommen und die Menschen entführen, die Alice lieb und teuer waren. Er wusste nicht, wann sie aufbrechen würde, aber je früher er Philomena und O'Cadhla überzeugt hatte, sie zu rufen, desto besser. Maggie schien überzeugt, dass Morrigan mit ihrer Strategie scheitern würde, und war versessen darauf, eine Alternative zu präsentieren. Dieser Umstand war für ihn Fluch und Segen zugleich. Er musste ihr so schnell wie möglich zuvorkommen und sie davon überzeugen, dass *er* diese Alternative war. Alices Freunde und Familie vor Maggie in Sicherheit zu bringen, würde über kurz oder lang scheitern, das wusste er. Die O'Tools konnten sich nicht ewig in ihrer Wohnung verschanzen. Frank Lohmann hatte gestern Nacht noch mit Alices Mutter telefoniert und sie davon überzeugt, vorübergehend bei Bekannten in einer anderen Stadt Unterschlupf zu suchen. Das einzig Gute, das aus den Ereignissen der vergangenen Tage entstanden war: Alices Eltern redeten wieder miteinander. Frank Lohmann hatte ihm gestern zu später Stunde erzählt, wie sehr die Gespräche, die er mit

Vera und dem Prof über Bridgets Verhalten geführt hatte, auch ihm und seiner Frau geholfen haben. Bridget, dachte Dylan. *Was war nur in sie …* Bevor er den Gedanken zu Ende bringen konnte, fuhr ein Taxi vor und Dr. Brennan stieg aus.

Ihre braunen Locken standen verstrubbelt vom Kopf ab. Sie zitterte am ganzen Körper, als sie auf die Haustür zuging. Avalynn lief ihr entgegen und legte ihr einen Arm um die Schulter.

»Du musst keine Angst haben«, versuchte Dylan sie zu beruhigen. »Es gibt keinen Grund zur Annahme, dass O'Cadhla auch im Haus ist. Der hätte schon allein aus Neugier die Tür aufgemacht, egal ob wir zu zweit oder zu dritt sind, er würde sich uns überlegen fühlen.«

»Das hat Avalynn auch vorhin gesagt«, meinte Claire. »Aber es kann genauso gut eine Falle sein. Er hat uns nicht gejagt. Vielleicht weil er wusste, dass wir früher oder später selber zu ihm kommen würden. Ich fühle mich wie eine Maus, die geradewegs in einen Raum voller Katzen spaziert.« Sie umschloss das Schutzamulett, das ihr Avalynn angefertigt hatte, mit den Fingern und seufzte. »Aber es hilft wohl alles nichts.« Sie trat mutig einen großen Schritt vor und klopfte an die Haustür. »Philomena«, rief sie. »Ich bin's, Claire. Bitte mach auf.«

Nach etwa fünf Minuten öffnete sich tatsächlich langsam die Haustür einen Spalt breit. »Was wollt ihr?«, hörten sie Philomena mit ängstlicher Stimme fragen.

»Wir müssen mit dir reden. Ich schwöre, ich übertreibe nicht, wenn ich sage, dass es um Leben und Tod geht«, drängte Dr. Brennan.

Daraufhin steckte Philomena den Kopf durch den Türspalt, schaute ein paar Mal nervös nach links und rechts und ließ sie dann ins Haus. Sie ging vor ihnen her ins Wohnzimmer und redete ununterbrochen und zusammenhangslos, ohne Claire anzuschauen: »Wirklich, es tut mir leid, ich wollte nicht, dass dir ernsthaft etwas passiert, er hat mir versprochen, dass er dir nur Angst machen will, nur ein paar Tage hier verstecken, hat er gesagt, damit der Verdacht auf dich gelenkt wird, wenn es darauf angekommen wäre, hätte ich ihn davon abgehalten, dir was anzutun, ich dachte, ich tue das Richtige, ich dachte, ich hätte meinen Weg zur Erleuchtung gefunden, aber er hat mich nur benutzt und jetzt kommt sie auch nicht mehr zu mir, jetzt werde ich bestraft …«

»Philomena«, unterbrach Claire ihren Wortschwall. »Ich bin nicht hier, um dich mit dem zu konfrontieren, was ihr mir angetan habt.« Ihre ehemalige Freundin als komplettes Nervenwrack zu sehen, schien Dr. Brennan dabei zu helfen, sich selber zusammenzunehmen. »Es gibt jetzt Wichtigeres.«

Sie standen alle wie angewachsen im Wohnzimmer, in dem ein völliges Chaos herrschte. Überall lagen Bücher und Utensilien für Druidenzauber verstreut. Philomena drehte sich zu ihnen um. Sie sah aus, als ob sie eine Woche lang nicht geschlafen und nichts gegessen hätte. Ihre langen dunkelblonden Haare waren verknotet und fettig.

Avalynn erkannte, dass Philomena an einem absoluten Tiefpunkt angelangt war und dass jemand hier die Führung übernehmen musste. Also räumte sie ein paar Sachen vom Sofa und sagte: »Setzen wir uns doch, dann lässt es sich besser reden. Philomena, ich nehme an, die Küche ist weiter den Gang runter, hinten im Haus? Dann setze ich Tee auf und schaue mal, ob ich auch was zu essen finde. Scheint mir, als ob du schon länger nichts mehr in den Magen bekommen hast.« Philomena nickte zerstreut. »Ich bin übrigens Avalynn. Claire und Dylan können schon mal anfangen, dir zu erklären, warum wir deine Hilfe brauchen. Ich bin gleich wieder zurück.«

Während Philomena sich auf die Couch fallen ließ, deutete Dylan Avalynn hinter ihrem Rücken an, dass sie auch im Keller nachschauen sollte. Er hatte verstanden, dass die amerikanische Druidin sich im Haus umsehen wollte.

Claire setzte sich ebenfalls und fiel sofort mit der Tür ins Haus. Entweder wollte sie ihre Aufgabe so schnell wie möglich hinter sich bringen oder ihr Mitleid mit der ehemaligen Freundin, die sie hintergangen hatte, hielt sich in Grenzen. Dylan konnte es ihr nicht übelnehmen. »Wo ist O'Cadhla, Philomena?«

Aus Philomenas weit aufgerissenen Augen liefen die Tränen. »Er ist einfach weg. Er ist weg und hat mich verlassen. Er hat mich einfach benutzt und hat mir den schwarzen Peter zugeschoben.«

Mist, dachte Dylan. *Mist, Mist, Mist*! Er hatte geglaubt, dass diese Sache O'Cadhla wichtig genug war, dass er nach einer Chance gieren würde, sich wieder gut mit Maggie und Morrigan zu stellen. Stattdessen hatte sich der Feigling einfach aus dem Staub gemacht. Er hatte wohl vor, eine Weile unterzutauchen, bis sich die Wogen geglättet hatten und er sich wieder bei Morrigan einschleimen konnte. Damit war seine direkte Verbindung zu Maggie hin.

»Du hast keine Ahnung, wo er sein könnte?«, hakte Dylan verzweifelt nach.

Philomena schüttelte stumm den Kopf. »Und jetzt habe ich die erste Druidin enttäuscht. Jetzt bin ich ihrer nicht mehr würdig. Sie erhört mich nicht mehr, wenn ich sie rufe«, jammerte sie und fing jetzt an zu schluchzen. Dylan konnte sie kaum mehr verstehen, als sie sagte: »Ich habe schon alles versucht.«

Avalynn kam mit einem Tablett ins Wohnzimmer, stellte es auf dem Couchtisch ab und verteilte die Tassen Tee. Philomena stellte sie auch einen Teller Schokoladenkekse hin. »Deswegen liegen deine Bücher hier verstreut?«, fragte sie nun und zeigte auf das Chaos. »Darf ich mir die mal ansehen? Vielleicht kann ich helfen.« Philomena nickte nur abwesend.

»So, und jetzt erzählst du mir mal schön der Reihe nach, wie es kommt, dich mit O'Cadhla eingelassen hast«, sagte Dr. Brennan immer noch mit kalter Stimme. »Hast du mir all die Jahre über etwas vorgemacht oder nur die letzten Wochen?«

Erschrocken hörte Philomena auf zu heulen und sah sie an. »Etwas vorgemacht? Aber ich wollte doch nur das Beste für uns alle.« Ihre Augen fingen an zu glänzen. »Weißt du denn nicht, was das für unseren Zirkel bedeutet hätte, wenn uns die erste Druidin, die heilige Macha, die Bringerin des Druidenwissens auf Erden mit ihrem Wissen beschenkt hätte? Du kennst doch das Prinzip des Opferbringens, Claire. Wir müssen Opfer bringen, um uns würdig zu erweisen«, rief sie nun leidenschaftlich.

Claire neigte den Kopf. »Was hat man nur mit dir gemacht?«, fragte sie traurig. »War das O'Cadhla? Hat er dir all das in den Kopf gesetzt?«

»Padraig besucht mich schon seit Jahren. Ich wusste, dass er ein Geheimnis hat, der Grund, warum er nicht immer bei mir sein konnte, obwohl er das so gerne gewollt hat. Es hat viele Jahre gebraucht, bis er mir vertraute. Als er mir offenbart hat, dass er ein Sidhe ist, und mir dabei helfen kann, die Erleuchtung zu erlangen, da habe ich gewusst, dass all die Jahre eine Prüfung waren, die ich bestanden hatte. Ich hatte mich seiner würdig erwiesen. Wir waren so glücklich …« Verträumt schaute sie aus dem Fenster.

Avalynn gab Dylan ein Zeichen und zeigte auf ein Buch, das sie gerade durchblätterte. Dylan nickte. »Lass mich raten, nach kurzer Zeit änderte sich Padraig auf einmal«, lenkte er Philomenas Aufmerksamkeit auf sich. »War auf einmal gar nicht mehr so nett zu dir.«

Philomena senkte den Blick. Verlegen griff sie nach der Tasse Tee und nahm einen Schluck. »Das fing an, nachdem uns Macha erschienen ist. Er wollte nicht verstehen, dass ich doch auf sie hören musste. Ich konnte ihm nicht zustimmen, wenn er darauf bestand, dass wir etwas unternehmen, was gegen ihre Anweisungen verstieß. Ich habe auch nicht begriffen, wieso!« Sie knetete ihre Hände im Schoß. »Hätten wir doch nur alles so gemacht, wie sie es gesagt hat. Es war, als ob er Macha umgehen wollte, immer hieß es ›Morrigan dies, Morrigan das‹. Ich bin mir bewusst, sie ist seine Königin und die Weiseste aller Weisesten, aber Macha, sie ist meine Königin, meine Göttin, sie ist wichtig für uns, hier in unserer Welt.« Philomena hatte sich in Ekstase geredet. Doch der Gedanke an O'Cadhla schien sie wieder runterzuziehen. »Das hat Padraig nicht verstanden«, ergänzte sie traurig.

»Ich sehe überhaupt keinen Grund, warum du ihm hinterhertrauern solltest, nach dem, was du uns erzählt hast«, räumte Claire ein.

»Das verstehst du nicht. Wir hatten eine besondere Verbindung … Aber der Verlust ist nicht das Schlimmste. Ich weiß, wie Padraig mit denjenigen verfährt, die ihren Nutzen für ihn verloren haben.« Sie sah auf. In ihren Augen spiegelte sich die schiere Angst.

»Auch wenn ich versucht habe, mir einzureden, dass du einen guten Grund dafür gehabt haben musst, mich zu entführen, und dass du keine bösen Absichten hattest, auch wenn ich versucht habe, großmütig zu sein und dir zu verzeihen, muss ich ehrlich zugeben, dass ich nachts wachgelegen und mir ausgedacht habe, wie ich mich an dir rächen kann.« Claire sah alles andere als selbstgefällig aus, als sie sagte: »Aber jetzt merke ich, ich muss mir keine Strafe für dich ausdenken, die dir bewusst macht, wie sehr du mir wehgetan hast. Denn du hast dich schon selber genug bestraft.«

Philomena fing leise an zu weinen. Sie sank noch tiefer in die Couchkissen. Ihre Augen schienen schwerer zu werden. Sichtlich überrascht, versuchte sie für einen kurzen Moment gegen den Schlaf anzukämpfen. Doch der Kampf war schnell verloren.

Dylan schaute mit hochgezogenen Augenbrauen zu Avalynn hinüber. Die zuckte mit den Schultern. »Nur ein harmloses Schlafmittel. Ich habe ja nicht wissen können, dass sie es mir so einfach macht.«

»Hast du gefunden, was wir brauchen?«, wollte Dylan wissen.

»Theoretisch schon. Jetzt, wo sie schläft, kann ich mich auch an ihren Kräutern bedienen, damit sparen wir einiges an Zeit. Aber Philomena hat schließlich auch vergeblich versucht, Maggie mit diesen Zaubersprüchen zu rufen. Wieso sollte sie bei uns kommen?«

»Weil wir ihr nützlich sein werden«, antwortete Dylan durch zusammengepresste Zähne. »Ich werde schon dafür sorgen, dass sie das kapiert.«

»Gehen wir.« Claire stand auf. »Ich habe keine Lust, noch eine Sekunde länger in diesem Haus zu bleiben.«

»Sorry, aber ohne dich hätten wir das nie geschafft.«

»Ob du es glaubst, oder nicht, Dylan, ich bin auf gewisse Weise froh, dass ich hergekommen bin.«

»Natürlich hilft es auch, dass O'Cadhla wie vom Boden verschluckt zu sein scheint«, räumte Avalynn ein.

»Hmmm«, überlegte Dr. Brennan während sie das Haus verließen. »Ehrlich gesagt, finde ich das eher beunruhigend.«

***

»Hast du einen Plan B?« Avalynn zog fragend eine Augenbraue hoch.

Dylan schoss ihr wütende Blicke zu. »Wir haben keine Zeit für einen Plan B.« Einen Moment lang schwiegen beide. Dann fügte Dylan leise an: »Es muss einfach klappen. Es muss!«

Dylan und Avalynn standen im Garden of Remembrance im Dubliner Parnell Square. Nicht zum ersten Mal an diesem Abend kamen Dylan Zweifel, ob Claire und Avalynn die sehr kryptische Stelle in Philomenas Buch richtig gedeutet hatten, die geeignete Orte für dieses Beschwörungsritual beschrieb. Damit sie das Ritual unbeobachtet in dem Garten abhalten konnten, hatten sie sich auch noch gedulden müssen, bis es dunkel wurde. Kostbare Stunden waren verstrichen, in denen er nur untätig hatte herumsitzen können. Wenigstens hatte Avalynn die Gelegenheit gehabt, ein Amulett zu besorgen, von dem sie behauptete, dass es bei dem Ritual helfen würde. Dylan fingerte nervös an dem Schmuckstück herum, das ihm um den Hals hing. Bislang hatte es aber nichts gebracht.

Seine Nerven lagen mittlerweile blank. Den O'Tools und Frank Lohmann ging es gut. Aber aus Sicherheitsgründen hatten sie abgemacht, dass Alices Vater erst einmal keinen Kontakt mit seiner Frau haben würde. Es gab also keine Garantie, dass Maggie sie nicht schon gefunden hatte. Und wer wusste schon, was sich in den letzten vierundzwanzig Stunden, seit er sich von der heiligen Eiche gelöst hatte, im Palast passiert war.

»Hast du auch wirklich alles richtig gemacht?«, fragte Dylan zum wiederholten Male.

Avalynn blieb ganz ruhig und nahm seinen scharfen Ton nicht persönlich. »Ich habe mich an das gehalten, was in Philomenas Buch steht.« Als ob sie ihre Aussage unterstreichen wollte, schlug sie das dicke Buch zu, aus dem sie die Zauberformeln vorgelesen hatte. Die kleinen Büschel mit diversen Kräutern, die sie um sie herum angezündet hatten, waren mittlerweile zu Asche verbrannt.

Dylan nickte zerstreut. Nervös ging er immer wieder um die Statue mit den Kindern des Lir herum. Als der große Dagda seinen Sohn Bodb Derg zum König der Túatha Dé Danann ernannte hatte, war Lir, der Gebieter über die Gewässer, sehr erzürnt. Um ihn zu beschwichtigen und den Frieden zu bewahren, schickte der neue König seine Ziehtochter Aoibh, die Lir zur Frau nahm. Sie schenkte ihm vier Kinder – eine Tochter und drei Söhne. Sie waren eine sehr glückliche Familie, bis Aoibh starb. Daraufhin schickte Bodb Derg Lir seine zweite Tochter Aoife. Stiefmutter Aoife wurde immer eifersüchtiger auf die Kinder, die Lir über alles liebte. Sie wollte sie umbringen, was ihr aber nicht gelang. Stattdessen verwandelte sie die Kinder in Schwäne. Sie verdammte sie dazu, jeweils dreihundert Jahre lang auf drei verschiedenen Seen in Irland zu verbringen. Dabei sangen sie den schönsten Schwanengesang, den je jemand gehört hatte. Aoife prophezeite, dass sie sich erst zurückverwandeln würden, wenn ein Diener des neuen Gottes auf Erden eine Glocke läuten würde. Neunhundert Jahre später trafen die Schwäne auf der Insel Inish Glora den alten Mönch Mochua – St. Patrick hatte Irland zwischenzeitlich zum Christentum konvertiert. Mochua nahm die Schwäne bei sich auf und schmiedete eine Glocke. Als er sie schließlich erklingen ließ, legte sich ein Nebel über den See und die Schwäne flogen gen Himmel. Zurück ließen sie die Kinder, die mittlerweile neunhundert Jahre gealtert waren. Genau diese Rückverwandlung zeigt die Statue im Garden of Remembrance. Die Kinder starben, so die Legende, als letzte Túatha Dé Danann auf Erden.

Der Garten war eine Gedenkstätte, die an alle Iren erinnerte, welche für die Freiheit ihres Landes gekämpft und ihr Leben gelassen hatten. Die Statue soll Irland symbolisieren, das auch ungefähr neunhundert Jahre darauf hatte warten müssen, von der Herrschaft der Briten befreit zu werden. Treppenstufen führten von der Statue zu einem großen Wasserbecken in Form eines christlichen Kreuzes hinunter. Der Boden bestand aus Mosaiken, die blau-grüne Wellen und Schwerter sowie andere keltische Waffen darstellten. Nach alter Tradition warf man seine Waffen nach einem Kampf ins Meer oder in den See. Dieses Opfer brachte man, um zu versinnbildlichen, dass die Feindseligkeiten vorüber waren.

Hinter der vermeintlich »christlichen« Darstellung der Wiedergeburt und Auferstehung Irlands versteckten sich also alte, vorchristliche Symbole, die auf einen besonderen Ort der Sidhe hinwiesen.

Dylan hatte sich auf Claires Deutung verlassen, schließlich war sie Expertin für keltische Ikonografie.

Aber vielleicht hat sie alles falsch interpretiert, dachte er nun frustriert. Oder vielleicht interessierte sich Maggie überhaupt nicht mehr für ihn, weil sie längst das gefunden hatte, was Alice dazu bringen würde, Ciara freiwillig aufzugeben. Er konnte einfach nicht glauben, dass dem so war. Er musste doch etwas tun können!

»Ich bin es«, rief er nun verzweifelt. »Ich bin es, was du suchst, Macha!« Zuerst kam er sich dumm vor, willkürlich ins Nichts hineinzurufen, aber schließlich hatte er nichts zu verlieren.

Avalynn sah ihn skeptisch an. Sie hatten sich vorhin darüber unterhalten, dass die kleinen Feuer schon recht riskant waren. Wenn ihn jemand hören würde, könnte es schlimmstenfalls dazu kommen, dass sie es mit der Polizei zu tun bekämen, weil sie hier außerhalb der Öffnungszeiten eingebrochen waren.

»Ich bin der Schlüssel, Maggie. Ich bin es«, rief er trotzdem weiter.

Irgendetwas musste Avalynn in seinen Augen gesehen haben, das sie dazu veranlasste, ihm nicht Einhalt zu gebieten, sondern ihm stattdessen ermutigend zuzunicken. Sie schlug das Buch wieder auf und murmelte die Zauberverse, während Dylan Maggie rief.

»Ich kann es schaffen! Ich kann Alice davon überzeugen, Ciara freiwillig aufzugeben!«

Als Dylan immer lauter wurde, sprach auch Avalynn die Zauberformeln lauter.

»Durch mich ist Ciara in Alice wiedergeboren worden. Lass mich den Kreis vollenden, Maggie. Durch mich wird sie Alice auch wieder verlassen.«

Dylan konnte im Dunkeln die Mosaikbilder der Schwerter am Boden des Beckens nicht sehen, aber er wusste, dass sie da waren. Auch in der Anderswelt war es Tradition gewesen, Waffen ins Gewässer zu werfen, als es noch Krieg gab. Mit einem Mal war ihm klar, was er zu tun hatte. Der Gedanke war wie eine Erleuchtung, die keine Zweifel zuließ.

Ohne jede Eile ging er die Stufen hinunter auf das Becken zu. Avalynn zögerte, wohl unsicher, was er vorhatte, hörte jedoch nicht auf, zu reden. Aber sie schaute sich panisch um, als sie in der Ferne Sirenen hörte.

Dylan ging immer weiter, bis er vor dem Becken stand. Dort breitete er seine Arme aus.

Die Opfergabe. Das war es, was bei diesem Ritual fehlte. Er würde sich selber symbolisch opfern. Denn er war das Schwert, das er ins Wasser werfen musste, um zu beweisen, dass er ihnen nicht feindlich gesinnt war. Dass er nun auf ihrer Seite war.

Ein Polizeiauto hielt vor dem Tor, über das sie vorhin geklettert waren. Zwei Polizisten und ein anderer Mann stiegen aus. Letzterer macht sich am Schloss zu schaffen. Avalynn konnte das von ihrem erhöhten Standpunkt aus gut beobachten – das Tor war genau gegenüber der Statue am anderen Ende des Beckens – und vor lauter Schreck fiel ihr das Buch aus der Hand.

Dylan ließ sich in das Wasserbecken fallen.

Maggie war immer noch nirgends zu sehen. Avalynn ging die Stufen zum Becken hinunter. Als sie an der Stelle ankam, an der sich Dylan hatte hineinfallen lassen, blieb sie erstaunt stehen. Das Becken war flach und sie konnte auch im Mondlicht problemlos bis auf den Boden sehen.

»Was machen Sie hier?« Ein Polizist leuchtete ihr mit der Taschenlampe ins Gesicht. Geblendet hob Avalynn die Hand und wandte den Kopf ab. Der Polizist lenkte den Strahl woanders hin. »Der Park schließt im Winter um sechzehn Uhr. Danach ist das Betreten des Geländes verboten. Bitte kommen Sie mit.«

Der Strahl der Taschenlampe beleuchtete das Becken neben ihnen. Avalynn hatte sich nicht geirrt. Dylan war spurlos verschwunden.

***

Das eiskalte Wasser schlug über Dylan zusammen und er sank. Das Becken war nicht tief und das blau-grüne Muster der Mosaiksteine erschien bald direkt vor seinen Augen. Gleich würde er wieder nach oben steigen und mit dem Gesicht nach unten im Wasser treiben. Doch dann verschoben sich die farbigen Steine kreisförmig wie bei einem Kaleidoskop, das erst langsam und dann immer schneller gedreht wurde. Innerhalb von Sekunden wurde die Bewegung so schnell, dass die Farben verschwammen und die Illusion eines Strudels entstand.

Als Dylan begriff, dass es keine Illusion war, hatte ihn der Sog schon erfasst. Bevor er wusste, wie ihm geschah, wurde er mitgerissen. Als er begann, sich zu wehren und heftig mit Armen und Beinen um sich zu schlagen, war der Strudel schon wieder so plötzlich verschwunden, wie er erschienen war. Er hörte auf, mit den Armen herumzurudern.

Etwas war anders. Er lag nicht länger flach in einem Becken. Er schwebte aufrecht im Wasser. Es war überall um ihn herum, trübe und grün. Und er konnte gar keinen Boden unter sich ausmachen. Panisch schaute er nach oben, wo er die Wasseroberfläche vermutete. Dort war es heller als unter ihm. Er musste sich dazu zwingen, den Mund geschlossen zu halten. Er würde Wasser und nicht Luft einatmen, erinnerte er sich in letzter Sekunde. Er versuchte sich zu beruhigen und begann, sich mit kräftigen Schwimmzügen in Richtung Oberfläche zu bewegen.

Der Druck in seiner Brust wurde immer schlimmer. Das helle Licht schien immer noch weit weg. Ciara, dachte er. *Erlebe ich, wie du gestorben bist?* Die Logik sagte ihm, dass er nicht sterben konnte. Aber logisch zu denken war gerade unmöglich. Er hatte noch nie von einem ertrunkenen Sidhe gehört. Nur hatte er seine magischen Fähigkeiten aufgegeben. Er fühlte sich immer mehr als Mensch. Wichtiger noch, kein Heiler würde seinen telepathischen Notruf hören. Wenn er doch Wasser in seine Lungen ließ, was würde das für Folgen haben? Er schwamm weiter, aber er war kurz davor, sich dazu hinreißen zu lassen. Vielleicht würde er sterben. *Vereint mit Ciara im selben Tod.* Er hörte auf zu schwimmen.

Plötzlich sah er eine Hand, die sich ihm wie aus dem Nichts entgegenstreckte. Dylan zögerte. Dann erschien das Bild von Alice vor seinem inneren Auge, wie sie unter dem Eichenbaum stand und zum Efeu aufblickte. Zu ihm aufblickte.

Er griff nach der Hand.

Mit einer kräftigen Bewegung wurde er aus dem Wasser gerissen und über den Rand eines Bootes gezogen. Dort hing er für einen Augenblick, während er hektisch Luft in seine Lungen sog. Keuchend und hustend zog Dylan mit letzter Kraft die Beine ins Boot und drehte sich auf den Rücken. Der Himmel war dunkel, genau wie er gerade eben in Dublin gewesen war. Aber der Mond direkt über ihm war eine riesige, weiße Sichel.

Ein Gesicht schob sich zwischen ihn und den Mond. Lange Haarsträhnen fielen nach vorne. Die Enden baumelten direkt über Dylans Nase. Selbst im silbernen Licht schimmerte das Haar noch leuchtend rot.

»Hallo, Dylan«, sagte Maggie. »Du hast es ja doch geschafft.« Sie klang ein kleines bisschen enttäuscht.

Mit einem Ruck setzte Dylan sich auf. Ihm wurde sofort schwindlig. Als er wieder klar sehen konnte, fügten sich die Bäume und Berge um den See zu einem Bild zusammen, das ihm bekannt war. Ballynahinch Lake. Verwirrt sprach er seine Gedanken laut aus:

»Ich falle in ein von Menschhand angelegtes Becken in Dublin ins Connemara der Anderswelt ... wie kann das ...«

Maggie winkte ab. »Wasser. In allen Welten auf dem ganzen Planeten ist Wasser eine Einheit. Außerdem«, fügte sie spöttisch an, »der Garden of Remembrance befindet sich zwar in der Menschenwelt, aber dass er von Menschenhand angelegt wurde, stimmt nicht ganz. Oder glaubst du, es ist Zufall, dass ausgerechnet eine Statue der Kinder des Lir die Wiedergeburt und Auferstehung Irlands symbolisieren soll? Die Kinder von Lir, dem *Gebieter über die Gewässer*?«

Schlotternd rieb sich Dylan die nassen Arme und Maggie reichte ihm eine Decke, in die er sich einwickelte. »Ich habe einfach nur gedacht, es wäre ein Beschwörungsritual, was dazu führt, dass du auftauchst. Ich habe einfach nicht damit gerechnet, in Connemara zu landen. Entschuldige, dass ich etwas überrumpelt bin«, sagte er in so sarkastischem Tonfall, wie es mit klappernden Zähnen möglich war, »schließlich war ich bis jetzt der Annahme, dass ich die Anderswelt nicht mehr betreten kann.«

»Tja, es gibt eben doch Portale, die sogar jemanden wie dich

durchlassen. Aber da du die nicht kennst, kannst du die Anderswelt auch eigentlich nicht betreten. Und das hier war schließlich
auch nur mit meiner Magie möglich.«

»Und eins dieser Portale ist zufällig im Garden of Remembrance?«, fragte Dylan misstrauisch.

»Zufälle gibt es nicht. Aber du kannst gerne von Glück reden, dass
ich dich überhaupt gehört habe, denn ich war gerade in Deutschland, als du mich gerufen hast. Dank dir hat Alices Mutter noch
mal eine zweite Chance bekommen.« Maggie nahm die Ruder in
die Hand. »Wir können uns gerne weiterhin darüber unterhalten,
aber deshalb bist du ja nicht hier. Also wollen wir mal los.« Sie fing
an zu rudern. »Ich dachte, du wärst der Letzte, der daran interessiert ist, dass Alice Ciara aufgibt.«

Dylan runzelte die Stirn. »Es war falsch von mir, Ciara in Alice
wieder auferstehen zu lassen. Viele Menschen mussten dafür den
Preis zahlen. Jetzt ist es an der Zeit, das Richtige zu tun. Ich kann
es nicht wiedergutmachen, aber ich kann dem ein Ende setzen.«

»Wie nobel!«

Dylan ignorierte ihren spöttischen Ton. »Ich bin hier, um Alice zu retten. Wenn das bedeutet, Ciara loslassen zu müssen, dann
werde ich das tun.«

»Ach ja, ich habe ganz vergessen, dass du jetzt Alice liebst. Wie
praktisch für deine geplante Heldentat!«

Dylan schwieg, während sie im seichten Wasser ausstiegen und
das Boot ans Ufer zogen. Maggie band die Bootsleine um einen
Baum und bedeutete Dylan, ihr zu folgen. Nachdem sie ein paar
Schritte in den Wald gegangen waren, wurde Dylan etwas wärmer.

»Eins sollst du mir noch erklären«, nahm Maggie das Gespräch
wieder auf. »Wie willst du Alice davon überzeugen, Ciara aufzugeben? Ich weiß natürlich, was du sagen wirst, aber ich will es gerne
aus deinem Mund hören. Damit wir uns das noch mal *richtig* überlegen können.«

»Ihr gebt Alice ihr Leben wieder. Ihr lasst sie und ihre Familie für
immer in Ruhe. Sie kann ein normales Leben führen und wieder
Alice sein. Und …« Er zögerte.

»Das haben wir ihr alles schon angeboten«, unterbrach ihn Maggie. »Und sie hat es ausgeschlagen.«

»Und sie bekommt mich«, beendete Dylan seinen Vorschlag. »Wir können zusammenbleiben. In der Menschenwelt.«

Maggie lachte hell. »Und du bist dir sicher, dass sie dich so sehr liebt? Dass sie alle ihre Bedenken in den Wind schießen wird, weil sie dann mit dir zusammen sein kann? Du bist dir sicher, *du* bist das, was Alice so sehr will, dass sie sich auf den Handel einlässt?«

Dylan schaute Maggie von der Seite an. Mit gespielter Tapferkeit antwortete er: »Du scheinst dir zumindest recht sicher zu sein, sonst hättest du mich nicht hergeholt und dich auf meinen Vorschlag eingelassen.«

Damit hatte er Maggie zumindest für eine Weile zum Schweigen gebracht. Sie kletterten über ein paar Felsen und der Pfad wurde schmaler. Der Sternenhimmel war kaum noch zwischen den Baumkronen zu erspähen. Maggie blieb stehen, bückte sich und zog zwei Fackeln aus dem Unterholz. Nachdem sie beide angezündet hatte, drückte sie Dylan eine in die Hand und ließ ihn vorgehen. Er musste sich jetzt auf den Weg konzentrieren und sie sprachen nicht weiter, bis die Bäume sich lichteten und sie plötzlich auf einer Wiese standen. Vor Dylan erhob sich ein großes Gebäude. Im Schein der Fackeln konnte er erkennen, dass es in dem Stil der Paläste der Adligen gebaut worden war.

Maggie zog ihn mit sich. »Komm. Die Phantomkönigin wartet schon auf dich.«

Wenig später fand sich Dylan in dem Raum wieder, den er schon kannte. Im ersten Augenblick kam es ihm völlig grotesk vor, die Eiche aus dieser anderen Perspektive zu sehen. Wie magisch von dem Baum angezogen, ging er darauf zu. Am Stamm angekommen, blickte er neugierig zur Krone hinauf.

Maggies kalte Stimme erklang neben ihm: »Du hattest etwas mit dem Efeu zu tun, nicht wahr? Irgendwie musst du erfahren haben, dass Alice hier ist und was wir von ihr wollen. Irgendwie musst du darauf gekommen sein, dass wir dich brauchen könnten. Aber wie? Was hatte es mit dem Efeu auf sich? Sag es mir, oder …«

»Dylan!«, fiel Morrigan ihrer Schwester samtweich ins Wort. Dylan merkte, wie Maggie neben ihm die Hände zu Fäusten ballte. »Wie wundervoll, dich endlich kennenzulernen.«

Er holte tief Luft und drehte sich um. Er war auf ihren Anblick vorbereitet und dennoch blieb ihm fast das Herz stehen, als er sie sah.

»Aber auf gewisse Weise kennen wir uns doch schon ziemlich gut, nicht wahr?«, zwinkerte Morrigan ihm zu und kam näher.

Bleib stehen, bleib stehen, bleib stehen, wiederholte Dylan stumm voller Verzweiflung. Doch Morrigan ging direkt auf ihn zu, schaute tief in seine angsterfüllten Augen und umarmte ihn dann.

Dylan kamen die Tränen. Sie *roch* sogar wie Ciara. Nein, das konnte er nicht aushalten. Er hatte einen Fehler gemacht. Er hätte niemals …

Morrigan löste sich von ihm und musterte ihn eindringlich von Kopf bis Fuß. »Weißt du«, meinte sie dann verschwörerisch, »es kommt nicht von ungefähr, dass Ciara und ich denselben Geschmack haben, was Männer angeht.«

»Morrigan, vielleicht sollten wir uns auf unsere bevorstehende Aufgabe konzentrieren.« Maggies Ton war hart. »Ihr könnt später noch genug plaudern.«

Zum ersten Mal war Dylan dankbar, dass es Maggie gab. Ohne sie wäre er wahrlich ertrunken. Und nicht im See, sondern hier, in Ciaras schwarzen, nach Meersalz duftenden Haaren. In ihrer alabasterweißen, sanften Haut, die sich wie Samt an seine Wange geschmiegt hatte. In dem Sog ihrer grauen Augen, die reinste Naturgewalt, wie das Meer an einem stürmischen Tag.

»Dylan!« Wieder riss ihn Maggies Stimme aus den Gedanken. »Was?« Er versuchte sich auf Maggie zu konzentrieren, die sagte: »Das hier ist nur Ciaras Gestalt. Du stehst immer noch vor deiner Königin. Vergiss dich nicht. Ciaras Seele bleibt in Alice, bis Alice sie freiwillig aufgibt. Alices Bedingung ist, dass Morrigan ihr verrät, wofür sie Ciaras Seele braucht. Damit befinden wir uns in einer ausweglosen Situation, denn das kann sie ihr nicht verraten. Und du weißt auch wieso, oder?«

Dylan befeuchtete seine trockenen Lippen. »Die Phantomkönigin ist die Hüterin des Geheimnisses von Connemara. Das Geheimnis bewahrt das Fortbestehen des großen Sidhe-Volkes in der Anderswelt«, rezitierte er, was er schon von klein auf gelernt hatte. »Aber …« Er schüttelte verwirrt den Kopf. »Was hat das Fortbestehen der Sidhe in der Anderswelt mit Ciara zu tun? Mit Ciaras menschlicher Essenz?«

Morrigan lachte glockenhell. »Aber genau das können wir dir doch nicht sagen, du kleines Dummerchen.«

Bevor Dylan sich in den Bann von Ciaras Lachen ziehen lassen konnte, unterbrach Maggie ungeduldig: »Das Wichtige ist doch, dass du weißt, Morrigan hat nichts Böses mit Ciara vor, wie Alice anscheinend zu vermuten scheint. Du weißt, was Morrigan tun muss, tut sie zum Wohle der Sidhe. Es ist ihre Aufgabe, es ist ihr vorherbestimmt, und sie tut es seit Jahrhunderten. Du hast doch gesagt, du willst das Richtige tun. Das hier ist das Richtige. Das Richtige für dein Volk. Du musst Alice davon überzeugen. Und dann …« Maggie machte eine wegwerfende Handbewegung. »Unseretwegen könnt ihr alles haben, was ihr wollt. Ein normales Leben als Studenten am Trinity College. Eine heile Welt und eine heile Familie. Eure Liebe.«

Dylan nickte zerstreut. Ihm war gerade ein Gedanke gekommen. Ein schrecklicher, süßer Gedanke. »Wenn Morrigan Ciaras Seele bekommt, ist sie dann in Morrigan? Wird Morrigan dann wie Ciara sein, nicht nur in Gestalt, sondern auch im Geiste?«

Morrigan lächelte ihn an. »Ich werde immer noch Morrigan sein. Aber ein Teil von mir wird Ciara werden. Ein großer Teil, wenn ich es zulassen würde.« Sie kam einen Schritt auf ihn zu. »Würde dir das gefallen?«

Wie hypnotisiert starrte Dylan die Phantomkönigin an. Nur am Rande seines Blickfelds bemerkte er, wie eine Traube in Grau gekleideter Männer in den Saal kam. Nur ganz leise und weit weg vernahm er Alices Stimme. Wissend senkte Morrigan den Blick, ging ein paar Schritte zurück und drehte sich um.

Und plötzlich stand Alice vor ihm.

kapitel fünfzehn
alice

»Dylan?« Er reagierte nicht. Seine Pupillen waren riesengroß und er starrte weiter ins Leere. Hatte man ihm irgendetwas verabreicht? Wusste er, wo er war?

Unsicher schaute ich in die Runde. Maggie beobachtete uns mit ihrem üblichen leicht desinteressiert wirkenden Blick. Morrigan hatte sich abgewandt, so als ob sie das alles nichts anging. Die grauen Männer hatten sich im Raum verteilt, alle die Hände hinter dem Rücken verschränkt und stur vor sich hin schauend. Niemand schien alarmiert, dass Dylan hier war. Im ersten Augenblick hatte ich gedacht, er wäre gekommen, um mich zu retten und man hätte ihn erwischt. Jetzt war ich mir nicht so sicher, ob man ihn gegen seinen Willen hergebracht hatte.

Ich wusste mir nicht anders zu helfen, also nahm ich ihn bei den Schultern und schüttelte ihn. »Dylan!«, sagte ich wieder in so scharfem Tonfall wie möglich. Das schien ihn aus seinem tranceartigen Zustand zu reißen.

»Alice, ich bin so froh, dass es dir gut geht!«, rief er erleichtert, als er mich sah.

»Wie ... wie bist du hierhergekommen?«

»Ich habe es tatsächlich geschafft, einen Weg zu finden, die Anderswelt zu betreten.«

Und dann war er direkt in die Höhle des Löwen spaziert? Meine Verwirrung musste mir wohl ins Gesicht geschrieben sein, denn Maggie unterbrach uns.

»Nun, ihr beiden habt euch sicher einiges zu erzählen. Ich schlage vor, ihr zieht euch in Alices Zimmer zurück, da könnt ihr ungestört reden.« Ihr Ton wurde spöttischer. »Das heißt, wenn dir das recht ist, Morrigan.«

Morrigan sagte nichts, drehte sich nicht einmal um. Schließlich nickte sie nur und gab den Männern ein Zeichen.

Ich war völlig baff. Wieso erlaubte man mir auf einmal, ungestört mit Dylan zu reden? Aber bevor Maggie und Morrigan es sich noch einmal überlegen konnten, nahm ich Dylans Hand und zog ihn aus dem Zimmer. Die grauen Männer folgten uns und als wir bei meinem Zimmer angekommen waren, schlug ich ihnen die Tür vor der Nase zu. Ein paar Sekunden wartete ich gespannt. Ich hörte keinen Protest. Ungläubig drehte ich mich zu Dylan um. Ich wusste nicht, ob ich lachen oder weinen sollte, deshalb tat ich erst mal beides.

Dylan nahm mein Kinn in die Hand und schaute mir lange in die Augen. Seine Pupillen waren jetzt wieder normal und ich fand in dem Grün seiner Iris genau das, woran ich mich erinnert hatte. Das, woran ich mich die ganzen Tage und Wochen hier festgehalten hatte, wenn ich dachte, ich würde den Mut verlieren. So hatte er mich auch in der Nacht unter der Laterne auf der Ha'penny Bridge angesehen, als er mich zum ersten Mal geküsst hatte. Als ich wusste, dass die Liebe in seinen Augen mir galt, mir allein. Und auch jetzt hatte ich den direkten Vergleich, schließlich waren Ciaras Erinnerungen, die ich vermehrt in letzter Zeit hatte, noch so frisch. Ciara hatte er anders angesehen. Verzückt, innerlich bewegt, ein bisschen geblendet. Die Liebe, mit der er mich ansah, hatte einige Nuancen mehr. Überraschung, Bewunderung und … Vertrauen. Es war schwer zu beschreiben, was ich diesem Blick sah, aber ich wusste, dass er mir galt und niemandem sonst.

Zum ersten Mal, seit ich in der Anderswelt war, traute ich mich loszulassen. Dauernd war ich auf der Hut, dauernd war ich angespannt. Jetzt, in diesem Augenblick ließ ich mich fallen. Unsere Lippen berührten sich und wir versanken in einen innigen Kuss. Ich schloss die Augen und presste mich fest an ihn. Es war wie ein Traum. Besser als ein Traum. Ich fühlte mich warm, sicher und geborgen und wollte, dass es nie mehr aufhörte.

Als wir uns schließlich doch voneinander lösten, hielt ich mich immer noch an seinen breiten Schultern fest und öffnete nur ganz langsam meine Lider. Er lächelte mich mit diesem wundervollen schiefen Lächeln an und unweigerlich gingen auch meine Mundwinkel nach oben.

»Du bist gekommen, um mich zu nach Hause zu holen«, sagte ich. Es war eine Feststellung. Der Kuss hatte mir diese Sicherheit gegeben. »Wie hast du das gemacht? Was ist dein Plan?«

Dylan nahm meine Hände und zog mich zum Bett. Wir setzten uns auf die Bettkante. Dann begann er zu erklären, was er alles für mich getan hatte. Ich konnte es kaum glauben, als er von seiner Verwandlung in die Efeuranken erzählte. Wie war so etwas bloß möglich? Schließlich fasste er nur kurz zusammen, was mit Dr. Brennan passiert war und wie die amerikanische Druidin Avalynn Wannaugh in die ganze Sache involviert war. Und mein Vater war in Dublin und wusste von alldem!

Als er seine Geschichte beendet hatte, war ich fix und alle. So viele Informationen auf einmal zu verdauen, hatte mich völlig erschöpft. Das Adrenalin, das mein Körper bei Dylans Anblick ausgeschüttet hatte, war längst aufgebraucht. Es war mittlerweile kurz vorm Morgengrauen. Ich konnte meine Augen kaum offen halten. »Dylan«, unterbrach ich ihn, als er mir gerade erzählen wollte, wie er Maggie gerufen hatte und was er genau vorhatte. »Ich muss unbedingt ein bisschen schlafen. Hat dein Plan Zeit bis morgen? Oder werden sie dich mir gleich wieder wegnehmen?« Der Gedanke daran ließ mich aufschrecken und ich war für ein paar Sekunden wieder hellwach.

»Nein, ich darf hierbleiben«, beruhigte er mich. Meine Lider schlossen sich wieder und ich sank rückwärts in die Kissen. »Und es ist auch nicht wirklich ein Plan. Es ist ganz einfach. Es ist alles gar nicht so schlimm, wie du denkst. Deshalb bin ich hier. Um dir das zu sagen. Die Lösung liegt so nahe. Und dann können wir nach Hause gehen und niemand wird mehr in Gefahr sein.«

Beruhigt ließ ich mich vom Schlaf übermannen. Dylan würde alles in Ordnung bringen. Ich konnte schlafen. Alles würde gut werden. Kurz bevor mein Bewusstsein schwand, war mir, als hätte er gesagt: »Ciara aufzugeben ist das Richtige, Alice. Du wirst schon sehen.«

Aber das konnte ja nicht sein, war mein letzter Gedanke, bevor ich einschlief. Dylan würde so etwas nicht sagen.

***

Am nächsten Morgen wachte ich mit dem Kopf an Dylans Brust geschmiegt auf. Er hatte irgendwann in der Nacht seine Jacke und seinen Pullover ausgezogen und durch das dünne T-Shirt konnte ich die Wärme seiner Haut spüren und seinen Duft riechen. Ich konnte mich nicht daran erinnern, jemals glücklicher aufgewacht zu sein.

Ich hob den Kopf. Dylan schlief noch selig. Einen Moment lang starrte ich ihn nur an. Mir wurde richtig warm ums Herz und ich hätte ihm so gerne die widerspenstigen Haare aus der Stirn gestrichen. Aber ich wollte nicht, dass er aufwachte und stand stattdessen vorsichtig auf. Lächelnd schnappte ich mir frische Klamotten aus der Kommode und tappte ins Badezimmer, um mich zurechtzumachen.

Als ich wieder ins Zimmer kam, streckte sich Dylan gerade. Noch ganz verschlafen sagte er: »Guten Morgen!«

Ich konnte gar nichts erwidern. Was würde ich dafür geben, dass jeder Morgen so anfing. Ich wäre der glücklichste Mensch auf der Welt.

»Komm her, du«, sagte Dylan und zog mich ins Bett. Ich schmiegte mich wieder an ihn. So als ob er gerade meine Gedanken erraten hätte, sagte er: »Es könnte immer so sein, weißt du? Wäre das nicht toll? Wenn wir so jeden Morgen in Dublin aufwachen würden?«

Ich seufzte. »Ja, das wäre toll. Aber das ist ja leider nicht möglich.«

Dylan setzte sich mit einem Ruck auf, sodass auch ich gezwungen war, meinen Kopf zu heben. »Doch«, sagte er. »Deshalb bin ich hier. Glaube mir, es kann immer so sein. Wir können es möglich machen.«

Ich rutschte hoch und setzte mich ebenfalls auf, mit dem Rücken an das Kopfteil gelehnt. Verwundert fragte ich ihn: »Wovon redest du?«

Dylan holte tief Luft. »Also, jetzt hör mir mal zu. Fall mir nicht gleich ins Wort, sondern lass mich ausreden, okay?«

Ich nickte stumm.

»Ich bin hergekommen, um dich davon zu überzeugen, dass du Ciara Morrigan überlassen sollst. Du glaubst, es sei falsch, aber ich sage dir, es ist richtig. Und dann wäre alles vorbei. Du wärst wieder Alice. Deine Familie und die O'Tools wären sicher. Du könntest ein normales Leben weiterführen. Und … wir könnten weiterhin zusammen sein. Niemand wird sich dagegen stellen, Alice. Das war meine Bedingung, herzukommen und dich davon zu überzeugen.« Gespannt sah er mich an. »Was sagst du dazu?«

Ich konnte einen Augenblick lang überhaupt nicht klar denken, bis ich begriff, was er da sagte. Dann fiel es mir wie Schuppen von den Augen. »Wen haben sie geschnappt, Dylan? Mit wessen Leben haben sie dich erpresst, mir diesen Vorschlag zu machen? Du musst es mir sagen!«

Dylan nahm meine Hand. »Niemand. Aber sie waren kurz davor. Glaub mir, das werden sie auch tun, wenn du dich weiter stur stellst. Doch wir können das verhindern. Und es ist so einfach. Das hier ist keine Erpressung. Glaub mir, ich bin davon überzeugt, du musst Ciara aufgeben.«

Traurig schüttelte ich den Kopf. »Wie kannst du das sagen?«

»Weil ich weiß, dass nichts Schlimmes passieren wird«, beharrte Dylan auf seiner Aussage. »Du glaubst, Morrigan hätte irgendetwas Böses mit Ciaras Seele vor, aber das stimmt nicht. Auch ich kenne das Geheimnis natürlich nicht, aber ich weiß, dass das, was sie vorhat, wichtig für den Fortbestand der Sidhe ist. Es ist ihre

Aufgabe als Königin. Und Ciaras menschliche Essenz wird dann nicht mehr in dir sein. Sie wird in der Königin sein. Ihr wird es dadurch nicht schlechter gehen und ihr wird nichts Böses geschehen.«

Ich sprang vom Bett auf. »Dylan, wie kannst du sagen, dass es das Richtige ist? Das ist doch total verdreht! Hat man dich einer Gehirnwäsche unterzogen?« Ich starrte ihn an. »Morrigan hat Ciara *ihr gesamtes Leben* weggenommen, indem sie sich in ihr hat reinkarnieren lassen. Es ist mir egal, ob ihr behauptet, es wäre das Natürlichste der Welt, dass Sidhe ihr letztes Leben auf Erden in einem Menschen verbringen. Damit raubt ihr den Menschen ihr eigenes Leben. Denn ich glaube nicht, dass diese zwei Seelen friedlich in der einen Brust zusammenleben, von der Geburt bis zum Tod. Erstens hast du mir von den ganzen Komplikationen erzählt, die passieren können. Unsere psychiatrischen Kliniken sind wahrscheinlich voller wiedergeborener Sidhe. Zweitens habe ich das schließlich am eigenen Leibe erlebt. Ich weiß, wie es ist, wenn jemand Fremdes in einem aufwacht. Ob sich Ciara eingestehen wollte, dass etwas mit ihr nicht stimmte oder nicht, mittlerweile weiß ich, dass sie Morrigan gespürt hat.« Meine Stimme wurde immer lauter und ich war mir sicher, dass die grauen Männer vor der Tür mich hörten. Doch das war mir im Moment piep egal.

»Ihr raubt den Menschen die *Freiheit*, ihr eigenes Leben zu bestimmen, Dylan. Und wer gibt euch das Recht? Erzähl mir nichts von Schicksal und Bestimmung und irgendwelchen Göttern. Nein, ihr *nehmt* euch das Recht einfach und beschönigt das dann mit solchem Unsinn.«

Dylan sah nicht nur verdutzt, sondern richtiggehend beleidigt aus. Er hatte die Arme vor der Brust verschränkt. »Du übertreibst ein kleines bisschen, Alice. Normalerweise ist diese Wiedergeburt überhaupt nichts Schlimmes und außerdem steht es nun mal tatsächlich in den Sternen, ob du es glaubst oder nicht. Ich habe viele Jahre mit Realta zusammengearbeitet und weiß, wovon ich rede. Und wenn du recht hättest, dann wäre meine Berufung ja wirklich etwas ganz Schlimmes. Denn das ist nun mal meine magische Fähigkeit. Ich transferiere Seelen.«

Ich hatte ihn in seiner Ehre gekränkt. »Nein, an deinen magischen Fähigkeiten ist an sich nichts Böses dran, Dylan, das sage ich doch gar nicht.« Frustriert ließ ich die Hände fallen. »Nur was du damit tust, ist nicht in Ordnung.«

Dylan schnaubte verächtlich. »Was soll ich denn sonst damit tun? Das ist meine *Berufung*, Alice. Meine Identität.«

»Ich weiß es doch auch nicht«, meinte ich verzweifelt und begann, im Zimmer auf und ab zu gehen. »Ich weiß bloß, dass das nicht richtig sein kann. Zumindest nicht richtig für die Menschen, die ihr für eure Zwecke missbraucht. Aber in diesem Fall kommt ja auch noch was dazu.« Ich blieb stehen und sah Dylan an. »Hast du vergessen, dass Maggie Ciara in den Tod getrieben hat? Ihr Leben, ob es wirklich ihres war oder nicht, sei dahingestellt, wurde ihr frühzeitig genommen. Sie wurde geopfert. Hast du das vergessen? Findest du das etwa auf einmal auch richtig? Denn bislang fandest du das falsch. Bislang hast du alles getan, damit Ciara eine zweite Chance auf ein Leben bekommt. Bislang waren wir einer Meinung, dass Ciaras Tod gerächt und der Gerechtigkeit Genüge getan werden muss.«

Die Schmerzen, die ich in Dylans Augen sehen konnte, waren fast unerträglich, aber ich hatte meinen Gedanken zu Ende bringen müssen, egal wie sehr ich ihn damit quälte. Er musste doch verstehen, dass es falsch war, was er von mir verlangte. Also zwang ich mich, meinen Blick nicht abzuwenden – wenn er leiden musste, würde ich mit ihm leiden.

»Das habe ich nicht vergessen«, sagte er durch zusammengepresste Zähne. »Natürlich war das nicht richtig. Aber es ist nun mal geschehen. Wir können nichts mehr daran ändern, dass Ciara tot ist.« Er schluckte und wischte sich ein paar Tränen aus den Augen. »Wer weiß, ob Maggie eine solch drastische Maßnahme für nötig gehalten hätte, wenn ich nicht gewesen wäre. Denn *ich* bin es doch, der alles durcheinandergebracht hat. Und was ich getan habe, war falsch, Alice. Ich hätte Ciaras Seele nicht nehmen sollen. Ich hätte sie niemals in dir wieder auferstehen lassen sollen. Viele Menschen mussten für meinen Fehler bezahlen, allen voran du. Und wir können dem hiermit jetzt ein Ende setzen. Niemand wird mehr deshalb leiden müssen.« Er senkte den Blick und fügte leise hinzu: »Wenn Ciara schon gestorben ist, wenn ihr das alles angetan wurde, was wir nicht mehr ändern können – dann soll doch zumindest jetzt etwas Gutes dabei herauskommen. Dann soll es eben ein Opfer zum Wohle meines Volkes gewesen sein. Ihre zweite Chance auf ein Leben wird jetzt in Morrigan, der Königin der Sidhe sein. Vielleicht war *das* ihre Bestimmung.«

Ich stand reglos da. Dylan schaute mich mit einem flehenden Blick an. »Bitte, Alice, überleg doch mal. Wir haben nach einem Ausweg gesucht, richtig? Einen Ausweg aus der gesamten Situation. Dass du nicht mehr in der Schusslinie der Sidhe stehst. Dass du wieder Alice sein kannst. Du hast mir gesagt, du weißt jetzt, was du wirklich studieren willst, welchen Weg du im Leben als Alice gehen willst. Der Ausweg ist gefunden. Dieses Leben kannst du jetzt leben. Mein Fehler kann wieder rückgängig gemacht werden. Es wird alles so sein, wie es sein soll. Und es ist so einfach.«

Ich nickte. »Ja«, sagte ich trocken. »Zu einfach.«

Bevor Dylan etwas erwidern konnte, klopfte es an der Tür.

»Ich bin's, Colleen.«

Drei Sekunden vergingen, bevor ich sagte: »Komm rein.«

Colleen schob einen Servierwagen durch die Tür, auf dem allerlei Leckereien angerichtet waren. »Ein spätes Frühstück«, sagte sie. Die Neugier stand ihr ins Gesicht geschrieben, aber sie traute sich wohl nicht, Dylan unverhohlen anzustarren.

»Dylan, das ist Colleen. Eigentlich wurde sie mir als Zofe zugewiesen, aber mittlerweile sind wir gute Freundinnen geworden.«

Colleens Augen leuchteten.

»Freundinnen?« Dylan sah skeptisch aus. »Ja«, sagte ich bestimmt. »Wir können ihr hundertprozentig vertrauen.«

Dylan nickte und nahm sich eins der Gebäckstücke, die nach Nüssen und Äpfeln rochen. Wenn ich vorher auch keinen Appetit gehabt hatte, lief mir jetzt das Wasser im Mund zusammen. Doch bevor ich selber zugreifen konnte, zog mich Colleen in Richtung Badezimmer.

»Komm, ich mach dir schnell noch dein Haar, bevor ich wieder weg muss.« Gut, dass Dylan so mit seinem Frühstück beschäftigt war, sonst hätte er meinen fragendes Gesichtsausdruck gesehen. Aber er schien es wohl ganz normal zu finden, dass Zofen Haare frisierten, und es kam ihm nicht komisch vor, dass es an meinen glatten, schulterlangen Haaren nicht besonders viel zu frisieren gab. *Männer*, dachte ich kopfschüttelnd, während Colleen die Badezimmertür hinter uns zumachte.

»Er hat es tatsächlich geschafft, hierherzukommen und dich zu retten?«, fragte Colleen schwärmerisch.

»Er hat es geschafft, herzukommen. Das mit dem Retten steht noch aus.« Colleen entging mein trockener Tonfall.

»Das muss Liebe sein«, seufzte sie.

»Hmm. Es ist nicht alles Gold, was glänzt«, meinte ich düster.

Colleens Gesicht war ein einziges Fragezeichen. Ich wollte Colleens Illusionen nicht zerstören. Wahrscheinlich hatte die kleine Fee noch nie einen Freund gehabt. Colleen war unheimlich hübsch mit ihren feinen Gesichtszügen, dem hellblonden Haar und den riesigen bernsteinfarbenen Augen, aber sie war so schüchtern, dass ich mir nicht vorstellen konnte, wie sie einen Jungen ansprach. Außerdem war sie ja auch für Sidheverhältnisse noch jung.

Ich winkte ab. »Ich erzähle dir alles ein anderes Mal, okay? Jetzt sollten Dylan und ich wirklich weiterreden. Wir haben einiges zu klären …«

»Warte noch«, fiel mir Colleen aufgeregt ins Wort. »Ich habe dir eigentlich was anderes sagen wollen.« Ihr Blick wurde ernst. Im Flüsterton fuhr sie fort: »Ich habe es in die Wege geleitet. Du weißt schon, worum du mich gebeten hast. Es ist alles für heute Nacht arrangiert.« Sie wurde merklich unsicherer. »Aber jetzt … willst du immer noch flüchten? Hat Dylan einen anderen Plan? Oder …?«

Ich stemmte die Hände in die Hüften und verspürte den Drang, auf und ab zu gehen, aber in dem kleinen Badezimmer blieb mir nichts anderes übrig, als mich im Kreis zu drehen. »Ja, er hat einen anderen Plan. Aber der Plan gefällt mir nicht. Wir diskutieren gerade darüber.«

Colleen sagte nichts. Aber trotzdem stand die Frage im Raum: Wollte ich es wagen und heute Nacht fliehen? Oder änderte die Tatsache, dass Dylan jetzt da war, etwas an unserem Vorhaben?

»Kannst du mir mehr Einzelheiten verraten, Colleen?«

Colleen senkte den Blick. »Ich kenne jemanden, der dich in ein Lager bringt. Von da könntest du bestimmt nach Hause.« Jetzt schaute sie mich wieder an. »Dort kommen entlaufene Menschensklaven hin, die wieder in die Menschenwelt geschleust werden.«

Ich musterte die kleine Fee. »Woher weißt du denn so etwas?«

Colleen wurde rot. »Von dem, der dich dort hinbringt.« Sie musste meinen skeptischen Gesichtsausdruck bemerkt haben, denn sie fügte hinzu. »Er ist absolut zuverlässig. Ich lege für ihn meine Hand ins Feuer.« Noch nie hatte ich einen solch selbstbewussten Ton in Colleens Stimme gehört.

Ich überlegte. »Okay«, sagte ich schließlich. Wenn ihre Quelle wirklich zuverlässig war, dann schien dieses Lager tatsächlich meine beste Chance, aus der Anderswelt zu fliehen und Morrigan und ihren Erpressungsversuchen zu entkommen. Wie ich eine weitere Verfolgung durch die Phantomkönigin vermeiden wollte, könnte ich dann immer noch überlegen, wenn ich wieder in meiner Welt war.

Doch was ist, wenn Dylan recht hat, flüsterte eine kleine Stimme in mir. Ich fühlte mich schon erschöpft, wenn ich nur daran dachte, dass ich vielleicht für immer auf der Flucht würde sein müssen. Müde setzte ich mich auf den Rand der Badewanne. Es könnte vorbei sein und ich könnte für immer Ruhe haben. In Frieden leben. Der Gedanke schien mir auf einmal sehr verlockend. Und wenn Dylan recht hatte, und es gar nicht so schlimm war, wenn ich Ciara Morrigan überließ …

Colleen sah mich gespannt an. Irgendetwas war anders an ihr, fiel mir auf.

Als wir uns kennengelernt hatten, hatte sie immer so devot ausgesehen. Sie und die anderen Bediensteten hier hatten mich immer an Roboter erinnert, die ihre Arbeit ausführten und keine eigene Meinung hatten und nichts hinterfragten. Ich konnte mich noch gut an unser erstes Gespräch erinnern, als sie überhaupt nicht einsehen konnte, dass eventuell daran etwas falsch war, einem kleinen Mädchen zu sagen, es müsse bis an sein Lebensende adlige Sidhe bedienen.

Natürlich war Colleen immer noch nicht weniger davon überzeugt, dass sie ihrer Berufung treu bleiben musste und dass die Königin mit Gottesgnadentum regierte. Wie bei Dylan waren diese Ideen so tief verwurzelt, dass da irgendeine Blockade war, die mit guten – mir sehr logisch erscheinenden – Argumenten nicht zu durchdringen war. Aber in den letzten Tagen hatte ich einen Wandel bei Colleen miterlebt. Sie war nämlich ein cleveres Mädchen und wenn man sie erst einmal dazu anregte, über Dinge zu philosophieren, öffnete sie sich ganz von alleine. Und ganz langsam fielen ihr Sachen auf, vor denen sie bislang die Augen verschlossen hatte. Zum Beispiel die Menschensklaven.

Und das erinnerte mich wiederum daran, dass auch ich nicht einfach solche Dinge ignorieren konnte. Dylan wollte mir weismachen, dass alles irgendwie okay war, was Morrigan tat? Egal wie es Ciara weiterhin in Morrigan ergehen würde, hier hatte ich ein Beispiel für eine ihrer Praktiken, die definitiv nicht okay waren. Vielleicht könnte ich ignorieren, dass es meines Erachtens nicht rechtens war, wie Morrigan mit ihrem eigenen Volk umging. Wie sagte man so schön: Andere Länder, andere Sitten. Aber ich konnte nicht ignorieren, was den Menschen angetan wurde, die hierher verschleppt wurden, und denen, die Sidhe in unserer Welt für ihre eigenen Zwecke missbrauchte. So verlockend es auch war, mich und meine Familie für immer in Sicherheit zu wissen, die Aussicht auf ein schönes Leben gefüllt mit Lachen und Liebe zu haben – es käme mir so vor, als würde ich nicht nur Ciaras, sondern auch meine Seele für diesen Handel verkaufen.

Aber würde ich Dylan auch davon überzeugen können? Natürlich wollte ich, dass er mitkam. Dafür musste ich hundertprozentig sicher sein, dass er verstand, warum ich auf Morrigans Handel nicht eingehen konnte. Aber andererseits konnte ich ihn doch nicht zurücklassen! Nach alledem, was er für mich auf sich genommen hatte.

»Muss es heute Nacht sein, Colleen?« Wenn ich noch ein bisschen mehr Zeit hätte …

»Ja, unbedingt. Ich weiß nicht, wann sich sonst wieder die Chance bietet.« Colleen nagte auf ihrer Unterlippe herum. »Und ich musste einige davon überzeugen, mir blind zu vertrauen, damit der Plan klappt. Meine Patin zum Beispiel. Es bricht mir das Herz, wenn ich daran denke, dass ich sie damit reinziehe und was ihnen passieren könnte. Jetzt noch mal alles zu verschieben …«

»Du hast recht«, unterbrach ich sie. Ich stand auf. »Ich weiß zu schätzen, was für ein Risiko du auf dich genommen hast und immer noch auf dich nehmen wirst. Ich werde auf ewig zu schätzen wissen, was du für mich getan hast, Colleen. Ich werde heute Nacht flüchten.« Mit oder ohne Dylan, dachte ich traurig. »Und jetzt sag mir ganz genau, was passieren wird und was ich tun muss.«

kapitel sechzehn
dylan

Seine Lider flatterten auf und ab. Für einen Augenblick wusste er nicht, wo er war. Sein Kopf schmerzte dumpf. Ihm war speiübel. Vorsichtig zog er sich an dem Stuhl hoch, neben dem er lag. Jetzt erinnerte er sich. Er war in Morrigans Speisesaal. Eben hatten Alice, Morrigan, Maggie und er noch zu Abend gegessen. Der unheimlich üble Geschmack im Mund verleitete ihn dazu, als Allererstes nach dem Becher mit Wasser zu greifen, bevor er sich umsah.

Niemand saß am Tisch. Wo waren alle? Auch der Stuhl neben ihm, wo Alice gerade noch gesessen hatte, war leer. Die Kartoffeln und das Gemüse auf ihrem Teller schien sie nicht angerührt zu haben. Sein Blick ging zur gegenüberliegenden Seite des Tisches, wo Morrigan und Maggie gesessen hatten. Maggies Stuhl war wohl umgefallen. Das Tischtuch war verrutscht. Eine dunkle Ahnung befiel ihn und er stand auf und ging um den Tisch herum. Dort lagen Morrigan und Maggie, genauso bewusstlos, wie er es gerade gewesen war. Das dumpfe Pochen in seinem Schädel machte es ihm schwer, sich zu entscheiden: Sollte er versuchen, die beiden wachzurütteln oder weglaufen, um Alice zu finden?

Die Entscheidung wurde ihm abgenommen, als die Schwestern sich zu rühren begannen. Beide waren schnell wieder auf den Beinen. Maggie schien die Situation sofort zu verstehen. Sie griff Dylan bei den Schultern und schüttelte ihn. »Wo ist sie? Wo ist sie hin?«

Dylan begriff immer noch nicht, was hier vor sich ging. Maggie sah, dass er verwirrter war als sie und ließ von ihm ab. Aber Morrigan war stinkwütend.

»Jemand in meiner Küche hat es gewagt, mich zu vergiften?«, keifte sie. »Ich werde sie alle foltern lassen, bis ich herausgefunden habe, wer das war. Allesamt. Und dann werde ich ein Exempel statuieren.«

Maggie schüttelte resigniert den Kopf. »Die werden dichthalten. Sie werden zu Loyalität erzogen und deshalb werden sie auch ihresgleichen nicht verraten. Und ich vermute stark, die Verräterin ist mitsamt Alice über alle Berge. Diese kleine *Cailín*. Es kann nur sie gewesen sein. Ich habe sie unterschätzt.«

»Wenn nicht, dann kann sie sich darauf gefasst machen, dass sie ihren Verrat bitter bereuen wird«, spuckte Morrigan die Worte aus.

»Ich habe keine Zweifel daran. Aber jetzt sollten wir uns erst mal darauf konzentrieren, Alice wieder einzufangen. Weit kann sie nicht sein.« Maggie zog Morrigan mit sich aus dem Raum. Wie betäubt folgte Dylan den beiden. Vor der Tür lagen sechs Männer in grauen Kutten und schliefen selig. Maggie trat einen mit dem Fuß in die Seite, sodass dieser aufschreckte. »Ganz tollen Job gemacht, du Nichtsnutz.« Der Mann sprang auf.

»Es roch auf einmal so komisch und dann …«

»Deine Ausreden kannst du dir für später aufsparen. Weck sofort die anderen und trommele alle Wachen zusammen. Das Mädchen ist entkommen. Nehmt die Hunde, um sie zu finden.«

Der Mann nickte und machte sich mit hochrotem Kopf daran, Maggies Anweisungen auszuführen. »Ich werde die Eiche befragen«, rief Morrigan ihrer Schwester zu, während sie sich schon auf den Weg in Richtung Eichensaal machte. »Ich darf für die nächste Stunde oder so auf keinen Fall gestört werden. Verhöre du das Personal. Jemand muss etwas wissen. Finde dieses Dienstmädchen, wenn sie noch da ist. Wende jede Foltermethode an, die im Buche steht.«

Maggie nickte nur stumm. Als Morrigan weg war, schaute sie Dylan an. »Wenn die Lage nicht so ernst wäre, würde ich mich über dich kaputtlachen. Deinem bedepperten Gesicht nach zu urteilen, wusstest du wohl von nichts, was? Ha, von wegen, große Liebe. Alice schert sich anscheinend einen Dreck um dich. Du warst mir vielleicht eine tolle Hilfe! Hierfür habe ich dich in die Anderswelt geholt? Geh mir aus den Augen, du Versager!« Dann verschwand sie wieder in den Speisesaal, wohl, um von dort aus den Dienstbotengang zur Küche zu nehmen.

Dylan stolperte den Flur entlang. In der großen, hell beleuchteten Lobby wuselten mehr Sidhe umher als gewöhnlich um diese Uhrzeit. Alices Verschwinden hatte sich herumgesprochen. Die Menge teilte sich, als gut zwei Dutzend graue Männer mit Hunden in Richtung Eingangstor stürmten. Die grauen, zotteligen Hunde hechelten und zerrten an den Leinen – es mussten wohl die größten Wolfshunde sein, die Dylan je in der Anderswelt gesehen hatte. Von anderen Anwesenden, die ebenfalls respektvoll zurückwichen, wurde er gegen die Wand gepresst. Er konnte im Rücken spüren, wie sich die grünen Poren in der Wand auf den Druck hin schlossen. Die breite Treppe war nicht weit. Er zog sich am Geländer hoch und kämpfte gegen die Masse herunterkommender Sidhe an. Im ersten Stock war schon nichts mehr los und auf der zweiten Ebene konnte er das das laute Wirrwarr vieler Stimmen kaum noch vernehmen. Dylan stieß die Tür zu Alices Zimmer auf.

Ein Teil von ihm war sich sicher gewesen, dass sich alle anderen irrten und dass Alice gar nicht verschwunden war. Ein »Da bist du ja, alle suchen dich« lag ihm schon auf den Lippen. Doch Alices Zimmer war leer. Dylan riss mit einem letzten Hoffnungsschimmer die Badezimmertür auf. Keine Spur von Alice.

Mit letzter Kraft ließ er sich aufs Bett fallen und starrte die hohe Zimmerdecke an. Er konnte nicht glauben, dass Alice freiwillig aus dem Palast flüchten würde, ohne ihn mitzunehmen oder ihm zumindest von dem Plan zu erzählen. Stundenlang hatten sie heute Nachmittag diskutiert. Alice hatte ihm von den Käfigen mit den Menschen erzählt, die einmal Sklaven werden würden. Von der

Hirschkuh, der Morrigan ohne mit der Wimper zu zucken beim lebendigen Leibe das Herz herausgeschnitten hatte. Davon, wie Morrigan abfällig über Menschen sprach und Sidhe mit »niedrigem« Berufsstand behandelte, als wenn sie ihr Leibeigentum wären. Wie konnte er die Motive einer solchen Königin *nicht* grundsätzlich infrage stellen?, hatte sie ihn gefragt. Wie konnte er von ihr verlangen, dass sie einer solchen Frau – einem solchen *Wesen* – Ciaras Seele anvertraute?

Keine Sekunde lange hatte er abgestritten, dass Morrigans Verhalten in all diesen Belangen kaltherzig und gemein erschien.

»Aber du änderst doch nichts an alledem, wenn du Ciara behältst, Alice«, versuchte er ihr Vernunft einzureden. »Du änderst doch damit nicht, wie Morrigan regiert und wie sie Menschen und Sidhe behandelt. Ob du es gut findest oder nicht, so *ist* es nun mal hier in der Anderswelt. Es ist nicht deine Welt. Was kümmert es dich denn?«

Das brachte Alice zum Nachdenken und eine Weile sagte sie gar nichts.

»Es ist auch nicht Ciaras Welt«, sagte sie schließlich. »Weder die Königin noch du könnt mich davon überzeugen, dass Morrigans Wiedergeburt in Ciara irgendwie der natürliche Lauf der Dinge sein sollte. Dass Ciara Morrigan irgendwie gehört.«

Ihr Gespräch drehte sich immer wieder im Kreis.

»Was willst du denn dann machen?«, fragte er schließlich frustriert. »Denn Ciara in dir ist auch nicht natürlich und auch nicht richtig.«

Daran hatte Alice offensichtlich zu knabbern. Am Ende war es das Einzige gewesen, worauf sie sich hatten einigen können. »Stimmt. Ciara gehört auch nicht zu mir, da gebe ich dir recht. Trotzdem, ich weiß in meinem Herzen, sie Morrigan zu geben, ist schlimmer. Es muss einen anderen Weg geben. Ich muss ihn nur finden.«

Spätestens zu dem Zeitpunkt hätte sie ihm doch erzählt, dass sie schon einen Plan hatte.

Mit einem Ruck setzte er sich im Bett auf. Jemand anderes musste dahinterstecken. Jemand musste sie entführt haben und Alice hatte überhaupt nichts davon gewusst. Aber wer? Das ergab doch alles keinen Sinn!

Dylan ließ den Kopf wieder aufs Kissen fallen. Ein Rascheln ließ ihn aufhorchen und er rollte den Kopf hin und her. Es hörte sich definitiv wie knisterndes Papier. Er fuhr mit der Hand in den Kissenbezug und zog einen kleinen, eng beschriebenen Zettel heraus. Es war Alices Handschrift!

Lieber Dylan,
Du meinst, Ciara Morrigan zu überlassen, sei das Richtige.
Das Richtige für dein Volk, für dich, für mich, für meine
Familie und Freunde. Vielleicht hast du damit sogar recht.
Aber ich weiß, dass es nicht das Richtige für Ciara ist. Nur das
kann in dem Augenblick zählen, wenn ich Ciara freiwillig
aufgebe. Das kannst du nicht sehen. Denn dafür musst du alles
infrage stellen, was man dir seit frühester Kindheit eingebläut
hat. Dafür musst du deine Berufung, deine Fähigkeiten, deine
Königin, ja, das Existenzrecht deines gesamten Volkes hinter-
fragen. Und das kannst du nicht. Ich weiß, dass du mich liebst,
aber das wird immer zwischen uns stehen. Es erscheint mir eine
größere Barriere als die Tatsache, dass du ewig leben wirst und
ich altern werde. Dass du in diese Welt gehörst und ich in eine
andere. All solche Hürden kann man vielleicht überwinden,
wenn man sich freien Willens für ein Leben entscheidet und
in diesem Bewusstsein die Konsequenzen dafür trägt. Aber du
weißt nicht wirklich, was Freiheit ist. Wie kannst du entschei-
den, was richtig ist, für dich, für mich, für Ciara?
Du hast alles für mich getan, was du konntest. Dafür werde
ich dir auf ewig dankbar sein.
Ich weiß, ich tue dir hiermit weh. Und ich weiß, was die
Konsequenz dieser Entscheidung sein wird. Ich werde dich
vermissen.
Es tut mir so unendlich leid.
In Liebe, Alice

Dylan fühlte keine Schmerzen der Trauer, wie Alice wohl vermutet hatte. Nein, er fühlte etwas, was er in diesem Ausmaß noch nie gefühlt hatte: Die pure Wut. Er war stinksauer.

Ohne zu zögern zerriss er den Brief in tausend Fetzen und stürmte aus dem Zimmer, die Treppe hinunter, durch die Eingangstür aus dem Palast. Es kümmerte ihn nicht, dass er dabei andere anrempelte, die immer noch im Eingangsbereich und vor dem Palast herumwuselten. Er wollte nur weg hier. Alice hatte ihn gelinde gesagt zum Narren gehalten. Es war nur rechtens, dass sich alle über ihn kaputtlachten. Er hatte alles für sie getan, *alles*! Er hatte seinen Körper desintegrieren lassen, um tagelang als Efeu an einen Baum gefesselt zu sein. Mehr Hingabe war doch gar nicht möglich! Er hatte ihr mit alledem seine Liebe beweisen wollen und sie trat diese Liebe mit Füßen.

Sie stellte es so dar, als wäre er eine Marionette der Königin, als hätte er keinen eigenen Willen. Dabei hatte er sich mehrere Male schon gegen sein Volk gestellt, hatte gegen das rebelliert, was man ihm beigebracht hatte. Schließlich hatte er sie so in das Schlamassel überhaupt erst reingeritten. Und der größte Liebesbeweis von allen war, dass er sich für *sie* und gegen sein Volk entschieden hatte. Aber das schien jetzt alles nicht mehr zu zählen.

Nein, nur Alice wusste anscheinend, was richtig und falsch, was gut und böse war. War sie jetzt vielleicht die neue Göttin, oder was? Hatte sie die Weisheit mit Löffeln gefressen? Diese Anmaßung!

Dylan stampfte im Eilschritt den Weg entlang und schaute nicht nach links oder rechts. Er wusste gar nicht, wo er hinging, und es war ihm auch egal. Nur weg von dem See, in dem er fast ertrunken wäre, um sich für Alice zu opfern. Nur weg von dem Palast, in dem die Königin war, die aussah wie Ciara. Deren Anblick er unter Schmerzen für Alice ertragen hatte. Weg, weg, weg von der heiligen Eiche, die zu finden und mit dem Efeurankenzauber zu belegen nicht nur er, sondern andere alles stehen und liegen gelassen und sich in Lebensgefahr gebracht hatten. Damit er in die Anderswelt gelangen und Alice retten konnte. Was hätte er sich selber und anderen alles ersparen können, wenn er gewusst hätte, dass Alice ihre Hilfe einfach verschmähen würde.

Irgendwann hatte er sich so in seine Wut hineingesteigert, dass ihm heiße Tränen kamen. Schluchzer stiegen in seiner Kehle hoch, die er versuchte herunterzuschlucken. Aber bald hörte er auf, dagegen anzukämpfen. Er bebte am ganzen Körper und versuchte krampfhaft, Luft in seine Lungen zu saugen.

Schließlich hatte ihn das Weinen so verausgabt, dass er sich gegen einen Felsen lehnte, an ihm herunterrutschte und die Stirn auf die hochgezogenen Knie legte. Nur noch ein leises Wimmern war nun zu hören, bis er schließlich ganz verstummte.

Nach einer Weile stand er benommen auf und klopfte Erde von seinen Hosenbeinen. Er sah sich um und nahm zum ersten Mal seine Umgebung war, die im Mondlicht gut auszumachen war. Die Küste war nicht weit entfernt. Er schlang die Arme um sich, als würde er auseinanderbrechen, wenn er sich nicht selber festhielt, und ging den Weg weiter, dem er schon blind gefolgt war, seitdem er aus dem Palast gestürmt war.

In der Ferne sah er schemenhaft würfelartige Formen. Er ging darauf zu und war sich bald ziemlich sicher, dass es die Käfige sein mussten, von denen Alice ihm erzählt hatte. Als er näher kam, fiel ihm auf, dass der erste leer war. Ob Alice hier dringesessen hatte? Sanft berührte er die Maschen, ließ aber die Hand schnell wieder fallen, als er sich vorstellen musste, wie allein und verängstigt Alice sich hier gefühlt hatte. Er wollte momentan kein Mitleid mit ihr haben.

Er glaubte, eine Bewegung in dem nächsten Käfig gesehen zu haben, der gut zwanzig Meter entfernt war. Das fahle Mondlicht verbreitete eine unwirkliche, unheimliche Atmosphäre. Irgendwo rief ein Uhu und Dylan kam sich vor, als ob er einen Warnschrei ignorierte, als er trotzdem auf den Käfig zuging. »Hallo?«, sagte er leise.

Die Gestalt im Käfig hörte auf, sich zu bewegen. Vorsichtig näherte sich Dylan dem Käfig. Was für ein Mensch wohl darin war? Was hatte er getan? Hatte er verdient, dort drin zu sein? »Wer bist du?«, fragte er, als er direkt vor dem Käfig stand. Keine Reaktion. Die Gestalt schien zur Salzsäule erstarrt zu sein. Er räusperte sich unentschlossen. »Ich bin Dylan und du?«, versuchte er es noch einmal und beugte sich vor. Vielleicht konnte er ja etwas durch die Maschen sehen.

Plötzlich presste sich wie aus dem Nichts ein großes blaues Auge gegen die Maschenöffnung. Erschrocken wich Dylan zurück. Das Auge schaute hin und her und musterte ihn schließlich. Es war umrahmt von dichten schwarzen Wimpern.

»Joanna«, flüsterte eine Mädchenstimme leise aus dem Käfig.

»Hallo, Joanna«, antwortete Dylan. Er versuchte, an den Maschen zu ziehen, aber das Material war fester, als es aussah. Irgendwo musste ein Eingang sein. Er ging einmal um den Käfig herum, sah nichts und begann dann die Wände abzutasten. Joanna hatte immer noch ihr Auge gegen die Maschenöffnung gepresst, als er wieder auf ihrer Seite ankam. »Joanna, wie lange bist du schon hier drin?«

Keine Antwort. Er versuchte etwas anderes. »Wo kommst du denn her?«

»Meine Mama wohnt in Clifden.« Die Stimme klang noch so jung. Aber das Auge war fast auf seiner Höhe, also war sie wohl beinahe so groß wie er und konnte kein Kind mehr sein. »Wie alt bist du, Joanna?«

»Acht.« Dylan musste lächeln. »Ich glaube nicht, dass du acht bist, Joanna. Du bist viel zu groß für ein achtjähriges Kind.«

Eine Träne lief aus dem blauen Auge. Dylans Brustkorb wurde enger. » Joanna, bist du schon so viele Jahre hier drin?« Das konnte ja wohl nicht sein. »Wie bist du hierhergekommen?«

»Die Frau mit dem roten Haar«, sprach Joanna jetzt etwas lauter. »Sie kommt manchmal und singt für mich. Sie hat mich hergebracht. Aber sie lässt mich nicht mehr gehen.«

Seine Kehle schnürte sich zu. »Joanna, ich versuche, dich hier herauszubekommen, okay?« Hektisch tastete er weiter den Käfig ab. Überall waren die Maschen gleich. Nirgends konnte er eine Öffnung oder einen Spalt finden. »Ich muss nur irgendwie zu dir reinkommen. Dir wird doch Essen gebracht, oder? Wie kommt das zu dir rein?«

Keine Antwort. Joanna löste ihr Auge von der Wand. »Joanna?«, rief Dylan. »Kannst du mir sagen …«

»Komm hinfort, o Menschenkind, dorthin, wo Wasser und Wildnis sind«, unterbrach ihn das Mädchen.

Dylan hielt inne. »Was?«

»Komm hinfort, o Menschenkind, dorthin, wo Wasser und Wildnis sind, lass dich führen von den Feen«, wiederholte Joanna schnell. Ihm kamen die Worte bekannt vor. Dann fiel es ihm ein. »Das ist ein Gedicht von William Butler Yeats«, sagte er. »*Das gestohlene Kind.*«

»Komm hinfort, o Menschenkind, dorthin, wo Wasser und Wildnis sind, lass dich führen von den Feen, denn diese Welt kennt mehr Kummer, als je einer könnt verstehen.« Joanna wiederholte die Zeilen des Gedichts immer wieder und sprach immer schneller. So, als ob sie es auswendig lernen wollte. Zuerst war Dylan verblüfft, dann rief er: »Joanna! Hör auf! Sag mir bitte, wie ich in diesen Käfig komme, damit ich dich befreien kann.«

Aber Joanna hörte nicht auf. »Komm hinfort, o Menschenkind«, ging es immer wieder von vorne los.

»Joanna, sei still!«, versuchte er erneut auf das Mädchen einzureden. Doch sie wollte sich nicht beruhigen. Die Insassen der anderen Käfige schienen sich von ihrem hysterischen Verhalten anstecken zu lassen und fingen nun auch an zu rumoren. Jemand stieß einen langen, schrillen Schrei aus. Eine Frau fing laut an zu beten. Verstört lief Dylan von einem Käfig zum anderen und fragte immer wieder, wie er helfen konnte. Niemand antwortete ihm.

Schließlich gab er auf, legte die Hände über die Ohren und rannte weg. Er konnte die schrecklichen Geräusche nicht mehr ertragen. Er wollte sich gerne weismachen, dass die Menschen in den Käfigen schon verrückt gewesen waren, bevor man sie hineingetan hatte. Aber es wollte ihm nicht so ganz gelingen.

Er hatte nie zuvor genauer darüber nachgedacht, was mit den Menschensklaven geschah. Auch für ihn stand außer Frage, dass es schrecklich war, Menschen in die Anderswelt verschwinden zu lassen. Er hatte gehört, dass man ihren Willen brach, damit sie als Sklaven für die Sidhe arbeiteten. Aber er hatte einfach gedacht, sie würden sich natürlich irgendwann fügen, schließlich blieb ihnen nichts anderes übrig. Dass sie jahrelang in Käfigen gehalten werden, hätte er nicht vermutet – oder besser gesagt, er hatte es nicht wissen wollen. Alice hatte natürlich recht: Es war nicht richtig, was man den Menschen hier antat.

Dylan lief ganz bis zum Strand hinunter, bis er direkt vor der Brandung stand. Jetzt konnte er nicht mehr weiter. Am liebsten wäre er jetzt weitergegangen, ins Meer hinein, bis er keinen Boden mehr unter den Füßen hatte. Er wollte in die dunklen Tiefen des Ozeans sinken, wo ihn keiner finden würde. Ach, wie sehr sehnte er sich danach, es Ciara gleichzutun. Aber es nützte nichts. Er konnte sich nicht umbringen, selbst wenn er wollte. Er war dazu verdammt, auf ewig mit dieser ganzen verkorksten Geschichte leben zu müssen. Mit dem ständigen Zustand der völligen Hoffnungslosigkeit und Ratlosigkeit, die von ihm Besitz ergriffen hatten.

Es gab eine Chance, dem Ganzen ein Ende zu setzen, fiel ihm ein. Er war zwar noch verhältnismäßig jung, aber jetzt begriff er zum ersten Mal, was lebensmüde überhaupt bedeutete. Warum nicht? Dann wäre alles vorbei. Er wäre Alice nicht mehr Weg. Es würden keine weiteren Menschen wegen ihm leiden müssen. Er müsste sich nicht überlegen, wie es weiterging. Der endlose Kreis der Wiedergutmachungen wäre endlich geschlossen.

Aber er hatte keine magischen Fähigkeiten und deshalb auch keine telepathische Verbindung zu einem *Coimeádaí*, der seine Seele binden könnte. Selbst dieser Ausweg, so feige wie er auch sein mochte, blieb ihm versperrt. Er musste an seinen Freund, den Seelenhüter denken. Wie einfach alles früher gewesen war. Coimeádaí, Realta und er hatten Spaß und Freude an ihrem Beruf gehabt. Er hatte es für ein Privileg gehalten, so viel in der Welt der Menschen und der Anderswelt herumzukommen, viele Seelen kennenzulernen. Er war stolz auf seine Berufung gewesen. Er vermisste seinen Freund. » Coimeádaí «, sagte er leise. Seine Worte wurden von der lauten Brandung verschluckt. »Ich bin verloren. Hilf mir, hilf mir, mein Freund.«

Plötzlich nahm der Wind rapide zu. Dylan hatte sich noch nicht mal Zeit genommen, eine Jacke überzuziehen, als er aus dem Palast gestürmt war. Erst jetzt fiel ihm auf, dass die Kälte bis auf seine Knochen durchgedrungen war. Ihm war noch nie so kalt gewesen wie in diesem Augenblick. Aber er hieß sie willkommen, die Kälte, die nun die letzte Glut in seinem Innern auslöschte.

»Dylan«, sagte eine ihm so bekannte Stimme hinter ihm. Erst wagte er es nicht, den Blick vom Horizont zu lösen, wo sich ein schnell aufziehender Sturm ein Duell mit dem Morgengrauen zu liefern schien. Wie angewurzelt stand er da. Der allerletzte Funke Hoffnung in seinem Herzen glühte nur wegen dieser Stimme, und wenn er sich jetzt umdrehte, und sich herausstellte, dass er sie sich eingebildet hatte, würde auch dieser Funke ausgelöscht werden.

»Dylan, bitte schau mich an.«

Er schloss die Augen, holte tief Luft und drehte sich um.

kapitel siebzehn
alice

»Ihr könnt rauskommen, wir machen eine kurze Pause.« Der Junge schob ein paar der Behältnisse auf der Ladefläche zur Seite und reichte Colleen die Hand. Die wurde knallrot und wich seinem Blick aus, als sie aus dem Gefährt kletterte. Dann half er auch mir aus dem Wagen. Draußen fing es gerade an zu dämmern. Wir mussten mehrere Stunden gefahren sein. In meiner Welt wären wir natürlich schon längst auf der anderen Seite der Insel angekommen, aber im Irland der Anderswelt gab es keine Autobahnen. Und auch anscheinend nicht so viel Verkehr. Ich schaute mich um. Wir standen etwas abseits der Straße und weit und breit konnte ich weder Sidhe noch andere dieser sonderbaren Gefährte sehen, mit dem wir geflüchtet waren.

»Das ist übrigens Tio«, sagte Colleen leise. Die Schüchternheit, die sie in meiner Gegenwart längst abgelegt hatte, war anscheinend wieder zurückgekommen. Ich musterte den großen, schlaksigen Sidhejungen neben mir. Colleen vermied es immer noch angestrengt, ihn anzusehen.

»Danke«, sagte ich zu Tio. »Es ist für mich nicht selbstverständlich, dass du mir hilfst. Ich weiß, dass ihr Sidhe euch lieber an die Regeln haltet und euch eigentlich nie gegen die Anweisung der Königin oder der Ältesten stellt. Also wirklich: Danke.«

»Kein Problem«, winkte Tio ab. Seine braunen Knopfaugen leuchteten, als er sagte: »Für Colleen würde ich alles tun.«

Colleen wurde noch röter im Gesicht, wenn das überhaupt möglich war. Allerdings konnte man das nur an ihrer Nasenspitze erkennen, denn die glatten blonden Haare hatte sie mal wieder wie ein Vorhang vor dem Gesicht hängen.

»Woher kennt ihr euch? Bist du so etwas wie …« Ich drehte mich zu den Behältnissen auf der Ladefläche um. »… ein Lieferjunge?«

Tio schüttelte den Kopf, griff in die Tasche, die er sich über die Schulter gehängt hatte, zog Gebäckstücke und Birnen heraus und teilte alles unter uns auf. Gierig biss ich in eine Birne: Ich hatte ganz schönen Hunger, nachdem ich gestern beim Abendessen das gute, aber vergiftete Essen hatte stehen lassen müssen. Der süße Saft tropfte herunter. Es schmeckte herrlich.

»Was ist ein Lieferjunge?«, traute sich Colleen zu fragen.

»Jemand, der Waren von A nach B bringt«, antwortete ich knapp. Ich hatte mich langsam daran gewöhnt, dass Colleen manche Begriffe aus der Menschenwelt nicht kannte.

»Ich bin ein Fahrer – ein *Tiománaí*«, meinte Tio sichtlich stolz.

»Tio bringt Sachen aus dem ganzen Land in den Palast. Lebensmittel und so weiter. Stell dir vor, er kann ständig durchs ganze Land reisen«, meinte Colleen aufgeregt.

Aha, wahrscheinlich musste das Volk für seine Königin Abgaben leisten – wie bei uns im Mittelalter, – dachte ich verächtlich. Die Sidhe waren schon sonderbar. In manchen Dingen würden wir sie zweifelsohne als rückständig bezeichnen, in anderen waren sie uns weit voraus. Die Technologie war einfach erstaunlich. So auch das »Auto«, mit dem wir gerade gereist waren.

»Was ist das für ein Gefährt?«, fragte ich.

»Oh«, fing Tio an, mit vollem Mund zu erklären, »es ist das Neueste vom Neuesten. Ich wette, euch war dahinten weder kalt noch warm, oder? Diese Porenhaut rundherum funktioniert so, dass die perfekte Temperatur für die Waren automatisch geregelt wird. Außerdem sind die Räder …«

»Wie wird es denn angetrieben?«, unterbrach ich Tio, bevor er sich in technischen Details verlor. Das interessierte mich, denn Abgase hatte ich hier noch keine gesehen.

»Ach so.« Begeistert klatschte er in die Hände. »Ich weiß, wie ihr das nennt: eine Batterie. Aber wir stellen die hier aus Bakterien selber her. Nach dem Vorbild des Zitteraals. Weißt du, was ein Zitteraal ist?«

Ich erinnerte mich an Besuche in Terrarien, wo eine Anzeige über dem Aquarium immer die Voltzahl anzeigte, die dieses Tier gerade an Energie ausstieß, und nickte.

»Tio kann Energie mit seinen Händen erzeugen«, erklärte mir Colleen stolz. »Diese magische Fähigkeit haben nicht viele.« Sie stupste Tio an. Der war jetzt an der Reihe, verlegen zum Boden zu schauen und murmelte sich etwas in den nichtvorhandenen Bart, das sich so anhörte wie: »Nichts Besonderes.«

Ich verstand die beiden so, dass Tio Elektrizität erzeugen könnte. Das nannte ich mal eine nützliche Fähigkeit. Wenn es nicht viele Sidhe gab, die Autos sozusagen von Hand antreiben konnten, dann erklärte das auch, warum es hier anscheinend nie so viele dieser Gefährte gab.

»Ich bin alle paar Tage im Palast. Ich freue mich immer darauf, weil Colleen da ist«, sagte Tio und schluckte das letzte Stück Brot runter.

»Wir unterhalten uns«, lächelte Colleen. »Und von Tio weiß ich auch, dass es dieses Lager gibt. Er kennt da jemanden, nicht wahr, Tio?«

Der nickte heftig. »Ich habe Colleen sofort gesagt, dass ich helfe. Egal, was es ist, habe ich gesagt, ich helfe dir.«

Mir war momentan ganz sicher alles andere als zum Lachen zumute, aber die beiden brachten mich unweigerlich zum Schmunzeln. Gestern Abend, als alles auf einmal schnell auf schnell gehen musste, war ich einfach nur froh gewesen, mich nicht von Colleen verabschieden zu müssen. »Ich komme auch mit«, hatte sie einfach mit atemloser Stimme gesagt, und war nach mir in den Wagen geklettert. Die große Erleichterung, dass meine Freundin mich in das Ungewisse begleiten würde, hatte überwogen und viel darüber nachgedacht, warum sie diese Entscheidung traf, hatte ich nicht.

Jetzt wurde mir klar, dass der Grund weder nur ich noch ausschließlich die Angst vor den Konsequenzen ihrer Fluchthilfe war.

»Tio, bekommst du keine Schwierigkeiten? Wenn man vielleicht herausfindet, dass du uns bei der Flucht geholfen hast?«, fragte ich jetzt ernst.

»Doch«, sagte er erstaunt. »Aber ich werde ja nicht mehr zurückgehen.«

»Nicht?«

Er reckte das Kinn hoch. »Wenn Colleen da nicht mehr ist, dann will ich auch nicht mehr da hin.«

Colleen strahlte über das ganze Gesicht und schaute bewundernd zu Tio hoch. »Er kommt mit uns mit, Alice. Ist das nicht toll?«

Schnell fiel ihr Tio ins Wort: »Die wollen mich schon länger rekrutieren. Einen mit meinen Fähigkeiten können sie dort nämlich richtig gut gebrauchen. Das sagen sie mir immer. Bislang habe ich Nein gesagt, aber jetzt ...« Er zuckte mit den Schultern.

Ich verengte die Augen. Hatte ich das richtig verstanden? Rekrutieren? »Jetzt müsst ihr mir aber noch mal genauer erklären, was das für ein Lager ist. Colleen hat gesagt, da seien andere Menschen. Ich hab gedacht, es ist so eine Art ... Flüchtlingslager für Menschensklaven. Habe ich da etwas missverstanden?«

»Doch«, antwortete Tio. »Da sind auch Menschensklaven. Aber nicht besonders viele. Weil, wenn die Menschen erstmal versklavt sind ... na ja, sagen wir mal, viele von denen kommen nicht mehr frei. Aber hauptsächlich sind dort natürlich Sidhe. Sidhe, die nicht mehr Teil der Gesellschaft sein wollen. Abtrünnige. Na, die Anti-Royalisten eben.«

»Die Anti-Royalisten?«, flüsterte Colleen. Ihre Augen waren weit aufgerissen und plötzlich wurde sie blass um die Nase. Ich nahm an, dabei handelte es sich um die Sidhe, die nicht so viel davon hielten, dass Morrigan Königin war. Vage erinnerte ich mich, dass Dylan sie mal erwähnt hatte.

»Keine Sorge«, winkte Tio ab. »Die Geschichten, die über die erzählt werden, stimmen meist gar nicht. Das ist alles nur ... was sagt mein Bruder immer, der bei denen dabei ist ...« Er kräuselte die Stirn. »Pro ... pra...«

»Propaganda?«, schlug ich vor. Ich nahm mir noch eine Birne.

Tio nickte eifrig. »Du musst keine Angst haben, Colleen«, fügte er hinzu, als er sah, dass die kleine blonde Fee immer noch beunruhigt aussah, »ich werde auf dich aufpassen.«

Tios liebevoller Blick, mit dem er Colleen bedachte, versetzte mir einen Stich ins Herz. Unweigerlich musste ich an Dylan denken. Er hatte diese Rolle für mich übernehmen wollen. Ein Leben für mich aufgeben, mich retten, auf mich aufpassen. Wünschte sich nicht ein jedes Mädchen, dass ein Junge all das für sie tat? *Alles* für sie tat? Er hatte für mich, für unsere Liebe gekämpft wie ein regelrechter Held. Kein Wunder, dass er dachte, er hätte alles richtig gemacht, schließlich gab es doch nichts Höheres, für das es sich zu kämpfen lohnte als die Liebe, oder?

Ich seufzte. In diesem Moment verstand ich mich selber nicht. Vielleicht stimmte etwas nicht mit mir. Denn ich war mir immer noch sicher, dass das Richtige für Ciara zu tun, wichtiger war. Auf jeden Fall hatte ich es verdient, allein zu sein.

Plötzlich schmeckte die Birne faul und ich schmiss sie weg.

***

»Wo sind wir hier?«, fragte ich Tio, als wir nicht lange nach unserer kurzen Pause wieder anhielten.

»Unsere Endstation«, meinte er fröhlich. »In der Welt der Menschen wäre das hier Nordirland, das County Antrim.« Colleen schaute ihn bewundernd an. Tio zuckte mit den Schultern. »Ich war noch nicht oft in der Menschenwelt, aber ich habe ganz viel darüber gelernt. Mein Traum ist es, auch dort irgendwann mal richtig herumzureisen«, fügte er etwas verlegen hinzu. »Der Bergkamm hier heißt Lurigethan, das Tal Glenariff.«

Ich drehte mich um. Das Tal, durch das wir gerade hindurchgefahren sein mussten, war hügelig und bewaldet. Ganz weit links, in einer Senke zwischen den grünbraunen Hügeln glaubte ich es blau aufblitzen zu sehen. Ich zeigte darauf. »Ist das das Meer?«

Tio nickte. »Weit von der Küste sind wir nicht entfernt. Aber kommt, ich muss den Wagen hier stehen lassen. Den Rest der Strecke gehen wir zu Fuß weiter.«

Tio ließ das Gefährt tatsächlich hier mitten im Nirgendwo abgestellt und wir stampften den Hang hoch. Bald fiel mir auf, dass die grauen Punkte, die ich von unten gesehen hatte, Behausungen waren – aber erst, als eine Tür aufging und jemand herauskam. Ich hatte mich jetzt schon so an die modernen, sonderbaren Gebäude gewöhnt, die ich in Connemara gesehen hatte, dass ich gar nicht auf die Idee kam, die Anhäufung grauer Steine für Häuser zu halten. Die winzigen Steincottages schmiegten sich an den Berghang. Die Dächer waren so mit Gras überwachsen, dass sie von oben gesehen überhaupt nicht als solche zu erkennen waren. Ich zumindest hätte nicht geahnt, dass sich unter den kleinen Vorsprüngen winzige Häuschen befanden, wenn ich den Berg hinuntergegangen wäre.

Uns entgegen kam ein kleiner Mann mit O-Beinen und einer Knollennase, den ich ungefähr auf Anfang fünfzig schätzte. Ich wunderte mich gerade, dass dieser Sidhe einer der hässlichsten war, den ich bislang gesehen hatte, als Tio ihn mir und Colleen als Mensch vorstellte.

»Higgins ist der Name«, nickte uns der der Mann zu. »Ich helfe Menschensklaven, sich von den Sidhe zu befreien.« Higgins musterte mich interessiert. »Du hast noch nicht das, was ich ›den Blick‹ nenne. So ein leerer, abgestumpfter Ausdruck, der davon zeugt, wie lange sie schon nicht mehr für sich selber denken mussten. Du bist wohl noch nicht lange hier, oder? Bist du sofort entkommen, nachdem man dich hergebracht hat?«

Ich nickte nur, weil ich mir nicht sicher war, was ich preisgeben wollte.

»Normalerweise dauert es immer ein bisschen, bis die Menschensklaven überhaupt in der Lage sind, wieder in die Menschenwelt zurückzukehren. Solange leben sie hier.« Higgins zeigte auf die Hütten.

Überrascht schaute ich mich um. »Aber hier ist ja nichts bewacht. Was hindert denn die Adligen daran, sie zurückzuholen. Oder das Lager hier zu zerstören?«

Higgins verengte die Augen. »Du scheinst dich auszukennen. Wer bist du?«, fragte er sichtlich misstrauisch.

Colleen tat verängstigt einen Schritt zurück. Tio schritt ein. »Ich glaube, ich bringe Alice am besten erst mal zu Fionn. Wir erzählen ihm Alices Geschichte und dann kann er entscheiden, was mit ihr geschehen soll.« Higgins schien unschlüssig. »Ich habe den ganzen Wagen voll mit Lebensmitteln für euch«, fuhr Tio ungerührt fort. »Ihr könnt alles ausladen.« Damit war der Mann augenscheinlich beschwichtigt. Er rief ein paar Namen in Richtung der Behausungen. Tio, Colleen und ich stiegen weiter den Berg hoch, während hinter uns einige traurige Gestalten aus den Hütten geschlurft kamen. Sie erinnerten mich an Untote aus diesen schrecklichen Zombie-Filmen, die ich mir nie wirklich gerne angeschaut hatte. Erschrocken wandte ich mich schnell ab.

»Das sind Menschensklaven?«, flüsterte ich Tio zu. Der nickte traurig. »Und stell dir vor, das sind diejenigen, die noch genug Lebensmut besessen haben, fliehen zu wollen. Du machst dir keine Vorstellung davon, wie manch andere von denen aussehen.«

»Bei Morrigan habe ich keine gesehen«, überlegte ich laut, »außer von Weitem, die in den Käfigen.«

»Auch im Palast gibt es welche«, murmelte Colleen verlegen. »Sie leben im Keller und verrichten die schrecklichsten Arbeiten. Ich habe sie selten zu Gesicht bekommen.«

Tio nickte. »So wird es normalerweise gemacht. Aus den Augen, aus dem Sinn. Dann hat kein Sidhe Mitleid mit ihnen.« Colleen wurde rot. Wahrscheinlich schämte sie sich dafür, dass das genau auf sie zutraf und sie sich auch nie Gedanken über die Menschensklaven gemacht hatte. Ich kannte Sidhe mittlerweile gut genug, um zu wissen, wie geübt sie im Verdrängen waren. »Ich habe einfach vergleichsweise viele von ihnen gesehen, weil ich im ganzen Land herumkomme«, erzählte Tio weiter. »Seit ich diesen Ort hier kenne, weil mein Bruder sich den Anti-Royalisten angeschlossen hat, bringe ich öfter Lebensmittel und andere notwendigen Sachen vorbei. Manche kommen von Unterstützern der Anti-Royalisten, manche zwacke ich einfach von dem ab, was das Volk den Adligen abgibt.«

»Aber Tio, ich verstehe immer noch nicht ganz, wie die hier so relativ offen und unbewacht leben können. Wenn die falschen Sidhe von dem Lager erfahren, dann können sie doch einfach die Menschen zurückholen und das Lager zerstören.«

»Die Gegend hier ist unbewohnt«, erklärte Tio. »Der Boden ist sozusagen giftig für Sidhe. Wenn wir uns hier zu lange aufhalten, geht es uns sehr schlecht. Sidhe könnten in den Hütten gar nicht leben.«

Bevor ich nachfragen konnte, stieß Colleen einen spitzen Schrei aus und blieb stehen. »Tio! Sind wir, sind wir«, stammelte sie mit weit aufgerissenen Augen, »sind wir in den *Eisenbergen?*«

Tio legte seinen Arm um Colleens Schulter. »Keine Sorge, oben im Fort werden wir entgiftet. Wir müssen nur regelmäßig einen Trunk zu uns nehmen, der dem Gift entgegenwirkt. Glaub mir, da oben leben Fionn und seine Gefolgsleute schon seit Jahren und ihnen geht es gut.«

Colleen zitterte immer noch, nickte aber. Fragend schaute ich zwischen Tio und Colleen hin und her, aber die beiden hatten nur Augen für den anderen. Schließlich räusperte ich mich. »Ähm, was sind die Eisenberge?«

»Hier in der Gegend gibt es viele Eisenerzvorkommen«, begann Tio zu erklären. Er hatte immer noch den Arm um Colleen gelegt, während wir weitergingen. »Wir nennen sie die Eisenberge. Vielleicht hast du schon gehört, dass Sidhe Eisen nicht abkönnen?«

Ich nickte stirnrunzelnd. »Aber wieso? Was hat es damit auf sich?«

»Du kennst doch die Geschichte, wie die Milesier nach Irland gekommen sind und unsere Vorfahren, die Túatha Dé Danann, besiegt haben, die damals im Irland der Menschenwelt regierten?«

»Ja. Die Túatha Dé Danann wurden von den Milesiern in die Anderswelt vertrieben.«

»Es heißt, die Milesier haben Eisen mit nach Irland gebracht. Mit ihren Waffen aus Eisen haben sie unsere Vorfahren schlagen können.«

Geschichte war immer mein Lieblingsfach gewesen, deshalb konnte ich sofort den Zusammenhang sehen. »Das war der Anfang der Eisenzeit«, sagte ich. »Das ergibt Sinn. Wahrscheinlich hatten die Túatha Dé Danann Waffen aus Bronze. Aber das erklärt ja noch nicht eure Eisenallergie.«

»Die Milesier haben die Túatha Dé Danann mit ihrem Eisen verflucht. Nie wieder sollten sie sich gegen ihre Eisenwaffen wehren können. Von dem Augenblick an, als sie in die Anderswelt vertrieben wurden, konnten sie Eisen nicht mehr vertragen. Sie konnten nicht mehr zurückkommen und gegen sie kämpfen. Nach so vielen Jahren ist es für uns, als Nachfahren nicht mehr so schlimm. Viele Sidhe, die oft in der Menschenwelt sind, wo es viel Eisen gibt, sind nicht mehr ganz so empfindlich. Aber wenn ein Sidhe direkten Hautkontakt mit Eisen hat, dann ist das in etwa so, als ob ein Mensch mit Säure übergossen wird. Leben wir in einer Gegend wie dieser, vergiften uns über längere Zeit der Boden und das Wasser, das durch den Boden fließt, und wir werden krank.«

Ich schaute mich um. Die malerischen grünen Hügel um uns herum wirkten überhaupt nicht giftig auf mich. Von hier oben konnte man die Küstenlinie und das Meer deutlich erkennen. Der Ausblick war wunderschön

»Das heißt natürlich nicht, dass sich nie jemand in diese Gegend verirrt oder dass zauberkundige Adlige die Anti-Royalisten nicht finden könnten«, plauderte Tio weiter. »Aber auch unter Fionns Gefolgsleuten gibt es sehr mächtige Druiden.« Tio schielte zu mir rüber. »Du wirst schon sehen.«

Bevor ich nachfragen konnte, was er mit dieser geheimnisvollen Andeutung meinte, hatten wir ein großes, kreisrundes Steinfort auf dem abgeflachten Gipfel erreicht. Ein Trupp Männer kam uns entgegen. Erst sahen sie etwas grimmig aus, doch als sie erkannten, dass es Tio war, der sie besuchte, begrüßten sie uns begeistert. Sie nahmen uns in ihre Mitte und brachten uns ins Fort. Alle redeten durcheinander und klopften Tio auf die Schulter. Colleen hatte ein hochrotes Gesicht und ihr Blick war streng auf den Boden gerichtet. Ich nahm sie am Ellenbogen, damit sie nicht aus Versehen hinfiel. Wahrscheinlich war es nicht das erste Mal, seit wir aus Morrigans Palast geflüchtet waren, dass sie sich fragte, worauf sie sich hier eingelassen hatte. Genau wie der Außenwall bestand das

Fort von innen hauptsächlich aus grob geschlagenen, grauen Steinen. Es brannten Fackeln an den Wänden, aber trotzdem war es recht dunkel, kalt und ungemütlich. Hier hatte man wohl andere Sorgen, als eine behagliche Behausung einzurichten.

Schließlich standen wir in einem größeren Saal, der wohl im Zentrum des runden Forts lag. Meine Augen hatten sich mittlerweile an das Halbdunkel gewöhnt. An einem langen Tisch hatten sich Männer und Frauen versammelt. Ihre Unterhaltung brach abrupt ab, als wir eintraten. Alle starrten uns an. Die Männer, die uns hereingebracht hatten, gingen wieder. Ein großer, breitschultriger Mann mit roten Haaren und wildem, roten Bart stand vom Tisch auf.

»Seid gegrüßt.« Er schüttelte erst Colleen und mir die Hand, dann schlug er Tio so kräftig auf die Schulter, dass der dünne Junge fast umfiel. »Tio. Ich freue mich, dass du beschlossen hast, dich uns ganz anzuschließen. Einen Fahrer können wir gut gebrauchen. Und jetzt berichte uns, wen du hier mitgebracht hast.«

Er bedeutete uns nicht, uns hinzusetzen, also blieben wir stehen, den unverhohlen neugierigen Blicken der Anwesenden hilflos ausgeliefert. Mir war es mehr als unangenehm und Colleen hatte sich immer kleiner gemacht und sich praktisch ganz hinter mir versteckt, als Tio seinen Bericht beendet hatte. Es war mir nicht ganz klar, ob Tio ein paar wichtige Details auslie, die mich betrafen, oder ob Colleen sie ihm gar nicht erzählt hatte. Auf jeden Fall erwähnt Tio Ciara nicht. Der Grund, warum Morrigan meinen Willen brechen wollte, wurde ebenfalls mit keiner Silbe erwähnt.

Der rothaarige Mann schaute mich prüfend an. »Sklavin der Phantomkönigin, was? Da wirst du uns hoffentlich einige Informationen liefern können.« Dann nickte er Colleen anerkennend zu. »Sehr mutig von dir, dass du das Mädchen befreit hast.«

Einen Moment lang schwieg er. Dann zeigte er auf ein paar freie Stühle am Tisch. Ich hatte das Gefühl, dass man uns einer kleinen Prüfung unterzogen hatte, die wohl positiv ausgefallen war. »Setzt euch. Ihr wollt euch nach der langen Reise bestimmt ausruhen und etwas essen. Ich weiß noch nicht, wie lange ihr hier oben bleiben werdet, aber ihr beiden«, er nickte Tio und Colleen zu, »vergesst nicht, täglich aus der weißen Kanne zu trinken, um dem Eisengift entgegenzuwirken.«

Wir nahmen auf den uns zugewiesenen Stühlen Platz. Hungrig aßen wir das Brot und das gekochte Wurzelgemüse, das man uns zuschob. Es schmeckte bei Weitem nicht so gut wie bei Morrigan im Palast, aber das war mir im Moment egal.

Die anderen führten ihre Unterhaltung fort, so als ob wir gar nicht da wären. Colleen schien erleichtert, dass sie nicht mehr im Mittelpunkt stand, das konnte ich ihr ansehen. Aber ich hätte schon gerne gewusst, was jetzt als Nächstes mit uns geschehen würde. Zwischenzeitlich nutzte ich die Gelegenheit, Tio über den rothaarigen Mann auszufragen.

»Er nennt sich Fionn«, erzählte Tio. »Den Namen hat er sich selber gegeben. Das machen viele hier. Unsere Namen sind schließlich unsere Berufungen, und manche finden, dass sie lieber selber aussuchen möchten, wie sie heißen. Mir macht das nichts aus, ich mag meinen Namen.«

»Ich auch!«, rief Colleen und schaute schnell weg.

»Fionn … Fionn«, überlegte ich laut, um ihre Verlegenheit zu überspielen. »So wie Fionn mac Cumhaill?«

»Ganz genau der«, meinte Tio. Fionn mac Cumhaill war ein Sagenheld aus der irischen Mythologie. Er war der Anführer der Fianna, einer Bande gesetzloser umherziehender Krieger. »Ist er etwa ein Nachfahre? Oder einer der Fianna?« Mich überraschte es überhaupt nicht mehr, wenn tausend Jahre alte Gestalten aus Mythen und Sagen sich als quicklebendig erwiesen.

Tio schüttelte den Kopf. »Nein, überhaupt nicht. Fionn hat keine adligen Vorfahren, seine Eltern sind gewöhnliche Bauern gewesen. Auch ihm war es prophezeit gewesen, die Felder zu pflügen. Aber er hat sich dagegen aufgelehnt. Er nennt sich einfach so wie der Held Fionn. Doch auch dieses Fort hier ist eine Nachbildung des Lignafenia der Menschenwelt.« Auf meinen fragenden Blick hin erklärte er. »Das ist die Festung, in der sich Fionn und seine Männer versteckt hatten. Überreste davon sind immer noch auf dem Lurigethan der Menschenwelt zu sehen.«

Hmmm. Für einen Bauer schien Fionn aber ganz schön viel zu wissen. Auch wenn es nur symbolisch war, dass das Fort hier stand, so war doch die Verbindung zwischen den Welten, mit der Grenze zwischen der Anders- und der Menschenwelt als eine Art Spiegel, doch bestimmt nicht allen »gewöhnlichen« Sidhe bekannt.

Die Frage, wie Fionn zum Anti-Royalisten geworden war, lag mir schon auf den Lippen, als Colleen mir warnende Blicke zuwarf. Einer dunklen Ahnung folgend drehte ich mich um. Fionn stand hinter meinem Stuhl. »Alice«, sagte er. »Ich schlage vor, wir machen einen kleinen Spaziergang und unterhalten uns unter vier Augen. Was meinst du?«

Ich konnte ja schlecht Nein sagen. Aber der riesige Mann machte mir Angst und am liebsten hätte ich nach Colleens Hand gegriffen und nicht wieder losgelassen. Aber ich riss mich zusammen, nickte und stand auf.

Ich folgte Fionn aus dem Fort. Als einige der Männer uns begleiten wollten, winkte der Anführer der Anti-Royalisten ab. Die Männer schauten sich überrascht an und warfen mir neugierige Blicke zu.

Fionn sagte lange Zeit gar nichts, während wir im Eilschritt den Berg hinunterliefen. Ich hatte Mühe, hinterherzukommen. Auf Höhe der Hütten verlangsamte er sein Tempo.

»Alice, hast du eine Ahnung von den politischen Strukturen in der Anderswelt?«

»Es gibt einen Rat mit den ältesten Sidhe«, begann ich zögerlich. »Und dazu noch die Monarchie. Was die Königin und die Adligen genau für eine Rolle haben, weiß ich nicht.«

Natürlich hätte eine gewöhnliche Menschensklavin so etwas sicher nicht gewusst. Aber ich hatte beschlossen, mich nicht dumm zu stellen. Irgendwie hatte ich das Gefühl, dass mich Fionn sowieso durchschaute. Ich würde immer noch ausweichen können, wenn er detailliertere Fragen stellte. Und er zeigte sich auch nicht überrascht, sondern nickte nur.

»Schon seit Jahrtausenden wird uns weisgemacht, dass die Königin nur noch eine repräsentative Rolle hat. Sie ist eine unserer ältesten Sidhe, ihr gebührt Ehrfurcht und Respekt, sie ist weise und zauberkundig, ja, sie hat sozusagen einen direkten Draht zu den Göttern. Man sieht sie als eine Art spirituellen Guru, als Quasi-Göttin, die über den weltlichen Regierungstätigkeiten dieses Landes steht. Und der Rest des Adels ist sozusagen ihr Gefolge, das aufgrund eines Geburtsrechts über dem gemeinen Volk steht. Der Ältestenrat, so glaubt man, trifft die politischen Entscheidungen im Land.«

Fionn schwieg. Erwartete er, dass ich dazu etwas sagte? Schließlich fragte ich einfach: »Und das ist in Wirklichkeit nicht so?«

Mittlerweile waren wir im Tal angekommen und gingen in das bewaldete Glenariff-Gebiet. Unsicher schaute ich mich um. Es war mir etwas unheimlich. Wo führte der Rebell mich nur hin?

»Der Ältestenrat ist nichts anderes als eine Marionettenregierung. Morrigan und ihre adligen Gefolgsleute ziehen die Fäden im Hintergrund. Sie lassen das Volk in dem Glauben, dass jeder seine ihm zugewiesene Rolle in der Gesellschaft einnehmen muss. So erreichen sie, dass keiner aufbegehrt. Sidhe werden schon von klein auf dazu erzogen, nichts zu hinterfragen. Wir haben einen langen Weg vor uns, bis das Volk der Sidhe demokratisch regiert werden kann. Im Moment wären die Sidhe überhaupt nicht dazu fähig, frei zu entscheiden, was am besten für sie ist. So erfolgreich sind Morrigan und Konsorten mit ihrer Gehirnwäsche. Selbst der Ältestenrat weiß nicht, wie sehr Morrigan seine Hand lenkt, obwohl einige sicherlich ihre Vermutungen haben. Diejenigen wollen ihre Machtpositionen aber nicht aufgeben und halten deshalb lieber den Mund.«

Fionns Ausführungen kamen für mich nicht überraschend. Ich traute Morrigan alles zu und ich hatte selber schon gemerkt, wie die Sidhe unterdrückt wurden. Dieser ganze Berufungsquatsch hatte wahrscheinlich Methode. Trotzdem war mir immer noch schleierhaft, was das Ganze mit Ciara zu tun hatte. Wenn das alles so stimmte, dann musste doch die große Phantomkönigin ganz andere Sorgen haben als ein unbedeutendes Menschenmädchen.

»Aber warum?«, fragte ich also. Fionn schaute mich verwirrt an.

»Warum was?«

»Warum benutzt sie die Marionettenregierung? Wieso hat sie das Ganze so aufgezogen? Was ist ihre Motivation? Es muss doch etwas Schreckliches sein, das sie damit vorhat – wenn sie nichts Dunkles zu verheimlichen hätte, dann müsste sie das doch alles gar nicht machen.«

Fionn blieb stehen und musterte mich interessiert. »Eine gute Frage.« Wir gingen weiter. »Ich habe keine Antwort darauf. Ich weiß nur, dass die Königin und der Adel gestürzt werden müssen. Vielleicht kommen dann die wahren Gründe für ihre Machenschaften zum Vorschein.«

Schon seit Längerem hatte ich das Geräusch von stürzendem Wasser gehört. Als wir nun um die Kurve gingen, erblickte ich einen rauschenden Wasserfall. Darauf gingen wir zu.

»Woher weißt du das alles, Fionn?«, wollte ich wissen. »Sidhe mit logischen Argumenten davon überzeugen zu wollen, dass vielleicht nicht alles so stimmt, was ihnen Autoritätspersonen gesagt haben, ist aus meiner Erfahrung unheimlich schwer. Du nennst es Gehirnwäsche und ich finde, es ist ein guter Ausdruck dafür.« Ich musste an Dylan denken, verdrängte aber die Traurigkeit sofort wieder. »Ich kann einfach nicht glauben, dass dir das alles auf einmal so in den Sinn gekommen ist. Wie kamst du dazu?«

Mittlerweile waren wir beim Wasserfall angekommen. Ein beeindruckendes Spektakel, selbst jetzt im Winter, wo es nicht besonders viel Wasser gab. Im Frühling musste das Rauschen des Wassers so ohrenbetäubend laut sein, dass man sich hier gar nicht unterhalten konnte.

»Mir hat es jemand beigebracht.«

»Was?« Ich drehte mich zu Fionn um.

»Mir hat jemand die Augen geöffnet. Jemand, der in mir das Potenzial für einen Anführer sah und der wusste, wie die Phantomkönigin operiert. Jemand, der von Anfang an dabei war.«

Ich musste wohl komisch ausgesehen haben, wie ich ihn mit offenem Mund anstarrte, denn Fionn lachte.

»Von diesem jemand habe ich auch von dir erfahren. Ich wusste, dass du kommen wirst. Ich weiß, wer du bist, Alice. Und ich bin froh, dass du da bist. Dank dir wird sich hier alles ändern.«

»Ich bin hierhergekommen, weil man mir gesagt hat, es sei ein Menschensklavenlager, von dem aus ich wieder in meine Welt kommen könnte«, sagte ich langsam. »Ich verstehe nicht, wovon du redest. Warum sollte meine Ankunft hier etwas ändern. Ich weiß auch nicht mehr als du.«

»Bislang hat sich alles bewahrheitet, was er mir gesagt und was er prophezeit hat. Bestimmt hat er auch mit dem recht, was er über dich gesagt hat«, meinte Fionn überzeugt.

»WER DENN?«, fragte ich nun entnervt.

Fionn zeigte nur stumm in Richtung Wasserfall. Ganz oben, über den stürzenden Wassermassen schwebte das Roth Ramach. Auf dem fliegenden Schlitten stand mit wehenden weißen Haaren und ausgebreiteten Armen der blinde Druide, der mir prophezeit hatte, ich würde eine Revolution anführen: Mog Ruith.

kapicel achczehn
dylan

Dylan hielt sich an Coimeádaí fest, als würde er ertrinken und sein Freund wäre der Rettungsanker.

»Ich kann nicht glauben, dass du hier bist«, sagte er, nachdem er Coimeádaí endlich losgelassen hatte.

Der dünne Junge mit den langen braunen Haaren zuckte mit den Schultern. »Natürlich komme ich, wenn du mich rufst, Dylan. Egal, was passiert ist, wir sind immer noch Freunde.«

»Was?« Dylan starrte Coimeádaí an.

»Selbstverständlich, glaubst du, ich lasse dich einfach so fallen, nach alledem, was …«

»Nein, das meine ich nicht«, fiel ihm Dylan ins Wort. »Ich meine, du hast mich gehört?«

Coimeádaí zog die Augenbrauen hoch. »Ja, natürlich.«

»Aber … wie? Ich habe keine magischen Fähigkeiten mehr.«

»Ich habe gedacht, du hast sie wieder. Schließlich bist du auch wieder in der Anderswelt. Wie sonst bist du denn hierhergekommen?«

Dylan schüttelte verwirrt den Kopf. »Äh. Eine lange Geschichte. Ich erzähl sie dir gleich. Aber jemand anders hat mich hergebracht. Ich bin nicht durch meine eigene Magie hier. Die kann ich eigentlich nicht wieder haben.« Er ging auf dem nassen Sand hin und her. »Ich habe sie an den Ältestenrat abgetreten. Für vier Jahre, die ich hätte in der Menschenwelt bleiben müssen. Ich nehme an, nur der Ältestenrat kann sie mir wieder verleihen. Und der weiß nichts davon, dass ich hier bin.«

»Vielleicht ja doch? Wir wissen schließlich nicht, über was alles sie einen Überblick haben, Dylan. Das ist zu hoch für uns. Und wie viele Feen kennst du, die ihre magischen Fähigkeiten abgetreten haben? Niemanden. Vielleicht ist das einfach so. Es ergibt doch Sinn, du bist wieder in unserer Welt und bekommst deine Magie zurück.«

Noch vor ein paar Jahren hätte er die Situation mit demselben Gleichmut wie Coimeádaí akzeptiert. Die »da oben« würden schon wissen, was richtig ist, dann nahm er es besser so hin. Aber jetzt konnte er das Gefühl nicht abschütteln, dass irgendwas an der Sache faul war. Er dachte darüber nach, während Coimeádaí sagte:

»Ich bin so froh, dass du zurück bist. Realta und ich arbeiten wieder zusammen, uns wurde aber ein alter *Dealan* zugeteilt, der ein richtiger Griesgram ist. Eigentlich hat er gar keine Lust mehr, seine Arbeit zu machen und würde gerne bald mal abtreten. Aber man hat ihm gesagt, er könne erst gehen, wenn wir einen Ersatz für ihn finden. Er lässt Realta andauernd Menschen für seine Wiedergeburt bestimmen, nur damit es keinen Aufschub gibt, wenn der Ersatz endlich da ist. Bitte sag mir, dass du wieder mit uns arbeiten kannst! Wir wären alle so froh darüber, das kannst du mir glauben.«

»Es ist noch nicht vorüber«, unterbrach ihn Dylan.

Coimeádaí runzelte die Stirn. »Was? Heißt das, du konntest Alice nicht davon überzeugen, Ciara zu vergessen? Ich dachte es sei dir gelungen und deshalb bist du wieder da.« Dylan schüttelte nur stumm den Kopf und schaute seinen Freund verzweifelt an. »Jetzt erzähl mir doch endlich, was passiert ist!«

Dylan seufzte. »Komm, gehen wir ein Stück, mir ist ganz kalt. Und wir sollten uns auch eine Unterkunft suchen, da drüben gewittert es schon und der Regen wird uns bald erreichen.« Er zeigte auf die dunklen Wolken am Himmel.

Gemeinsam gingen sie am Strand entlang. Dylan gab sein Bestes, seine Emotionen in Schach zu halten und so sachlich wie möglich alles zu erklären, was passiert war, seit er die Anderswelt verlassen hatte, um Student am Trinity College zu werden. Als er seine Geschichte beendet hatte, waren sie an dem Strand angekommen, an dessen Gegenstück in der Menschenwelt er Ciara kennengelernt hatte. Die Strände glichen einander ganz genau. Aber das löste nicht die übliche Pein in seinem Herzen aus, die ihn sonst überkam, wenn er an Ciara erinnert wurde. Jetzt konnte er nur noch einen dumpfen Schmerz spüren. Er wusste nicht, ob ihn das erfreuen oder alarmieren sollte.

Sie waren nicht weit entfernt von ein paar Hütten, die Reisenden und an diesem Ort besonders Ankömmlingen aus der Menschenwelt, die über die verzauberte Insel kamen, zur Verfügung standen. Das Gewitter war ihnen gefolgt und gerade, als sie in einem der kleinen, weißen, igluartigen Gebäude Unterschlupf gefunden hatten, fing es an zu regnen.

»Ich sehe, dass du dich komplett von Alices Gerede hast aufhetzen und verwirren lassen, Dylan«, sagte Coimeádaí, während er dampfenden Tee in Becher goss. Es war das Erste, was er gesagt hatte, seit Dylan mit der Erzählung begonnen hatte. »Was ist an unseren Berufungen falsch? Gar nichts!« Dylan nahm dankbar den Becher. Die heiße Flüssigkeit würde ihn wieder aufwärmen. In der gemütlichen Hütte schienen die Kälte und die Verzweiflung, die er vorhin gespürt hatte, wie ein dunkler Albtraum. Coimeádaí hatte recht. Er hatte seine Berufung immer genossen.

»Ich habe dir damals geholfen und Ciaras Seele gebunden, weil du mein Freund bist. Du hast mich gebeten, dir zu helfen und ich habe es getan. Aber ich habe das bitter bereut, Dylan, denn es hat dich auf den Pfad der Selbstzerstörung geführt. Und du bist immer weiter vom richtigen Pfad abgekommen. Aber natürlich standen Realta und ich immer noch hinter dir. Wir hätten weiter mit dir zusammengearbeitet, wenn du gedurft hättest. Wir haben dich nicht einfach abgeschrieben. Ich habe immer geglaubt, dass du zu uns zurückfinden wirst. Und das ist es, was das hier ist. Du hast zu uns zurückgefunden. Hinterfrage doch nicht, wie und warum, sei einfach nur froh darüber. Wir sind es auf jeden Fall!«

Dylan furchte die Stirn. »Ich weiß nicht, Coimeádaí. Ich kann doch nicht einfach so weitermachen, als wenn nichts passiert wäre. Als wenn es Alice nicht gäbe … Und Ciara ist doch immer noch in ihr …«

»Du hast selber zugegeben, dass Ciaras Wiedergeburt ein Fehler war«, unterbrach Coimeádaí ihn. »Du hättest sie gehen lassen sollen. Jetzt zwingt dich Alice praktisch dazu. Es war ein böses Erwachen, aber schließe jetzt nicht wieder die Augen. Lass Ciara gehen. Lass Alice gehen. Misch dich nicht weiter ein. Die Königin wird das tun, was sie tun muss. Überlass es ihr. Es ist nicht deine Verantwortung. Kehre zu deinem einfachen, erfüllenden Leben zurück, das dir bestimmt ist zu leben. Anscheinend hat man dir eine zweite Chance gegeben, schlag sie nicht aus!«

Als Dylan immer noch grübelte, schlug Coimeádaí vor, dass sie sich in die Kojen legen und für ein paar Stunden die Augen zumachen sollten. »Du siehst fix und alle aus. Etwas Schlaf wird dir guttun und sicher siehst du dann alles viel klarer.«

Dylan wickelte sich in seine Decke ein und hörte bald an Coimeádaís tiefen Atemzügen, dass sein Freund eingeschlafen war. Aber so müde er auch war, der Schlaf wollte ihn einfach nicht übermannen. Und es waren nicht der Regen und der Donner draußen, die ihn wachhielten. Schließlich stand er auf, nahm eine der wasserdichten Jacken, die am Haken bei der Tür hingen, und ging hinaus.

Gewitter war sein Element und trotz des Regens, der ihm ins Gesicht peitschte, war das Gefühl der inneren Zentriertheit, das er schon lange nicht mehr gespürt hatte, auf einmal greifbar nah. Es war eine Voraussetzung für seine Magie und als er einen Blitz am Himmel zucken sah, folgte er einem Impuls. Der Blitz war ihm schon fast entglitten, aber trotzdem gelang es ihm, ihn in eine andere Richtung zu lenken.

Beim nächsten Blitz war Dylan bereit. Ohne große Mühe lenkte er ihn in eine Erle, die unweit von ihm entfernt war. Der laute Knall entlockte ihm einen freudigen Jauchzer. Noch ein Blitz, noch ein Baum. Einen Blitz nach dem anderen leitete er um, ließ sie die Bäume um ihn herum hell aufleuchten. Dylan fühlte sich wie ein kleines Kind, denn das letzte Mal hatte er so etwas gemacht, als man ihm seine Magie beigebracht hatte. Doch er besann sich, schließlich wollte er nicht unnötig viele Bäume zerstören, und er lenkte die Blitze ins Meer. Sie schienen auf den Wellen zu tanzen, nach einer Melodie, die er komponiert hatte.

Als Dylan klein war, hatte man die Spielerein mit den Blitzen unterbunden. Seine Bestimmung war es, die Energie der Blitze dafür zu nutzen, dass gebundene Sidhe-Seelen freigesetzt und wiedergeboren werden. Dafür sollte er seine Fähigkeiten einsetzen. Man hatte ihn gelehrt, wie er das zu tun hatte. Er hatte bei der Ausübung seiner Berufung immer Erfüllung empfunden, aber nie wieder dieses Gefühl der Freiheit und der Macht, wie er es als Kind gespürt hatte. Andererseits hatte er es auch nicht vermisst. Hatte nie danach gesucht oder den Drang verspürt, mit seinen Fähigkeiten zu »spielen«. Das hatte man ihm erfolgreich aberzogen.

Jetzt fühlte er die Freude, die Erfüllung, aber noch viel mehr. Etwas anderes, ein Machtgefühl, ein Selbstbewusstsein – es war fast so, als ob er die Energie der Blitze nicht einfach umleitete, sondern selber von dieser Energie schöpfte. Das brachte ihn auf eine hanebüchene Idee. Was würde passieren, wenn er den Blitz auf *sich selbst* lenkte? Dylan versuchte es bei den nächsten Blitzen, aber es war nicht so einfach, weil die geistige Anstrengung beim Umleiten eines Blitzes einer Von-sich-weg-zu-etwas-hin-Bewegung glich. Und er konnte nicht gleichzeitig von sich weg und auf sich hin »zeigen«. Dann erschien vor seinem inneren Auge das Bild eines Kreises. Er versuchte es damit. Und der Blitz fuhr durch seinen Körper.

Die Druckwelle zog ihm den Boden unter den Füßen weg und sein ganzer Körper fing an zu zucken. Als nur noch ein leises Summen in der Luft lag, versuchte er sich zu bewegen. Es gelang ihm gut. Er fühlte keine Schmerzen. Nur tatsächlich ein bisschen, so als ob er buchstäblich unter Strom stand. Dylan zog sich an einem Baum hoch. Er war etwas wacklig auf den Beinen, aber sonst ging es ihm gut.

Erleichtert atmete er aus. Was hatte er sich auch dabei gedacht? Was war in ihn gefahren? Er ließ das Gewitter weiterziehen. Mittlerweile hatte es auch aufgehört zu regnen. Kopfschüttelnd machte er sich auf den Weg zurück zur Hütte. Plötzlich hielt er inne. Ihm kam ein Gedanke. Dylan führte seine Hände zusammen, sodass sich die Fingerspitzen berührten. Wie er es sich gerade bildlich vorgestellt hatte, zuckten kleine Blitze aus seinen Fingern. Verdattert ging er weiter. Hinter der Hütte stand in einem Unterstand ein kleines Gefährt von der Sorte, wie sie nur *Tiománaís* benutzen konnten. *Tiománaís*, die mit Energie aus ihren Händen das Auto zum Fahren bringen konnten. Das war ihre Magie. Ihre Berufung. Er hatte schon öfter bewundernd beobachtet, wie sie das machten. Nachdenklich blickte Dylan auf seine Hände hinunter. Als ob er vom Gefährt magisch angezogen wurde, ging er darauf zu, hob die Abdeckung vorne hoch und legte die Hände auf die dafür vorgesehene Stelle. Das Auto sprang an.

***

Dylan fuhr in einem Tempo, das er für eine angemessene Geschwindigkeit hielt, die Straße entlang. Er hatte sich nicht von Coimeádaí verabschiedet, weil er nicht hatte riskieren wollen, dass das Auto zwischenzeitlich wieder ausging. Er hatte keine Ahnung, was er tat, aber das Lenken war nicht besonders schwierig. Die paar Sidhe, die ihn bislang gesehen hatten, schienen nichts Verdächtiges an ihm gefunden zu haben. Klar, sie hatten zum Beispiel von den Feldern, auf denen sie arbeiteten, aufgeschaut, aber das war normal. So oft fuhren die Gefährte hier sicher nicht vorbei. Andererseits konnten sie kein völliges Novum für sie sein, da dies die Strecke war, die vom Hafen gegenüber der verzauberten Insel aus ins Land führte. Und Dylan nahm an, dass das Auto aus einem guten Grund neben der Hütte gestanden hatte und hier öfter Passagiere transportiert wurden. Bestimmt führte diese Straße zum Palast. Er war sich nicht sicher, ob er da überhaupt hinwollte, aber er fuhr einfach immer weiter.

Es war auch zu wundervoll, dieses Gefährt zu lenken … so beflügelnd. Der frische Fahrtwind blies ihm um die Nase und er liebte es. Er kam immer noch nicht darüber hinweg, dass er auf einmal auch die Fähigkeiten eines *Tiománaís* haben sollte. Was war bloß los mit ihm?

Er lenkte das Gefährt um die Kurve und hatte jetzt freien Blick auf den Palast. Nicht weit entfernt gab es eine Kreuzung. Er könnte entweder links abbiegen und das Auto auf den Palast zusteuern oder geradeaus weiterfahren. Vielleicht hatten sie Alice schon längst eingefangen. Das war sogar sehr wahrscheinlich. Was Morrigan wohl jetzt mit ihr machen würde? Vielleicht wieder in einen der Käfige stecken. Es schüttelte ihn, als er daran dachte und fast wäre er vom Weg abgekommen. Er konnte das Lenkrad gerade noch herumreißen.

Sein erster Impuls war es wieder, sich selber dafür die Schuld zu geben und Alice vor diesem Schicksal bewahren zu wollen, um es wieder gutzumachen. Doch dann fiel ihm Alices Abschiedsbrief ein. Dort hatte sie geschrieben, dass sie die Konsequenzen ihrer Handlung tragen würde. Er hatte das natürlich nur auf sich und ihre Liebe bezogen. Aber zum ersten Mal sah er ein, dass er nicht für alles, was Alice tat, verantwortlich war, nur weil er sie in diese Situation gebracht hatte. Sie traf ihre eigenen Entscheidungen und – richtig, sie trug die Konsequenzen. Und auf einmal wurde ihm bewusst, was diese Freiheit war, von der sie immer redete und warum er sie bislang nicht verstanden hatte. Alles, was er bislang »frei« entschieden hatte, hatte er in den Sand gesetzt. Er kam mit den Konsequenzen nicht klar. Es war zu viel für ihn. Keine freien Entscheidungen treffen zu müssen, war viel, viel einfacher. Freiheit war kein Privileg, sondern eine Bürde. Oh, Coimeádaí hatte recht. Er sollte alles vergessen und einfach so weitermachen wie früher.

Die Krux mit dieser Freiheit war bloß: Wenn man sie einmal gekostet hatte, egal wie sehr sie einen ins Verderben riss, konnte man die Augen nicht mehr davor verschließen, dass es sie gab. Er konnte nicht umdrehen, zurück zu Coimeádaí, zurück zu seinem alten Leben, er musste immer weiterfahren.

Aber wohin? Für einen Augenblick fühlte er die Anziehungskraft, die von Morrigan in ihrem Palast ausging. Dieser Sog, den er immer spürte, wenn er sie in Ciara-Gestalt anschaute. Ja, so fühlte es sich an. Doch auch mit Morrigan als Ciara verhielt es sich so wie mit der Freiheit. Die Illusion hielt einfach nicht stand. Selbst wenn sie Ciaras Seele in sich hätte, würde er immer wissen, dass es nicht Ciara war. Es würde nie wieder dasselbe sein.

Ihre Liebe war so rein, so einfach, so unschuldig gewesen. Wie Ciara auch. Zumindest hatte er Ciara so gesehen. Jetzt wusste er, dass Morrigan die ganze Zeit in ihr gewesen war. Hatte Dylan die wahre Ciara überhaupt gekannt? Mittlerweile war Ciara in viele Stücke zersprungen und sein Bild von ihr war so verschwommen, dass er die Stücke nicht mehr zusammensetzen konnte.

Das Mädchen am Strand, das er in der Menschenwelt der fünfziger Jahre kennengelernt hatte. Die Ciara, die sich seinetwegen das Leben genommen hat. Eine leicht andere Version von ihr, die von Maggie in den Tod getrickst wurde. Die leblose Gestalt in seinen Armen, im nächsten Augenblick aufgesplittet in schöne Hülle und Ciaras menschliche Essenz. Ciara, der Opal, in der Hand des Hüters der Seelen. Ciara in Alice. Oder Alice in Ciara? Morrigan als das schöne Mädchen mit schwarzem Haar und grauen Augen, als das er Ciara gekannt hatte. Doch die ganze Zeit lang war das Mädchen auch Morrigan gewesen …

Als die Kreuzung immer näher kam, schloss sich dieser gedankliche Kreis für Dylan. Das Dunkle in Ciara, Morrigan, hatte immer existiert. Und das hatte er nie gesehen.

Es gab nichts festzuhalten, denn er hatte Ciara nie wirklich »gehabt«. Trotzdem kam es ihm so vor, als ob er losgelassen hätte, als er nicht links zum Palast abbog, sondern geradeaus weiterfuhr. Er fühlte sich zehn Kilo leichter. Der Druck auf seiner Brust war verschwunden. Zum ersten Mal seit über siebzig Jahren konnte er wieder richtig atmen.

Auf einmal wusste er, wo er hinfahren würde.

***

Als Dylan endlich in Tara angekommen war, fühlte sich sein Magen so leer an, dass er sich schon zusammenzog. Er hatte sich nicht getraut, das Auto anzuhalten, um irgendwo Unterschlupf zu suchen oder etwas zu essen. Den ganzen Tag lang war er weitergefahren, immer Richtung Osten. Jetzt war es Abend und er beschloss, bei einer Hütte für Reisende vor der Stadt anzuhalten. Er brauchte Nahrung und er brauchte Schlaf.

Er verlangsamte das Tempo und lenkte das Gefährt vorsichtig in den leeren Unterstand neben der Hütte, der genau für diesen Zweck gedacht war. Glücklicherweise stand niemand draußen herum. Die Ankunft eines *Tiománaís* mit Wagen lockte immer neugierige, technikinteressierte Sidhe an. Das wusste er, weil er selbst öfter einem armen *Tiománaí* Löcher in den Bauch gefragt hatte. Dylan hatte immer noch Angst, anderen würde sofort auffallen, dass er kein Fahrer war.

Nachdem er ausgestiegen war, konnte er es sich nicht verkneifen, die Abdeckung aufzumachen und zu probieren, ob er immer noch die Gabe hatte, die ihm der Blitz heute Morgen augenscheinlich verliehen hatte. Erst hielt er die Fingerspitzen zusammen. Es zuckten keine kleinen Blitze, alles war normal. Trotzdem legte er die Hände auf das gummiartige Gewebe. Nichts passierte. Er wollte schon mit den Schultern zucken und aufgeben – *er hatte es sich ja gedacht* –, aber irgendetwas verleitete ihn dazu, es nochmal zu versuchen. Als wenn das erhebende Gefühl gestern, als er die Blitze dirigiert hatte, einen Schalter in ihm umgelegt hätte. Er schloss die Augen, dachte an dieses Gefühl und stellte sich den Strom vor, der durch seine Finger floss. Der Wagen sprang an. Dylan lief ums Auto herum zum Fahrersitz, stellte es aus und versuchte es gleich nochmal. Mit demselben Ergebnis.

Nachdenklich ging er in die Hütte. Die Unterkunft war fast voll. Glücklicherweise waren die Essensvorräte wohl erst vor Kurzem aufgestockt worden. Dylan schlug sich den Magen voll und fiel dann glücklich in seine Koje. Die anderen Reisenden hatten versucht, sich mit ihm zu unterhalten, aber er hatte sich kaum an den Gesprächen beteiligt. Sein Kopf war viel zu voll mit den neuen Entdeckungen, die er an sich gemacht hatte. Das lenkte ihn so sehr ab, dass Alice, Ciara und Morrigan sich nur am Rande seiner Gedanken aufhielten und er friedlich einschlafen konnte.

Nach einem traumlosen Schlaf wachte er mit dem herrlichen Antrieb auf, den man spürt, wenn man sich auf einer Mission mit klarem Ziel befand. Die anderen Reisenden schliefen noch, als er schon seine Decke zusammenlegte, seinen Becher Tee austrank und mit einem Stück Brot in der Hand aus der Hütte ging. Er ließ den Wagen stehen und ging zu Fuß. Schließlich hatte er noch gut eine Stunde Zeit und genauso lang schätzte der den Weg bis in das Stadtzentrum ein.

Dylan passierte die modernen Bauten, die ihn immer an die sonderbar geformten Gebilde in Korallenriffen erinnerten. Dann kamen die grünen Gebäude mit den Dächern, die wie riesige Blätter aussahen. Und je mehr er sich dem Hügel in der Stadtmitte näherte, desto mehr ältere Häuser aus Holz oder Stein, mit strohbedeckten oder grasbewachsenen Dächern, sah er. Es hatte einmal zur Debatte gestanden, ob man die veralteten Gebäude abreißen und moderne errichten sollte, aber der Ältestenrat hatte dagegen entschieden.

Es hatte angefangen zu schneien, aber Dylan war so zügig gelaufen, dass er die Kälte kaum spürte. Allein seine Nasenspitze fühlte sich eisig an, und er rieb sie jetzt, als er vor der großen alten Steinmauer stand, die einmal um den Hügel von Tara herumging. Der Mut hatte ihn mittlerweile etwas verlassen. Aber jetzt war er schon mal hier.

Mit schlotternden Knien klopfte er an das Tor. Die Luke öffnete sich und ein unfreundlicher Wachmann schnauzte: »Name?«

Dylan erklärte, wer er war und was der Grund für seinen Besuch war. Ohne weiteren Kommentar wurde die Luke mit einem lauten Ruck wieder zugemacht. Wäre er nicht schon einmal in dieser Situation gewesen, dann wäre er jetzt sehr unruhig geworden, als eine gefühlte Viertelstunde später immer noch nichts passiert war. Aber auch beim letzten Mal hatte es lange gedauert, bis ihm Einlass gewährt worden war.

Schließlich öffnete sich ihm das Tor auch diesmal. Er folgte einem Bediensteten in das innere Heiligtum des Forts. Auch im Innern gab es noch Steinmauern der alten Festung. Wie alt diese

Steine waren, mochte er sich gar nicht vorstellen. Aber ansonsten war das Innere des Gebäudes modern, ähnlich dem Stil in Morrigans Palast. Weiße Wände mit porenartiger Beschaffenheit, die grün wurden, wenn sich diese Poren öffneten. Genau wie Tara, die Stadt, war auch der heilige Hügel eine Mischung aus ganz Altem und Neuem. Er hatte mal gelesen, dass der Ältestenrat es für wichtig hielt, sich die Vergangenheit vor Augen zu halten, während man die Gegenwart baute.

Die Ältesten gaben gerne solche Kommentare ab, die sich dann als Weisheiten im Volke verbreiteten. *So ließen sich Regeln wohl besser etablieren*, dachte er, und überraschte sich selbst mit dieser Einsicht.

Als er schließlich die heilige Hügelhalle betrat, fand er sie genauso vor wie damals, als er den Ältestenrat angefleht hatte, über Alice in der Menschenwelt wachen zu dürfen. Das hohe Dach über dem Hügel war offen. Schnee fiel in dicken Flocken auf die grüne Säuleneibe, die an die Stelle gepflanzt worden war, wo in der Menschenwelt der Stein von Fal stand. Der Stein war von seinen Vorfahren, den Túatha Dé Danann mit nach Irland gebracht worden und war einer der vier magischen Talismane, neben dem Kessel des Dagda, dem Speer des Lugh und dem Schwert des Nuada. Nachdem die Túatha Dé Danann das Irland der Menschenwelt erobert hatten, diente der Stein als Krönungsstein. Er schrie auf, wenn der rechtmäßige König ihn berührte. Für diesen Zweck hatte man ihn auf dem heiligen Hügel von Tara in der Menschenwelt aufgestellt, wo er immer noch stand. Ein wahres Relikt vergangener Zeiten, denn es hatte schon lange keinen rechtmäßigen König mehr gegeben und der Stein blieb seit Jahrhunderten stumm. Es war trotz vieler Versuche nie einem Sidhe gelungen, den Stein in die Anderswelt zu bringen.

Es war noch früh am Morgen und erst ein paar der Ältesten saßen auf ihren Thronen. »*Dealan*, der Menschenfreund«, sagte einer mit langem grauen Haar und stechend blauen Augen.

»Vor wenigen Monaten habe ich mich für vier Jahre aus der Anderswelt verabschiedet, im Bewusstsein, dass ich keinen Zutritt mehr haben würde«, begann Dylan mit heiserer Stimme. »Ich habe meine magischen Fähigkeiten für diesen Zeitraum abgegeben. Dennoch stehe ich hier vor euch. Ich bin in die Anderswelt gelangt und ich habe meine Magie wieder.«

Er stellte keine Frage, weil er wusste, dass das nicht nötig war. Schließlich sagte der Alte mit dem durchdringenden Blick: »Mein Name ist Riordan. Ich kenne dein Schicksal. Du konntest weder das eine noch das andere Mädchen retten. Es soll dir eine Lehre gewesen sein. Wir haben dir noch eine Chance gegeben, ergreife sie. Mische dich nie wieder in Angelegenheiten ein, die dich nichts angehen. Lass die Menschen Menschen sein. Gehe deiner Pflicht als *Dealan* nach.« Als Dylan immer noch wie angewurzelt dort stand, fügte der Alte hinzu: »Hinfort mit dir, Junge.«

Dylan holte tief Luft. »Ich habe nicht nur meine Magie zurückbekommen. Ich habe die Magie des *Tiománaís*. Warum?«

Die Männer schwiegen, aber die einzige Frau in der kleinen Runde meldete sich zu Wort. Sie musste sich mit einem Zauber verjüngt und verschönert haben lassen, denn sie sah keineswegs aus wie eine Greisin. Schimmernde braune Locken umrahmten ihr herzförmiges Gesicht. Aber ihre Augen waren ganz milchig-weiß, ohne Iris und Pupille. Die Augen einer blinden Seherin.

Das letzte Mal war sie nicht hier gewesen, denn Dylan hätte sich bestimmt an ihren Anblick erinnert. »Ich habe euch doch gesagt, seine Energie ist stark«, sagte sie in scharfem Ton. »Er hat ein anderes Ventil dafür gefunden, wie seine Liebe zu den Mädchen. Jetzt hat er sie nach innen gerichtet. Bald wird er sich andere Fähigkeiten aneignen. Ich habe euch damals gewarnt. Nun ist es zu spät. Selbst als Abtrünniger wäre er zu gefährlich.«

Bevor Dylan verstehen konnte, wovon die Frau redete, hatten ihn drei Wachen auf eine kleine Bewegung Riordans hin gepackt. »Moment!«, rief Dylan, als sie ihn wegzerren wollten. »Wovon redet ihr? Ich weiß nicht, wovon ihr redet! Erst zieht mich Maggie in die Anderswelt hinüber und dann habe ich auf einmal diese Fähigkeiten und ich will nur …«

»Halt!«, rief Riordan. Die Wachen blieben mitsamt Dylan stehen, den sie schon fast bis zur Tür getragen hatten. »Was hast du gesagt? Maggie hat dich in die Anderswelt gebracht. Warum?«

»Im Auftrag von Morrigan«, sagte er vorsichtig.

Die schöne Frau stand auf. »Morrigan?«, fragte sie mit bebender Stimme.

»Was weißt du von ihren Plänen, Junge?«, polterte Riordan. Die anderen Männer rutschten ebenfalls beunruhigt auf ihren Thronen hin und her und murmelten sich etwas zu.

Dylan nahm all seinen Mut zusammen. »Wenn ich euch davon erzähle, dann müsst ihr mich loslassen.« Der Alte nickte den Wachen zu und sie ließen sofort von ihm ab. Dylan überlegte fieberhaft, während er auf die Throne zuging. Konnte er es wagen?

»Sprich«, schrie der Alte.

Dylan ignorierte sein klopfendes Herz und schluckte. »Nur, wenn ihr mir sagt, was es mit meinen magischen Fähigkeiten auf sich hat.«

Die Ältesten sahen sich an. Die blinde Frau sagte schließlich: »Er wird es sowieso bald wissen.«

»Erst musst du einen Eid ablegen, Junge. Dann reden wir.«

kapitel neunzehn
alice

»Bist du dir sicher, dass du schon gehen willst?« Colleen schaute mich mit besorgter Miene an. »Es heißt, du könntest hier viel bewirken.«

»Ich weiß, dass es das heißt«, sagte ich genervt. »Aber schau mal, Colleen, ich gehöre nicht hierher. Sie irren sich alle. Ich bin ein Mensch und ich gehöre in die Welt der Menschen. Ich bin aus dem Palast geflüchtet, mit dem Ziel, in meine Welt zurückzukehren. Dort werde ich Ciara helfen, nach Tír na nÓg zu kommen. Und wenn ich das geschafft habe, dann werde ich mein ganz normales Leben weiterleben.«

Colleen sah traurig aus. »Dann werden wir uns nicht wiedersehen?«

»Mir tut es auch leid, aber du wirst immer meine Freundin bleiben. Vielleicht kommst du mich ja mal in der Menschenwelt besuchen?« Colleen hatte Tränen in den Augen, nickte aber tapfer.

Dann sagte sie ernst. »Du sagst immer, du hast mir so viel zu verdanken, aber auch ich habe dir viel zu verdanken, Alice. Wenn ich dich nicht getroffen hätte, dann wäre ich bestimmt mein Leben lang Dienstmädchen geblieben. Ich hätte mich nie getraut, mit Tio wegzulaufen. Wenn es dich nicht gäbe, dann hätten Tio und ich nie …« Sie brach ab und wurde rot.

Ich musste schmunzeln. »Es muss dir nicht peinlich sein, es ist doch schön, dass Tio und du euch in den letzten Tagen näher gekommen seid.« Das war eine Untertreibung. Die beiden klebten andauernd zusammen. Frisch verliebt war überhaupt kein Ausdruck. Trotz meines Liebeskummers konnte ich das Colleen von ganzem Herzen gönnen. Das kleine Feenmädchen hatte es wirklich verdient.

»Vielleicht findest du ja auch hier eine Lösung für Ciara? Wer sagt denn, dass du dafür in die Menschenwelt musst«, ließ Colleen nicht locker. »Vielleicht kann ja Mog Ruith …«

Ich schüttelte bestimmt den Kopf. »Ich werde mit Mog Ruith sicher nicht über meine Pläne für Ciara reden. Ich weiß immer noch nicht, ob ich ihm trauen kann. Das letzte Mal hat er schließlich Morrigan dabei geholfen, herauszufinden, dass ich Ciara freiwillig aufgeben muss. Da waren die beiden beste Freunde. Jetzt soll ich auf einmal glauben, dass Mog Ruith in Wirklichkeit eine Art Doppelagent ist und die Anti-Royalisten unterstützt?« Ich schaute Colleen skeptisch an.

Die zuckte mit den Schultern. »Ohne Mog Ruith gäbe es die Anti-Royalisten gar nicht. Fionn hätte nie ohne ihn herausgefunden, dass die Königin insgeheim ein Terrorregime führt.«

Ich verzog das Gesicht. Schön, dass Colleen ihre Schüchternheit und ihre Naivität etwas abgelegt hatte. Aber jetzt redete sie den Männern und Tio doch etwas sehr nach dem Mund. Noch vor ein paar Tagen wäre sie heulend weggelaufen, wenn jemand auch nur andeutungsweise etwas so Schreckliches über ihre Königin gesagt hätte. »Ich bin noch nicht ganz überzeugt. Dass Morrigan nichts Gutes im Schilde führt, glaube ich gerne. Aber wer weiß, vielleicht ist es ja insgeheim Mog Ruith, der die Fäden in der Hand hat. Vielleicht ist er als Druide neidisch auf Morrigans heilige Eiche und möchte das Eichenwissen für sich haben? Wir wissen doch gar nicht, was seine wahre Motivation ist.«

»Aber …«, setzte Colleen an. Ich winkte ab.

»Lass uns nicht streiten. Ich muss gleich los. Die Gelegenheit kommt so schnell nicht wieder, Colleen. Zwei Menschen kehren in die Menschenwelt zurück. Du weißt, wie lange es manchmal dauern kann, bis die ehemaligen Sklaven so weit sind. Vielleicht ist der nächste Transfer erst wieder in ein paar Wochen oder Monaten. So lange will ich nicht warten. Ich will meine Familie sehen. Und Ciaras Seele nach Tír na nÓg bringen. Wenn ich recht habe und Badb dabei helfen kann, dann bringt mir mein Aufenthalt in der Anderswelt herzlich wenig – schließlich ist sie angeblich nie hier.«

Colleen nickte und seufzte dann: »Okay, ich bin egoistisch. Ich will einfach nicht, dass du gehst.«

»Ich werde dich auch vermissen, Colleen.« Ich nahm das kleine Feenmädchen in die Arme. »Pass auf dich auf!«

Colleen blinzelte ihre Tränen weg. »Ich weiß, du glaubst nicht an Mog Ruiths Prophezeiung, aber ich habe mich in den Dienst der roten Königin gestellt. Wenn du zurückkommst, bin ich jederzeit für dich da.«

Ganz sicher werde ich nicht zurückkommen, dachte ich, nickte aber trotzdem. Wenn es in der Anderswelt nur so liebenswerte Sidhe wie Colleen geben würde, käme ich jederzeit gerne wieder.

Colleen winkte mir zum Abschied zu, als ich mich auf den Weg zu den Hütten machte. Colleen lebte jetzt mit Tio im Fort. Die erste Nacht nach unserer Ankunft hatte ich auch dort geschlafen, aber dann bin ich in eine der Hütten umgezogen. Erstens machte es mir überhaupt nichts aus, dass ich sozusagen in einem Eisenberg lebte. Zweitens fühlte ich mich unter Menschen wohler. Es hatte sich mittlerweile unter den Anti-Royalisten herumgesprochen, wer ich war. Alle schauten mich andauernd neugierig an. Man tuschelte über mich, was ich daran merkte, dass immer abrupt Gespräche abgebrochen wurden, wenn ich einen Raum betrat. Ich fühlte mich durch Fionns andauernde Kommentare unter Druck gesetzt. In seiner Gegenwart fühlte ich mich überhaupt alles andere als wohl. Ich wusste nicht genau, was der Grund war, aber er verursachte mir Gänsehaut.

Eigentlich hätte ich das Vorhaben der Anti-Royalisten vollkommen unterschrieben, wenn nicht Mog Ruith dahinterstecken würde. Auf Grund seiner blöden Prophezeiung erwarteten alle etwas von mir und ich wusste noch nicht einmal, was das sein sollte. Im Flüchtlingslager konnte ich wenigstens helfen und ich konnte zumindest ansatzweise nachempfinden, wie sich die Menschen dabei gefühlt hatten, in die Anderswelt entführt und hier festgehalten zu werden. Obwohl sich wahrscheinlich niemand wirklich eine Vorstellung davon machen konnte, was die Sklaven hier erleiden mussten.

Ich wohnte mit den zwei Frauen zusammen, mit denen ich in die Menschenwelt reisen würde. Orla und Katherine waren viele Jahre lang Menschensklaven gewesen. Als man sie befreit hatte, konnten sie sich nicht einmal daran erinnern, dass es eine Menschenwelt überhaupt gab. Orla hatte mir erzählt: »Ich kann mich nur noch daran erinnern, dass ich den starken Drang hatte, Sonnenlicht zu sehen. Allein deshalb habe ich mich einer Gruppe Sklaven angeschlossen, die aus dem Bergwerk ausgebrochen ist, in dem wir gearbeitet und gelebt haben. Es war so simpel. Ich dachte, ich müsse sterben, wenn ich nicht bald wieder Licht sah. An etwas anderes habe ich nicht mehr gedacht.«

Orla und Katherine waren bestimmt noch keine vierzig, sahen aber deutlich älter aus. Orla hatte fast keine Zähne mehr. Katherine hatte keinen Geruchssinn mehr, nachdem sie jahrelang in Fäkaliengruben gearbeitet hatte – eine Tätigkeit, die fast ausschließlich Menschensklaven zugewiesen wurde, wie man mir erzählte. Als Katherine hier angekommen war, hatte sie wohl keine vierzig Kilo gewogen. Ihre wahrlich unappetitliche Arbeit war schuld daran gewesen, dass sie kaum noch gegessen hatte. Die beiden Frauen lebten schon über ein Jahr hier. So lange hatte es gedauert, bis Higgins sie fit für die Menschenwelt erklärt hatte

Unsere Mission war nicht ganz ungefährlich. Uns erwartete ein dreitägiger Fußmarsch zur Cooley Halbinsel im County Louth, nördlich von Dublin. Dort befand sich ein Steinkreis, der sich als erfolgreiches Portal für den Transfer von Menschen erwiesen hatte. Es wurden immer wieder andere Portale dafür benutzt, damit es kein erkennbares Muster gab. Zwei von Fionns Männern wollten uns dorthin bringen. Man konnte nur hoffen, dass wir heile dort ankommen würden, ohne von den falschen Sidhe erwischt zu werden.

Als ich jetzt die Hütte betrat, die für die letzten paar Tage mein Zuhause gewesen war, hatten die Frauen schon gepackt und wir gingen unverzüglich los. Unsere Reisebegleiter warteten im Tal auf uns, nachdem sie die Gegend um Glenariff ausgekundschaftet hatten.

Wir hielten uns abseits der Straßen, was unsere Reise beschwerlicher machte, aber notwendig war, wenn wir so wenigen Sidhe wie möglich über den Weg laufen wollten. Natürlich übernachteten wir nicht in den weißen, igluartigen Gebäuden, die überall aufgestellt waren, und von denen ich mittlerweile wusste, dass es Hütten für Reisende waren, sondern kauerten in Höhlen und unter Felsvorsprüngen, eingewickelt in unsere Schlafsäcke. Weil es unser Hauptanliegen war, so bald wie möglich auf der Cooley Halbinsel anzukommen, erlaubten wir uns nur wenige Stunden Schlaf pro Nacht.

Ab und zu wechselten wir ein paar Worte, aber die Frauen schienen sehr nervös und bereiteten sich anscheinend gedanklich auf ihre Rückkehr vor. Auch den Männern war Schweigen wohl lieber; so zogen wir weniger Aufmerksamkeit auf uns. Ich hatte also viel Zeit nachzudenken, und immer und immer wieder ließ ich mir das Gespräch mit Mog Ruith durch den Kopf gehen.

»Du hast die richtige Entscheidung getroffen, Kind. Aber du musstest selber zu dieser Entscheidung gelangen, Ciara Morrigan nicht zu übergeben.« Eigentlich hätte es mich beruhigen sollen, dass er meinen Entschluss bekräftigte. Er versicherte mir, dass ich den richtigen Weg gegangen war. Aber es behagte mir nicht, dass ich genauso gehandelt hatte, wie er es von mir erwartet hatte. Es kam mir so vor, als ob Ciara und ich vom Regen in die Traufe gekommen waren. Morrigan mit ihren undurchsichtigen Plänen und Intrigen für uns waren wir entkommen, nur um jetzt nach Mog Ruiths Pfeife zu tanzen.

Irgendwann hatte ich genug von seinen kryptischen Andeutungen über meine Bestimmung als rote Königin und Anführerin der

Revolution. »Du widersprichst dir doch. Du willst den Sidhe beibringen, dass sie sich nicht sagen lassen müssen, wie ihr Leben auszusehen hat, dass sie sich ihr Schicksal selber aussuchen können. Deshalb sollen sie sich gegen die Königin auflehnen, die ihnen Selbstbestimmung nimmt. Aber mir sagst du, ich hätte eine Berufung, ein Schicksal, dem ich mich unterordnen müsse.«

»Manche sind zu Höherem bestimmt, das ist wahr«, war seine einzige geheimnisvolle Andeutung gewesen.

»Ich bin noch nicht mal Sidhe. Ich bin ein *Mensch*. Ich habe hier gar nichts verloren. Außerdem sagst du ja immer, ich muss aus freien Stücken entscheiden. Das tue ich. Ich entscheide mich für meine Welt.«

Ich wollte schon frustriert davonstampfen, um Fionn zu finden, der am Waldrand auf mich wartete, doch der Mog Ruith rief mich zurück. »Warte, ich muss dir noch etwas mitteilen, was ich gestern gesehen habe. Als ich wusste, dass du hierherkommst, habe ich wieder für dich orakelt.«

Ich blieb stehen und verschränkte die Arme vor der Brust. »Musste da wieder ein armes Tier drunter leiden, oder war der grausame Tod der Hirschkuh nur eine Showeinlage für Morrigan?«, meinte ich zynisch.

Mog Ruith verzog keine Miene. Die Neugier siegte und ich drehte mich zu ihm um.

»Der Ebereschenzauber beschützt dich. An Land und Wasser kannst du nicht in die Anderswelt gelangen. Es gibt in jedem Zauber ein Hintertürchen und bei deinem war es, dass du über Luftwege hierhergebracht werden kannst. Sieh dich also vor.« Das brauchte Mog Ruith mir nicht sagen; leider hatte ich das schon am eigenen Leibe erleben müssen, als mich Maggie im Flugzeug entführt hatte.

»Ich weiß. Keine Sorge, ich *will* ja gar nicht hierher zurückkommen.«

»Solltest du aus irgendwelchen Gründen doch zurückkehren wollen, gibt es einen einzigen Ort in Connemara, an dem du die Anderswelt betreten kannst. Dieser Ort ist geheim und nur für dich, aber du könntest andere mitbringen, wenn du es wolltest. Auf der anderen Seite des Sees Ballynahinch stehen zwei alte Ebereschen in einem Abstand von etwa zehn Metern. Gehst du durch sie hindurch, bist du in der Anderswelt.«

Ich zog skeptisch eine Augenbraue hoch. »Ebereschen?«

Der weise Druide nickte. »Genauso wie die Königin ihr Wissen aus der heiligen Eiche bezieht, so beruht deine Magie auf den Ebereschen. Das Zeitalter der Druiden, der Eichenweisen, wird zu Ende gehen. Eine neue Ära wird anbrechen.«

Mit diesen Worten schwang sich der blinde Mann wieder auf sein Roth Ramach und stieg vor dem rauschenden Wasserfall in die Lüfte hoch.

Als ich Fionn wiederfand und wir beide den Berg hochstiegen, konnte ich es mir nicht verkneifen zu sagen: »Du weißt schon, dass Mog Ruith mir weismachen will, ich sollte die Anführerin der Anti-Royalisten werden? Stört dich das nicht? Schließlich hat er dir sozusagen diesen Job versprochen.«

Meine Frage schien Fionn nicht zu überraschen. Er wusste also wirklich, was der Druide mir gesagt hatte. Der rothaarige Riese zuckte mit den Schultern. »Wer weiß schon, was passieren wird. Vielleicht werden wir die Revolution gemeinsam anführen?« Er zwinkerte mir zu und musterte mich dann anerkennend mit funkelnden Augen.

Das hatte mir gerade noch gefehlt. Ich war wirklich nicht an Fionn interessiert. Klar, er sah gut aus, mit seinen breiten Schultern und muskulösen Beinen. Aber erstens war er mindestens zehn Jahre älter als ich und ein Sidhe – und ich hatte jetzt ja sozusagen schon mehrere Male erlebt, wie ein Beziehung zwischen Mensch und Sidhe zum Scheitern verurteilt war. Zweitens würde ich noch eine ganze Weile brauchen, bis ich über Dylan hinweg war. Ich hatte mich bewusst dafür entschieden, Dylan zu verlassen, aber das hieß nicht, dass meine Gefühle für ihn einfach so verschwanden.

Fionn hatte in den darauffolgenden Tagen mehrmals versucht, mit mir über Mog Ruiths Prophezeiung zu reden, aber ich hatte ihn jedes Mal abgeblockt. Bei einer Gelegenheit, als er gerade ein sehr interessantes Gespräch mit Orla und Katherine unterbrochen hatte, war mir allerdings der Hut hochgegangen. »Wie soll ich euch denn bitteschön bei eurer Revolution helfen?«, hatte ich Fionn angeblafft. »Ihr redet von irgendeinem Ebereschenzauber, aber ich kenne keinen Zauber und ich habe keine Magie. Ich bin ein Mensch, verdammt noch mal.«

Fionn hatte nur gleichmütig gelächelt: »Genau, du bist ein Mensch. Und du hast etwas, was niemand sonst hat. Denk doch mal drüber nach.«

Damals hatte ich ihn wütend aus der Hütte geschoben und ihm die Tür vor der Nase zugeknallt, aber jetzt, während des tagelangen Fußmarsches, dachte ich tatsächlich darüber nach. Und ich begann zu ahnen, wie ich den Anti-Royalisten eine Hilfe sein könnte. Oder besser gesagt: Ciara brachte mich darauf. Seit meiner Flucht hatte ich nicht mehr so viele Ciara-Erinnerungen wie im Palast. Vielleicht hatte Morrigans Nähe oder meine Angst, Ciara unbewusst von mir zu weisen, etwas damit zu tun gehabt. Aber seitdem ich beschlossen hatte, die Gelegenheit zu nutzen und mit Orla und Katherine in die Menschenwelt zu gehen, träumte ich wieder jede Nacht Ciaras Erinnerungen.

Schon im Palast hatte ich das Gefühl gehabt, dass mir neuerdings vermehrt Erinnerungen kamen, die Ciara im Leben lieber verdrängt hatte. Außerdem war mir aufgefallen, dass sie sich häufig um Morrigan drehten. Ich konnte mich des Eindrucks nicht erwehren, dass mir Ciara mit den Erinnerungen etwas sagen wollte. Aber das würde ja heißen, dass Ciara in mir irgendwie … lebendig war. So wie Morrigan beschrieben hatte, dass sie in Ciara »geschlafen« hatte, aber öfter wach war und mitbekommen hatte, was in mir geschah, so konnte es auch Ciara in mir gehen. Das war natürlich ein gewöhnungsbedürftiger Gedanke, schließlich waren manche Dinge sehr privat, von denen ich lieber wüsste, dass sie sonst keiner miterlebte!

Während der Reise passierte nun also etwas, das mich vollends davon überzeugte, dass Ciara mir etwas mitteilen wollte. Ich lag in einer Höhle, eingewickelt in meinen Schlafsack, und obwohl ich sehr müde war, kreisten meine Gedanken so heftig, dass ich lange nicht einschlafen konnte. Was hatte ich, was andere nicht hatten? Ciara natürlich. Ich war einer der wenigen Menschen, in denen ein anderer Mensch wiedergeboren worden und der davon nicht verrückt geworden war. Aber wie konnte Ciara den Anti-Royalisten helfen? Ja, sie hatte einmal Morrigan sozusagen beherbergt, aber sie hatte schließlich nichts davon gewusst. Als sie von Dylan erfahren hatte, dass es Sidhe gab und dass er einer war, wollte sie das nicht glauben. Sie hatte sich richtiggehend gegen diese Idee gesperrt. Andererseits hatte ich in letzter Zeit einige Erinnerungen gehabt, in denen Ciara damit konfrontiert wurde, dass etwas nicht mit ihr stimmte. Dass sie anders war. Dass sie ein Wechselbalg war. Ciara hatte das zu Lebzeiten nicht wahrhaben wollen. Konnte es sein, dass sie jetzt …

Bevor ich den Gedanken zu Ende gedacht hatte, musste ich schließlich doch eingeschlafen sein.

Ich hatte Onkel Bryan versprochen, das Atelier aufzuräumen, aber das Wetter war so schön draußen, dass ich mein Versprechen bereute. Seufzend schaute ich aus dem Fenster. Es half ja alles nichts. Je mehr ich mich beeilte, desto schneller könnte ich zu meinem Strandspaziergang aufbrechen. Ich hoffte inständig, dass ich dort wieder auf Dylan treffen würde. Der Gedanke daran, seine sanften Lippen auf meinen zu spüren, motivierte mich ungemein.

Als ich fast fertig war, hatte ich nur noch ein paar Skizzen von mir herumliegen, die eigentlich unbedeutend waren. Trotzdem trennte ich mich ungern von meinen Werken und ich fand es schade, sie wegzuwerfen. Ich bückte mich und kroch unter einen Tisch, unter dem ich ganz hinten eine Kiste fand, in der ich alte Zeichnungen von mir aufbewahrte. Hier würde ich auch diese Übungsskizzen hineintun. Ich zog die Kiste hervor und machte den Deckel auf. Sie war schon fast voll. Sicher würde ich mich von ein paar ganz alten Werken darin trennen können. Ich nahm einfach alles heraus und hatte vor, den Stapel umzudrehen, um die ältesten Sachen zuerst durchzusehen.

Doch dann musste ich stutzen. Ganz unten in der Kiste befand sich noch ein kleinerer Karton. Ich hob ihn heraus. Es war ein alter Schuhkarton. Ich konnte mich überhaupt nicht daran erinnern, ihn dort hineingetan zu haben.

In dem Schuhkarton waren ebenfalls Bilder. Sie waren alle in der Mitte gefaltet, damit sie dort hineinpassten. Aber ich erkannte keins davon – sie waren nicht von mir. Dann sah ich genauer hin und mir stellten sich die Nackenhaare auf. Es mussten doch meine Werke sein, denn der Stil war eindeutig meiner. Außerdem erkannte ich jetzt die Zeichnung wieder, die ich als Kind angefertigt hatte. Es war das Bild einer schwarzen Katze. Jetzt fiel mir sogar wieder ein, wie ich sie gemalt hatte. Meine Mutter hatte gerade einen Hühnerpie gemacht und Onkel Bryan war zu Besuch da gewesen. Es war eine Kohlezeichnung, aber später hatte jemand – ich? – mit bunten Kreiden weitergemalt. Und aus dem gewöhnlichen Motiv einer Katze war etwas geworden, dass man vielleicht der Stilrichtung Surrealismus zuordnen könnte.

Die Katze hatte blaue, menschliche Augen und lange rote Haare.

Verwirrt schaute ich ein paar der anderen Bilder näher an. Sie waren eindeutig von mir gemalt worden. Aber ich konnte mich nicht daran erinnern und die Motive waren … bizarr. Ein Gebäude, das aussah wie ein Bienenstock. Eine Krähe, die einem anscheinend toten Mann die Eingeweide herauspickte. Am erstaunlichsten fand ich ein Selbstporträt, das nicht aus meiner Kindheit stammen konnte. Es war so gut, dass ich es aus der Kiste genommen und aufgehängt hätte, wenn es nicht so unheimlich gewesen wäre.

Keine Frage, das Gesicht auf dem Bild war meins. Es waren meine Augen, meine Gesichtszüge. Aber meine Haut sah aus wie Holz. Aus meinem Gesicht wuchsen Äste, aus meinen Haaren Eichblätter. Meine Haare waren Äste, die sich zu keltischen Mustern verschlungen hatten. Ich war ein Eichbaum. Wieso in alles in der Welt hatte ich mich so gezeichnet?

Und warum konnte ich mich nicht mehr daran erinnern?
Schnell verstaute ich die Zeichnungen wieder in dem Karton,
stopfte ihn unten in die Kiste und schmiss den Stapel Zeich-
nungen darauf. Dann schob ich die Kiste wieder ganz hinten
in die Ecke unter den Tisch. Als ich mich aufrichtete, zitterte
ich. Sonnenschein würde mir jetzt guttun, dachte ich. Sonne,
Strand und Dylan.

Schweißgebadet wachte ich auf. Morrigan. Ciara kannte Morrigan.
Ob sie sich darüber zu Lebzeiten bewusst gewesen war oder nicht,
machte keinen Unterschied. Jetzt fügte sie dieses Wissen zusammen und teilte es mir auf die einzige Art und Weise mit, die ihr
möglich war: In meinen Träumen.

***

Als wir am Ende unserer beschwerlichen Reise endlich todmüde
auf einem Hügel auf der Cooley Halbinsel standen, starrten die
beiden Frauen und ich gedankenverloren auf das Tal, das sich vor
uns ausbreitete. Die Männer bereiteten währenddessen das Ritual
vor, das uns gleich wieder in unsere Welt befördern würde. Ich
wusste nicht, was den ehemaligen Menschensklavinnen durch den
Kopf ging. Ich dachte in dem Moment an nichts anderes als an Dylan. Statt mich auf meine Familie und die O'Tools zu freuen, war
ich einfach nur traurig darüber, dass ich Dylan aufgegeben hatte.

Um Mitternacht hielten die Frauen und ich uns an den Händen.
Dann folgten wir den Anweisungen der Männer und gingen in
einem bestimmten Schrittmuster um die Steine herum. Ein leises Summen wurde immer lauter, so als ob wir mitten in einem
riesigen Bienenschwarm wären. Dann hatte ich das unangenehme
Gefühl, mich zu drehen, wie in einem Kaffeetassen-Karussell. Ich
war nicht die Einzige, der davon schlecht wurde, und deshalb war
es mir auch nicht peinlich, dass ich mich übergeben musste, als das
Drehen und Summen endlich aufhörte. Katherine und Orla ging
es genauso. Schließlich schauten wir uns an. Es war immer noch

Nacht, aber lange nicht so dunkel wie in der Anderswelt. Hier gab es mehr Häuser und somit auch Lichter in der Gegend. Wir waren zu Hause. Katherine weinte bitterlich.

Wir sagten nichts, als Orla und ich sie in unsere Mitte nahmen und stützten. Wir hatten noch einen kleinen Fußmarsch vor uns, um zu der Kontaktperson zu gelangen, die sich um die Frauen kümmern würde. Ich konnte spüren, wie dankbar die beiden waren, dass ich dabei war. Als wir bei dem Haus ankamen, das man uns beschrieben hatte, klopfte ich an die Tür. Ich sprach mit dem Mann, Sean, der uns helfen würde. Den anderen beiden hatte es vollends die Sprache verschlagen.

Mir kam der Gedanke, dass sie es vielleicht nicht bis hierher geschafft hätten, wenn ich nicht dabei gewesen wäre. Diese Welt war ihnen völlig fremd. Jetzt wusste ich auch, warum Higgins immer nur mehrere Personen auf einmal zurück in die Menschenwelt schickte. Orla und Katherine klammerten sich aneinander, als ich mich von ihnen verabschiedete und ins Auto stieg, das mich nach Dublin bringen sollte. Im Seitenspiegel des Autos konnte ich sehen, wie sie immer kleiner wurden, bis sie schließlich ganz verschwanden. Aber der verlorene Ausdruck in ihren Augen hatte sich für immer in mein Gedächtnis geprägt.

Völlig erschlagen klopfte ich Stunden später an die Tür der O'Tools. Vielleicht war es ein Fehler hierherzukommen. Würde mich Maggie hier als Erstes suchen? Was würde sie sich als Nächstes einfallen lassen, um mich dazu zu bringen, Ciara aufzugeben? In die Anderswelt konnte sie mich sicher nicht mehr bringen, aber auch hier gab es ja noch genug Möglichkeiten, mich zu quälen oder mir sonst wie Schaden zuzufügen.

Aber in diesem Moment war mir alles egal. Sollte Maggie mich hier finden, würde ich mich irgendwie wehren. Jetzt musste ich bei den Menschen unterschlüpfen, denen ich vertrauen konnte. Die mir gefehlt hatten. Ich brauchte sie.

Vera riss die Augen auf, als sie mich vor der Tür stehen sah. Sie legte ihre Hand über den offenen Mund und stand wie angewurzelt da. Ich fiel ihr in die Arme und sie schloss die Tür hinter mir.

»O Gott, Alice, wie hast du es bloß geschafft, zurückzukommen? Wir haben uns solche Sorgen um dich gemacht.« Vera ließ mir gar keine Chance, zu antworten, sondern plapperte weiter, während sie mich in die Küche zog. »Seamus und Bridget sind an der Uni. Dein Vater ist noch in einem Hotel – deine Mutter ist auch vor ein paar Tagen angereist. Gott, ich muss allen Bescheid sagen, dass du wieder da bist! Du siehst dünn aus, hast du Hunger? Komm, ich mach dir einen Tee.«

»Ich bin total fertig, Vera«, unterbrach ich sie. »Ich brauche erst einmal eine warme Mahlzeit, eine heiße Dusche und ein paar Stunden Schlaf. Danach möchte ich liebend gerne alle sehen und alles erklären. Danach.« Ich war so müde, dass mir die Tränen das Gesicht runterliefen.

Vera schaute mich prüfend an und nickte. »Alles klar, dann mache ich dir jetzt Porridge. Wenn du dich hingelegt hast, benachrichtige ich die anderen.«

Kein Viertelstunde später lag ich gesättigt und sauber im Bett und fiel in einen traumlosen Schlaf. Ein Bett hatte sich noch nie so gemütlich angefühlt.

Stimmengewirr im Haus weckte mich schließlich wieder auf. Ich warf einen Blick auf die Uhr. Wenigstens hatte ich vier Stunden geschlafen. Schnell zog ich mir einen Pullover über das T-Shirt, in dem ich unter die Decke gekrabbelt war, schlüpfte in eine Jogginghose und streifte ein Paar Socken über. Dann riss ich die Tür auf und rannte die Treppe hinunter in die Küche. Die war so proppenvoll mit Leuten, dass ich erst gar keinen Überblick hatte, wer alles da war. Aber als ich meine Eltern sah, boxte ich mich rücksichtslos zu ihnen durch. Es kam mir vor, als hätte ich sie drei Jahre nicht gesehen, aber sie sahen einfach aus wie immer. Mama und Papa nahmen mich sofort in die Arme und ich fing an zu heulen wie ein Schlosshund.

Ich stammelte nur immer wieder: »Es tut mir so leid! Ich hätte euch von Anfang alles erzählen sollen.« Meine Mutter streichelte mir übers Haar. »Sschh. Es ist alles gut.«

»Wir haben alle unsere Fehler gemacht«, meinte mein Vater.

»Aber leider gibt es keinen Ratgeber, wie man damit umgehen soll, wenn die Tochter mit der Seele einer anderen aus einem Koma aufwacht.«

Das brachte mich zum Lachen und ich hörte auf zu weinen. Als ich mich aus den Armen meiner Mutter gelöst und mir die Tränen abgewischt hatte, bemerkte ich Bridgets blonden Lockenkopf in der Ecke. »Bridget!« Ich ging zu ihr rüber und umarmte sie.

Ihre Reaktion enttäuschte mich ein wenig. Ich weiß nicht, was ich von meiner besten Freundin erwartet hatte. Hysterisches Kreischen, Auf- und Abhüpfen oder zumindest ein breites Grinsen? Bridget hatte den Mund verzogen, aber das Lächeln erreichte nicht ihre Augen. Dieser schelmisch funkelnde Blick, der typisch war für Bridget, fehlte komplett. Ich schämte mich sofort, zu denken, dass Bridget sich nicht freute. Vielleicht musste sie erst noch verarbeiten, dass ich wieder da war. Vielleicht hatte sie Angst um mich gehabt. Vielleicht war sie auch irgendwie sauer auf mich, dass ich ihr diese Angst eingejagt hatte. Oder sie in Gefahr gebracht hatte, indem ich sie mit in die Sache hineingezogen hatte. Dylan hatte mir schließlich von Dr. Brennans Rettungsaktion erzählt. Wie dem auch sei, meine Enttäuschung war egoistisch von mir. Ich nahm mir vor, mich später ausführlich nur mit ihr allein zu unterhalten. »Ich erzähle dir später alles ganz genau«, flüsterte ich ihr zu.

Dann begrüßte ich auch den Prof und Claire Brennan. Man stellte mich der anderen Frau in mittlerem Alter vor, die, wie ich schon vermutet hatte, Avalynn Wannaugh war.

In den nächsten Stunden ging alles etwas drüber und drunter, als wir Informationen darüber austauschten, was in den beiden Welten passiert war. Alle redeten durcheinander, fragten nach und wollten ganz genau wissen, wie es mir ergangen war. Ich kam beim Erzählen vom Hundertsten ins Tausendste. Es war nicht einfach, eine Welt zu beschreiben, die so anders war als unsere. Andererseits kam es mir in der aktuellen, freudigen Wiedersehensstimmung fast unangebracht vor, über die wirklich schlimmen und traurigen Dinge zu reden. Ich berichtete zum Beispiel natürlich von Maggies Entführung und wie ich in Morrigans Palast gekommen war, aber nicht von den Käfigen mit den Menschensklaven. Ich erzählte, wie Mog Ruith orakelt hatte, dass ich Ciara freiwillig aufgeben müsste, aber über seine Prophezeiung für mich sagte ich nichts.

Unweigerlich stellte natürlich jemand die Frage, wo Dylan war. Ich schwieg für einen Augenblick und die Stimmung in der Küche schlug um.

»Er war der Meinung, ich solle Ciara aufgeben. Aber ich wusste, dass das nicht das Richtige war.« Mein Blick war stur auf die Tischdecke geheftet. »Als sich die Gelegenheit bot, zu fliehen, musste ich sie ergreifen.«

»Wieso ist Dylan nicht mitgekommen?«, wollte Vera wissen. »Wo ist er?«

Ich nagte auf der Unterlippe herum. »Ich habe ihn zurückgelassen. Im Palast. Er wird wohl nicht mehr dort sein. Ich weiß nicht, wo er jetzt ist.«

Ein paar am Tisch sogen scharf die Luft ein.

»Mädchen, hast du eine Ahnung, was Dylan alles für dich durchgemacht hat?«, sagte Avalynn ernst. »Du machst dir keine Vorstellung, welche Qualen er auf sich …«

»Ich weiß«, fiel ich ihr ins Wort. Ich schaute auf und begegnete ihrem vorwurfsvollen Blick. »Aber ich hatte meine Gründe. Ich will das nicht in allen Einzelheiten durchkauen, aber er hat nicht verstanden, warum ich Ciara nicht Morrigan überlassen konnte und er wird es auch nicht verstehen. Er glaubt, er liebt mich, aber er wird nie anders als ein Sidhe denken können.«

Einen Moment lang schwiegen alle, bis mein Vater sagte: »Ich war sehr skeptisch, was Dylan anging. Du kannst mir glauben, dass ich ihn ins Kreuzverhör genommen habe, als er behauptete, er würde dich lieben. Ich hielt ihn für sprunghaft und unzuverlässig. Doch er hat mich überzeugt, Alice. Seine Liebe zu dir geht wirklich tief. Auch wenn er selber noch nicht genau weiß, was das bedeutet, hat er das Herz am rechten Fleck.«

Mir schossen schon wieder die Tränen in die Augen. »Vielleicht. Aber in dem Moment musste ich mich einfach so entscheiden. Ich hatte keine Zeit, Dylan davon zu überzeugen, dass die Flucht das

Richtige ist. Das Risiko war zu groß, ihm davon zu erzählen. Ich glaube einfach, einem Teil von ihm hat es *gefallen*, dass Ciara in Morrigan wieder ganz sein würde, in Gestalt und im Geiste. Langfristig hätte ich ihn vielleicht davon überzeugen können, dass es nicht die Ciara sein würde, die er mal geliebt hat. Aber ich hatte die Zeit einfach nicht. Glaubt mir«, fügte ich bitter an, »auch für mich war das nicht leicht. Ich bin mir vollends bewusst, dass er mir das nicht verzeihen wird und ich ihn damit verloren habe.«

»Manchmal projiziert man seine eigenen Beziehungsängste auf die andere Person. Man glaubt zu wissen, wie der Partner fühlt, hat aber nie wirklich darüber geredet«, sagte mein Vater und nahm Mamas Hand.

Ich schüttelte den Kopf. »Ich bilde mir das nicht ein. Wenn ihr gesehen hättet, wie er Morrigan angeschaut hat. So als würde sie ihn ganz und gar verzaubern …«

Überraschenderweise war es die bisher sehr schweigsam und desinteressiert wirkende Bridget, die mich davor rettete, weiterhin dieses schmerzhafte Gespräch zu führen. »Alice hatte bestimmt ihre Gründe – wir waren nicht da und wissen nicht, was alles passiert ist. Du bist also geflüchtet. Wohin genau?«

Dankbar lächelte ich Bridget zu. Ich erzählte von dem Flüchtlingslager, von Fionn und dem Fort. Aber meine Erzählung fiel knapp aus und meine zweite Begegnung mit Mog Ruith ließ ich diesmal ganz aus. Bridget drängte mich dazu, mehr Details zu verraten, aber die Anti-Royalisten waren ein Thema, über das ich lieber nicht zu viel nachdenken wollte. Es gab etwas Wichtigeres zu tun. Schließlich hatte ich einen vagen Plan, wie ich Ciara helfen konnte. Wenn ich den nicht so schnell wie möglich verfolgen würde – sprich, bevor mir Maggie und Morrigan wieder in die Quere kamen –, dann hatte ich all das Dylan vielleicht sogar umsonst angetan.

So glücklich ich auch war, hier inmitten der Menschen, die ich liebte, und die sich um mich sorgten und froh waren, dass ich wieder zu Haus war, musste ich diese Runde auflösen, um mit den beiden Druidinnen zu reden. »Ich muss mit Claire und Avalynn eine

Idee besprechen, die dem Ganzen vielleicht ein Ende setzen wird. Es geht um keltische Mythen und Druidentum und ich glaube, wir bereden das erst mal alleine.« Ich kräuselte die Stirn. »Ich mache mir Sorgen um euch alle. Maggie und Morrigan ist alles zuzutrauen und die Wahrscheinlichkeit, dass sie einen von euch in die Anderswelt entführen, um mich dorthinzulocken, schätze ich hoch ein. Sie werden nicht einfach aufgeben, nur weil ich geflüchtet bin. Wir müssen sehr vorsichtig sein.«

Der Prof und Vera sahen sich an. »Ich stimme dir zu«, meinte Professor O'Tool. »Vorerst sollten wir das Haus nicht verlassen. Avalynn hat es mit Zaubern geschützt. Aber wir können uns nicht auf ewig in diesem kleinen Haus verschanzen. Geh du doch erst mal mit Claire und Avalynn in dein Zimmer, Alice. Wir besprechen hier mit deinen Eltern, was wir machen.«

Als wir auf meinem Zimmer waren, erzählte ich Claire und Avalynn ohne Umschweife von meiner Idee.

»Ich habe erfahren, dass menschliche Seelen nach dem Tod ins Tír na nÓg kommen. Das ist eine andere Sphäre, wie auch die Anderswelt eine parallele Welt zu der unsrigen ist. Das Konzept brauche ich euch nicht zu erklären. Land der ewigen Jugend. Das Land, wo Milch und Honig fließen und so weiter. Wir wissen aus der Mythologie, dass Tír na nÓg und Anderswelt als Begriffe austauschbar sind. Aber das stimmt nicht. Tír na nÓg ist tatsächlich eine ganz andere Welt. Eine dritte Welt. Wahrscheinlich das, was die Christen Himmel nennen.«

Claire nickte langsam. »Okay. Und du meinst, alle Seelen sollten dorthinkommen?«

»Ja«, sagte ich eifrig. »Dylan hatte gute Absichten, als er Ciara in mir wiedergeboren hat. Er wollte Ciara eine zweite Chance auf ein normales, langes, erfülltes Leben geben. Aber mal ganz abgesehen davon, dass Morrigan in Ciara war und verantwortlich für ihren frühen Tod, hätte der natürliche Lauf der Dinge nach Ciaras Tod doch sein sollen, dass Ciaras Seele ins Tír na nÓg übergeht. Es erscheint mir logisch, dass ich sie dort hinbringen sollte.«

»Ja, das erscheint logisch«, sagte Avalynn mit kühlen Ton. »Und als du das Dylan erzählt hast, hat er dir nicht zugestimmt?« Sie hörte sich skeptisch an. »Was hat Dylan denn dazu gesagt?«

»Äh … so weit kamen wir gar nicht, so etwas zu besprechen. Und die Idee hatte sich zu dem Zeitpunkt auch noch nicht bei mir gefestigt. Ich war erst mal damit beschäftigt, weg von Morrigan zu wollen«, murmelte ich.

»Aber wenn du Dylan etwas davon gesagt hättest, ich bin mir sicher, er …«

»Ich habe Dylan aber nichts davon gesagt«, unterbrach ich Avalynn scharf. »Was hackst du so auf der Sache mit Dylan herum? Jetzt bin ich hier und wir müssen bereden, wie wir weiter vorgehen. Es bringt doch nichts …«

»Ich sage dir, warum ich auf Dylan herumhacke, Mädchen«, fiel mir die amerikanische Druidin ins Wort. »Weil ich miterlebt habe, wie sich der Junge für dich aufgeopfert hat. Und du undankbares Gör hast einfach schnell entschieden, ihn aufzugeben.«

»Hey, hey, hey«, ging Claire dazwischen. »Jetzt beruhigt euch beide mal.«. Avalynn hatte mir den Rücken zugedreht und schaute aus dem Fenster. Dr. Brennan ging zu ihr rüber und nahm sie in die Arme. »Ich weiß, du hast Dylan ins Herz geschlossen. Und du kennst Alice nicht. Deshalb fällt es dir jetzt schwer, ihren Standpunkt nachzuvollziehen. Aber sie wird ihre Gründe gehabt haben.«

Avalynn nickte stumm und seufzte. Claire ließ sie los und drehte sich dann zu mir um.

»Alice, sei mir nicht böse, wenn ich dir das sage, aber ich glaube, es gibt schon einen Grund, warum du Dylan nichts von Tír na nÓg gesagt hast. Ich glaube, du hast insgeheim ein bisschen Angst, dass Dylan sich nicht ganz von Ciara verabschieden will. Dass er den Tír na nÓg-Plan ablehnen würde, weil sie dann ganz aus dieser und der Anderswelt verschwinden würde. Du hast Angst, dass er sie nicht gehen lassen kann.«

Ich starrte Claire an. Dann zuckte ich mit den Schultern. »Vielleicht.«

Einen Moment lang schwiegen wir alle. Dann sagte Avalynn, die sich anscheinend entschieden hatte, mir zu helfen, obwohl ich

Dylan in ihren Augen unfair behandelt hatte: »Okay, also, Tír na nÓg. Wie hast du dir das vorgestellt? Ich meine, wir wissen so wenig darüber, dass die dritte Welt sogar mit der Anderswelt verwechselt wird. Wenigstens wissen wir, dass es Portale in die Anderswelt gibt. Aber so etwas wissen wir über Tír na nÓg gar nicht. Wie soll Ciara dorthinkommen?«

»Ich habe einen Verdacht. Ihr wisst ja über die beiden Schwestern Macha und Morrigan Bescheid, nicht wahr? Die dritte Schwester im Bunde ist Badb.« Ich erzählte Claire und Avalynn von meinem Gespräch mit Colleen. Gott sei Dank kannten sich beide mit keltischen Mythen so gut aus, dass ich nur sagen musste, was daran der Wahrheit entsprach.

»Macha ist für unsere Erde zuständig. Morrigan ist die Königin der Anderswelt. Aber von Badb hat man dort schon lange nichts mehr gehört. Sie ist diejenige, die in den keltischen Sagen als Krähe dargestellt wird. Colleen hat es so ausgedrückt: Sie pflückt die Seelen der Verstorbenen.«

Voller Erwartung schaute ich die beiden Druidinnen an. Der Gedanke lag so nahe. Würden sie nicht auf dieselbe Idee kommen wie ich? Aber Claire schaute mich nur verwirrt an. Avalynns Blick konnte ich nicht ganz deuten. Sie sah eher wachsam als skeptisch aus. Hatte sie mir doch noch nicht verziehen?

»Na, Badb ist ja anscheinend für die Toten zuständig«, erklärte ich ungeduldig. »Bestimmt ist sie im Tír na nÓg. Das heißt, wir müssen nur Badb herbeschwören, ich gebe ihr freiwillig Ciaras Seele und sie bringt sie ins Tír na nÓg.«

Avalynn war ganz blass geworden. Sie schüttelte vehement den Kopf. »Mädchen, mach das bloß nicht. Ich kenne mich zufällig mit dieser Auslegung der Morrigu sehr gut aus. Ich habe mal eine Abhandlung darüber geschrieben. Damals bin ich von der gängigen Theorie ausgegangen, dass alle nur Inkarnationen der Morrigan sind. Aber dass die drei Schwestern wirklich existieren, ändert nichts daran, dass die Krähe die Dunkelste von ihnen ist.«

Claire nickte. »Das ist wahr, Alice, Badb ist eine Aaskrähe, die man auf Schlachtfeldern findet. Sie ist die alte Hexe, die Unheil bringt.«

»Ich weiß nicht, wo Badb ist, aber im Himmel ist sie bestimmt nicht«, bekräftigte Avalynn Dr. Brennans Aussage. »Tír na nÓg ist ewige Glückseligkeit, Licht, Schönheit. Das passt doch nicht zu Badb.«

»Aber, aber es gibt drei Schwestern und drei Welten«, sagte ich verzweifelt. Ich konnte meine einzige Idee für Ciaras Rettung nicht so schnell aufgeben. »Das passt doch einfach gut zusammen. Maggie hätte ich doch auch nicht mit Fruchtbarkeit und Mutter Erde und dem ganzen Kram in Verbindung gebracht. Vielleicht ist das bei Badb ja genauso.«

»Das glaube ich einfach nicht«, sagte Avalynn in beschwörendem Tonfall. »Nach allem, was ich über Badb erfahren habe …«

»Wir können doch versuchen, sie zu rufen«, wollte ich die anderen beiden überreden. »Wenn sie nicht für Tír na nÓg zuständig ist, vielleicht kann sie uns dennoch sagen, wie wir Ciara dorthinbringen. Sie ist nicht hier und nicht in der Anderswelt. Ich wette, sie weiß etwas über die dritte Welt!«

Avalynn schüttelte den Kopf. »Das ist viel zu gefährlich, Alice. Selbst wenn wir wüssten, wie wir Badb rufen könnten. Badb ist nicht jemand, den man rufen sollte. Morrigan und Macha sind der reinste Sonnenschein im Vergleich mit Badb. Badb solltest du wahrlich meiden wie den Tod.«

Ich sackte in mich zusammen. Als Claire meinen Gesichtsausdruck sah, versuchte sie mich aufzumuntern. »Tír na nÓg ist eine gute Idee. Badb ist nicht der Weg, aber vielleicht finden wir einen anderen.«

Aber ich spürte nichts mehr von dem Optimismus, der mich zur Flucht getrieben und nach Hause gebracht hatte. Ich hatte mich an der Badb-Idee festgeklammert und nachdem Claire und Avalynn sie zerlegt hatten, musste auch ich einsehen, dass es wahrscheinlich nicht gut enden konnte, sich mit der dritten Schwester zu verbünden.

Obwohl mir die Druidinnen versprachen, sich in die Recherchen zu stürzen, war ich nicht besonders zuversichtlich. Natürlich wussten sie als Eichenweisen vieles über die Anderswelt. Aber dieses

Tír na nÓg war viel zu obskur. Anscheinend kannten auch Sidhe den Weg dorthin nicht. Wer sonst? Musste ich mich an die Vertreter anderer Religionen wenden? Engel rufen, zu Gott beten? Der Gedanke an die unzähligen Möglichkeiten war ermüdend und in diesem Moment erschien mir das alles aussichtslos.

Mir fielen zwei Optionen ein, von denen ich Avalynn und Claire aber gar nichts sagte. Sie waren beide viel zu deprimierend. Der offensichtlichste Weg, für Ciara in den Himmel zu kommen, war mit mir zusammen. Wenn ich starb, wenn meine Seele weiterzog, dann würde auch Ciaras mit mir gehen. Aber das hieße ja, dass ich Ciara für *den Rest meines Lebens* einen Teil von mir sein lassen müsste.

Die andere Möglichkeit, die mir einfiel, war noch schlimmer. Ich kannte jemanden, der Ciara dort hinbringen konnte. Denn ich erinnerte mich an etwas, das Colleen gesagt hatte: *Ins Tír na nÓg können auch wir Sidhe normalerweise nicht hin. Außer Morrigan natürlich.*

kapitel zwanzig
dylan

Dylan wusste nicht genau, welche Emotionen er von den O'Tools und Alices Eltern erwartet hatte. Überraschung, sicherlich. Freudige Erwartung, vielleicht. Je nachdem, ob Alice es nach Hause geschafft hatte, würden sie gespannt oder erleichtert sein, enttäuscht oder sogar wütend darüber, dass er versagt hatte.

Aber was sich in ihren Gesichtern abspielte, war viel mehr als all das. Veras Augen waren so verheult, dass sie ihn gar nicht anschauen konnte. Das Gesicht des Professors war abgezehrt und bleich. Er sah aus, als ob er nächtelang nicht geschlafen hätte. Frank Lohmann rieb sich immer wieder mit der Hand die Bartstoppeln. Dylan glaubte, Mitleid in seinen Augen erkennen zu können. Alices Mutter war dabei, eine Suppe zu kochen und hatte wohl anscheinend Veras Rolle übernommen. Niemand fragte ihn, was mit Alice war, was ihn annehmen ließ, dass sie in die Menschenwelt zurückgekehrt war und dass alle davon wussten. Er war sich ziemlich sicher, dass es ihr gelungen war; schließlich hatte er schon festgestellt, dass Morrigan und Maggie sie nicht wiedergefunden hatten. Doch die Stimmung in der Küche war so sonderbar, dass er sich gar nicht traute, zu fragen. Warum waren sie alle nicht glücklich und aufgeregt und erzählten ihm davon?

Es sah fast so aus, als ob das falsche Elternpaar um ihre Tochter trauerte, ging ihm durch den Kopf. Dann wurde es ihm schlagartig klar. Dylan räusperte sich. »Bridget?«, sagte er nur.

Der Professor schluckte. »Sie ist verschwunden. Nachdem Alice uns von ihrer Flucht erzählt hat, ist sie auf ihr Zimmer gegangen. Zum Abendessen wollte sie nicht herauskommen. Heute Morgen, als wir nach ihr sehen wollten, war sie nicht mehr da. Seither hat sie sich nicht gemeldet. Wir haben überall herumtelefoniert. Sie ist einfach nicht auffindbar.«

Gut, dachte Dylan erleichtert, *Alice hat es tatsächlich hierher geschafft.* Bevor er nachfragen konnte, wo sie war, kamen Vera wieder die Tränen.

»Es ergibt keinen Sinn«, schluchzte sie. »Wieso würde sie das Haus verlassen, besonders ohne uns etwas davon zu sagen? Wo sie doch weiß, wie gefährlich die Situation im Moment ist.« Sie fing heftiger an zu schluchzen. Der Prof legte den Arm um seine Frau.

»Ja, Bridget würde so etwas eigentlich nicht machen«, überlegte der Professor laut. »Aber sie hat sich sonderbar verhalten in letzter Zeit. So apathisch und … kalt. Ganz untypisch für Bridget. Das hier ist setzt diesem Verhalten die Krone auf.«

Dylan nickte. »Das ist mir auch aufgefallen. Ich dachte, vielleicht war sie nur mir gegenüber so, weil sie mir die Schuld an dem gab, was mit Alice passiert ist.«

»Wir haben auch gedacht, sie kommt mit der Situation nicht klar, dass ihre beste Freundin vielleicht in Lebensgefahr schwebt. Dass sie vielleicht so sehr darunter leidet, dass sie Gefühle einfach abblockt … und deshalb so unbeteiligt erscheint.« Der Prof schüttelte den Kopf. »Die Menschen reagieren in solchen Situationen eben unterschiedlich. Wir wollten ihr Zeit und Raum geben, das alles so zu verarbeiten, wie sie es verarbeiten musste. Und wir haben darauf gebaut, dass sie weiß, sie kann immer mit uns reden.« Er seufzte. »Vielleicht war das falsch.«

»Nein, das glaube ich nicht«, schaltete sich Frank Lohmann ein. »Ich bewundere euch, wie ihr damit umgegangen seid und es hat mir vor Augen geführt, was ich damals bei Alice falsch gemacht habe. Ich habe den Mut gefunden, Alice und meine Ehe nicht einfach aufzugeben, sondern für meine Familie zu kämpfen.« Er schaute liebevoll zu seiner Frau hinüber, die ihn anlächelte.

Vera hatte aufgehört zu weinen und sah Dylan ernst an. »Meinst du, Maggie hat Bridget entführt, um ein Druckmittel gegen Alice in der Hand zu haben?«

Dylan zog die Brauen zusammen. »Ehrlich gesagt, ich traue Maggie das durchaus zu und hätte auch erwartet, dass das ihr nächster Schritt ist. Genau so etwas wollte ich schließlich verhindern. Aber ein paar Dinge passen hier nicht zusammen. Erstens: Wenn Bridget wusste, dass diese Gefahr besteht, warum hat sie das Haus verlassen? Und hier reingekommen sein kann Maggie uneingeladen wohl nicht. Wie ich gemerkt habe, wurden alle möglichen Schutzzauber vor und im Hause angewandt. Ich nehme an, Avalynn hat ihre stärksten Geschosse aufgefahren? Zweitens«, zählte Dylan mit den Fingern auf, »selbst wenn es Maggie irgendwie gelungen ist, Bridget aus dem Haus zu locken und in die Anderswelt zu entführen, warum hat sie euch dann noch nicht kontaktiert? Zu warten kann doch nur ein Nachteil für sie sein. Alice könnte sich einen Plan ausdenken, sich Hilfe holen und und und. Maggie ist schlau und schlau wäre es gewesen, den Moment der Panik und des Schocks zu nutzen und Alice in die Anderswelt zu locken, bevor sie lange darüber nachdenken kann.« Dylan kräuselte die Stirn. »Was sagt denn Alice dazu?«

Frank und Anne Lohmann sahen sich besorgt an. »Alice geht es nicht gut«, meinte Alices Mutter zögerlich. »Avalynn hat gestern nur erzählt, dass Alice eine Idee hatte, die sie und Claire ihr leider ausreden mussten. Als Bridget verschwunden ist, hat ihr das, glaube ich den Rest gegeben. Sie liegt einfach nur im Bett und starrt die Wand an.« Geschäftig rührte sie die Suppe um und sagte betont fröhlich: »Aber das wird schon wieder. Wahrscheinlich braucht sie einfach nur Erholung und Ruhe, nach dem, was sie in den letzten Tagen durchgemacht hat. Wir päppeln sie schon wieder auf.« Anne schöpfte Suppe aus dem Topf in eine Schüssel. »Ich wollte ihr gerade etwas zu essen bringen.« Unsicher fuhr sie fort. »Vielleicht willst du ihr das Tablett hochbringen? Meinst du, es könnte ihr helfen, dich zu sehen? Oder eher nicht?«

Dylan schwieg. Er war schließlich extra hergekommen, um ihr etwas Wichtiges mitzuteilen, aber ob es ihr *helfen* würde, da war er sich nicht so sicher.

»Ich glaube schon«, meinte Alices Vater bestimmt. »Alice ist deprimiert, weil alles so verloren scheint und sie keinen Ausweg sieht. Teil davon ist, dass sie eine Entscheidung getroffen hat, die bedeutete, auch dich zu verlieren, Dylan. So wie sie gestern geredet hat, glaubte sie nicht, dass du ihr verzeihst und sie noch mal wiedersehen willst. Vielleicht hilft es ihr zu wissen, dass sie dich nicht verloren hat.« Frank Lohmann bedachte ihn mit einem durchdringenden Blick. »Wenn dem auch so ist, Junge. Wenn du irgendwelche niederträchtigen oder rachsüchtigen Gedanken hast, weil sie Ciara über ihre Liebe zu dir gestellt hat, dann kannst du gleich wieder gehen. Das kann Alice jetzt nicht gebrauchen. Aber nachdem du mir so große Versprechen gemacht hast, was deine Gefühle für meine Tochter angeht, nehme ich an, du bist hier, um ihr zu sagen, dass du sie noch liebst?«

Dylan nickte, obwohl das nicht ganz der Wahrheit entsprach. Aber er musste einfach mit Alice reden.

Anne reichte ihm das Tablett mit der Suppe, Besteck und Brot und hielt Dylan die Tür auf. Klopfenden Herzens stieg er die Treppe hoch. Alices Tür war nur angelehnt und so schob er sich rückwärts in ihr Zimmer. Einen Augenblick blieb er stehen. Tatsächlich lag Alice mit dem Gesicht zur Wand auf dem Bett und rührte sich nicht. Unsicher stellte er das Tablett auf dem Schreibtisch ab. Vielleicht schlief sie und er wollte sie nicht erschrecken.

»Alice«, sagte er leise. »Ich bin's, Dylan.«

Alice zuckte leicht zusammen. Sie war also wach.

»Deine Mutter hat dir etwas zu essen gemacht. Magst du etwas Suppe?«

Sie schüttelte den Kopf. Unschlüssig setzte er sich auf die Bettkante, vorsichtig, um sie nicht zu berühren. »Ich habe keinen Hunger«, sagte sie schließlich mit erstickter Stimme.

»Können wir reden?«

»Bist du hier, um mir zu sagen, was für eine schreckliche Person ich bin, dass ich dich einfach im Palast zurückgelassen habe, nach allem, was du für mich durchgemacht hast? Das kannst du dir sparen. Ich weiß, dass alles sinnlos war.«

»Nein«, antwortete Dylan. »Ich bin hergekommen, um dir zu sagen, dass du mit allem recht hattest. Dass du richtig gehandelt hast.«

Mit einem Ruck drehte sich Alice um. Verblüfft schaute sie ihn über die Schulter an. »*Was?*«

Dylan stand auf. »Was ich in den letzten Tagen seit deiner Flucht aus dem Palast erlebt habe, Alice! Es ist einfach unglaublich.« Er ging vor dem Bett auf und ab und Alice setzte sich auf. Dylan wollte seine Geschichte endlich loswerden, die sich wie Druck in ihm aufstaute, aber Alice kam ihm zuvor.

»Ich habe gedacht, ich würde dich nie wiedersehen«, sagte sie leise. »Ich dachte, du wärst …«

»Wütend auf dich?«, unterbrach Dylan sie. »Aber ja, ich war richtig wütend auf dich. Ich fühlte mich von dir verraten. Erst konnte ich es nicht glauben, dass du mich absichtlich dort zurückgelassen hast. Ich war sicher, dass du gegen deinen Willen so übereilt flüchten musstest. Und als ich den Brief fand …« Dylan presste die Handflächen gegen seine Schläfen.

»Es tut mir so leid. Ich dachte, ich könnte nicht zu dir durchdringen und dir verständlich machen, warum ich nicht das machen konnte, was du von mir wolltest. Ich …«

»Alice, du hast genau das Richtige getan«, unterbrach Dylan sie aufgeregt. »Du musstest weg von Morrigan. Gar nicht auszudenken, was vielleicht passiert wäre, wenn du auf mich gehört hättest!«

Alice schaute Dylan mit offenem Mund an.

»Die schiere Wut, Traurigkeit und Verzweiflung, die mich nach deiner Flucht überkommen hat, trieb mich dazu, wegzulaufen. Ich bin praktisch bis zur Küste gerannt, dort wo die Käfige sind.«

Alice nickte. »Du hast die Menschensklaven gesehen.«

»Wie schrecklich das auch war und wie sehr das auch von Morrigans schlechtem Charakter zeugt, ich hätte ihre Legitimität als Königin trotzdem nicht infrage gestellt. Du lagst also richtig mit deiner Einschätzung, dass meine Loyalität meiner Königin, meinem Volk und meiner Traditionen gegenüber mich daran hinderte, mich der Realität zu stillen. Aber ich schaute immer noch weg. Ich wollte mir das Leben nehmen und habe mir nichts sehnlicher gewünscht als Coimeádaí, der meine Seele bannen konnte – der einzige Weg zum Selbstmord, der für einen Sidhe möglich ist. Und er ist gekommen, Alice! Mein Freund Coimeádaí, er hat tatsächlich meinen telepathischen Ruf gehört und konnte ihn mit seinem Erscheinen beantworten!«

Dylan stand vor Alice und schaute sie erwartungsvoll an. Aber sie verstand wohl nicht sofort, was das bedeutete, schien gedanklich noch andere Informationen zu verarbeiten. »Du wolltest dich … umbringen? … Und Coimeádaí kann sich einfach irgendwo hinbeamen?«

Dylan winkte ab. »Das können wir alle, wenn wir von anderen notfallmäßig telepathisch gerufen werden und es mit unserer Berufung zu tun hat.« Er hielt inne und seine Augen weiteten sich. »Das heißt, wahrscheinlich können wir es alle. Zu jeder Zeit, Berufung hin oder her. Aber na klar, man wird ja bloß seiner Berufung wegen gerufen und auf die Idee käme ja keiner …«

Alice hielt die Hand hoch. »Moment, Moment, Dylan, du redest komplett an mir vorbei.«

Er holte tief Luft. »Okay, von vorne. Erst dachte ich, ich hätte meine magischen Fähigkeiten wiedererlangt.« Alice nickte. Jetzt verstand sie. »Aber es war mir einfach ein Rätsel, von wem und wieso. Dennoch, ich war so froh, Alice. Übermütig habe ich während eines Gewitters mit Blitzen gespielt. Ich musste unbedingt alles ausprobieren, was mir so gefehlt hatte. Und ich habe es übertrieben. Richtig übertrieben, wie damals als Kind, bevor man mir in der Schule solche Flausen abgewöhnt hat. Ich habe einen Blitz in mich hineingeleitet …« Alice sah ihn erschrocken an. »Und auf einmal konnte ich Elektrizität produzieren. Ich konnte ein Auto antreiben, Alice, das können bei uns nur Fahrer, sogenannte …«

»*Tiománaís*, ich weiß«, fiel ihm Alice ins Wort. »Ich habe auf der Flucht einen kennengelernt«, fügte sie schnell als Erklärung an.

»Ich bin direkt mit dem Auto nach Tara zum Ältestenrat gefahren. Schließlich hatte ich dort auch meine Magie abgetreten. Ich hätte nicht mal die Anderswelt betreten können sollen. Jetzt hatte ich auf einmal sogar meine magischen Fähigkeiten wieder. Nicht nur das, sondern auch noch andere Fähigkeiten, die nur jemand mit einer anderen Berufung hat. Ich musste von den Ältesten eine Erklärung dafür verlangen. Und die Erklärung habe ich auch bekommen.«

Er kniete sich vor Alice hin und nahm ihre Hände in seine. »Immer hast du mir davon erzählt, dass man sein Schicksal selber bestimmen kann und ich wollte dir nicht glauben. Wovon du glaubst, dass es zwischen uns steht, existiert in Wirklichkeit nicht. Sidhe unterscheiden sich in diesem Aspekt nicht von Menschen, Alice. Auch unser Schicksal steht nicht in den Sternen und auch unsere Aufgabe im Leben ist nicht vorherbestimmt.«

Alice sah ihn ungläubig an. »Aber … eure Berufung, auf die ihr so stolz seid, die euch eure Identität gibt …«

»Die Berufung gibt es gar nicht, Alice«, sagte er sanft. »Alle Sidhe können theoretisch alle magischen Fähigkeiten haben. Manche liegen uns mehr als andere, für die haben wir … man könnte sagen ein Talent. Für manches müssten wir vielleicht jahrelang trainieren und wieder anderes werden wir nie erlernen, auch wenn wir uns noch so viel Mühe geben. Doch das Potenzial ist für alles da. Es steckt in uns. Aber wir lernen von klein auf etwas anderes. Wir lassen noch nicht einmal die Idee zu, dass wir mehr könnten, als man uns vorhergesagt hat.«

»Aber wieso wird euch das so beigebracht … und dann muss das ja schon seit ewigen Zeiten …«

Dylan nickte. »Ja, seit Morrigan Königin ist. Und wieso? Ganz einfach: So hat jeder seinen ihm zugewiesenen Platz in der Gesellschaft. Wenn mir eingeimpft wird, dass das Schicksal vorherbestimmt hat, ich solle ein Schafhirte sein und es ist eine Ehre für mich, mich voll und ganz dieser Berufung zu verschreiben, dann mucke ich doch nicht auf. Dann strebe ich nicht danach, ein Coimeádaí zu werden oder gar ein Architekt oder ein Forscher oder Ähnliches. Ich käme nie auf die Idee, womöglich König zu werden. Ich hinterfrage nicht, dass die Adligen gar keine Berufung haben und nicht arbeiten müssen. Ich tue genau das, was du mir immer vorgeworfen hast. Ich akzeptiere alles so, wie es ist – als natürliche Ordnung.«

Alice starrte ihn an. »Aber es muss doch dann genug Sidhe geben, die davon wissen. Diejenigen, die bestimmen, wer welche Berufung hat, zum Beispiel. Und was ist mit den Adligen? Wissen die alle davon?«

Dylan zuckte mit den Schultern. »Es gibt bestimmt einige, die davon wissen. Die Adligen stammen von Familien ab, die noch Túatha Dé Danann waren, also von vor der Zeit, als Morrigan Königin war. Vielleicht wissen einige, dass das mit der Berufung nicht ganz stimmen kann. Vielleicht denken sie aber auch, das sei nun mal so in der Anderswelt und freuen sich einfach darüber, dass sie nicht arbeiten müssen. Sie haben ja selber was davon. Und diejenigen, die bestimmen, wer welche Berufung hat, müssen es nicht unbedingt wissen, oder? Sagen wir mal, ein Kind zeigt früh ein Talent, Blitze umzuleiten. Da liegt der Verdacht nahe, dass er ein *Dealan* ist. Oder sie bestimmen die Berufung nach bestimmten Kriterien, wie Sternbilder am Geburtsdatum. Das ist dann ein bisschen wie mit dem Huhn und dem Ei. Was ist zuerst da, die Berufung oder das Talent für eine magische Fähigkeit? Also nein, es müssen nicht alle davon wissen, aber einige sicher schon. Diejenigen, die davon profitieren, kein Wort darüber zu verlieren.«

»Und was ist mit dem Ältestenrat? Der kann doch nichts davon wissen. Denn dann wäre er ja nichts anderes als …«

Dylan richtete sich auf. »… eine Farce. Ja, das ist er auch fast. Die Ältesten lebten schon zu Morrigans Zeiten und es existierte eine Art Übereinkunft. Sie wussten, dass es die Berufung an sich nicht gab. Aber ich glaube, sie sahen es als eine leidliche Methode, Ordnung in eine Gesellschaft zu bringen, die sonst im Chaos versunken wäre. Alle hatten Magie, lebten ewig und konnten in dieser schönen neuen

Anderswelt auf einmal tun und lassen, was sie wollten. Anscheinend gab es Anfangsschwierigkeiten, als wir nach der Verbannung in die Anderswelt zu Sidhe wurden, und Morrigan kam auf die schlaue Idee, dass das Volk alle wichtigen politischen Entscheidungen doch selber treffen konnte, indem die weisen Ältesten des Volkes sie repräsentierten. Damit waren alle zufrieden. Nur war dieser Ältestenrat nicht viel mehr als eine Marionettenregierung. In Wirklichkeit hatte immer Morrigan die Fäden in der Hand.«

»Diese Worte habe ich schon mal gehört. Von den Anti-Royalisten.« Alice fuhr sich mit den Fingern durch die Haare. »Mist, heißt das etwa, dass Fionn recht hatte?«

Dylans Gesicht war ein einziges Fragezeichen und Alice erzählte ihm von ihrer Flucht. Die Prophezeiung von Mog Ruith ließ sie aus. Sie hatte keinen Nerv, das jetzt auch noch zu diskutieren. »Aber eins verstehe ich nicht, Dylan«, fuhr sie fort, als sie ihren Bericht beendet hatte, »weshalb lassen sich die Ältesten darauf ein? Nur damit sie hohe Tiere sein konnten?«

Dylan verzog den Mund. »Ich glaube, sie hatten schon gute Absichten. Wahrscheinlich dachten sie: besser ein kleiner Einfluss als gar keiner. Und sie hofften, dass ihr Einfluss wachsen würde. Sie glaubten, autonomer zu sein, als sie waren. Wie gesagt, die Anand-Schwestern sind nicht dumm. Maggie war eine Art Bindeglied zwischen Morrigan und dem Ältestenrat. Deshalb war sie auf Erden als so etwas wie eine Polizistin für den Ältestenrat unterwegs. Sie ließ den Rat immer im Glauben, dass sie zwischen den Stühlen stand, dass sie diese Form der repräsentativen Regierung unterstützte. Einige waren natürlich immer schon vorsichtig, Maggies Schmeicheleien Glauben zu schenken, aber manche hatte sie ganz schön um den Finger gewickelt. Erst als ihnen vor Augen geführt wurde, was für ein doppeltes Spiel Maggie bei der ganzen Sache mit Ciara gespielt hatte, wurde ihnen bewusst, was wirklich vor sich ging.«

»Und das haben sie dir einfach so gesagt?« Alice war anzusehen, dass sie kaum glauben konnte, wie einfach Dylan eine Verschwörung mit solchen Ausmaßen aufgedeckt hatte.

Er schüttelte den Kopf. »Natürlich nicht. Erstens habe ich Glück gehabt. Ich war so früh am Morgen auf dem heiligen Hügel von Tara, wo der Ältestenrat tagt, dass noch nicht alle Ältesten anwesend waren. Diejenigen, die Maggie in der Tasche hatte, waren zufällig nicht dort. Aber dafür zwei, denen Maggie schon immer ein Dorn im Auge war und Morrigans Einfluss skeptisch gegenüberstanden. Sie waren sehr daran interessiert, was ich im Austausch gegen die Wahrheit an Informationen anbieten konnte. Sie waren sehr an dir interessiert.«

»An mir?« Alice stand auf und ging zum Fenster. »Mensch, Dylan, ich habe echt keine Lust mehr, in die Angelegenheiten der Sidhe reingezogen zu werden!« Zitternd verschränkte sie die Arme vor der Brust. »Ich habe es so satt, das kannst du dir gar nicht vorstellen. Kaum habe ich es geschafft, der Anderswelt zu entkommen, stellt sich heraus, dass ich Ciara wahrscheinlich nicht helfen kann. Dass ich sie immer in mir tragen muss, wenn ich sie nicht freiwillig an andere abgebe, die wer weiß was mit ihr vorhaben. Und damit versuche ich gerade fertigzuwerden, dass das wahrscheinlich die Konsequenz meiner Entscheidung ist, sie nicht Morrigan zu überlassen. Aber lässt man mich vielleicht mal damit in Ruhe?« Jetzt zuckte Alices Oberkörper so sehr, dass Dylan sicher war, dass sie weinte. »Nein, als Nächstes ist Bridget verschwunden. Wird Morrigan denn vor niemandem haltmachen? Wird sie jeden, der mir nahe steht, leiden lassen, um zu bekommen, was sie will? Wie kann ich meine Familie und Freunde schützen? Ich kann es nicht!« Jetzt weinte sie so sehr, dass ihre Worte kaum mehr verständlich waren. »Aber ich kann … ich kann Morrigan Ciaras Seele … nicht geben… Ich…«

Dylan stellte sich hinter Alice und schmiegte sich an sie. Dann legte er seine Arme um ihre Taille. Zuerst wurde Alice ganz steif und er stellte sich darauf ein, dass sie ihn wegstoßen würde. Aber dann entspannte sie sich und ließ es zu, dass Dylan sie in seine Arme nahm. Sie drehte sich um und legte ihren Kopf an seine Schulter, wo sie leise weinte, bis ihre Tränen versiegten.

»Es tut mir leid, dass deine Familie und Freunde in Gefahr sind. Wir finden eine Lösung«, flüsterte er in ihr Ohr. »Aber so ungern ich das auch sage, wahrscheinlich wirst du dich damit abfinden müssen, dass sie sicherer sind, wenn du nicht bei ihnen bist.«

Sie schaute zu ihm auf und ihre Augen sahen unendlich traurig aus. »Ich weiß. Aber ich konnte mich einfach noch nicht dazu durchringen, mich von den Menschen zu trennen, die nur das Beste für mich wollen und mich lieben. Meine Eltern sind gerade wieder zusammengekommen und wir hätten die Chance, wieder eine richtige Familie zu werden. Ich weiß, es ist egoistisch, aber ich kann mich nicht trennen.«

Dylan lächelte zerknirscht. »Ich kann dich gut verstehen. Wie du weißt, hatte ich selber große Probleme damit, mich von etwas zu trennen, an dem ich so gerne festhalten wollte.«

Alice löste sich von ihm. Sie schaute ihn ernst an. »Könntest du loslassen, Dylan? Bitte sei ehrlich mit mir. Könntest du Ciara einfach so loslassen?«

»Ja«, sagte Dylan bestimmt. »Die Vorstellung, die ich mir von Ciara gemacht habe, habe ich schon losgelassen. Ich war vor zwei Tagen bei Morrigan im Palast, um mich zu vergewissern, dass sie dich nicht wieder eingefangen haben, und dieser Bann, den Morrigan als Ciara auf mich ausgeübt hat, ist nicht mehr da. Ich habe gedacht, es wäre irgendein Zauber von Morrigan, aber dabei war ich es die ganze Zeit selber gewesen. Ich habe Ciara und unsere Liebe idealisiert.« Dylan nahm sie bei den Schultern. »Wird mir der Abschied von der richtigen Ciara schwerfallen – ihrer wahren Seele, die in dir ist, und die ich vielleicht gar nicht richtig kannte? Ja, bestimmt. Aber ich weiß mittlerweile, dass sie nicht mehr hierhergehört, dass sie weiterziehen muss.«

Alice schaute ihn prüfend an, bis sie sich anscheinend vergewissert hatte, dass seine Antwort von Herzen kam. Sie nahm ihn in die Arme. Doch bevor er sich in die Umarmung fallen lassen konnte, musste auch er sie etwas fragen.

»Du musst genauso ehrlich mit mir sein, Alice. In der Vergangenheit hattest du die Befürchtung, Ciaras und deine Gefühle könnten sich vermischen. Kannst du mittlerweile deine Gefühle von Ciaras unterscheiden?«

Sie runzelte die Stirn, konnte sich aber ein Grinsen nicht verkneifen. »Dylan, fragst du mich ernsthaft, ob ich dich liebe?«

Dylan räusperte sich und schaute verlegen auf den Fußboden. »Ähm, also, ja!«

Da war es, das Lächeln, das Alices Gesicht so aufleuchten ließ und sie so wunderschön machte. Aufgrund dieses Lächelns hatte er sich in sie verliebt. Und dieses Lächeln hatte er schon länger nicht mehr gesehen. »Ja, ich liebe dich!«, lachte sie.

»Mehr kann ich mir nicht wünschen«, meinte Dylan und küsste sie sanft auf die Lippen. Alice legte ihre Arme um seinen Hals. Für einen Moment existierten nur sie beide auf dieser Welt – und jeder anderen.

Dann löste sich Alice von ihm und sah ihn besorgt an: »Aber, Dylan, wie soll das werden? Was wollen wir jetzt machen?«

Dylan zuckte mit den Schultern. »Das finden wir schon heraus. Aber ich bin hier, um bei dir zu bleiben. Du wirst vielleicht deine Familie und die O'Tools verlassen müssen, damit sie sicher sind, aber du wirst nicht allein sein. Ich werde mitkommen, wohin du auch gehst. Ich bin jetzt nämlich frei.« Er hob die Brauen. »Na ja, das heißt, ich war immer schon frei. Ich habe es nur nicht gewusst. Manchmal habe ich es mir gewünscht, aber selbst das war nicht genug. Es hat lange gedauert, aber du hast mir die Augen geöffnet.«

Alice sah ihn gerührt an, räusperte sich aber, bevor ihr wieder die Tränen kamen. »Okay.« Sie wandte sich ab, nahm das Stück Brot vom Tablett auf dem Schreibtisch und biss hungrig hinein. »Genug der Worte. Als Erstes müssen wir Bridget finden, dann können wir über uns reden. Ideen?«

»Eins muss ich dir aber noch kurz erzählen. Warum der Ältestenrat so großes Interesse an dir hatte. Und das hat genau damit zu tun, dass Ciara Teil von dir ist und du damit sozusagen einen Draht zu Morrigan hast. Ganz besonders eine Person im Ältestenrat glaubt, dass du deshalb von großer Wichtigkeit bist. Ihr Name ist Tlachtga und sie ist die Tochter vom Druiden Mog Ruith.«

Alice hörte auf zu kauen und drehte sich um. Mit noch vollem

Mund sagte sie: »O Gott, nicht schon wieder, hör mir bloß auf mit …«

In dem Moment wurde die Tür zu Alices Zimmer aufgerissen und Anne Lohmann stürmte herein. Atemlos rief sie: »Bridget wurde gefunden!«

kapitel einundzwanzig
alice

Ich stürmte die Treppe hinunter in die Küche, meine Mutter und Dylan mir dicht auf den Fersen.

»Seamus und Vera sind schon losgefahren«, rief mein Vater, als ich ihn mit einem fragenden Blick ansah. »Sie konnten einfach keine Sekunde länger warten.«

»Was ist denn passiert?«, fragte ich ungeduldig. »Wo ist Bridget?«

»Seamus hat eine SMS von ihr bekommen«, erklärte mein Vater. »Bridget hat gesagt, wo sie ist und hat ihn gebeten, sie holen zu kommen.« Er reichte mir einen Zettel. »Hier, er hat die Adresse aufgeschrieben.«

Vor lauter Aufregung hatten wir uns auf Deutsch unterhalten und Dylan bat um eine Erklärung. Als ich geendet hatte, riss er mir den Zettel aus der Hand.

»44 C Lincoln Street?«, rief er . »Da soll Bridget sein? Seid ihr sicher, ihr habt alles richtig verstanden?« Seine Stimme überschlug sich fast und meine Eltern starrten ihn verwirrt an.

Mein Vater zeigte auf den Zettel. »Da sind Seamus und Vera hingefahren, um Bridget zu holen ... Wieso, was ist denn los?«, fragte er, als Dylan sein Gesicht in die Hände legte und tief Luft holte.

Dylan ließ die Hände sinken. Mit geweiteten Augen sah er mich an, als er sagte: »Das ist O'Cadhlas Adresse.«

»Scheiße, das ist eine Falle«, rief ich. »Komm, wir müssen sofort dorthin.«

Ich war schon auf dem Weg zu Tür, als meine Mutter mich am Arm festhielt. »Alice, wenn es eine Falle ist, dann wollen sie doch nur, dass du dorthinkommst.«

Mein Vater nickte. »Du kannst nicht gehen.«

Ich schaute von einem zum anderen. Dann blickte ich Dylan an. Der verstand und nickte mir zu. »Wir müssen gehen, weil die O'Tools in Gefahr sind. Falle oder nicht, es bleibt uns nichts anderes übrig.«

»Aber Alice«, fing meine Mutter an.

»Mama, ich werde ganz sicher nicht hier untätig herumsitzen und zulassen, dass den anderen wegen mir etwas zustößt!« Ungeduldig riss ich mich los.

Mein Vater seufzte. »Okay. Nehmt unseren Mietwagen.« Er gab Dylan den Schlüssel. Ich wollte schon loslaufen, als mich meine Mutter in den Arm nahm und kurz, aber heftig drückte. »Ich habe euch lieb«, rief ich, als ich mir im Flur meine Jacke schnappte und schnell in meine Turnschuhe schlüpfte.

Ich war noch nie in Irland selber Auto gefahren und sowieso nervös genug, deshalb war ich froh, als Dylan die Fahrertür aufriss. Er trat schon aufs Gaspedal, bevor ich meine Tür zugemacht hatte und fuhr so schnell, dass ich Angst gehabt hätte, wenn meine Sorge um die O'Tools nicht so groß gewesen wäre. Mit kreischenden Reifen parkte er in zweiter Reihe neben dem Auto der O'Tools. Vera und Seamus standen vor dem Haus, in dem sich O'Cadhlas Wohnung befand.

»Gott sei Dank geht es euch gut«, rief ich, kaum aus dem Auto. »Was ist passiert?«

Besorgt sah der Prof mich an. »Wir wurden gar nicht in die Wohnung gelassen. Jemand hat die Tür einen Spalt breit aufgemacht und gesagt: ›Alice soll kommen‹. Wir waren gerade am Debattieren, ob wir dich anrufen und herbitten sollen oder nicht.«

»Sie haben Bridget, Alice!« Vera klang verzweifelt.

»Aber wir wissen gar nicht, ob Bridget wirklich da drin ist, Vera«, gab der Professor zu bedenken. »Vielleicht ist es nur eine Falle.«

»Das hier ist O'Cadhlas Wohnung«, klärte ich Bridgets Eltern auf. »Es ist mit Sicherheit eine Falle, aber wenn Bridget wirklich in Gefahr ist, dann muss ich alles versuchen, dass er sie freilässt.« Vera schaute mich dankbar an.

»Die Stimme war die einer Frau«, rief der Prof mir hinterher, als ich die Tür aufstieß, um die Treppe hochzulaufen.

»Maggie ist also auch hier«, keuchte Dylan, der hinter mir die Stufen hochstürmte.

Oben vor O'Cadhlas Wohnung angekommen, klopfte ich ungeduldig an die Tür. »Ich bin's, Alice!« Die Tür öffnete sich einen Spalt. »Wo ist Bridget?«, rief ich ungeduldig. »Ich will einen Beweis dafür, dass sie da drin ist.«

»Bridget kann gerade nicht reden.« Das war zweifelsohne Maggies Stimme. Diesen frostigen Ton würde ich immer wiedererkennen. »Aber, Moment, ich habe eine Idee.« Maggie entfernte sich. Nervös trat ich von einem Fuß auf den anderen. Dylan legte mir beruhigend eine Hand auf die Schulter. Endlich kam Maggie zurück. »Hier, das erkennst du doch hoffentlich?« Sie steckte etwas durch den Türspalt. Es war eindeutig eine Strähne von Bridgets Haar. Ihre blonden Korkenzieherlocken waren so ungewöhnlich, dass ich keinen Zweifel mehr hatte, das Bridget tatsächlich in O'Cadhlas Wohnung festgehalten wurde.

»Lass uns rein«, forderte ich. »Damit wir uns vergewissern können, dass es Bridget gut geht. Dann lässt du sie gehen und wir machen das unter uns aus.«

»So einfach ist das leider nicht.« Hörte ich da eine Spur Unsicherheit in Maggies sonst so vor Selbstsicherheit triefender Stimme? »Erstmal kommst nur du rein, Alice.«

Ich schaute Dylan an. Der zuckte mit den Schultern und nickte. »Ich bleibe genau hier stehen«, flüsterte er. »Ruf einfach laut, wenn du da drin Hilfe brauchst, dann lass ich mir schon etwas einfallen.«

»Okay«, sagte ich. Der Türspalt öffnete sich etwas mehr und

ich zwängte mich durch. Maggie schubste mich in den Flur und schloss die Tür von innen ab. Ich sah Bridget im Wohnzimmer und lief auf sie zu. »Bridget, o Gott, geht es dir gut?« Sie stand stocksteif und verzog keine Miene. Ich fuhr herum. »Was hast du mit ihr gemacht?«, blaffte ich Maggie an.

Die winkte ab. »Reg dich ab, nur ein kleiner Zauber, damit sie sich nicht bewegen und reden kann.«

»Du lässt sie auf der Stelle gehen«, verlangte ich.

»Moment, Moment.« Maggie blickte sich nervös im Raum um. Das war so untypisch für sie, dass ich trotz meiner Aufgebrachtheit merkte, dass etwas nicht stimmte. »Hör mir kurz zu.« Ich schaute sie mit hochgezogenen Augenbrauen an. »Du weißt, wessen Wohnung das hier ist, oder?«

»O'Cadhlas.«

Maggie nickte. »Ich habe vor dem Haus der O'Tools auf der Lauer gelegen, weil ich mir gedacht habe, dass einer aus deiner geliebten Gastfamilie irgendwann schließlich mal das Haus verlassen wird.«

»Damit du denjenigen kidnappen und mich mit ihrer Freilassung erpressen kannst?« Ich zeigte mit dem Kopf auf Bridget. »Ja, Maggie, ich habe es verstanden, vielen Dank für die Erklärung«, sagte ich sarkastisch.

»Ich bin Bridget gefolgt«, fuhr sie ungerührt fort. »Und war natürlich verblüfft, dass sie zu O'Cadhlas Wohnung gelaufen ist. Aber ich dachte mir einfach, dass es ein guter Ort ist, wo ich sie ungestört festhalten kann, wenn O'Cadhla mitspielt. Ich bin ihr hinterher und habe sie schnell mit dem Zauber immobilisiert. Die Wohnung schien leer.« Sie zögerte. »Aber dann habe ich gemerkt, dass hier irgendwas … Sonderbares vor sich geht. Die Luft riecht nach Magie. Nach starker Magie. Da habe ich mich etwas umgesehen. Und im Badezimmer eine interessante Entdeckung gemacht.«

Als sie nicht weitersprach, rollte ich mit den Augen. »Willst du, dass ich selber im Badezimmer nachsehe?« Ich verschränkte die Arme vor der Brust und stapfte trotzig in Richtung der Tür, die Maggie bedeutungsschwanger ansah. »Echt Maggie, ich habe keinen Bock mehr auf deine blöden Spielchen.« Ich stieß die Tür auf. »Lass Bridget gehen und dann …« Ich hielt inne.

Im Bad roch es komisch. Von der Tür aus konnte ich sofort sehen, was Maggie so nervös machte. Der Plastikduschvorhang war zurückgezogen und in der großen Badewanne lag O'Cadhla. Er war nackt. Die Wanne war bis zum Rand mit einer Flüssigkeit gefüllt, in die O'Cadhla ganz eingetaucht war. Vorsichtig ging ich näher an die Wanne heran, während ich immer noch die Tür zum Bad aufhielt und Maggie im Blick hatte. O'Cadhla hatte die Augen geschlossen und sah aus wie tot. Jemand hatte seinen Oberkörper mit schwarzen Steinen beschwert, womöglich, damit er untergetaucht blieb.

»Ist er tot?«, fragte ich Maggie.

»Sidhe können nicht sterben, schon vergessen?«

Ich warf einen letzten Blick in die Wanne und ging dann ins Wohnzimmer zurück. Ich verengte die Augen. »Warum ist er da drin?«

»Ich habe keine Ahnung«, antwortete Maggie freimütig. »Sein Puls ist ganz schwach. Die Flüssigkeit muss eine Art Konservierungsflüssigkeit sein, die seine vitalen Funktionen aufrechterhält. Ich habe so etwas noch nie gesehen.«

Für eine Weile sahen wir uns beide schweigend an. Ich begriff, dass Maggie vermutete, ich hätte eine Ahnung, was hier vor sich ging. Schließlich war es nicht das erste Mal, dass sie mir unterstellte, ich sei nicht unschuldig an meiner Situation und hätte irgendwelche versteckten Absichten. Ich war mir ziemlich sicher, dass Maggie nichts mit O'Cadhlas merkwürdigem Zustand zu tun hatte. Schließlich brach ich das Schweigen.

»Du bist Bridget zu O'Cadhlas Wohnung gefolgt? Vielleicht weiß Bridget etwas?«

Maggie beobachtete mich eine Weile. Schließlich nickte sie. Sie sagte ein paar Worte, die den Zauber lösten. Bridget begann sich zu bewegen.

Erleichtert fiel ich ihr in die Arme. »Bridget, alles wird gut. Ich bin gekommen, um dich hier rauszuholen«, plapperte ich drauf los. »Du musst keine Angst haben …«

Zu meiner großen Verblüffung stieß mich Bridget weg. Ich war so überrascht, dass ich mich gar nicht bewegen konnte, als Bridget eine Hand hob, auf Maggie zeigte und ein paar mir unbekannte Worte sprach.

Maggie schien genauso überrumpelt. Mit weit aufgerissenen Augen starrte sie Bridget an. »Du musst wissen, Alice«, sagte sie schnell, »O'Cadhla steht nicht mehr im Dienst ...« Bevor Maggie den Satz zu Ende sprechen konnte, verschwand sie in Sekundenschnelle. Und da, wo vorher Maggie gestanden hatte, saß nun eine schwarze Katze.

Ich blinzelte. Mein Blick schnellte von der Katze zu Bridget und dann wieder zur Katze zurück. Was war gerade passiert? Die Katze fauchte und machte Anstalten, Bridget mit ausgefahrenen Krallen anzuspringen, aber Bridget sagte wieder irgendwas. Daraufhin miaute die Katze kläglich und kroch unter das Sofa.

Entsetzt schaute ich Bridget an. Die hatte nur ein amüsiertes Lächeln für mich übrig. Sie rollte ihren Kopf im Nacken, so als wollte sie eine Verspannung lösen. Dann dehnte sie ihre Finger, sodass die Knöchel knackten. Das Geräusch ließ mich zusammenzucken. »Ein einfacher Gestaltenzauber. Nicht der Rede wert.« Diesen arroganten Tonfall hatte ich noch nie aus Bridgets Mund gehört. Überhaupt erkannte ich sie kaum wieder. Ja, sie sah aus wie Bridget, aber die Stimme, ihre Bewegungen, ihr Verhalten ...

»Du bist nicht Bridget«, flüsterte ich tonlos. Angestrengt dachte ich nach, um eine Erklärung für das zu finden, was ich gerade gesehen hatte. »Auch ein Gestaltenzauber?«, fragte ich. »Wer bist du wirklich?«

Sie lachte. Es klang dreckig und gemein, und es war ganz sicher nicht Bridgets Lachen. »Oh, ich *bin* Bridget. Du weißt auch *gar* nichts, oder?«, meinte sie abfällig. »Gestaltenzauber funktionieren nur für die Sidhe, die sich selber in andere Gestalten verwandeln können. Zauberkundige Druidinnen. Eine von Maggies Gestalten ist nun mal die Katze. Wie praktisch, was? Deswegen ist sie jetzt ein harmloses Mietzchen.«

Verwirrt schüttelte ich den Kopf. »Aber Bridget, ich verstehe nicht, wie konntest du ...«

Bridget unterbrach mich mit einer einfachen, unwirschen Handbewegung. Ohne mich eines weiteren Blickes zu würdigen, ging sie ins Bad und schmiss die Tür hinter sich zu.

Für einen Augenblick blieb ich wie angewachsen stehen. Dann hechtete ich ihr hinterher. »Bridget, was soll das?«, rief ich verärgert.

Gerade als ich meine Hand auf die Türklinke gelegt hatte, hörte ich einen ohrenbetäubenden Knall. Wie bei einer Explosion wurde ich von der Druckwelle nach hinten geschleudert. Mein Hinterkopf traf auf etwas Hartes. *Dylan*, war das Letzte, was ich dachte, bevor alles um mich herum schwarz wurde.

kapitel zweiundzwanzig
dylan

Dylan hatte versucht, an der Tür zu lauschen, seit Alice in O'Cadhlas Wohnung gegangen war, aber er konnte nicht hören, was darin vor sich ging. In seiner Verzweiflung hatte er sich auch schon gegen die Tür geworfen, aber er war natürlich nicht stark genug, sie aus den Angeln zu wuchten. Fieberhaft dachte er nach, wie er in die Wohnung gelangen oder was er sonst unternehmen könnte, um Alice zu helfen.

Seit er wusste, dass er theoretisch alle magischen Fähigkeiten hatte, die Feen haben konnten, fühlte er sich viel stärker und selbstbewusster. Aber es nutzte ihm wenig, wenn er keine Ahnung hatte, was er alles konnte und wie er seine Fähigkeiten anzuwenden hatte. Da waren Fantasie und Kreativität gefordert, und genau solche Eigenschaften hatte man immer versucht ihm abzuziehen.

Frustriert raufte sich Dylan die Haare. Auf einmal hörte er einen lauten Knall, der eindeutig aus der Wohnung kam. Es klang wie eine Explosion. Panisch rüttelte er am Türknauf, was natürlich völlig sinnlos war. »Alice?«, rief er verängstigt.

Dylan, kam die Antwort zurück. Aber es waren nicht Alices Worte, die er vernahm, sondern ihre Gedanken, und in diesem kurzen Augenblick der telepathischen Verbindung wusste Dylan, was er zu tun hatte. Ohne sich weiter zu fragen, was er tun musste und wie dieser Zauber funktionieren sollte, sondern einfach nur angetrieben von Alices dringendem Hilferuf, teleportierte sich Dylan vom Hausflur in O'Cadhlas Wohnung.

Er war selbst so überrascht über das, was er gerade getan hatte, dass er einen Moment lang nur erstaunt in O'Cadhlas Wohnzimmer stand. Dann fiel sein Blick auf Alice, die auf dem Boden lag. Sie musste sich den Kopf am Glascouchtisch gestoßen haben, vor dem sie lag, denn aus ihrem Hinterkopf sickerte Blut auf den hellen Teppich. Sie bewegte sich nicht.

»Alice!«, rief er und war sofort an ihrer Seite. Sanft legte er eine Hand an ihre Wange. »Alice, kannst du mich hören?« Als sie keine Reaktion zeigte, hob er vorsichtig ihren Kopf. Am Hinterkopf klaffte eine böse Platzwunde.

Ein Schluchzer stieg in seiner Kehle auf, doch er riss sich schnell wieder zusammen. Er zog seinen Schal aus und band ihn notdürftig um Alices Kopf, um den Blutfluss zu stoppen. Dann richtete er sich auf und zog sein Handy aus der Tasche, um den Krankenwagen zu rufen. Doch bevor er die Tasten gedrückt hatte, ging die Badezimmertür auf und O'Cadhla trat heraus.

Beide Männer waren wohl gleichermaßen überrascht, einander hier anzutreffen.

O'Cadhla reagierte als Erstes. Er stürzte sich auf Dylan, der rückwärts hinfiel. Sie rangen miteinander. In Sekundenschnelle hatte O'Cadhla die Oberhand gewonnen und drückte Dylan mit seinem Gewicht auf den Boden. Seine Knie bohrten sich schmerzhaft in Dylans Magengrube. Dylan versuchte sich mit aller Kraft gegen O'Cadhla zu wehren, aber der *Garda* war viel stärker als er. Mit einer Hand hielt O'Cadhla seinen rechten Arm auf den Boden gedrückt, mit der anderen hatte er ihn an der Kehle gepackt.

Dylans linker Arm war frei, aber er vermochte damit nicht viel auszurichten. Schnell gab er auf. Sich zu wehren würde seine Situation nur noch verschlimmern. Der *Garda* war auf so etwas trainiert und ihm körperlich überlegen. Er musste sich schnell etwas anderes ausdenken. Erwürgen würde ihn O'Cadhla nicht können, aber wenn er ihm lange genug die Luftzufuhr abdrückte, würde Dylan ohnmächtig werden. Dann war Alice O'Cadhla hilflos ausgeliefert. Das durfte er nicht zulassen.

Er überlegte so schnell wie noch nie in seinem Leben. Wenn er sich bloß wieder wegbeamen könnte! Doch dafür musste ihn jemand rufen, also würde er so aus O'Cadhlas Griff nicht entkommen können. O'Cadhla war direkt über ihm, das Gesicht zu einer wütenden Grimasse verzogen. In seinen Augen sah Dylan die pure Wut. *Konzentrier dich*, befahl er sich und wandte den Blick ab. Angestrengt schaute er nach links. Neben seinem Kopf, direkt über der Fußleiste, befand sich eine Steckdose mit einer altmodischen Verkleidung, die lose saß.

Auf einmal konnte Dylan ganz klar denken. Er blendete O'Cadhlas entschlossenen Gesichtsausdruck einfach aus. Konnte den Druck an seiner Kehle, der ihm die Luft abschnürte, kaum mehr spüren. Er wusste genau, was er zu tun hatte und sah nur noch die Steckdose vor sich.

Mit der linken Hand krallte er sich an der Verkleidung fest und riss sie mit einem Ruck ab. Dann steckte er die Hand in die Jackentasche. Das war nicht so einfach, weil O'Cadhla auf ihm kniete. Aber der *Garda* war so darauf konzentriert, ihn zu mit aller Kraft zu würgen, dass ihm nicht auffiel, wie Dylan an seiner Jacke herumfummelte. Vor Dylan Augen begann es schon zu flimmern. *Gleich ist alles vorbei*, dachte er. Doch mit einem Mal hatte er doch den Autoschlüssel aus der Tasche gezogen. Mit letzter Verzweiflung rammte er den Schlüssel in die Steckdosenöffnung.

Diesmal war er auf die Elektrizität, die durch ihn hindurchströmte, besser vorbereitet als an dem Tag, an dem er den Blitz in seinen Körper geleitet hatte. Er wusste genau, wie es sich anfühlen würde. Diese Energie war seine Spezialität. Noch nie hatte er sich selber auf diese Weise einen elektrischen Schock verpasst, aber sein ganzes Leben hatte er damit verbracht, Energie zu verstärken und umzuleiten. All die Elektrizität aus der Steckdose durch ihn hindurch in O'Cadhlas Körper zu leiten, war ein Kinderspiel für ihn.

Der *Garda* hatte immer noch seine Hände an Dylans Kehle, als sein Körper anfing, sich zu schütteln. O'Cadhla ließ los und starrte ungläubig seine Hände an, die sich schwarz gefärbt hatten. Dann fiel er um. Der Gestank von versengter Haut war fürchterlich, aber Dylan schenkte dem gar keine Beachtung. Er stieß O'Cadhla von sich und rappelte sich auf. Ohne jegliches Mitleid sah er auf den *Garda* hinunter. Seine vormals schwarzen Haare waren jetzt schlohweiß. Er rührte sich nicht.

Doch Dylan wusste, dass O'Cadhla nicht tot sein konnte. Es war durchaus möglich, dass er jeden Moment wieder aufwachen würde. Dylan hatte keine Zeit zu verlieren. Auf einen Krankenwagen konnte er hier jetzt nicht warten. Aber er würde Hilfe brauchen. Er rief Professor O'Tool auf seinem Handy an und schaute sich schnell im Wohnzimmer um, während er sich das Telefon ans Ohr hielt. Die Tür zum Schlafzimmer stand offen und er vergewisserte sich, dass sich dort auch keiner aufhielt. Wo war Maggie abgeblieben? Und hatte Bridget nicht auch hier sein sollen? Ihm fiel ein, aus welcher Tür O'Cadhla gekommen war, bevor er sich auf ihn gestürzt hatte.

Vorsichtig stieß er die Tür auf. Es war offensichtlich das Badezimmer. Dylan erschrak, als sein Blick auf den Boden fiel.

»Hallo?« Der Professor hatte abgenommen.

»Professor?«, sagte Dylan tonlos. »Kommen Sie schnell hoch und helfen Sie mir. Alice hat sich den Kopf gestoßen und ist bewusstlos. Wir müssen sie ins Krankenhaus bringen. Und Bridget …« Er brach ab.

»Was ist mit Bridget«, fragte der Professor ungeduldig.

»Sie ist auch hier.« Dylan kniete sich neben Bridgets leblosen Körper auf dem Fußboden des Badezimmers. »Sie … sie …« Er schluckte. »Ich kann keinen Puls ausmachen. Kommen Sie schnell, Professor, ich glaube sie ist …«

Bevor Dylan den schrecklichen Gedanken aussprechen konnte, hatte Bridgets Vater schon aufgelegt. Keine drei Sekunden später klopfte es an die Wohnungstür und Dylan machte dem Professor auf. Der beachtete O'Cadhla nicht und fragte auch nicht, was passiert war. Ohne ein Wort zu sagen, stieß er Dylan beiseite und nahm seine Tochter in die Arme. Er hob sie hoch und trug sie aus der Wohnung. Dylan folgte seinem Beispiel und trug Alice die Treppe hinunter. Eine schwarze Katze schoss an ihm vorbei, doch Dylan bemerkte sie kaum.

»Halte durch, Alice«, sagte er zu ihr, obwohl sie immer noch bewusstlos war. Ihr Gesicht war so bleich, dass er es mit der Angst zu tun bekam. »Wir bringen dich ins Krankenhaus. Halte durch.«

Kapitel Dreiundzwanzig
alice

Ich atmete tief die frische Morgenluft ein, während ich über die Wiese in den Wald lief. Das taunasse Gras fühlte sich einfach wundervoll unter meinen nackten Fußsohlen an. Der Wald duftete herrlich nach Frühling. Es war meine liebste Jahreszeit. Die Natur erwachte aus ihrem Winterschlaf, streckte und reckte sich, schüttelte die Kälte ab. Mit jedem Sonnenstrahl wurde sie etwas wacher geküsst, überall sprießte und blühte es und Verheißung und Hoffnung lagen in der Luft. Die Welt erneuerte sich, der Kreis begann von vorne und alles konnte passieren.

Ich schlich mich häufig in den frühen Morgenstunden nach draußen, um alleine durch den Wald zu rennen. Nur hier, in diesen Momenten, konnte ich wirklich frei sein. Als ich bis zum großen Felsen gegangen war, der den ausgetretenen Waldweg blockierte, streifte ich mein weißes Nachthemd über den Kopf und drapierte es über einen herunterhängenden Ast. Ich schlang die Arme um meinen Körper – es war doch recht kalt ohne Bekleidung. Aber bald würde mich das nicht mehr stören.

Dann ließ ich den Pfad hinter mir und ging tiefer in den

Wald hinein. Schon bald merkte ich, wie mein Körper vor lauter Vorfreude vibrierte. Ich musste mich nicht besonders anstrengen, um die Verwandlung geschehen zu lassen. Es war mittlerweile ein so natürlicher Prozess für mich, dass ich gar nicht darüber nachdachte, sondern mich einfach auf alle viere fallen ließ, als aus Händen und Füßen Hufe wurden. Ich fror nicht mehr, jetzt, wo mein Körper mit dem braunen Fell mit weißen Tupfern überzogen war. Jetzt konnte ich richtig laufen. Ich spürte, wie die Muskeln unter dem Fell perfekt zusammenspielten. Leichtfüßig und anmutig sprang ich über Stock und Stein. Es war herrlich. Ich wünschte mir, ich müsste nicht zurückkehren.

Mit rasendem Herzen wachte ich auf. Mein Atem ging schwer. Hektisch schaute ich mich um. Ich war in meinem Bett in Onkel Bryans Haus. Mein Herzschlag verlangsamte sich etwas und ich strich mir die feuchten Locken aus der Stirn. Schlagartig erinnerte ich mich wieder an meinen Traum und schlug die Bettdecke zurück. Zwei Beine, zwei Füße. Auch meine Hände und Arme sahen normal aus. Nirgends konnte ich braunes Fell an mir entdecken. Ich war ein Mensch. So ein Unsinn, schalt ich mich selber. Natürlich bist du ein Mensch. Das war ein Traum. *Träume waren manchmal nun mal verrückt. Aber es hatte sich so echt angefühlt. Als wäre ich tatsächlich gerade eben als Hirschkuh durch den Wald gelaufen. Ich trank einen Schluck Wasser aus dem Glas, das auf meinem Nachttisch stand. Dann legte ich mich wieder hin und nahm mir vor, schnell wieder einzuschlafen. Morgen hatte ich den Traum bestimmt schon wieder vergessen.*

Mit einem Ruck setzte ich mich auf. Von Ciara zu träumen war mittlerweile nichts Ungewöhnliches mehr für mich. Aber das hier war etwas anderes gewesen … Ich hatte von Ciara geträumt, die wiederum …

Bevor ich den Gedanken zu Ende denken konnte, bemerkte ich, dass ich nicht wusste, wo ich war. Erschrocken schaute ich mich um. Das Zimmer und das Bett erinnerten mich sehr an das Krankenhaus in meiner Heimatstadt, in dem ich nach dem Koma aufgewacht war. Es roch auch genauso. Das allein reichte schon aus, um mir pochende Kopfschmerzen zu verursachen.

Ich versuchte mich daran zu erinnern, was ich als Letztes getan hatte. Ich war in O'Cadhlas Wohnung gewesen und dort hatten sich allerlei merkwürdige Dinge abgespielt. Das Letzte, an das ich mich erinnern konnte, war eine Explosion oder etwas Ähnliches und dass ich gefallen war. Reflexartig fasste ich mir an den Kopf und war nicht überrascht, als ich einen Verband ertastete. Die Kopfschmerzen rührten also nicht nur von dem albtraumartigen Déjà-vu her.

Gerade als ich mir überlegte, ob ich aufstehen sollte, kam Dylan ins Zimmer.

»Gott sei Dank«, rief ich. »Du bist hier. Was ist passiert?«

»Du hast dich am Couchtisch gestoßen und eine Platzwunde am Hinterkopf«, erklärte er ruhig. »Sie musste mit acht Stichen genäht werden.«

»Aber wie bin ich hierhergekommen?«, wollte ich wissen.

Dylan berichtete, wie er in die Wohnung gekommen war und wie er gegen O'Cadhla gekämpft und ihn schließlich mit Elektrizität außer Gefecht gesetzt hatte.

»Moment mal, O'Cadhla?«, unterbrach ich. »Als ich in die Wohnung kam, hat er in der Badewanne in einer komischen Flüssigkeit gelegen. Maggie wusste auch nicht wieso. Dann hat Bridget …« Ich brach ab, weil es sich in meinem Kopf so fantastisch anhörte, aber ich war mir sicher, dass ich es mir nicht eingebildet hatte. »Dann hat Bridget Maggie in eine Katze verwandelt, ist ins Bad gegangen und dann … «

Dylan musterte mich besorgt. »Moment mal, ich hole den Doktor, vielleicht hast du eine Gehirnerschütterung.«

»Nein!«, hielt ich ihn davon ab. »Ich habe das gesehen. Ich schwör's.«

Dylans Blick verdunkelte sich und er seufzte. »Mittlerweile glaube ich alles.«

»Was ist mit Bridget, Dylan? Sie war so komisch. Geht es ihr gut?«

Dylan nahm meine Hand. »Bridget war noch im Badezimmer, Alice. Sie war bewusstlos. Sie hatte einen ganz schwachen Puls und der Prof und Vera waren außer sich vor Sorge. Wir haben euch beide ins Krankenhaus gebracht. Obwohl deine Wunde schlimm aussah, war Bridgets Zustand weitaus kritischer. Aber sie haben sie jetzt schon wieder stabilisiert. Ich habe gerade mit ihr gesprochen.«

»Wie kam sie dir vor, Dylan? Ich glaube, O'Cadhla muss irgendwas mit ihr gemacht haben. Ich weiß nicht was, aber sie hat sich überhaupt nicht wie Bridget verhalten.«

»Ja, du hast recht, etwas stimmte nicht mit ihr.« Er schien zu überlegen, wie er es mir beibringen sollte. »Alice, was sie sagt, ergibt nicht besonders viel Sinn. Wir wollen ihr gerne glauben, denn sie beharrt darauf, dass sie die Wahrheit sagt, aber ...« Dylan schaute nach unten und schüttelte den Kopf. »Wenn das wahr ist, dann ...« Er brach ab. Seine Stimme zitterte, als er fortfuhr: »O Gott, es wäre so schrecklich, wenn das wahr ist.«

Mir stellten sich die Haare im Nacken auf. »Was? Was hat sie gesagt?«

»Sie behauptet, O'Cadhla hätte sie ... hätte sie sozusagen *besessen*. Dass sie die ganze Zeit nicht Bridget war, sondern er in Bridgets Körper.«

Ich war so geschockt, dass ich die nächsten Worte kaum herausbrachte: »Wie ... wie ist das möglich?«

»Sie hatte sich doch mit O'Cadhla in seiner Wohnung verabredet, damit ich in Philomenas Haus einbrechen konnte. Da sei es passiert, sagt sie. Sie meinte, es war, als ob er sie erwartet hatte. Als ob er alles schon länger geplant hatte, denn als sie ankam, war die Wohnung für das aufwendige Ritual vorbereitet. Sie erinnert sich, dass sie sich über die ganzen Utensilien gewundert hatte. O'Cadhla war nicht allein. Eine alte Frau mit grauen Haaren war bei ihm. Bevor sie ihn fragen konnte, wer die Frau war, spürte sie einen Nadelstich im Arm. O'Cadhla muss ihr etwas gespritzt haben und

als sie wieder aufwachte, fühlte sie sich nicht mehr wie sie selber.«
Dylan schwieg. Auch ich versuchte diese unglaubliche Geschichte
zu verarbeiten. »Aber vielleicht hat er ihr irgendwas verabreicht, das
sie halluzinieren ließ?«, versuchte Dylan eine Erklärung zu finden.
»Dass sie nur dachte, sie wäre O'Cadhla?«

»Vielleicht. Aber was wäre der Sinn der Sache? Wenn O'Cadhla
hingegen die ganze Zeit in Bridget war, dann war er hier direkt
an der Quelle und konnte alles erfahren, was ich vorhatte, was du
vorhattest …« Ich erschrak. »In dem Fall weiß O'Cadhla jetzt alles, was ich gestern erzählt habe, von dem Flüchtlingslager, wo die
Anti-Royalisten sind und so weiter«, rief ich. »Und da er für Morrigan arbeitet, weiß sie es jetzt bestimmt auch!«

Dylan zog die Brauen zusammen. »Ich bin so skeptisch, was
Bridgets Geschichte angeht, weil ich mir nicht vorstellen kann,
wie Morrigan und Maggie zu so einem Zauber fähig sein können.
Dann hätten sie doch schon gute Gelegenheiten gehabt, von ganz
anderen Leuten Besitz zu ergreifen. Dann könnte doch Morrigan
von dir Besitz ergreifen, zum Beispiel, und so an Ciara kommen.
Irgendwas stimmt doch hier nicht.«

»Außerdem hätte ich schwören können, Maggie hatte keine Ahnung, was mit O'Cadhla Sache war«, stimmte ich ihm zu. »Das
muss noch nicht heißen, dass Morrigan *nicht* dahintersteckt, vielleicht wusste Maggie nur nichts davon. Aber ich glaube, kurz vor
ihrer Verwandlung wollte sie mir sagen, dass O'Cadhla nicht mehr
in Morrigans Dienst steht.«

Dylan schaute mich aufmerksam an. »Aber in wessen Dienst
stand er dann?«, fragte er die Frage, die auch mir auf den Lippen
lag. »Wer ist zu so einem mächtigen Zauber fähig?«

Mir schwante nichts Gutes, als ich gedanklich noch mal Dylans
Erzählung durchging, wie Bridget das Ganze passiert war. »Ich
glaube, ich habe eine Ahnung.«

Ich schlug die Bettdecke zurück und schwang die Beine aus dem
Bett. »Ich muss unbedingt sofort mit Bridget reden.«

Zweifelnd sah Dylan mich an. »Solltest du nicht auf den Doktor
warten, damit er dich noch mal …«

»Dylan, hol mir sofort meine Sachen und bringe mich zu Bridget«, unterbrach ich ihn. Anscheinend überzeugte er sich ziemlich schnell davon, dass Widerrede sinnlos war und dass ich im Notfall auch mit offenem Krankenhaus-Nachthemd durch die Flure marschieren würde, um Bridget zu finden, also holte Dylan meine Jeans und meinen Pullover. Er half mir sogar dabei, den Pulli über den Kopf zu streifen, was aufgrund meines Verbandes nicht so einfach war.

Dann brachte er mich zu Bridgets Zimmer. Er holte Vera und den Prof heraus, die mir stumm zunickten. Beide waren blass und hatten verweinte Augen.

»Möchtest du, dass ich mit reinkomme?«, fragte Dylan.

Ich schüttelte den Kopf. »Nein, ich will erst mal allein mit ihr reden.«

Bridget sah so verloren aus, wie sie blass und dünn in ihrem Krankenhausbett lag. Sie schlief und ich traute mich erst nicht, sie aufzuwecken. Ich hatte Angst davor, was ich in den sonst so schelmisch funkelnden Augen sehen würde. Ich wollte nicht, dass Bridget mich hasste, dafür, was sie meinetwegen hatte erleben müssen, und ich wusste nicht, ob ich Groll und Feindseligkeit in ihrem Blick ertragen konnte.

Schließlich wachte sie von allein auf und drehte sich zu mir um.

Mir kamen die Tränen. »Es tut mir so leid, Bridget! Ich kann dir gar nicht sagen, wie sehr.«

Was ich in ihren Augen sah, war noch viel schlimmer als Wut oder Hass. Sie waren einfach so … *leer*. Als wenn jeglicher Funke Leben in ihnen ausgelöscht worden war.

»Es ist nicht deine Schuld«, flüsterte sie.

»Bridget, hast du etwas mitbekommen? Hast du gemerkt, dass jemand anders in dir drin ist, dass O'Cadhla deinen Körper steuert?«

»Es war wie ein albtraumgeplagter Schlaf.« Sie schaute nicht mich an, sondern starrte auf die weißen Laken, während sie erzählte: »Manchmal, da war ich sozusagen wach und bekam alles mit, was um mich herum geschah. Es war so, als ob man hinter einem venezianischen Spiegel sitzt. Man sieht alle anderen, aber die sehen

275

einen nicht. Man schreit, man versucht gegen das Glas zu häm-mern, aber es ist sinnlos. Man kann sich einfach nicht bemerkbar machen. Aber am schlimmsten ist, dass ich dann auch Padraigs Gedanken miterleben musste. Die Gedanken eines so bösen Men-schen, als ob es meine eigenen wären. Und es gab kein Entkom-men«, flüsterte sie.

Geschockt hielt ich die Hand vor den Mund. Ich musste an den Film *Uhrwerk Orange* denken, in dem Alex die Augen gewaltsam offen gehalten werden und er so gezwungen wird, brutale Filme anzuschauen. Er kann nicht wegsehen. So stellte ich mir dieses schreckliche Erlebnis vor.

»Dann weißt du, wer dir das hier angetan hat?«, fragte ich mit heiserer Stimme.

Bridget nickte und wich weiterhin meinem Blick aus.

»Padraig hat viele Jahre lang versucht, in Morrigans engeren Kreis vorzudringen. Vergeblich. Er dachte du und Dr. Brennan wärt seine große Chance. Aber dann hat sich Maggie einfach nicht mehr gemeldet. Er fühlte sich ausgenutzt und verraten. Er wusste, in der Anderswelt würde er immer ein *Garda* bleiben. Da wandte er sich von Morrigan ab und schwor einer noch mächtigeren Frau seine Treue. Badb.«

Obwohl ich mir gedacht hatte, dass nur sie dahinter stecken konnte – die alte Frau in der Wohnung bei O'Cadhla, als Bridget dort überfallen wurde, hatte mich darauf gebracht – zuckte ich zu-sammen, als Bridget ihren Namen nannte.

»Badb«, wiederholte Bridget. »Sie hat das alles inszeniert. Hat Padraig beigebracht, wie er Besitz von mir ergreifen kann.«

Bridget hörte sich völlig teilnahmslos an, als sie diese Worte sagte. Am liebsten hätte ich sie geschüttelt, nur um irgendwelche Emotionen in ihr auszulösen.

Stattdessen erzählte ich ihr, was ich über die älteste der Anand-Schwestern erfahren hatte. »Ich hatte eigentlich gehofft, Badb könnte mir mit Ciara helfen. Es gibt eine dritte Welt, Tír na nÓg, was so eine Art Himmel ist. Dort kommen die Seelen nach dem Tod eigentlich hin. Ich hatte die Idee, dass Badb vielleicht dieser

Welt vorstehen könnte. Weil mir erzählt wurde, dass sie oft die Gestalt einer Krähe einnimmt und die Seelen der Toten einsammelt. Aber Avalynn meinte, Badb und ewiger Seelenfrieden passen nicht zusammen.«

Jetzt drehte mir Bridget den Kopf zu. Obwohl ich immer noch keine weitere Gefühlsregung erkennen konnte, wurden ihre Augen feucht und dicke Tränen liefen ihr die Wangen herunter. »Badb bringt die Seelen Verstorbener nicht in den Himmel. Sie *ernährt* sich von ihnen.«

Ich muss sie wohl ungläubig angestarrt haben, denn Bridget sagte jetzt mit Nachdruck: »Badb ist der Teufel. Ich habe noch nie etwas derart Furchteinflößendes erlebt, wie in ihrer Gegenwart zu sein.«

Meine Kehle hatte sich so zugeschnürt, ich bekam kaum Luft. »Warum das alles?«, brachte ich gerade so hervor. »Was will sie von mir?«

»Badb plant schon lange, sich an ihren Schwestern zu rächen. Sie will die Phantomkönigin stürzen und die Herrschaft aller Welten an sich reißen. Aber Badb ist aus der Anderswelt verbannt. Sie kann sie nicht betreten. Ich weiß nicht genau, was sie mit dir vorhat. Sie hat irgendwas in der Richtung gesagt, dass du ihr Instrument sein wirst.«

Ich atmete entnervt aus. »Na super. Ich bin immer noch gut mit der einen bösen Königin beschäftigt und kann auf die andere gerne verzichten. Was will sie mir bitte schön antun, vielleicht auch von mir Besitz ergreifen? Das wird bald ganz schön eng in mir mit so vielen Leuten!«

Aber auch meine flapsige Bemerkung schien Bridget nicht aus ihrer Apathie zu reißen. »Das ist kein Scherz, Alice. Mit Badb ist nicht zu scherzen. Wenn du glaubst, Morrigan ist schlimm, dann kennst du Badb nicht. Du musst dich vor ihr in Acht nehmen.«

»Ich mache mir momentan mehr Sorgen um dich als um mich, Bridget. Sie haben doch bestimmt gedacht, dass du das hier nicht überlebst. Hat O'Cadhla gemerkt, dass du etwas in ihm mitbekommen hast? Glaubst du, sie werden kommen um dich …« Ich musste schlucken. »… auszuschalten?« Jetzt liefen mir die Tränen die Wangen runter. »Bridget, bist du in Gefahr?«

Endlich änderte sich etwas in Bridgets Gesichtsausdruck. Sie wirkte ein kleines bisschen weniger teilnahmslos, als sie sagte: »Nein, ich glaube, Padraig war sich dessen nicht bewusst. Sonst hätte er einiges wohl nicht getan oder gedacht.« Ihr Blick wurde dunkel. »Ich glaube, Badb und Padraig ist egal, ob ich das überlebt habe oder nicht. Und Badb ist sich ihrer Sache so sicher, dass es ihr keine Sorgen bereitet, ob du davon weißt. Padraig ging in seine Wohnung, um wieder Besitz von seinem eigenen Körper zu ergreifen, als Maggie ihm in die Quere kam. Es wäre sowieso alles vorbei gewesen. Nachdem Padraig Badb von deiner Flucht und den Anti-Royalisten und so weiter erzählt hatte, war sie vollends zufrieden und hat die Aktion für beendet erklärt.«

Ich runzelte die Stirn. »Aber … was hat sie denn davon? Und wie kann ich ihr Instrument sein?«

Bridgets Ton wurde eindringlicher und in ihren Augen spiegelte sich jetzt der blanke Terror. »Du musst ihr einfach aus dem Weg gehen, versprich mir das. Sie darf dich nicht kriegen. Versprich mir, dass ich das hier alles nicht umsonst durchgemacht habe. Versprich mir das, Alice.«

Ich nickte nur stumm, obwohl ich nicht wusste, wie ich das Versprechen halten sollte.

***

Dylan und ich breiteten die Decke aus und setzten uns ins Gras auf den Hügel. Eine ganze Weile schauten wir die Ebereschen schweigend an. Mir hatte der Abschied schwer zugesetzt und auch Dylan schien noch einmal darüber nachzudenken, ob wir das Richtige taten. Meine Eltern hatten gesagt, ich solle mir keine Sorgen machen, aber natürlich tat ich das trotzdem. Sie würden wieder nach Deutschland zurückkehren und dort ihr Bestes tun, sich vor den Anand-Schwestern zu schützen.

»Natürlich hätten wir dich lieber bei uns«, hatte meine Mutter gesagt, und tapfer die Tränen zurückgehalten. »Aber wir wissen, dass du uns auch damit beschützt, mit dem, was du vorhast.«

»Außerdem sind wir verdammt stolz auf dich«, rief mein Vater. »Du wirst vielen Sidhe und vielen Menschen helfen. Und vergiss nicht, dass wir immer deine Familie sein werden, ob du bei uns bist oder nicht.«

Die O'Tools hatten sich bei unserer Abreise aus Dublin noch nicht entschieden gehabt, ob sie dort bleiben wollten oder nicht. Der Professor wollte sicherlich seine Anstellung am Trinity College nicht einfach so aufgeben. Letztendlich würden sie es wohl von Bridget abhängig machen, die sich immer noch nicht ganz erholt hatte. Am meisten bedauerte ich, dass ich jetzt nicht für Bridget da sein würde, die mich wirklich brauchte. Sie war immer noch meilenweit entfernt von dem quirligen, lebenslustigen Mädchen, das einst meine beste Freundin gewesen war, aber nicht mehr ganz so teilnahmslos wie vor einigen Tagen im Krankenhaus. Ob unsere Freundschaft sich jemals davon erholen würde? Ich seufzte. Wenn ich Bridget überhaupt jemals wiedersehen würde …

Avalynn und Claire wollten zusammen in die USA gehen. Avalynn hatte vor, Claire eine Stelle an der Universität von New Mexico zu verschaffen. Claire fühlte sich in Irland nicht mehr sicher. Nach ihrem traumatischen Erlebnis hatte es sie ganz besonders geschockt, dass O'Cadhla die ganze Zeit in ihrer Nähe gewesen war, ja, praktisch mit ihr an einem Tisch gesessen hatte. Es war zwar nicht gesagt, dass sie in Amerika vor ihm sicher war, aber allein die Distanz würde ihr dabei helfen, sich zumindest sicherer zu fühlen.

Es gab aber noch einen anderen Grund. Keiner von uns hatte gemerkt, dass sich in den letzten Wochen mehr zwischen den beiden Druidinnen entwickelt hatte als Freundschaft. Besonders Professor O'Tool war, glaube ich, geschockt von dieser Neuigkeit. »Ich wusste gar nicht, dass du …«, hatte er mit rotem Gesicht gestammelt. »Ich auch nicht«, hatte Claire gelacht und Avalynn in die Arme genommen. »Ich habe einiges in mir unterdrückt, weil ich dachte, ich müsse diesem Bild einer Wissenschaftlerin entsprechen, die an einer Uni lehrt. Mittlerweile habe ich mich selber besser kennengelernt. Ich kann Wissenschaftlerin und Druidin sein. Und jetzt muss ich nichts mehr in mir verstecken.« Liebevoll hatte sie Avalynn bei diesen Worten angesehen und wir freuten uns darüber, dass aus der ganzen furchtbaren Situation etwas Wunderbares gewachsen war: die Liebe zweier Menschen, die sich unter anderen Umständen sonst gar nicht über den Weg gelaufen wären.

Ich schaute Dylan von der Seite an. Wenn man es genau nahm, dann konnte man das über unsere Liebe auch sagen. Von dem Standpunkt aus hatte ich es noch gar nicht gesehen. Ich musste lächeln, denn mir gefiel der Gedanke, dass auf dem Haufen Schutt und Asche, unter dem sich mein ehemaliges, »normales« Leben befand, eine wunderschöne Blume ihre zarten Knospen öffnete. Es würde einem Wunder gleichkommen, wenn das zarte Pflänzchen dort gedeihen konnte, aber es waren ja schon wunderlichere Dinge passiert.

Schließlich war es Dylan, der als Erstes sprach und versuchte in Worte zu fassen, worüber er so lange nachgegrübelt hatte.

»Es hat lange gedauert, bis ich begriffen habe, dass meine Berufung nicht bestimmt, wer ich bin. Wenn du nicht gewesen wärst, hätte ich nie infrage gestellt, ob der Weg, den mir andere aufgezeichnet haben, auch der ist, den ich selber gehen will. Jetzt wirst du auch vielen anderen Sidhe dabei helfen, sich für Selbstbestimmung einzusetzen. Wenn das jemandem gelingen kann, dann dir. Findest du es da nicht seltsam, dass du deinem Schicksal entgegenrennst, statt vor ihm zu flüchten?«

»Nur weil ich mich den Anti-Royalisten anschließe, führe ich noch keine Revolution an. Und ich bin weit entfernt davon, eine Königin zu werden«, räumte ich ein.

»Ja, aber du gehst freiwillig in die Richtung. Wenn du Mog Ruiths Prophezeiung ablehnst und eine solche Bestimmung nicht willst, dann solltest du vielleicht einen anderen Weg wählen. Das ist alles, was ich damit sagen möchte.« Dann lehnte er sich zu mir rüber und fügte in versöhnlichem Ton an: »Es gibt bestimmt auch noch andere Möglichkeiten, Badb aus dem Weg zu gehen, wir müssen sie nur finden.«

Ich hatte Dylan mittlerweile alles über Mog Ruith berichtet und war nicht sonderlich überrascht gewesen, dass der Druide bei der

Auswahl meines Namens seine Finger mit im Spiel hatte. »Wenn ich an die Prophezeiung denke, bekomme ich Gänsehaut. Ich finde die Vorstellung so absurd, dass ich es einfach nicht glauben kann. Ich finde sie gruselig und sie macht mir Angst.« Ich starrte die beiden ominösen Bäume an. »Aber ich kann nicht darüber nachdenken, was irgendwann vielleicht oder vielleicht nicht geschieht. Ich kann jetzt nicht sagen, ich entscheide mich dagegen, irgendwann mal die rote Königin zu werden.«

»Weil du noch nicht weißt, was das bedeuten soll«, meinte Dylan.

Ich schüttelte den Kopf. »Nicht nur. Sondern auch, weil ich nicht weiß, wie die Alice aus der Zukunft entscheiden wird. Denn sie wird diese Entscheidung treffen, nicht ich.« Ich schaute auf den Boden und spielte mit einem gelben Grashalm herum. »Was für eine Zukunft für mich in den Sternen steht, ob eine Zukunft für mich in den Sternen steht, ist völlig egal. Und ich will es auch gar nicht wissen. Denn das ist es doch, was Morrigan weiß. Das, was sie mir gegenüber mal ihre Gabe und ihre Bürde genannt hat. Und jetzt weiß ich auch wieso.« Ich ließ den Grashalm fallen und schaute Dylan an. »Alles zu wissen, von der Geburt bis zum Tod, den Überblick über ein ganzes Leben zu haben, immer nur das Große, Ganze zu sehen – das ist doch kein Segen, das ist ein Fluch. Immer das ganze Gefüge aufrechterhalten zu müssen, lässt einen doch unweigerlich früher oder später dem Kleinen, dem Einzelnen gegenüber gleichgültig werden. Was ist schließlich letztendlich ein Menschenleben oder ein Sidheleben, wenn man es gegen das Große, Ganze aufwiegt?«

»Du hörst dich ja fast so an, als ob du Mitleid mit Morrigan hättest.« Dylan zog die Augenbrauen hoch.

»Hmmm. Wahrscheinlich ist das Ciara in mir, die sich mit Morrigan besser identifizieren kann. Morrigan hat mal gesagt, dass sie als Ciara das Leben wirklich sehen konnte. Ciara selber hat das in ihrem Leben als einen Blick für Ästhetik gesehen, aber ich glaube, es ist mehr als das.«

Dylan nickte. »Das Künstlerauge, das sie immer trainieren wollte.«

»Für Ciara hatte das etwas mit Kunst zu tun, weil sie es reproduzieren wollte, aber etwas richtig zu sehen bedeutet doch nichts anderes, als von dieser Weitwinkelperspektive auf etwas Bestimmtes einzuzoomen«, fuhr ich fort. »Die Schönheit einer einzelnen Muschel am Strand hat Ciaras Herz erwärmt. Vielleicht hat sie auch Morrigans Herz erwärmt, weil sie sonst nicht in der Lage dazu ist, sich mit allen Sinnen auf ein einzelnes kleines Detail im riesigen Gefüge der Welten einzulassen.«

Dylan schnaubte. »Ich glaube kaum, dass Morrigan überhaupt ein Herz hat, das sich erwärmen lässt.«

»Ich will damit nur sagen, dass ich nicht wie Morrigan solche allumfassenden Entscheidungen treffen muss und auch nicht will. Dass ich sie ganz sicher nicht beneide, zu wissen, was am Ende eines jeden Lebens passiert. Mein Punkt ist, dass ich nicht glaube, dass unser freier Wille es uns ermöglicht, unsere ferne Zukunft zu bestimmen.«

Dylan schaute sie verwirrt an. »Aber …«

»Ich weiß, das widerspricht dem, was ich dir und Colleen immer gesagt habe. Ich habe ja gar nicht verstanden, wie ihr euch euer Schicksal einfach so vorschreiben lasst. Das lag an meiner aktuellen Situation. Ich war wütend, dass ihr Sidhe Ciara und mir die Möglichkeit genommen habt, frei zu wählen, wie unsere Leben aussehen werden. Ich habe euch gesagt, ihr müsst euer Schicksal selber in die Hand nehmen. Das ist so ein klischeehafter Ausdruck, ich habe nicht darüber nachgedacht, was er bedeutet. Entscheidet doch selber, was ihr tun wollt, habe ich euch immer gesagt. Aber niemand kann oder muss heute entscheiden, wie sein gesamtes Schicksal auf ewig aussehen soll. Und das habt ihr nämlich auch gar nicht gemacht. Ihr habt beide nicht entschieden, ich will jetzt nicht mehr *Dealan* oder sein, weil mein Leben in Wirklichkeit so oder auch so sein sollte. Jetzt gehe ich diesen anderen Weg. Nein, ihr habt aufgrund einer einzigen Kleinigkeit, einer Sache, bei der ihr entscheiden musstest, ob das, was ihr tut, richtig oder falsch ist, Nein zu dem Weg gesagt und habt stattdessen euren Fuß auf das wilde, unebene Terrain daneben gesetzt. Und dann seid ihr einfach darauf weitergegangen.«

Dylan furchte die Stirn und sprang auf. »Na ja, bei mir wäre wohl eher zutreffend, dass ich lange Zeit blind umhergestolpert bin.«

Ich musste lachen und erhob mich ebenfalls. »Willkommen in der Welt der Menschen. Das tun wir hier nämlich alle.«

Dylans Augen funkelten. Der Gedanke schien ihm zu gefallen. Trotzdem fragte er: »Was bringt dir dann dein toller freier Wille, den du uns immer gepredigt hast?«

»Stimmt, es hört sich irgendwie an wie ein großes Konzept, aber eigentlich geht es um die Kleinigkeiten. Das will ich damit sagen. Es bedeutet, dass ich jeden Tag immer wieder aufs Neue alles infrage stellen kann. Was vorher war, was ist, was sein wird. Was ich dachte und denke und was andere denken. Ich muss jeden Tag, hier, jetzt, in der Gegenwart, Entscheidungen treffen, muss für mich selber entscheiden, ob etwas richtig oder falsch ist.«

»Und deshalb bringt es dir auch nichts, dir darüber Gedanken zu machen, was die Alice in der Zukunft entscheiden wird …«, verstand Dylan.

»Genau«, sagte ich, während wir in Richtung Ebereschen schlenderten. »Ich kann höchstens dafür sorgen, dass Alice in der Zukunft immer noch die Eigenschaften besitzt, die es ihr ermöglichen, die richtigen Entscheidungen zu treffen.«

»Dass sie immer noch ein Herz hat, das sich erwärmen lässt?«, fragte Dylan spöttisch.

Doch ich war nicht zu Scherzen aufgelegt. Plötzlich wurde mir kalt und ich zitterte. »Genau.«

Dylan merkte nicht, wie ernst mir zumute war. »Dann ist es ja gut, dass du ein rotes und kein schwarzes Herz haben wirst, meine Königin.« Als er mein Gesicht sah, blieb er stehen und sagte erschrocken: »Was, was hast du?«

Ich schüttelte die dunklen Gedanken ab. »Bei uns gibt es eine Redewendung. Mir ist so, als ob jemand über mein Grab gelaufen wäre.« Ich versuchte zu lächeln. »So ein Gefühl hatte ich gerade. Unheimlich, was?«

»Tut mir leid, was ich gesagt habe. Eigentlich ist deine Vorstellung wunderschön«, versuchte mich Dylan aufzumuntern. »Diese ganze Idee, dass Liebe vorherbestimmt ist, ist doch langweilig. Mir gefällt es, dass ich jeden Tag wieder aufs Neue entscheiden darf, mit dir zusammen zu sein. Dass ich dir immer wieder beweisen darf, was du mir bedeutest. Dass ich unsere Liebe immer wieder neu frei wählen darf.«

Andere Mädchen hätten das vielleicht beleidigend gefunden, aber für mich war es eines der schönsten Dinge, die Dylan je zu mir gesagt hat. Ich streichelte mit der Hand durch sein wundervolles dichtes Haar und zog seinen Kopf zu mir runter. Dann küsste ich ihn kurz, aber fest auf die Lippen. In seinen grünen Augen konnte ich sehen, dass er verstanden hatte, was ich ihm mit diesem Kuss versprach. Dass ich, Alice, mich jetzt und hier für ihn entschied.

Mittlerweile stand die Sonne tief am Himmel. Nicht mehr lange, und der rote Ball würde hinter dem Horizont verschwinden. »Es ist Zeit«, meinte Dylan und nickte mir zu. Wir hielten uns an das Ritual, das Tlachtga, Mog Ruiths Tochter im Ältestenrat, Dylan beschrieben hatte. Wir hatten keine Ahnung, ob es funktionieren würde, aber das würden wir ja gleich erfahren.

Hand in Hand gingen wir auf die beiden Ebereschen zu. Davor blieben wir noch einmal stehen und schauten uns an.

Ich musste wieder an Mog Ruiths Prophezeiung denken. Hatte Dylan recht? Rannte ich meinem Schicksal entgegen? Wollte ich diese Richtung einschlagen, riskieren, dass die Zukunft, die er für mich vorhergesagt hat, auch tatsächlich meine Zukunft wird? Ich hatte gelernt, anzunehmen, was mit mir passiert war – egal, wieso und durch wessen Schuld mein Leben in diese Bahnen gelenkt wurde. Ich hatte aufgehört, mich dagegen zu wehren und verstanden, dass ich kein Leben leben würde, das andere Menschen für normal hielten. Jetzt war es an der Zeit, zu akzeptieren, dass ich vielleicht ein solches Schicksal einmal wählen würde.

In Dylans Augen sah ich das, was ich mir auch selber entgegenbringen musste, um diesen nächsten Schritt zu tun: Vertrauen.

Ich dachte an Colleen und an Fionn und an all die anderen Sidhe und Menschensklaven, die meine Hilfe gut gebrauchen konnten. Ich dachte an den verlorenen Blick in Orlas und Katherines Augen, an Bridgets leere Augen und an das traurige blaue Auge des Mädchens Joanna, von dem mir Dylan erzählt hatte. Ich fühlte mich, als ob all diese Menschen *mich ansahen*, etwas von mir erwarteten. Niemand sonst war wie ich in der Lage, ihnen zu helfen. Ich dachte an Morrigan und wie sie ihr eigenes Volk und die Menschen benutzt und hintergangen hatte. Ich dachte an Ciara und wie sie dafür kämpfte, mir das mitzuteilen, was sie zu Lebzeiten tief in sich begraben hatte. Ich kannte Morrigan auf eine Art und Weise, wie sie sonst keiner kannte. Und irgendwann würde ich einen Traum träumen, der mir verraten würde, wie ich sie besiegen konnte. Ja, das hier war die richtige Entscheidung.

Aus dem Augenwinkel konnte ich die schwarzen Flügel einer Nebelkrähe schlagen sehen, die gen Himmel flatterte, als Dylan und ich Hand in Hand durch die Ebereschen in die Anderswelt gingen.

epilog

Morrigan strich sanft über die raue Borke der alten Eiche.
Für so viele Jahre war sie ihr ein Wegweiser gewesen, hatte
ihre Weisheit sie genährt, hatte ihre Kraft ihr, der Phantomkönigin, Zauberkräfte und Stärke verliehen. Diese Weisheit,
diese Zauberkraft hatte sie an Druiden und Druidinnen
weitergegeben. Morrigan wollte einfach nicht wahrhaben,
dass der Baum bald sterben und ihre Ära bald zu Ende gehen
würde.
»Und dann habe ich mich zurückverwandeln können. Alice
und Bridget wurden ins Krankenhaus gebracht und es geht
beiden gut«, beendete Maggie ihre Erzählung. »Wie sollen
wir weiter vorgehen?« Als Morrigan nicht antwortete, fuhr sie
fort: »Ich könnte ihre Eltern hierherbringen. Du weißt schon,
die Idee, die ich hatte, bevor der Plan mit Dylan schiefgelau-
fen ist. Oder …«
»Nein.« Morrigan winkte ab. Traurig drehte sie sich zu ihrer
Schwester um. »Es ist an der Zeit, sie gewähren zu lassen.«
Maggies Augen weiteten sich. »Gibst du etwa auf? Das
kannst du nicht!« Als Morrigan nicht antwortete, fuhr sie
fort: »Ich habe viel darüber nachgedacht. Es ist dein Geheimnis, nicht meins, kleine Schwester. Die Tragweite deiner
Wiedergeburten war mir nicht so bewusst. Ich habe einfach

gewusst, wenn du sagst, du brauchst Ciaras menschliche Essenz, dann wird das schon so sein und es wird etwas Schreckliches passieren, wenn du sie nicht bekommst. Aber ich habe dich mit Alice erlebt und ich habe dir richtig zugehört. Es geht um die Verbindungen zwischen den Welten oder? Das ist doch schon einmal passiert, nicht wahr? Ist es das, was uns bevorsteht?« Morrigan nickte kaum merklich. »Wie kannst du dann so ruhig sein? Hast du vergessen, was beim letzten Mal passiert ist?«

Morrigan seufzte. »Wie könnte ich das je vergessen? Tír na nÓg ist jetzt so weit weg, dass ich nur noch vor der Pforte stehen und Seelen abliefern kann. Ich kann es selber nicht mehr betreten. Tír na nÓg gehört nicht mehr zu meinem Reich. Ich nehme an, bald wird auch die Menschenwelt nicht mehr zu meinem Reich gehören.«

»Das ist doch nicht das Schlimmste«, schimpfte Maggie. »Wenn es nur das wäre. Aber Morrigan, beim letzten Mal hat Badb sich gegen uns erhoben und als deine Verbindung zu Tír na nÓg weg war, hat sich der Höllenschlund geöffnet. Ein Reich für Badb, das sie mit vielen Menschenseelen füttert. Menschenseelen, die vorher nach Tír na nÓg gekommen sind.«

Morrigan verengte die Augen. Ihr Versuch, sich gleichgültig anzuhören, misslang. »Badb«, spuckte sie den Namen aus. »Soll die hässliche alte Krähe doch ihre Hölle regieren. Hier kommt sie jedenfalls nicht wieder her.«

»Deine Wiedergeburt in einem Menschen ist deine Verbindung zwischen den Welten, nicht wahr? Du brauchst die menschliche Seele, damit du … was, wie eine Sterbliche fühlen kannst?« Morrigan antwortete nicht. Sie konnte selbst ihrer Schwester das Geheimnis nicht verraten. Aber sie stritt auch nichts ab. Also redete Maggie weiter. »Was wird passieren, wenn dir die Verbindung zur Welt der Sterblichen abhandenkommt, Morrigan? Wird es den Zyklus von Geburt und Tod nicht mehr geben? Oder wird sich Tír na nÓg völlig von unserem Universum trennen und die Menschenwelt wird untergehen? Gibt eine Hölle auf Erden oder diese Apokalypse, die der Menschenwelt droht?« Als Morrigan immer noch nicht antwortete, wurde Maggies Stimme lauter. »Was? Was wird passieren, Morrigan?«

Morrigan drehte sich zu ihr um. »Du weißt, dass ich es dir nicht sagen kann. Aber ja, es wird schlimmer, als du es dir vorstellen kannst.«

Maggie schaute sie ungläubig an. »Wie kannst du denn so ruhig bleiben. Dann müssen wir doch alles unternehmen, um Alice zu überzeugen …«

Morrigan lächelte ihre Schwester an. »Aber wir können sie nicht überzeugen. Ich habe es nicht begriffen, aber das war es, was Mog Ruith mit freiwillig meinte. Wir können ihr nichts antun, das sie dazu veranlassen wird, mir Ciaras Seele zu geben. Sie muss selber verstehen, dass es das Richtige ist. Dann wird sie zu mir kommen.«

»Du willst also untätig herumsitzen und auf Alice warten? Sie ist in der Menschenwelt. Sie kommt nie wieder hierher. Warum sollte sie?« Maggie schaute ihre Schwester abschätzend an und ihr Blick wurde schließlich milder. »Es liegt doch nicht in deiner Natur, Morrigan, dein Reich ohne einen Kampf aufzugeben. Ich verstehe dich nicht. Woher nimmst du die Zuversicht, dass sich alles zum Guten wenden wird?«

Morrigan wandte sich wieder ihrer Eiche zu und schaute in die breite Krone hinauf. Die Krone, die sich seit Jahrtausenden im Wechsel der Jahreszeiten veränderte. Immer wieder und immer wieder erneuerte sie sich im selben Zyklus. »Wie sagt man so schön in der Menschenwelt? Die Hoffnung stirbt zuletzt.«

Mit EBERESCHENZAUBER kommt die CONNEMARA-SAGA zu ihrem fulminanten Ende. Alice muss alles aufs Spiel setzen, damit Morrigan ihr wahres Gesicht zeigt …
Das Taschenbuch ist überall im Handel erhältlich (ISBN: 9783746059051).

Dunkle und geheimnisvolle keltische Sagen, wilde irische Landschaften und eine verbotene Liebe: In der spannenden Romantic-Fantasy-Saga DAS GEHEIMNIS VON CONNEMARA erfährt Alice, dass ihr Schicksal mit dem eines alten irischen Volkes verwoben ist.

Band 1: EICHENWEISEN
Band 2: EFEURANKEN
Band 3: EBERESCHENZAUBER
CONNEMARA-SAGA: ERLENSCHILD und ESPENGEIST
– Novelle und Kurzgeschichte in einem Band

Mehr zu der Serie auf www.felicitygreen.com/Connemara-Saga

Wenn dich mein Buch begeistert hat, dann kannst du mir damit den größten Gefallen tun, indem du eine gute Bewertung abgibst oder eine schöne Rezension schreibst.
Natürlich freue ich mich auch über persönliches Feedback. Auf meiner Website www.felicitygreen.com kannst du mich direkt kontaktieren und ich bin auf Facebook (/felicitygreenauthor), Twitter (@feligreen) und Instagram (@felicitygreenauthor) vertreten. Ich freue mich darauf, von dir zu hören.

Wer keine Neuerscheinungen und News von mir verpassen möchte, der sollte Mitglied im Felicity-Green-Leserclub werden! Hier gibt es auch exklusive Angebote und Give-Aways. Melde dich auf felicitygreen.com/leserclub für den Newsletter an.

Bis zum nächsten Mal!
Deine Felicity Green

Felicity Green

Felicity Green wurde in der Nähe von Hannover geboren und zog nach dem Abitur nach England. In Canterbury studierte sie Literatur und Schauspiel. Später tingelte Felicity mit diversen Theatergruppen durch England, Irland und Schottland, besuchte eine Schauspielschule in L. A. und trat in Indie-Filmen auf.

Nachdem sie ihre eigene One-Woman-Show für das Brighton Festival geschrieben hatte, packte sie die Schreibwut. An der University of Sussex schloss sie einen MA in Kreativem Schreiben ab.

Die Liebe holte sie nach Deutschland zurück. Mit ihrem Mann Yannic, Tochter Taya und Kater Rocks lebt sie an der Schweizer Grenze. Zwei Jahre lang arbeitete Felicity Green bei Kleinverlagen in Zürich, bevor sie sich als Übersetzerin und Autorin selbstständig machte.

Weitere Bücher von Felicity Green:

Paranormal Mystery in den schottischen Highlands: Die magischen HIGHLAND-HEXEN-KRIMIS von Felicity Green.

Band 1, DER TEUFEL IM DETAIL, ist überall im Handel erhältlich.
Im malerischen Städtchen Tarbet in den schottischen Highlands führt eine mysteriöse Gruppe Frauen etwas Böses im Schilde. Davon ist Dessie McKendrick überzeugt, deren Mann Connor während der Flitterwochen am Loch Lomond spurlos verschwand. Zehn Jahre später ist Dessie immer noch dort, als wieder ein junges Paar im unheimlichen Thistle Inn übernachtet und die Frau am nächsten Morgen allein aufwacht …

ISBN: 9783844800104

AVERAGE ANGEL: Ein gewöhnliches Mädchen – mit dem Job eines Engels.

Die Urban-Fantasy-Reihe mit den Geschichten STERNSCHNUPPENWUNSCH, WEIHNACHTSWUNSCH und WUNSCHBRUNNEN ist als Taschenbuch-Gesamtausgabe erhältlich.
Stella Martens ist ein gefallener Engel. Nur wusste sie ganze 17 Jahre nichts davon – bis Zack, ein sexy Engel der Apokalypse, auftaucht und sie aufklärt.
Jetzt soll sie Wünsche erfüllen. Allerdings ganz ohne magische Engel-Superpower. Und wenn sie ihre Aufgaben nicht erfüllt, droht eine Katastrophe apokalyptischen Ausmaßes.

ISBN: 9783744836692

Mehr zu den Serien auf www.felicitygreen.com